KB230485

벙어리 목격자

벙어리 목격자

2004년 8월 10일 초판 1쇄 발행

지은이　애거서 크리스티
옮긴이　임경자
펴낸이　이경선
편　집　정희주, 김선자
펴낸곳　해문출판사

등록　1978년 1월 28일 제3-82호
주소　서울시 마포구 합정동 392-2 써니힐빌딩 101호
전화　325-4721~2, 325-2277
팩스　325-4725
전자우편　haemoon21@yahoo.co.kr
홈페이지　www.agathachristie.co.kr

값 8,000원

ISBN 89-382-0120-1 04800
ISBN 89-382-0100-7 (세트)

※잘못 만들어진 책은 바꾸어 드립니다.

AGATHA CHRISTIE

벙어리 목격자

애거서 크리스티/임경자 옮김

해문출판사

Dumb Witness

Dumb Witness

차　례

차   례

가장 충성스런 친구이며 사랑스런 말동무이자,
수많은 견공(犬公) 중 하나인
사랑스런 피터에게.

제1장 리틀 그린 하우스의 여주인

애런델 양이 세상을 뜬 것은 5월 1일이었다. 병상에 누운 지 얼마 되지 않아 세상을 뜬 것이다. 그러나 열여섯 살 소녀 시절부터 살아온 소읍(小邑) 마켓 베이싱은 별로 술렁이지 않았다.

왜냐하면, 다섯 남매 중 마지막까지 살았던 에밀리 애런델의 나이는 이미 일흔이 훨씬 넘었으며, 여러 해 동안 건강 상태가 좋지 않았던 데다가, 18개월 전에 앓았던 병과 유사한 증세로 사망했기 때문이다. 마을 사람들을 놀라게 한 것은 애런델 양의 죽음이 아니라, 그 죽음이 몰고 온 후속 상황이었다.

그녀가 남긴 유언장이 복합적인 감정들, 즉 충격, 흥분, 비난, 분노 등 잡다한 쑥덕공론을 불러일으킨 것이다. 수 주일, 아니 수 개월 동안 마켓 베이싱 안은 그 얘기로 가득 찼다.

「피는 물보다 진하다는데.」 하는 식료품상 존슨 씨로부터, 「수상한 데가 있어요. 두고 보세요! 내 말이 틀림없을 테니.」 하고 우체국에서 진저리가 날 정도로 이 얘기를 되풀이하는 램프리 부인에 이르기까지 모든 사람들이 이 화제에 한 마디씩 끼여들었다.

4월 21일에 그 유언장이 만들어졌다는 사실은 쑥덕공론에 흥미를 가중시켰다. 더욱이, 부활절 은행 휴일이 끝나기 바로 전날 에밀리 애런델의 가까운 친척들이 그녀의 집에 머물렀었다는 사실과, 이 논란이 되고 있는 유언장이 법원에 제출될지도 모른다는 소문이 단조로운 일상생활의 권태로움에 빠져 있던 마켓 베이싱 사람들에게 활기를 가져다 주었다.

이 유언장과 관련해서 자신이 생각하는 것 이상으로 의심을 받고 있는 사람은, 바로 애런델 양의 컴패니언(고용된 말벗. 보수를 받고 귀

부인의 친구가 되어 주는 여자.)이었던 윌헬미나 로슨이란 노처녀였다.
하지만 로슨은 다른 이들과 마찬가지로 자기도 그 일에 대해서는 아
는 바가 없으며, 유언장이 낭독되던 순간에는 말문이 막힐 정도로 깜
짝 놀랐다고 주장했다. 많은 사람들은 이 말을 믿지 않았다.

로슨 양이 주장하는 것처럼 그녀가 그 사실을 알고 있었든 모르고
있었든 간에, 진실을 알고 있는 단 한 사람은 죽은 애런델 양뿐이었
다. 에밀리 애런델은 평소의 습관대로, 그런 방법으로 유산을 남기게
된 자신의 의도를 밖으로 드러내지 않았다. 고문 변호사에게조차 자
신의 행동 이면에 숨은 동기를 말하지 않았던 것이다. 다만, 그녀는
자신의 의도를 분명히 해두는 것으로 만족했다.

에밀리 애런델은 과묵한 성격이었다. 그녀는 모든 면에서 자기가
살던 시대의 전형적인 산물로 그 시대의 미덕과 악덕을 송두리째 지
니고 있었다. 그녀는 독단적이고 거만하면서도 무척 인정이 많은 여
인이었다. 말은 날카로웠지만 행동은 부드러웠다. 겉으로는 감정적이
었으나 내면으로는 빈틈이 없었다. 인정사정 없이 큰소리로 나무라기
도 했지만, 컴패니언에게 자기의 모든 재산을 물려줄 정도로 넓은 아
량을 가진 여인이었다. 그러나 한편으로는 가족에 대한 의무감을 몹
시도 중하게 여긴 사람이었다.

성 금요일(부활절 직전 금요일.), 에밀리 애런델은 로슨 양에게 여러
가지 지시를 하면서 리틀 그린 하우스의 홀에 서 있었다.

그녀는 과거에 매우 아름다웠으며, 일흔이 넘은 지금도 나이에 비
해 젊고 아름다웠다. 등은 꼿꼿하고 온몸에 활기가 넘쳤다.

다만 노르스름한 피부색이 음식을 제대로 맘껏 먹을 수 없다는 사
실을 은연중에 나타내 주고 있었다.

「미니, 그것들을 모두 다 어디에 놓았지?」

「옳게 해놓은 것 같기도 한데요. 참나무로 꾸민 방이 타니오스 부
부, 푸른 방이 테레사, 그리고 육아실을 찰스 씨 몫으로……」

애런델이 말을 가로막았다.

「육아실을 테레사가 쓰고 찰스는 푸른 방을 쓸 거라고 했잖아.」

「아, 그러셨지요. 죄송해요. 저도 육아실이 좀 불편할 거라고 생각했었는데…….」

「테레사한테는 그 방이 훨씬 나을 게야.」

애런델 양의 한창 시절, 사회의 주역은 남자들이었고, 여자들은 늘 뒷전이었다.

「귀여운 어린것들이 함께 오지 않는다니 정말 서운한데요.」

로슨 양이 서운한 듯 중얼거렸다.

그녀는 어린애들을 무척 좋아했지만, 아이를 다루는 데는 영 솜씨가 없었다.

「네 명의 방문객이면 충분해.」

애런델이 말했다.

「벨라는 아이들을 아주 버릇없이 키우고 있어. 그 애들은 들은 대로 실행을 해보겠다는 생각이 눈곱만큼도 없다니까.」

미니 로슨이 작은 목소리로 중얼거렸다.

「타니오스 부인은 아주 헌신적인 어머니이던데요.」

애런델이 차분하게 동의했다.

「벨라는 착한 여자지.」

「스미르나 같이 외딴 곳에서 산다는 게 벨라한테 어려울 때가 많을 거예요.」 (스미르나는 터키 서해안의 역사 도시로, 지금의 이즈미르.)

「스스로 택한 길이니 감수해야겠지.」

에밀리 애런델이 빅토리아 말기 식의 선언을 터뜨렸다.

「주말에 사용할 물건을 주문하러 마을에 좀 나가봐야겠어.」

「애런델, 제가 갈게요.」

「그만둬. 내가 직접 가는 게 좋겠어. 로저스한테 따끔하게 한 마디 해줘야 되겠어. 미니, 당신은 강경하게 얘기할 줄 모르니 그게 탈이야. 밥! 밥! 이 개가 어디를 갔지?」

털이 **빳빳한** 테리어 종 한 마리가 층계를 부수듯 달려 내려왔다.

개는 기쁨과 기대감으로 짧게 짖으면서 여주인의 주위를 이리저리 맴돌았다. 여주인과 개가 현관을 나가 대문을 향해서 나 있는 좁은 길로 걸어 내려가자, 로슨 양은 멍하니 미소를 띤 채 그들을 바라보고 서 있었다.

갑자기 등뒤에서 날카로운 목소리가 들려왔다.

「베갯잇이 제대로 맞지를 않아요. 아마 제 짝이 아닌가 봐요.」

「그래요? 내가 왜 이렇게 정신이 없담…….」

미니 로슨은 다시 판에 박힌 가사일 속으로 빠져 들어갔다.

에밀리 애런델은 밥의 호위를 받으며 마켓 베이싱 마을의 대로를 당당하게 행진했다. 마치 여왕의 행차와도 같았다.

상점에 들를 때마다 주인들이 서둘러 나와 그녀를 맞았다.

그녀는 리틀 그린 하우스의 애런델 양으로, '우리의 오랜 고객 중의 한 사람'이며, '뼈대있는 집안 사람'으로 요즘은 그녀 같은 사람이 흔치 않았다.

「안녕하세요? 이렇게 저희 집을 찾아 주시다니 영광입니다. ……부드럽지 않던가요? 그래요? 죄송합니다. 그게 어린 양의 등심고기로는 아주 좋은 건데요. ……예, 물론이죠, 애런델 양. 그랬군요. 켄터베리를 보내드린 줄은 몰랐습니다. 예, 알겠습니다, 애런델 양.」

밥과 정육점의 개 스팟은 천천히 서로의 주위를 돌다가 부드럽게 으르렁거리며 털을 곤두세웠다.

스팟은 뚜렷한 혈통이 없는 튼튼한 개였다. 그러나 고객들의 개와 싸워서는 안 된다는 것을 잘 알고 있었기 때문에, 스팟은 미묘한 신호를 보내어 상대방을 조용히 시키는 것이 자신의 임무라는 것을 행동으로 은근히 보여 주고 있었다.

영리한 개인 밥은 스팟의 의도에 상냥하게 응답했다.

에밀리 애런델의 날카로운, 「밥!」 소리와 함께 둘은 그곳을 떠났다. 식품점에서는 이 지방인사들의 회합이 있었다.

윤곽이 동글동글하고 애런델과 마찬가지로 귀족적인 분위기로 유명한 어떤 노(老)숙녀가 그녀에게 말을 건넸다.

「잘 지냈수, 에밀리?」

「안녕하세요, 캐롤라인.」

「집안의 조카들이 몇 사람 내려온다면서요?」

「그래요. 다들 오겠대요. 테레사, 찰스, 그리고 벨라.」

「벨라도? 남편과 함께?」

「그래요.」

간단한 단음절의 대답이었지만, 두 여인은 그 말속에 숨은 의미를 알고 있었다.

애런델의 조카딸인 벨라 빅스는 그리스 인과 결혼했는데, '장군 출신의 귀족 집안'인 애런델 가(家) 사람들은 그리스 인과는 쉽게 결혼하지 않기 때문이다.

그러나 막연하게나마―왜냐하면, 그런 문제는 공공연하게 거론할 수 없는 성질이기 때문에 피바디 양이 말했다.

「벨라 남편은 똑똑한 사람이지. 몸가짐도 아주 매력이 있고.」

「유쾌한 사람이에요.」 라고 애런델 양도 맞장구를 쳤다.

거리로 나오자 피바디 양이 물었다.

「도널드슨 의사와 테레사의 약혼은 어떻게 되어가고 있수?」

애런델 양이 어깨를 으쓱했다.

「요즘 젊은 사람들의 행동은 즉흥적이라서 약혼기간을 오래 끌까 봐 걱정이 돼요. 혹시 무슨 일이라도 생길까 봐요. 돈이 없는 사람이거든요.」

「테레사는 자기 소유의 돈이 좀 있잖아요?」

피바디 양이 묻자 굳어진 목소리로 애런델 양이 대답했다.

「남자가 아내의 돈에 얹혀서 살아갈 수는 없는 노릇 아니에요?」

피바디 양이 깔깔거리며 웃었다.

「요즘 사람들은 그런 걸 꺼리지 않던데 뭐. 당신이나 나나 이젠 구식이야, 에밀리. 아이들이 그런 이들한테 뭘 배울는지 참 한심해요. 그런 연약한 젊은 남자들한테 말예요!」

「그래도, 그 사람은 총명한 의사예요.」

「그런 코안경에다 뻣뻣한 말투하고! 우리가 젊었을 때라면 그런 친구는 불쌍한 쑥맥이라고 놀림을 당했을 텐데.」

구레나룻을 기른 씩씩한 젊은이의 모습을 떠올리며 피바디 양이 추억 속에 잠겨 있는 동안, 두 사람 사이에는 침묵이 흘렀다.

「찰스가 오거든 나한데 좀 들르라고 하세요.」

「그러죠. 그 애가 오면 얘기할게요.」

두 노숙녀는 헤어졌다.

그들은 50년 이상을 알고 지냈다. 피바디 양은 에밀리의 아버지인 애런델 장군의 일생에 몇 번 있었던 안타까운 전락(轉落)들을 잘 알고 있었고, 토머스 애런델의 결혼이 그의 누이들에게 주었을 충격에 대해서도 훤히 알고 있었다.

또한 지금의 젊은 세대가 몰고 오는 골칫거리에 대해서도 누구보다 민감하게 느끼고 있는 여자였다. 그러나 이런 문제는 그 두 노숙녀들 간에 한마디도 오가지 않았다.

두 사람 다 집안의 위엄이나 견실함을 대단한 것으로 여기고 있었기 때문에, 무엇보다도 가족 문제에 있어서는 서로가 입을 다물어 주어야 한다고 굳게 믿는 사람들이었다.

애런델 양이 집을 향해서 천천히 걷자 밥도 여주인의 발뒤꿈치에서 종종걸음으로 따라 걸었다. 에밀리 애런델은 다른 사람에게라면 결코 허용하지 않았을 가족에 대한 불만, 특히 젊은 세대에 대한 불만을 자신에게만은 허용하고 있었다.

한 예를 들면 테레사였다. 테레사가 스물한 살이 되어 자신의 돈을 소유할 수 있게 되자, 에밀리는 테레사를 통제할 수가 없었다.

때문에 그 이후로 테레사는 악명을 얻고 말았다. 런던의 젊고 총명하고 진보적인 젊은이들─변덕스럽고, 이따금 즉결재판소의 신세를 지기도 하는 젊은이들—과 한패가 되어 버린 것이다.

에밀리 애런델은 애런델 가(家)의 사람이 악명을 얻고 있다는 사실이 못마땅했다. 사실, 에밀리는 테레사의 생활 방식이 아주 싫었다.

테레사의 약혼을 생각할 때마다 혼란한 느낌이었다. 갑자기 나타난 도널드슨 의사가 애런델 가와는 어울리지 않는다는 생각이 들었고, 다른 한편으로는 조용한 시골 의사에게 가장 어울리지 않는 신부감이 바로 테레사 같은 타입일 거라고 생각하고 있었다.

한숨을 쉬면서 애런델은 벨라에게로 생각을 돌렸다.

벨라에게는 들추어낼 잘못이라고는 없었다. 벨라는 착한 여자이고—헌신적인 아내이자 어머니이며, 행동도 매우 모범적이다. —그리고 매우 단조로운, 한결같은 여자였다! 그러나 벨라에게도 완전히 찬성할 수는 없다. 벨라는 외국인과 결혼한 것이다. 그것도 단순히 외국인이 아닌 그리스 인과.

애런델은 그리스 인이 아르헨티나 인이나 터키 인만큼 나쁘다는 편견을 가지고 있었다. 타니오스 의사의 태도가 매력이 있다든가 자신의 일에 유능하다는 사실 등이 이 편견을 가진 노숙녀에게는 더욱 그를 싫어하게 만드는 이유가 되었다. 그녀는 매력이라든가 쉽게 추켜 주는 찬사 따위는 별로 신뢰하지 않았던 것이다.

이러한 이유 때문에도 타니오스의 두 어린애들을 좋아한다는 것이 어렵다는 것을 알았다. 아이들의 외모는 제 아버지를 그대로 빼다박아서 영국인다운 데라고는 전혀 찾아볼 수가 없었다.

다음은 찰스다.

그래, 찰스…….

자신의 눈을 실제 일어난 사실에만 묶어 둔다는 건 아무 소용이 없다. 찰스, 매력이 있긴 하지만 신뢰할 수가 없는 인물.

에밀리 애런델은 한숨을 쉬었다.

갑자기 지치고 늙고 쇠약해졌다고 느꼈다. 오래 살지는 못할 거라는 생각이 들었다. 그녀는 생각을 몇 년 전에 만들어 두었던 유언장으로 돌렸다.

하인들에게 유산을 조금 남겨 주고—자비심에서—그리고 상당한 액수의 재산 대부분은 생존해 있는 세 조카들에게 똑같이 분배될 것이다. 자신이 올바르고 이치에 맞는 일을 한 것처럼 느껴졌다.

그 재산 중 벨라의 몫을 안전하게 보관해서, 그녀의 남편이 절대로 손을 대지 못하게 하는 방법이 있을지도 모르겠다는 생각이 머리를 스쳐 지나갔다. 퍼비스 씨에게 물어 봐야겠다.

애런델은 리틀 그린 하우스의 대문을 들어섰다.

찰스와 테레사가 자동차로 도착하고, 타니오스 가족은 기차로 왔다. 그들 남매가 먼저 도착했다.

키가 크고 잘생긴 찰스가 약간 조롱기 섞인 태도로 인사를 했다.

「에밀리 고모, 어떠십니까? 좋아 보이시는데요.」

그리고는 그녀에게 입을 맞추었다.

테레사는 늙어 가는 에밀리와는 달리 차가우나 생기 있는 얼굴이었다.

「안녕하세요, 에밀리 고모.」

테레사가 건강해 보이지 않는다고 에밀리는 생각했다.

요란한 화장을 했지만 테레사의 얼굴은 약간 수척해 보였고, 눈가에는 주름이 져 있었다.

그들은 거실에서 차를 마셨다.

뒤쪽으로 유난히 젖혀서 쓴 모자 아래로 머리가 한 움큼 흘러내린 벨라 타니오스는, 사촌의 옷차림을 흉내내고 싶어하는 눈빛으로 테레사의 옷을 기억해 두려고 애쓰면서 뚫어지게 그녀를 쳐다보고 있었다. 의상에 대한 감각이 전혀 없으면서 옷을 정열적으로 좋아하는 것은 벨라의 숙명이었다.

테레사의 옷은 고급 제품으로 약간 기묘했으며, 몸매는 우아했다.

스미르나에서 영국에 도착한 벨라는 보다 적은 비용과 재단법으로 테레사의 우아함을 모방하고자 열심이었다.

숱이 많은 턱수염을 기른 유쾌한 인상의 타니오스 의사는 애런델 양과 담소를 나누고 있었다. 그의 어조는 상대방이 무의식적으로 끌려 들어갈 만큼 매혹적—따뜻하고 커다란—인 목소리였다.

애런델조차도 그 목소리에 완전히 매혹 당하고 있었다.

로슨 양은 굉장히 분주했다. 테이블 위로 야단스럽게 접시를 나르며 이리저리 뛰어다녔다.

매너가 뛰어난 찰스가 그녀를 돕기 위해 두어 차례 자리에서 일어났지만, 로슨 양은 고맙다는 인사조차 하지 않았다. 차를 마신 뒤 파티에 모인 사람들이 정원을 둘러보기 위해 집 밖으로 나가게 되었을 때, 찰스가 누이동생의 귀에다 대고 소곤거렸다.

「로슨이 나를 좋아하지 않는 모양이야. 묘한 일이군.」

조롱기 섞인 음성으로 테레사가 대꾸했다.

「이상한 일이네. 오빠의 그 엄청난 매력에 저항할 수 있는 사람이 있다니 말이야.」

찰스는 붙임성 있는 웃음을 씩 웃고 나서 말했다.

「로슨뿐이라는 게 다행이지.」

로슨 양은 타니오스 부인과 함께 정원을 걸으면서 어린애들에 관해서 물었다. 벨라 타니오스의 무미건조하던 표정이 밝아졌다.

테레사를 바라보던 것도 잊어버리고는 아주 진지하고 활기있게 대답을 했다.

「메어리가 배에 대해서 아주 '이상한' 얘기를 하지 뭐예요…….」

벨라는 미니 로슨이 가장 공감할 줄 아는 청중임을 알았다.

그때, 점잖은 표정에 코안경을 쓴 한 젊은이가 정원에 나타났다. 그는 약간 당황해하는 모습이었다.

애런델 양이 다가가 정중하게 그를 맞았다.

「안녕, 렉스!」

테레사가 말했다.

그녀는 팔을 내밀어 그의 팔에다 팔짱을 꼈다. 그리고 두 사람은 저만큼 멀어져 갔다. 찰스의 얼굴이 시무룩해졌다. 그는 어린 시절의 동료였던 정원사와 얘기를 나누겠다며 슬그머니 없어졌다.

한참 뒤에 애런델 양이 집 안으로 들어왔을 때 찰스는 밥과 놀고 있었다. 개는 입에다 공을 문 채 꼬리를 부드럽게 혼들며 계단 위에 서 있었다.

「이리 와, 밥.」

찰스가 말했다.

밥은 공의 테두리 쪽을 천천히 돌려가며 냄새를 맡더니 궁둥이를 깔고 앉았다. 그러더니 머리로 공을 들이받으면서 기쁜 듯이 뛰어 일어났다.

공은 계단에 부딪치면서 천천히 아래로 굴러 떨어졌다.

찰스가 공을 잡아 개에게 다시 던져 주자 밥은 단숨에 입으로 공을 받았다. 그러더니 머리로 다시 들이받아 계단 아래로 굴려 버렸다. 이런 동작이 몇 번 계속되었다.

「이 녀석의 규칙적인 운동이로군요.」

찰스가 이렇게 말하자 에밀리 애런델이 미소를 띠며 대꾸했다.

「아마 몇 시간이라도 할 수 있을걸.」

에밀리가 거실로 들어가자 찰스도 그녀의 뒤를 따랐다.

혼자 남은 밥은 실망한 듯 몇 번 짖어댔다.

유리창 밖을 바라보며 찰스가 에밀리에게 소리쳤다.

「테레사와 저 젊은이를 좀 보세요. 아주 묘한 한 쌍이에요!」

「너는 테레사가 이 약혼을 진지하게 여기고 있다고 생각하니?」

「그 애는 지금 저 사람한테 미쳐 있어요!」

찰스가 자신있게 대답했다.

「묘하긴 하지만 사실인걸요. 저 사람은 테레사를 살아 있는 여자가 아니라, 과학적으로 연구해야 할 표본처럼 바라보고 있는 게 틀림없 어요. 그것을 테레사는 신기하게 느끼는 거죠. 저 친구가 가난하다는 게 유감입니다. 테레사는 아주 값비싼 취향들을 가지고 있는데.」

애런델 양이 쌀쌀하게 대꾸했다.

「그 애가 하려고만 든다면 생활 방식을 얼마든지 바꿀 수 있다고 생각하는데…… 아무튼 테레사는 제 몫의 수입이 있지 않니.」

「아, 그야 물론이죠.」

찰스는 에밀리를 향해 죄스럽다는 표정을 지었다.

그 날 저녁, 모두가 저녁식사를 기다리며 식당에 모여 있을 때 층계에서 종종걸음으로 뛰는 소리와 욕하는 소리가 들려왔다.

상기된 얼굴로 찰스가 식당으로 들어섰다.

「미안해요, 에밀리 고모. 제가 늦었죠? 밥이 제게 지독한 골탕을 먹이지 뭡니까. 글쎄 이 녀석이 계단 위에다 공을 놔둔 거예요.」

「버릇없는 강아지 같으니.」

밥을 내려다보면서 로슨이 소리쳤다.

밥은 경멸하듯이 로슨을 쳐다보더니 고개를 돌려 버렸다.

「알았다. 큰일날 뻔했구나. 미니, 공을 가져다 집어넣어요.」

로슨은 허겁지겁 식당을 나갔다.

타니오스 의사는 저녁식사 내내 스미르나에서의 생활에 관한 재미있는 얘기들로 대화를 독점하다시피 했다.

그들은 일찍 잠자리에 들었다. 뜨개질 실과 안경, 커다란 벨벳 가방, 책을 든 로슨은 조잘거리면서 주인을 침실까지 동반했다.

「타니오스 의사의 얘기는 정말 재미있어요. 아주 유쾌한 사람이에요! 저라면 그런 생활을 좋아하지 않을 텐데. 물은 끓여야만 하고…… 게다가 염소 우유라니……. 그런 불쾌한 맛을…….」

애런델 양이 매섭게 쏘아 붙였다.

「바보 같은 소리 그만해, 미니. 엘렌에게 6시 반에 나를 깨우라고 얘기했어?」

「아, 예, 애런델 양. 차(茶)도 준비하지 말라고 얘기는 했지만, 그렇게 현명한 생각 같지는 않은데요. 아시다시피 가장 양심적인 분인

사우스브리지의 교구 목사님도 단식할 의무는 없다고 분명히 말씀하셨는데…….」

다시 애런델이 로슨의 말을 중단시켰다.

「나는 항상 아침 예배 전에는 아무것도 먹지 않았어. 지금 시작하려는 게 아니야, 미니. 당신은 당신 좋을 대로 해도 돼요.」

「아니에요, 그런 뜻으로 말씀드린 게 아니에요. 저는…….」

로슨 양이 허둥지둥 대답했다.

「밥의 목줄을 치워 버려요.」

애런델 양이 말했다. 노예는 서둘러 명령에 복종했다. 애런델의 마음을 풀어 주기 위해 애를 쓰면서 로슨이 말했다.

「아주 유쾌한 저녁이었어요. 모두 이곳에 머물러 있는 것을 즐거워하는 것처럼 보였어요.」

「흠, 모두 뭔가를 얻기를 바라고 이곳에 온 거지.」

「애런델.」

「미니, 나는 바보가 아니야. 나는 그들 중 누가 가장 먼저 그 문제를 꺼낼 것인지가 궁금할 뿐이야.」

애런델 양은 그 문제를 오랫동안 의혹 속에 남겨 두지는 않았다.

그녀와 로슨 양이 아침 예배에 참석하고 돌아왔을 때는 정각 9시였다. 타니오스 부부는 식당에 있었지만, 애런델 남매의 모습은 보이지 않았다.

아침식사가 끝나고 다른 이들이 식당을 떠나자, 애런델 양은 자리에 앉아 작은 장부에다 숫자를 적어 넣고 있었다.

10시쯤 되자 찰스가 식당으로 들어왔다.

「미안해요, 고모. 늦었어요. 하지만 테레사는 더해요. 아직 눈도 뜨지 않았는걸요.」

「10시 반에 먹는 아침도 아마 치워 줄 거다.」

「요즘 하인들에겐 기대할 수 없는 일이지만, 이 집에선 예외지.」

애런델 양이 말했다.

「좋군요. 그것이 진짜 보수주의적인 정신이죠!」

찰스는 콩팥 요리를 먹은 뒤 에밀리 곁에 앉았다.

여느 때처럼 그의 웃음은 아주 천진난만했다.

에밀리 애런델은 응석을 받아주듯이 찰스를 바라보며 미소짓고 있었다. 이런 호의적인 기미에 대담해진 찰스가 불쑥 말을 꺼냈다.

「저 좀 보세요, 에밀리 고모. 고모를 귀찮게 해드려 죄송하지만, 저는 지금 궁지에 빠져 있습니다. 좀 도와 주실 수 있겠죠? 백 정도면 충분할 겁니다.」

고모의 얼굴은 용기를 주는 얼굴이 아니었다. 표정이 엄격하게 굳어 있었다. 에밀리 애런델은 자신의 생각을 털어놓기를 두려워하지 않았다. 그녀는 그대로 했다.

식당으로 들어오려던 로슨 양은 그곳을 급히 나오는 찰스와 하마터면 부딪칠 뻔했다. 로슨은 이상하다는 시선으로 찰스를 쳐다보았다. 로슨이 식당에 들어섰을 때, 애런델 양은 새빨개진 얼굴로 꼿꼿하게 앉아 있었다.

제2장 친척들

찰스는 계단을 가볍게 뛰어 올라가 누이동생의 방문을 똑똑 두드렸다.

「들어와요.」

대답이 즉시 울리자 그는 방으로 들어갔다.

테레사는 하품을 하면서 침대에 앉아 있었다.

찰스도 침대 가에 걸터앉았다.

「너는 정말 장식품 같은 여자야, 테레사.」

그는 예술품을 감상하듯이 누이동생을 바라보며 말했다.

「무슨 일이야?」

테레사가 날카롭게 쏘아붙였다.

찰스가 씩 웃었다.

「너무 예민하게 구는구나. 저, 내가 너를 몰래 앞질렀어. 네가 일을 벌이기 전에 내가 먼저 건드려 놨다고.」

「설마?」

찰스는 부정하는 몸짓으로 손을 아래로 죽 폈다.

「그런데 아무것도 할 수 없었어! 에밀리 고모가 아주 적당한 때에 나를 화나게 했거든. 고모는 사랑하는 가족들이 이곳으로 모여든 데 대해 조금도 착각하고 있지는 않다고 넌지시 암시하셨어. 그리고 그 말 속에는 사랑하는 가족들은 아마도 실망하게 될 거라는 뜻도 포함되어 있었지. 애정밖에는 나눠 줄 것이 없대. 그것밖에는.」

「조금 더 기다렸어도 되는데.」

테레사가 무표정하게 말했다.

찰스가 또 씩 웃었다.

「너나 타니오스가 나보다 먼저 얘기를 꺼낼까 봐 걱정스러웠다고.
몹시 걱정스러웠지. 이봐, 테레사, 이번엔 아무 일도 되지 않을 거야.
에밀리 할멈은 결코 바보가 아니거든.」
「그렇게 나오실 줄은 정말 몰랐는데.」
「내가 고모를 깜짝 놀라게 해줬지.」
여동생이 날카롭게 물었다.
「무슨 소리야?」
「고모한테 스스로 죽음을 자청하고 있다고 말해 줬어. 돈을 쥐고
천국에 갈 수 없는 노릇이니, 조금 풀어 주는 게 어떠냐고.」
「바보!」
「아니, 그렇지 않아. 나는 내 방식대로는 심리학자야. 노처녀에게
아첨하는 건 결코 좋은 방법이 아니지. 고모는 나보다 반항하는 너
를 훨씬 더 좋아하실걸. 어쨌든 나는 오직 센스에 대한 것만 얘기했
어. '고모가 죽으면 우리가 돈을 갖는다. 그렇다면 조금 일찍 떠나시
는 것도 나쁘지 않다! 아니, 그렇게 되도록 도와 드리고자 하는 유혹
에 굴복당할지도 모른다.'라고.」
「오빠가 말하는 뜻을 아셨을까?」
테레사가 비웃는 투로 우아한 입술을 감아 올리면서 물었다.
「확실치는 않아. 내 얘기를 인정하지 않으셨지. 아주 쌀쌀하게 고
맙다고 한 마디 하시고는 아주 완벽하게 스스로를 보살필 능력이 있
다고 말씀하시더구나. '자, 경고해 드렸습니다.' 했더니, '그래, 기억해
두마.'라고 말씀하셨지.」
테레사가 화가 난 목소리로 쏘아붙였다.
「하여튼 오빠는 지독한 바보야.」
「빌어먹을! 나는 굉장히 화가 났어! 그건 늙은 여자의 허풍이야.
단순한 허풍에 불과하다고. 맹세하지만, 고모는 아마 수입의 10분의
1도 쓰지 않을걸. 쓸 일이 뭐가 있겠어? 그런데 여기 있는 우리
는……. 젊고, 인생을 즐길 수 있는 우리는 쓸데가 많단 말야. 우리

를 긁려 주기 위해서라도 고모는 아마 100살까지 사실 거야. 나는 좀 재미있게 지내고 싶어. 테레사, 너도 그렇겠지?」

그녀는 고개를 끄덕이며, 숨도 쉬지 않은 채 낮은 소리로 말했다.

「그런 사람들은 이해하지 못해. 노인네들은……. 결코……, 그들은 산다는 게 뭔지를 몰라!」

잠시 동안 침묵이 흘렀다.

찰스가 일어섰다.

「테레사, 나보다는 네가 좀더 낫게 해내기를 바란다. 자신할 수는 없지만 말이야.」

「나는 오히려 렉스가 무슨 묘안을 생각해내지 않을까 하고 믿고 있어. 내가 노처녀 에밀리 고모한테 그이가 얼마나 총명한지, 그이가 기회를 잡아서 판에 박힌 일반 개업의사 생활에서 벗어나는 게 얼마나 중요한 일인지를 인식시킬 수만 있다면……. 오, 찰스 오빠, 몇천 정도만 있으면 지금이라도 우리의 생활을 온통 색다른 것으로 바꿔 놓을 수가 있을 텐데!」

「네가 그 돈을 얻게 되기를 바라지만, 그렇게 될 수 있을지 모르겠구나. 너는 방종한 생활에 너무 많은 돈을 낭비해 왔어. 테레사, 따분한 벨라나 수상쩍은 타니오스가 뭘 좀 얻게 되지는 않을까?」

「벨라에게 돈이 무슨 도움이 될 것 같아? 꼭 넝마조각 같은 옷차림에다가, 취미라야 순전히 가정에 관한 것뿐이잖아?」

찰스가 천천히 말했다.

「나는 벨라가 그 인상도 별로 좋지 않은 아이들의 학교며, 값비싼 음식이며, 음악 레슨 등을 위해 돈을 필요로 할 거라는 생각이 드는데? 또, 벨라는 아니라고 해도 타니오스는 그럴 거야. 확실히 그 작자는 돈 냄새에 예민해 보이는 코를 가졌거든! 그 점에 있어서는 그리스 친구를 믿어도 되지, 암! 그 치가 벨라 재산의 대부분을 날려 버린 걸 알고 있니? 벨라의 돈으로 투자를 해서 깨끗이 날렸대.」

「오빠 그 사람이 에밀리 고모한테 뭔가 얻어낼 거라고 생각해?」

「내가 그를 방해하면 그렇게는 안 되겠지.」

찰스의 목소리는 엄숙했다.

테레사의 방을 나온 찰스는 아래층을 어슬렁거리며 돌아다녔다. 홀에 있던 밥이 반갑다는 듯 부산스럽게 찰스 쪽으로 달려왔다.

밥은 찰스를 좋아했다. 거실 문 쪽으로 달려가더니, 고개를 돌리고 찰스를 쳐다보았다.

「무슨 일이냐?」

찰스가 물으며 밥의 곁으로 천천히 다가갔다. 밥은 급히 거실로 뛰어들어가더니 기대에 가득 찬 얼굴로 작은 책상 옆에 앉았다.

찰스가 곁으로 가까이 갔다.

「무슨 일인데 그래?」

밥은 꼬리를 흔들면서 책상 서랍을 안타깝게 쳐다보더니, 간청하듯이 한 번 짖었다.

「네가 원하는 게 이 속에 있니?」

찰스는 맨 윗서랍을 잡아당겨 열었다. 갑자기 그의 눈썹이 번쩍 치켜 올라갔다.

「귀여운 녀석.」

서랍 한쪽에 작은 다발의 지폐 뭉치가 들어 있었다.

찰스는 그 묶음을 집어들고 세어 보았다. 그러더니 싱긋 웃으면서 1파운드짜리 세 장과 10실링짜리 두 장을 주머니 속에 넣고는, 나머지는 조심스럽게 발견한 자리에다 다시 넣었다.

「밥, 아주 좋은 생각이다. 네 아저씨 찰스가 필요한 비용을 어느 때라도 지불할 수 있게 됐구나. 이런 현찰은 항상 쓸모가 있지.」

찰스가 서랍을 닫자 밥은 질책하듯 작은 소리로 짖었다.

「아, 미안해, 밥.」

그는 다음 서랍을 열었다. 밥의 공이 서랍 구석에 있었다.

그는 공을 꺼냈다.

「여기 있다.」

공을 잡자 밥은 힘차게 방을 빠져나갔고, 곧 층계에서 쿵쿵쿵 공 부딪치는 소리가 들려 왔다. 찰스는 정원을 천천히 걸었다.

라일락의 향기가 그윽하고 태양이 밝게 빛나는 아름다운 아침이었다. 애런델 양 곁에 타니오스 의사가 있었다.

그는 훌륭한 영국 교육 제도의 이점에 대해서, 자신의 아이들에게 그런 호사를 시켜 줄 수 없는 것이 얼마나 가슴아픈 일인지를 덧붙이면서 얘기를 나누고 있었다.

찰스는 만족스럽게 악의에 찬 미소를 지었다.

그리고는 태평한 얼굴로 그들의 대화에 끼여들어 능숙하게 전혀 다른 방향으로 화제를 돌려 버렸다.

에밀리 애런델이 그를 바라보며 상냥하게 웃었다.

고모가 자신의 재치를 즐기고 있으며 교묘하게 자신을 격려하고 있다는 생각이 들자 찰스는 더욱 의기양양해졌다. 어쩌면 그가 떠나기 전에 일이 나아질지도……. 찰스는 불치의 낙관주의자였다.

그 날 오후 도널드슨 의사는 자신의 차에 테레사를 태우고 그 지방에서 가장 아름다운 장소 중 하나인 위뎀 사원으로 드라이브를 갔다. 두 사람은 사원과 숲의 이곳저곳을 거닐었다.

렉스 도널드슨은 테레사에게 자신이 세운 이론과 최근에 실시한 실험에 대해 길게 이야기했다. 테레사는 그의 얘기를 거의 알아들을 순 없었지만, 스스로의 생각에 잠겨 넋을 잃은 듯이 듣고 있었다.

'렉스는 얼마나 똑똑한지 몰라. 흠모하지 않을 수 없는 사람이야.'

약혼자는 잠깐 말을 멈춘 뒤 불안하다는 듯이 말했다.

「테레사, 당신한테는 지루한 얘기겠지?」

「천만에요. 너무나 가슴을 떨리게 하는 내용인데요.」

확고한 태도로 테레사가 대답했다.

「계속해요. 감염된 토끼의 피를 채취했다고 했죠?」

테레사는 한숨을 쉬며 덧붙였다.

「당신의 일이 당신에게는 굉장한 의미를 지니고 있군요.」
「당연하지.」
도널드슨 의사가 말했다.
테레사에게는 그것이 조금도 당연하게 여겨지지 않았다.
그녀의 친구들 중에는 일을 하는 사람이 아주 드물었고, 일을 한다해도 몹시 불평을 해가면서 했다.
그녀는 전에 두어 번 자신이 렉스 도널드슨과 사랑에 빠진다면, 그것이 얼마나 어울리지 않는 일일까 하고 생각했던 때를 기억했다. 어떻게 이런 일들이, 이렇게 우스꽝스럽고 놀라운 일들이 인간에게 일어나는 것일까? 소득 없는 질문. 그 일이 바로 그녀에게 일어나고 있는 것이다.
테레사는 눈살을 찌푸리면서 자신을 의아하게 생각했다. 그녀의 동료들은 너무 쾌활하고 또, 너무 냉소적이었다. 사랑이란 인생에 있어서 필요한 것이지만, 왜 그렇게나 심각하게 받아들여야 한단 말인가? 사람이란 사랑을 하고, 그리고 사랑은 사라져 가는 것이다.
그러나 렉스 도널드슨에 대한 그녀의 감정은 여느 때와는 달랐으며, 훨씬 깊은 것이었다. 그녀는 본능적으로 그와의 사랑은 결코 사라져 버리지 않으리라는 것을 느꼈다. 그를 필요로 하는 그녀의 요구는 단순하면서도 깊은 것이었다.
그녀는 모든 면에서 그에게 매혹 당하고 있었다.
인생을 파악하는 데 있어서 수선스런 그녀와는 아주 대조적인 그의 침착함, 초연함, 명석함, 또 과학적인 사고에서 나오는 논리적인 냉정함들에서.
완벽하게 이해할 수는 없지만, 그의 겸손하면서도 현학적인 태도에 가려져 있는 비밀스런 힘을 그녀는 직감적으로 느끼고 있었다.
렉스 도널드슨은 총명했다. 자신의 일이 인생에 있어서 주관심사이고 그녀는 단지 일부—비록 지극히 긴요한 일부이긴 하지만—에 불과했다.

그러나 이 사실이 그녀에게는 그에 대한 매력을 더해 줄 뿐이었다.

테레사는 처음으로 쾌락을 추구하는 자신의 이기적인 삶이 차석(次席)의 위치에서 만족하고 있음을 알았다.

장래에 대한 설계가 그녀를 사로잡았다. 렉스를 위해서는 어떤 일이라도 할 것이다. 어떤 일이라도!

「돈이 얼마나 성가신 물건인지.」

그녀는 초조하게 덧붙였다.

「만일 에밀리 고모가 죽는다면 우리는 즉시 결혼을 하고 런던으로 가서, 실험용 재료들이 가득 찬 실험실을 가질 수 있을 텐데. 그러면 유행성 이하선염에 걸린 어린애나 간(肝)을 앓는 노부인들 때문에 더 이상 시달리지 않아도 될 텐데 말이에요.」

「조심하기만 한다면 당신 고모님이 몇 해 더 사시지 못할 이유가 없지.」

도널드슨이 대꾸했다.

테레사는 풀이 죽어서 대답했다.

「알아요, 그건 나도…….」

오래된 참나무 가구와 커다란 더블 베드가 놓여 있는 방에서 타니오스 의사는 아내에게 말했다.

「내가 기초는 충분히 다져 놨어. 여보, 이젠 당신 차례야.」

그는 구리로 만든 오래된 통에서 장미꽃 무늬가 박혀 있는 사기 대야에다 물을 쏟아 붓고 있었다.

벨라 타니오스는 화장대 앞에 앉아서, 어째서 자신은 테레사처럼 멋지게 보이지 않을까, 언제쯤이면 테레사같이 머리를 빗을 수 있을까 생각하고 있었다. 그녀가 대답할 때까지 잠시 침묵이 흘렀다.

「제가 에밀리 이모한테 돈 얘기를 진정 하고 싶어하는지 제 자신도 잘 모르겠어요.」

「당신 자신을 위해서가 아니라니까, 벨라. 아이들을 위해서지. 우리가 한 투자는 꽤나 운이 없었어.」

그는 등을 돌려서, 그녀가 자기에게 던지는 빠른 시선, 왠지 흠칫 거리게 만드는 그 시선을 피했다.

온화하지만 고집스런 목소리로 벨라가 말했다.

「그래도, 저는 그러고 싶지 않아요. 에밀리 이모는 꽤 까다로워요. 관대하게 베푸는 건 좋아하시지만, 요구당하는 건 질색이에요.」

손의 물기를 닦으며 타니오스가 세면대에서 다가왔다.

「정말이지, 벨라. 그렇게 고집 피우는 건 당신답지 않아. 결국 여기 까지 내려와서 우리가 얻은 게 뭐야?」

그녀가 작은 소리로 중얼거렸다.

「그러려던 게 아니에요. 돈을 부탁하러 온 게 아니에요.」

「하지만 당신은 아이들을 적절하게 교육시키기 위해서는 당신 이 모님께 구원을 청하는 게 유일한 희망이라는 데 동의했잖소?」

벨라 타니오스는 대답하지 않았다. 그녀는 불안하게 자리에서 일어 났다.

그녀의 얼굴은 어리석은 아내를 둔 현명한 남편들이 쓰라린 경험 을 통해 터득하게 되는, 온화하지만 고집스런 표정을 띠고 있었다.

「이모가 먼저 말씀하실지도 몰라요.」

「지금으로서는 그럴 기미가 전혀 보이지 않는데.」

「우리가 아이들을 교육시킬 능력이 있다면 좋으련만. 에밀리 이모 는 메어리를 도와 주시지 않을지도 몰라요. 하지만 에드워드는 총명 하니까.」

벨라가 덧붙였다.

「당신 이모는 아이들을 좋아하시는 분이 아냐. 그리고 아이들도 여 기 있으려고는 하지 않을걸.」

타니오스가 조용히 대꾸했다.

「야콥, 하지만…….」

「그래, 그래 알아요. 당신 생각은 알고 있어. 하지만 이곳에 사는 감정이 바싹 말라 버린 영국의 노처녀들은……. 쳇, 그들은 인간이 아냐. 우리는 메어리와 에드워드를 위해서 우리가 할 수 있는 한 최선을 다하려고 하고 있을 뿐이야. 그렇잖아? 우리를 조금 도와 준다고 해서 애런델 이모가 곤란을 당하게 되지는 않을 텐데.」

타니오스 부인은 고개를 돌렸다. 그녀의 뺨이 붉어졌다.

「제발, 야콥. 지금은 안 돼요. 현명하지 못해요. 나는 정말, 정말로 얘기하고 싶지 않아요.」

타니오스는 그녀의 등 뒤로 가까이 다가가 그녀의 어깨를 감쌌다.

그녀는 몸을 조금 떨더니 조용해졌다. 아니, 거의 굳어졌다.

그는 여전히 유쾌한 목소리로 말을 계속했다.

「그렇지만 벨라, 나는 내가 부탁한 것을 당신이 해줄 거라고 생각해. 당신은 항상 해왔어. 당신도 알 거야. 결국은…… 그래, 내가 말한 대로 당신이 꼭 해줄 거라고 믿어.」

제3장 사고

화요일 오후, 정원으로 통하는 옆문은 열려 있었다.

애런델 양은 문지방 위에 서서 정원 산책로 길이만큼 밥의 공을 던졌다. 테리어 종 개는 공을 쫓아서 쏜살같이 달려갔다.

「한 번 더, 밥!」

공은 다시 정원을 따라 질주했고, 밥은 전속력으로 공을 쫓았다. 허리를 굽혀 밥이 발 밑에다 놓아둔 공을 집어들고 애런델이 집 안으로 들어오자, 밥도 바짝 그 뒤를 따랐다.

여주인이 옆문을 닫고 거실로 들어가 서랍 속에 공을 넣을 때까지 밥은 그녀의 발뒤꿈치를 졸졸 따라다녔다.

애런델은 벽난로 선반 위에 놓여 있는 시계를 흘끗 쳐다보았다. 6시 반이었다.

「저녁 먹기 전에 잠깐 쉬자꾸나, 밥.」

애런델 양은 침실로 향한 계단을 올라갔다. 밥이 뒤를 따랐다.

친츠 천으로 씌워진 커다란 소파 위에 누워서 애런델은 크게 숨을 내쉬었다. 오늘이 화요일이니 손님들이 내일 떠나게 될 거라는 생각이 들자 기뻤다. 이번 주말 이전에 모르던 특별한 사실을 알게 된 건 아니었다.

하지만 이미 알고 있는 사실을 잊지 않도록 주의를 받은 것 이상이었다.

그녀는 마음속으로 생각했다.

「내가 늙어 가는 게지.」

갑자기 작은 파문을 느꼈다.

「늙었어……」

애런델은 반 시간가량 눈을 감은 채 누워 있었다.

나이가 지긋한 하녀 엘렌이 뜨거운 물을 가져왔기에, 그녀는 소파에서 일어나 저녁 준비를 했다. 도널드슨 의사도 그 날 밤은 그들과 함께 저녁을 들기로 되어 있었다.

에밀리 애런델은 오늘은 가까이서 그를 살펴봐야겠다고 마음먹었다. 유별난 성격의 테레사가 이 뻣뻣하고 현학적인 젊은이와 결혼하기를 원한다는 게 그녀에겐 여전히 믿을 수 없는 일이었다. 또, 이 뻣뻣하고 현학적인 젊은이가 테레사와 결혼하고자 하는 것도 묘하게 보였다. 시간이 흘러갈수록, 도널드슨 의사를 알 수 있으리라고 기대했던 자신의 생각이 부질없음을 느꼈다. 도널드슨의 지나치게 정중하고 격식을 차린 태도가 그녀를 매우 싫증나게 했다.

피바디 양의 판단이 옳은 것 같았다. '우리가 젊었던 시절의 멋진 신사'에 대한 생각이 그녀의 머릿속에 떠올랐다.

도널드슨 의사는 늦게까지 머물러 있지 않았다. 10시쯤 되자 가야겠다고 일어섰다. 그가 떠나고 나자 에밀리 애런델도 그만 잠자리에 들어야겠다고 했다.

그녀가 2층으로 올라가자 젊은 친지들도 따라서 침실을 향해 올라갔다. 오늘밤은 모두들 약간씩 가라앉은 분위기였다.

아래층에 혼자 남은 로슨 양은 밥이 이리저리 뛰어다니거나 말거나 내버려둔 채 마지막 일을 끝내고 있었다.

한 5분쯤 지난 뒤 로슨이 가쁜 숨을 몰아쉬면서 주인의 방으로 들어갔다.

「일을 다 끝내 놨어요.」

뜨개질 실과 반짇고리, 도서관에서 빌려온 책을 내려놓으면서 로슨이 말했다.

「이 책이 괜찮을지 모르겠어요. 그 여자 애기가 애런델 양이 적어주신 책들은 한 권도 가진 게 없지만, 이 책들은 틀림없이 좋아하실 거라고 하던데요.」

「맹추 같은 여자야.」

에밀리 애런델이 대꾸했다.

「책에 대한 취향이 지금까지 내가 만난 사람들 중에서 제일 형편 없어.」

「미안해요. 제가…….」

「괜찮아. 당신 잘못이 아니니까.」

에밀리 애런델이 상냥하게 덧붙였다.

「오늘 오후는 즐겁게 지냈수?」

로슨 양의 얼굴이 환하게 밝아졌다. 생기에 가득 찬 표정이었다.

「예, 정말 고마워요. 저한테 이렇게 친절하게 대해 주시니. 아주 재미있었어요. 플랏쳇(점을 치는 판. 손끝을 가볍게 대면 판이 움직이며 거기에 따른 연필의 궤적으로 점을 친다.)을 했는데, 점판에 '가장 재미있는 것들'이라는 글자가 새겨졌지 뭐예요. 몇 개의 메시지가 있었어요. 물론 꼭 그대로 나타나는 것은 아니지만……. 줄리아 트립은 점판의 자동 기술로 굉장히 성공을 거뒀어요. 죽은 사람한테서 나온 메시지로요. 정말 그들에게 감사를 하게끔 만들어요. 그런 일들이 일어날 수 있다는 데 대해…….」

애런델 양이 가볍게 미소지으며 말했다.

「교구 목사님이 당신 얘기를 듣지 못하시게 해야겠어.」

「하지만 애런델 양, 저는 정말 철석같이 믿고 있어요. 잘못되는 일은 없을 거라고요. 저는 단지 론스데일 씨가 그 문제를 검토해 봤으면 하고 바랄 뿐이에요. 조사도 해보지 않고 비난을 퍼붓는 건 속 좁은 짓이잖아요. 줄리아와 이사벨은 정말 신령한 여자예요.」

「너무 신령해서 살아가지도 못할 정도지.」

애런델 양이 비꼬듯이 말했다.

그녀는 줄리아나 이사벨 트립을 별로 좋아하지 않았다.

그네들의 옷차림은 우스꽝스러웠다. 그들이 말하는 채식주의나 생과일 식사는 영 이치에 닿지도 않을 뿐더러, 그들의 태도 또한 뭔가

허식적인 데가 있다고 생각했다.

그들은 전통도 없고, 뿌리도 없는, 그 혈통을 알 수 없는 여자들이었다! 그러나 애런델은 그들의 진지함에 대해서는 어느 정도 재미를 느끼고 있었으며, 그들이 불쌍한 미니에게 보여 주는 우정이라는 형태의 기쁨에 대해 꺼려하지는 않을 만큼 인정이 있었다.

불쌍한 미니! 에밀리 애런델은 애정과 멸시가 뒤섞인 감정으로 자기의 컴패니언을 바라보았다.

그녀는 자신을 보살펴 주도록 이런 중년에 접어든 여자들을 여러 명 고용해 보았다. 그들은 모두가 하나같이 친절하고 수선스러우며 순종적인 데다가 생각이 모자랐다.

불쌍한 미니는 오늘밤 굉장히 흥분한 것처럼 보였다. 두 눈이 반짝반짝 빛나고 있었다. 무엇을 하겠다는 생각도 없이 이것저것 물건을 집었다 놓았다 하면서 안절부절못하고 있었다.

긴장한 듯 말을 더듬거리면서 미니가 입을 열었다.

「저, 그곳에 계셨더라면 좋을 뻔했어요. 그것을 믿으실 거라고 생각하지는 않지만요. 오늘밤 메시지가 있었어요. 'E. A.'라고. 그 글자가 아주 분명했어요. 몇 년 전에 죽은 남자한테서 온 건데―아주 잘생긴 군인이래요. ―이사벨은 그 사람을 아주 뚜렷하게 봤대요. 그분은 애런델 장군님이 틀림없어요. 사랑과 위로가 가득 차 있는 아름다운 메시지였는데, 인내를 통해서 어떻게 모든 것이 이루어질 수 있는가를 보여 주고 있었대요.」

「그런 감상적인 얘기라면 아버님답지 않은데.」

애런델 양이 말했다.

「그러나 친절하신 장군님은 맞은편에다 이렇게 바꾸셨대요. '모든 것이 사랑이며 이해다.'라고요. 그리고 나서, 플랫쳇이 어떤 열쇠에 관한 것을 썼어요. 제 생각에는 철제 캐비닛 열쇠를 말하는 것 같은데……. 그렇지 않을까요?」

「철제 캐비닛 열쇠?」

관심이 가는 듯 애런델의 목소리가 높아졌다.

「그런 생각이 들어요. 그 안에 무슨 중요한 서류 같은 게 들어 있지 않을까요? 한번은 메시지가 어느 가구라는 것까지 지적해 준 적이 있었는데, 유언장이 정말로 그곳에서 나왔다지 뭐예요.」

「철제 캐비닛에 유언장은 없어. 그만 잠자리에 들지, 미니. 피곤해 보여. 나도 그렇고. 언제 하루 저녁 날을 잡아서 트립 자매에게 가서 물어 보지.」

「오, 좋은 생각이세요! 더 필요하신 건 없으시죠? 놀러온 사람들 때문에 너무 지치시면 안 될 텐데. 엘렌에게 내일 거실에 환기를 좀 시키도록 일러야겠어요. 그리고 커튼의 먼지도 털어내고……. 그 담배 냄새라니……. 거실에서 담배를 피우라고 하신 건 정말 잘못하신 일이에요!」

「젊은 사람들한테 양보해야지 뭐. 잘 자, 미니.」

미니는 방을 나갔다.

에밀리 애런델은 그 심령술이라는 게 미니에게는 그렇게도 좋은 것인지 궁금하다는 생각이 들었다. 그녀의 눈은 마치 터질 듯이 반짝이고 있었고, 불안과 흥분 때문에 취해 있는 것처럼 보였다.

애런델은 침대 속으로 들어가며 그 철제 캐비닛 건은 정말 의외라는 생각을 했다.

몇 년 전에 일어났던 광경이 생각나자 씁쓸하게 미소를 지었다. 아버지가 돌아가신 뒤 비로소 밝혀진 캐비닛 열쇠와, 그 캐비닛이 열릴 때 곤두박질치며 폭포수처럼 쏟아지던 빈 브랜디 병들!

사람을 그토록 궁금하게 만들던 것이 그런 보잘것없는 물건들이었다는 사실은 미니 로슨도, 이사벨이나 줄리아도 필경 모르고 있으리라. 그러므로 점쟁이의 신통력이란 것도 별로 믿을 게 못 된다.

네 개의 기둥이 달린 커다란 침대 위에 누운 채 그녀는 잠을 못 이루고 있었다. 요즘에는 점점 잠들기가 힘들어진다.

그렇지만 그녀는 수면제를 잠시 복용해 보라는 그레인저 의사의 제의를 비웃었다. 수면제는 병자를 위해서, 손가락 통증이나 치통, 또는 불면의 지루함을 견디지 못하는 사람들을 위해서 있는 것이다.

종종 그녀는 한밤중에 자리에서 일어나 책을 집어들었다가, 집 안의 장식품들을 매만졌다가, 꽃병의 위치를 바로잡아 보았다가, 편지를 한두 장 썼다가 하면서 소리 안 나게 집 안 이곳저곳을 돌아다녔다. 그렇게 돌아다니다 보면, 한밤중에는 집도 똑같이 살아 있다는 느낌을 받는다. 밤마다의 배회를 그들은 싫어하지 않았다.

마치 그녀 곁에서 유령들이, 자매들인 애러벨라와 마틸다, 그리고 애그니스와 그 못된 여자가 사로잡기 전의 다정했던 오빠 토머스의 유령이 그녀와 함께 걷는 것 같았다.

딸들에게 고함치고 위협을 주었지만, 인도 원주민 병사 반란 때의 체험이나 세상사에 대한 지식이 그네들에게는 커다란 자랑거리였던 집안의 폭군 찰스 레버턴 애런델 장군의 유령까지.

조카딸의 약혼자를 생각해 보며 애런델은 생각했다.

'술은 절대 입에 대지도 못할 사람이야! 오늘 저녁에는 스스로를 '사나이'라고 부르면서도 보리물을 마셨지! 보리물을! 그리고 나는 아버님의 특제 포도주 병을 뜯었고.'

찰스는 포도주를 제대로 평가할 줄 안다. 아! 찰스를 믿을 수만 있다면! 차라리 어떤 부류의 인간인지 모르고 있었다면…….

그 생각을 중단했다. 그녀의 마음은 지난 주말에 있었던 사건들 위로 흘러갔다. 막연히 모든 것이 불안해 보인다.

그녀는 걱정스러운 생각들을 떨쳐 버리려고 애를 썼다.

그러나 아무 소용이 없었다.

팔꿈치를 받치고 작은 받침접시 위에서 타고 있는 종야등 불빛으로 시간을 보았다. 1시였다. 조금도 잠들었던 것 같지 않다.

그녀는 침대에서 나와 슬리퍼를 찾아 신고 따뜻한 실내복을 잠옷 위에 걸쳤다.

아래층으로 내려가 내일 아침 반환해 주려고 준비해 놓은 책들을 확인해 볼 생각이었다. 그림자처럼 방에서 미끄러져, 작은 전구 한 개가 온 밤을 밝히고 있는 복도로 걸어갔다.

층계참에 다다라 난간 기둥을 잡으려고 한 손을 뻗치다가 그녀는 이상하게도 넘어지고 말았다. 몸의 균형을 잡으려고 애를 썼으나 실패하면서 계단 아래로 곤두박질쳤다.

애런델 양이 굴러 떨어지는 소리, 그녀가 지른 비명소리가 잠 속에 빠져 있던 집 안을 온통 깨워 놓았다.

문들이 열리고 불이 켜졌다.

로슨 양이 계단 끝의 방에서 튀어나와 신음소리가 나는 곳을 향해 종종걸음으로 계단을 뛰어 내려왔다. 다른 이들도 하나하나 모여들었다. 화려한 실내복 차림의 찰스는 하품을 하고 있었고, 테레사는 짙은 색깔의 실크 옷으로 몸을 휘감고 있었다. 청색 잠옷을 입은 벨라의 머리에는 온통 웨이브를 만드는 빗들이 곤두서 있었다.

정신이 혼미해진 에밀리 애런델은 기진맥진한 상태로 누워 있었다. 어깨와 복숭아뼈를 다쳤고, 통증 때문에 온몸이 쑤셨다.

천천히 주위에 사람들이 서 있다는 걸 느낄 수 있었다.

울면서 양손을 무력하게 휘젓고 있는 미니 로슨. 테레사의 놀란 검은 눈. 뭔가를 기대하는 표정으로 입을 벌린 채 서 있는 벨라.

그리고 어디선가 아주 멀리서 들리는 것처럼 들려 오는 찰스의 목소리.

「그 못된 개의 공 때문이야! 그 녀석이 여기다 공을 놔둔 걸 모르고 그것에 채여서 넘어지신 게 틀림없어. 자, 이것 보라고!」

그리고 난 뒤 다른 이들을 밀치면서 그녀 곁에 무릎을 꿇고 앉아 양손으로 능숙하게 어루만져 주고 있는 사람을 그녀는 의식할 수 있었다. 안도감이 그녀를 감쌌다. 곧 괜찮아질 것이다.

타니오스 의사가 신뢰감을 주는 목소리로 말했다.

「괜찮습니다. 부러진 뼈는 없고. 단지 몹시 구른 데다가 타박상 정도예요. 물론 심한 충격은 받으셨지만. 그래도 이 정도 다치신 게 정말 다행입니다.」

그는 다른 이들을 좀더 뒤쪽으로 밀쳐 놓은 다음, 그녀를 가볍게 들어서 침실로 옮겼다.

맥박을 재고 난 뒤 고개를 한번 끄덕인 다음, 미니—여전히 울고 있었기 때문에 방해가 되는 상태였다. —에게 브랜디와 더운물을 가져오도록 일렀다.

당황한 데다가 심하게 구르고 통증까지 있어서 괴로운 에밀리는, 그 순간 야콥 타니오스에게 말할 수 없는 고마움을 느꼈다. 능력을 갖추고 있는 사람의 보호 속에 있다는 안도감. 타니오스는 의사가 주어야 하는 확신과 자신감을 그녀에게 불어넣어 주고 있었다.

무언가가 있었다.

그녀가 붙잡을 수 없는…… 모호하게 움직이는 무엇인가가. 그러나 지금은 그것을 생각하고 싶지가 않다. 이것을 마시고 이들이 권하는 잠에 빠져 들어가고 싶다.

그러나 틀림없이 무언가가 사라져 버렸다. 잡을 수 없는 무언가가. 그녀는 더 이상 생각하고 싶지 않았다. 어깨 부분에서 통증이 왔다. 받은 것을 단숨에 들이마셨다.

타니오스 의사의 목소리—안도감을 주는 목소리—가 들렸다.

「이제는 괜찮으실 겁니다.」

그녀는 눈을 감았다.

에밀리 애런델은 자신이 잘 알고 있는 소리—부드럽고, 감싸듯 조용히 짖는 '멍멍' 소리.—에 잠이 깼다.

정신이 맑아졌다. 밥, 장난꾸러기 밥!

그 녀석이 현관문 밖에서 짖고 있었다.

'밤새 밖에 나가 있었던 걸 부끄러워하는' 짖음 소리.

열쇠 돌리는 소리기 몇 번 계속됐다.

애런델 양은 귀를 곤두세웠다. 그래, 모든 게 제대로 됐구나.

미니가 녀석을 안으로 들여보내는 소리가 들렸다. 현관문이 열리는 삐걱 소리와 낮은 웅얼거림. 미니가 무익하게 또 야단치는 소리!

「이 장난꾸러기 강아지야, 몹쓸 녀석 같으니라고.」

식품 저장실 문이 열리는 소리가 들렸다. 밥의 잠자리는 저장실 테이블 아래였다.

그때, 에밀리는 사고가 나던 순간 자신이 무의식적으로 그리워하던 게 무엇인지 알 수 있었다. 그것은 밥이었다. 그 모든 소란에—그녀의 낙상, 뛰어오는 사람들의 발자국 소리—보통 때라면 밥은 식품 저장실 안에서 점점 크게 짖음으로써 답을 하려 했을 것이다. 그것은 바로 마음 한구석에서 그녀가 우려하던 것이었다.

그러나 지금은 모두 설명이 되었다. 지난 밤, 밥은 부끄러움도 없이 멋대로 뛰어나갔던 것이다. 밥은 가끔 선의에서 이런 도주를 하고는, 사죄를 하면서 새벽에 돌아오곤 했다. 그런 것은 괜찮다. 그러나 그것뿐이란 말인가? 머릿속에서는 자신을 괴롭히는 다른 무엇이 있었다.

그녀가 당한 사고……. 그 사고와 관련된 무엇이.

그래, 누군가 말했지. 찰스였나? 밥이 계단 위에 놓고 간 공 때문에 넘어진 거라고? 공은 거기에 있었다.

찰스의 손안에 쥐어져 있었다.

머리가 아파 왔다. 어깨도 쑤셨다. 타박상을 입은 곳이 쓰렸다. 몸이 괴로운 가운데 정신은 더욱 맑고 투명해졌다.

쇼크 때문에 혼란해진 머리가 이젠 괜찮다. 기억이 또렷해졌다.

어제 저녁 6시 이후에 일어난 사건들을 머릿속에서 더듬어 보았다. 매 순간 순간을 되짚어 보면서……, 층계에 다다라 계단에서 굴러 떨어지던 순간까지…….

믿을 수 없는 공포의 전율이 온몸을 휩쌌다.

틀림없이 그녀가 잘못 생각했던 것이다. 사람이란 어떤 사건을 경험한 뒤에는 종종 기묘한 환상에 사로잡히게 마련이다.

그녀는 발 아래에서 채인 공의 매끄럽고 둥근 촉감을 기억해 내려고 애썼다. 그러나 그런 종류의 촉감은 전혀 기억할 수가 없다.

대신에…….

「신경과민이지.」

에밀리 애런델이 중얼거렸다.

「우스꽝스러운 환상이야.」

그러나 민감하고 날카로운 빅토리아 인의 정신은 잠시도 가만히 있지를 않았다. 빅토리아 인들에게는 눈곱만큼의 낙관주의도 허용되지 않는다. 최악의 상태를 믿을 때가 가장 편안하다.

에밀리 애런덴은 최악의 상태를 믿고 있었다.

제4장 애런델 양, 편지를 쓰다

금요일이었다.

조카들은 이미 떠났다.

처음 작정한 대로 수요일에 떠난 것이다. 모두가 다 계속 머물러 있겠다고 했지만, 전부 강경하게 거절당하고 말았다.

애런델 양은 '아주 조용하게' 있고 싶다고 그 이유를 설명했다.

그들이 떠나고 난 뒤 에밀리 애런델은 명상 속에만 빠져 있었다. 종종 로슨 양이 하는 얘기도 듣지를 못했다. 그녀를 쳐다보면서 처음부터 다시 시작하라고 무뚝뚝하게 명령을 내리곤 했다.

「쇼크 때문이야. 정말 안됐어.」

로슨 양은 시들어 버린 수많은 인생들을 밝혀 주던 그 우울한 문구를 덧붙였다.

「아마 다시는 전과 같이 될 수 없을 거야.」

그레인저 의사는 에밀리의 원기를 회복시켜 주기 위해 정성을 다했다. 그녀에게 이번 주말쯤이면 다시 아래층으로 내려갈 수 있을 것이며, 뼈가 부러지지 않은 건 정말 다행이라고 이야기했다.

또한, 애를 쓰고 있는 의사에게 있어서 그녀가 어떤 종류의 환자인가, 모든 환자가 다 그녀와 같다면 자신의 일이 얼마나 수월해질 것인가 등을 덧붙였다.

노의사와 에밀리 양은 오랜 친구였다.

그는 늘 그녀를 곯렸고, 그녀는 그에게 도전하곤 했다. 그들은 항상 상대방에게서 커다란 기쁨을 느끼곤 했다! 그러나 지금, 의사가 쿵쿵거리며 나가 버리자 이 노숙녀는 생각에 생각을 거듭하면서 찌푸린 얼굴로 누워 있었다.

「가엾기도 하지.」

여주인의 침대 밑에다 깔개를 펴주면서 로슨 양이 밥을 향해 중얼거렸다.

「이 귀여운 강아지가 자신이 여주인에게 한 짓을 안다면 얼마나 마음이 아플까?」

에밀리 양이 매섭게 말했다.

「바보처럼 굴지 마, 미니. 당신의 그 영국인다운 정의감은 다 어디로 갔지? 이 나라에서는 어느 누구도 유죄가 증명될 때까지는 결백하다는 걸 몰라?」

「알고 있긴 하지만……..」

에밀리가 또 소리쳤다.

「우리는 아직 아무것도 몰라. 조바심 내지 말아요, 미니. 병실에서는 어떻게 행동해야 하는지도 모르나? 나가서 엘렌이나 불러 줘.」

유순한 미니 로슨은 슬그머니 방을 나갔다.

그녀가 나가는 것을 바라보면서 에밀리는 가벼운 자책감이 들었다. 미니는 그녀에게 최선을 다하고 있는 것이다.

다시 한 번 에밀리의 얼굴에 깊은 주름이 졌다.

기분이 매우 언짢았다. 그녀는 어떤 상황에서나 무력한 것을 싫어하는 강한 정신의 소유자였다. 그러나 이런 상황에서는 어떠한 행동을 취해야 할지 결정을 내릴 수가 없다. 가족들도 믿을 수가 없고, 자신의 기억조차도 믿을 수가 없다. 마음을 털어놓을 수 있는 사람이라고는 한 사람도, 정말 단 한 사람도 없는 것이다.

반 시간가량 지난 뒤 로슨 양이 고기즙을 한 컵 들고 삐걱거리면서 발끝으로 들어왔다. 두 눈을 감고서 누워 있는 에밀리의 모습을 보고는 결단을 내리지 못한 채 엉거주춤하고 서 있었다.

갑자기 에밀리가 내뱉는 말에 로슨은 컵을 떨어뜨릴 뻔했다.

「메어리 폭스.」

「박스(Box) 말씀이세요?」

로슨 양이 물었다.

「박스가 필요하다는 말씀이세요?」

「잠자코 있어요, 미니. 박스란 소리는 한 마디도 안 했어. 메어리 폭스 말이야. 내가 작년에 첼튼햄에서 만났던 여자. 엑스터 성당에 있는 어떤 사제의 누이동생이었지. 컵을 이리 가져 와. 접시에 쏟겠어. 그리고 방에 들어올 때 발끝으로 살금살금 들어오지 말고. 그게 사람을 얼마나 불안하게 만드는 줄 알아? 아래층에 내려가서 런던 전화번호부 좀 가져다 줘.」

「전화번호를 알아올까요, 주소를 알아올까요?」

「당신이 그렇게 해주기를 원했다면 내가 그런 식으로 말했을 거야. 내가 얘기한 대로만 해. 이리로 책을 가져 와요. 침대 옆에다 받아적을 종이도 준비하고.」

로슨 양은 명령에 복종했다.

그녀가 요구한 대로 모든 것을 갖춰 놓은 뒤 로슨 양이 방을 나가려고 할 때 에밀리가 예기치 않게 불쑥 말했다.

「당신은 착하고 충실한 사람이야, 미니. 내가 하는 말을 너무 언짢게 생각지 말아요. 그건 내 지나친 말보다 더 나쁜 행동이야. 당신은 아주 참을성도 있고, 또 내게는 항상 잘 해왔어.」

로슨 양은 얼굴이 분홍빛이 되어 몇 마디 알아듣지 못할 말을 중얼거리면서 방을 나갔다.

침대 위에 앉아서 에밀리 양은 편지를 썼다.

생각을 하기 위해, 또 자신의 요점을 강조하기 위해 여러 번 쉬어 가며, 아주 조심스럽게 편지를 썼다.

쓴 페이지의 옆 여백에다가 비스듬하게 더 채워 넣었다.

왜냐하면 에밀리는 종이를 낭비해서는 안 된다고 가르치는 학교에서 교육을 받았던 것이다. 드디어 이젠 됐다는 만족스런 한숨과 함께 편지 아래에 자신의 이름을 쓰고 봉투 속에 집어넣었다.

봉투 겉장에다 이름을 하나 써넣었다. 그리고는 깨끗한 종이 한 장을 집었다. 이번에는 대강 흘려서 썼다. 그런 다음, 그것을 읽어 본 뒤 약간 수정을 해서 다른 종이에다 똑같이 베껴 썼다.

그 편지를 다시 조심스럽게 읽어 본 뒤, 자신의 의도가 제대로 표현된 것에 만족해하며 그것을 봉투에 넣어서 퍼비스 변호사 앞이라고 주소를 썼다.

에르퀼 포와로에게 보내는 주소가 쓰인 첫 번째 봉투를 다시 집어 들고 전화번호부를 펼쳤다.

문에서 똑똑 노크 소리가 났다.

에밀리 양은 급히 방금 주소를 쓴 편지—에르퀼 포와로에게 보내는 편지—를 필통 뚜껑 안에다 밀어 넣었다.

미니는 지나치게 호기심이 많았다.

에밀리는 미니의 호기심을 자극시킬 생각은 추호도 없었다.

「들어와요.」 하는 소리와 함께 한숨인지 안도의 숨인지 큰 숨을 내쉬면서 에밀리는 베개 위로 몸을 기댔다.

상황을 처리할 첫발을 방금 내디딘 것이다.

제5장 포와로에게 온 편지

　지금까지 이야기한 사건의 이후에 대해서는 나는 오랫동안 모르는 채로 있었다.

　그러나 예기치 않은 기회에 애런델 양의 가족들에게 이것저것을 캐물은 결과, 나는 꽤 자세하게 이 사건을 기록할 수 있게 되었다.

　포와로와 나는 애런델 양의 편지를 받는 순간 이 사건 속으로 깊이 빠져 들어갔다.

　나는 그 날을 아주 잘 기억한다. 6월 하순의 덥고 바람 한 점 없는 아침이었다.

　아침마다 우편함을 열어보는 것이 포와로의 틀에 박힌 일이었다. 그는 편지를 하나하나 집어들어 신중하게 살펴본 다음, 종이칼로 매끈하게 봉투를 찢었다.

　내용을 숙독한 다음에는 초콜릿 통 뒤에 놓여 있는 네 개의 서류철 중 한 곳에다 편지를 집어넣었다.

　(포와로는 아침식사로 항상 초콜릿을 먹었다. 그건 아주 혐오감을 주는 습관이었다.)

　이 모든 일은 매일 아침 기계적으로 되풀이되었는데, 이 리듬을 중단시킬 만큼 그의 관심을 끌었던 것이 바로 이 사건이었다.

　나는 질주하는 차량들을 바라보며 창가에 앉아 있었다.

　최근에 아르헨티나에서 돌아와 보니, 런던의 포효 속에는 나를 흥분시키는 그 무엇인가가 있었다.

　고개를 돌리면서 나는 미소를 지었다.

　「포와로, 이 변변찮은 와트슨(코넌 도일의 추리소설 속에 등장하는 인물로, 셜록 홈스의 친구이자 조력자.)이 감히 추리를 하나 해보려고 합니다만…….」

「구미가 당기는군 그래. 그래, 그게 뭔가?」

나는 자세를 바로잡으며 뽐내듯이 말했다.

「당신은 오늘 아침 유난히 관심이 가는 편지 한 통을 받았어요!」

「자네, 셜록 홈스로구먼!」

내가 싱긋 웃자 포와로가 말했다.

「그래, 정확하게 맞췄어.」

「당신의 방법을 잘 알죠, 포와로. 당신이 편지를 두 번 읽을 때는 틀림없이 특별한 관심거리라는 것을 의미한단 말입니다.」

「자, 자네가 스스로 판단을 내려보게, 헤이스팅스.」

나의 친구는 웃으면서 문제의 편지를 내게 내밀었다. 별 관심 없이 편지를 받아쥔 나는 곧 상을 찡그렸다.

그것은 고리타분한 거미줄 같은 필체로서, 편지지로 두 페이지나 됐는데, 여백에까지 깨알 같은 글씨가 쓰여 있었다.

「이걸 읽어 봐야 되나요, 포와로?」

나는 투덜거렸다.

「아니, 강요하는 것은 아냐, 절대로.」

「여기 쓰여 있는 내용을 내게 말로 해줄 수는 없습니까?」

「자네 스스로 밝혀 보는 게 좋을 듯하네만. 하지만 귀찮다면 공연히 두통거리를 만들 필요는 없지.」

「아닙니다. 뭐라고 쓰여 있는지 알고 싶군요.」

나도 지지 않았다.

포와로가 조용히 말했다.

「자네도 그렇게 하기는 힘들 거야. 사실, 그 편지에는 전혀 아무것도 쓰여 있지 않으니까.」

이 말을 과장이라고 생각한 나는 더 이상 법석 떨지 않고 그 편지를 읽어 내려갔다.

'에르큘 포와로 씨께

친애하는 선생님,
 여러 번 망설인 끝에 이 편지를 쓰고 있습니다.(마지막 글자는 지워져 있었으나 편지는 계속됐다.) 지극히 사적인 문제에 대해서 제게 도움을 주실 수 있으리라 기대하며 용기를 내어 편지를 씁니다.('지극히 사적인'이라는 말 아래에는 세 개의 밑줄이 그어져 있었다.)
 저는 선생님의 성함을 엑스터 폭스 양을 통해 들었습니다만, 폭스 양 역시 선생님을 직접 알고 있는 것이 아니고, 다만 형부의 누이동생—유감스럽게도 기억이 나지를 않습니다. —이 거만한 말투로('거만한 말투' 밑에도 줄이 하나 그어져 있었다.) 당신이 친절하며 신중한 분이라고 얘기했다고 했습니다.
 물론, 저는 그녀를 위해서 처리해 주신 문제의 성질에 관해서는 묻지 않았습니다만, 폭스 양을 통해 이해한 바로는 그것이 매우 고통스럽고도 은밀한 성질(이 네 마디 말에는 굵게 줄이 쳐져 있었다.)을 지닌 것 같더군요.'

나는 거미줄 같은 단어들을 읽어 나가는 힘겨운 임무를 포기해 버렸다.
「포와로, 내가 계속 읽어 가야 하나요? 이 여자가 말하려는 요점이 뭡니까?」
「계속해서 읽어 보게. 인내심 있게.」
「인내라!」
나는 투덜거렸다.
「잉크 병 속에 들어갔던 거미가 종이 위를 기어다닌 것 같군! 우리 메어리 대고모님이 쓰시던 필체와 똑같아요!」

나는 다시 편지에다 정신을 집중했다.

'현재의 고민 상태에서 선생님이 저를 위해 필요한 조사를 해주실지도 모른다는 생각이 떠올랐습니다. 곧 아시게 되겠지만 문제는 최대한 신중을 요구하는 일이랍니다. 제가 얼마나 간절하게 이 사건에 대해 잘못 생각하고 있는 것이기를 바라고 있는가는(두 줄이 그어져 있었다.) 말씀드릴 필요도 없을 것입니다. 사람이란 자연스럽게 일어날 수 있는 사고에도 때론 너무 많은 의미를 부여하곤 하니까요.'

「내가 편지 한 장을 빠뜨린 것이 아닌가요?」
나는 약간 당황해서 중얼거렸다.
포와로가 낄낄거렸다.
「아냐, 아니라고.」
「이것만으로는 의미가 통하지 않는데. 이 여자가 이야기하려는 게 뭐죠?」
「계속 읽어보라니까.」
「'곧 아시게 되겠지만 문제는…….' 여기서 뭔가 빠진 것 같군요. 아! 여기 있다.」

'선생님이 그 내용을 충분히 이해할 수 있는 유일한 분이라고 제가 확신하고 있는 상황에서 마켓 베이싱(나는 편지의 머리 부분을 쳐다봤다. '버크셔 군 마켓 베이싱 리틀 그린 하우스'라고 적혀 있었다.)에 있는 어느 누구와 의논한다는 것은 거의 불가능한 일인 동시에 불안을(밑줄이 그어져 있었다.) 느낀다는 점을 이해하실 겁니다.
　지난 며칠 동안 터무니없는 공상('공상'에도 세 줄이 그어져 있었다.)에 빠져 있는 제 자신을 질책했습니다만, 마음은 점점 더 어지럽기만 합니다. 제가 아무것도 아닌 사소한('사소한'에도 두 줄이 그어져 있었다.) 일에 지나치게 집착하고 있는지도 모릅니다. 어쨌든 불안을 떨쳐 버릴 수가 없습니다. 이 문제가 제대로 해결되어야만 안심할 수 있을 것 같습니다. 이 일이 제 마음을 괴롭히고 건강을 좀 먹어서 저는 누구에게도 말을 하지 못한 채(여기에도 굵게 줄이 그어져 있었다.) 고통스런 처지에 놓여 있습니다. 물론, 선생님은 이것이 모두 쓸데없는 망상일 뿐이라고 현명하게 말씀하시겠지요. 그것이 악의 없는(밑줄이 그어져 있었다.) 해석일 겁니다.

그러나 아무리 사소한 일처럼 보일지라도 우리 개의 공과 관련된 사건이 일어난 이후로 저는 점점 의혹과 놀라움이 커져만 갑니다. 그러므로 이 사건에 관해 선생님의 의견과 조언을 듣고자 합니다. 그렇게 하는 것이 제 마음의 부담을 덜어 줄 수 있으리라고 확신하니까요. 그러므로 이 일과 관련해서 선생님이 제게 해주실 수 있는 충고와, 그에 따른 비용을 알려 주시기 바랍니다.

이곳에 사는 사람은 아무도 이 일을 알지 못한다는 점을 다시 한 번 강조해서 말씀드립니다. 문제는 사실 아주 사소하고 하찮은 것입니다만, 저의 건강 상태는 매우 좋지 않으며 신경(세 줄이 그어져 있었다.)도 예전과 같질 않습니다. 이런 정신적인 괴로움이 제 건강을 해치고 있으며, 제가 이 문제를 생각해 볼수록 저는 그 당시 매우 정상적이었으며, 결코 실수를 한 것이 아니라는 확신이 듭니다. 앞으로도 저는 누구에게 이런 것을 말하게 되리라고는 생각지 않습니다.

조속한 시일 내에 이 문제에 대한 선생님의 조언을 듣게 되기를 바라며 이만 줄입니다.

에밀리 애런델 드림'

나는 편지를 넘겨주며 각 페이지마다 꼼꼼히 살펴봤다.

「포와로, 이곳을 좀 보세요.」

「뭐 말인가?」

조바심이 나서 나는 손가락으로 편지를 탁탁 쳤다.

「이상한 여잔데 그래요! 왜 애런델 부인이라든가, 또는 애런델 양이라고는 쓰지 않았을까?」

「내 생각으로는 '미스' 같네. 미혼 여성의 전형적인 편지투야.」

「하긴 그렇군요.」

나도 맞장구를 쳤다.

「진짜 까다로운 노처녀로군요. 왜 자신이 하려고 하는 얘기를 그대로 털어놓지 않았을까요?」

「자네가 얘기했듯이, 심리적인 문제에는 명령을 내리고 방법을 강구하는 것도, 또 방법을 강구하지 않는 것도 후회를 잉태할 수 있으니까.」

「도대체 어떤 생각에서 이와 같은 편지를 썼을까요?」

「글쎄……」

「이 길고 두서 없는 글이 결국은 아무것도 아니었어요.」

나는 계속했다.

「그 여자를 당황하게 만든 건 아마도 그 뚱뚱한 애완용 개, 천식에 걸린 발바리거나 시끄럽게 짖어대는 털북숭이 강아지겠죠!」

나는 호기심을 느끼며 친구의 얼굴을 들여다보았다.

「당신은 이 편지를 두 번이나 읽었죠? 당신을 이해할 수가 없는데요, 포와로.」

포와로는 빙그레 웃었다.

「이봐, 헤이스팅스. 자네 같으면 이걸 곧바로 쓰레기통에다 집어넣었겠지?」

「아마 그랬을 테죠.」

편지를 바라보며 나는 눈살을 찌푸렸다.

「평소에 내가 둔하다는 것은 알고 있습니다만, 이 편지엔 전혀 흥미를 느낄 수가 없어요!」

「그 속에 굉장한 흥미를 불러일으키는 사실이 꼭 한 가지 있네. 나는 편지를 읽다가 그것을 곧 찾아냈지.」

「잠깐만요.」

나는 소리쳤다.

「얘기하지 마세요. 나 스스로 그것을 찾아낼 수 있는지 알아봐야겠어요.」

아마도 내 태도는 어린애 같았을 것이다. 나는 아주 찬찬히 편지를 훑어보았다. 그리고 나서 고개를 내저었다.

「알 수가 없군. 이 노숙녀는 흥분해 있어요. 그건 알겠습니다만 그러나 노인네들이란 늘 그렇잖아요! 그런 건 아무 의미도 없어요. 생각에 따라서는 심상치 않은 일일 수도 있겠지만, 당신이 그런 걸 얘기한다고 볼 수는 없고……. 만일 당신의 직감이 아니라면…….」

포와로가 손을 들어 내 말을 가로막았다.

「직감이라니! 내가 그 말을 싫어한다는 건 자네도 알지? ‘무엇인가가 내게 말을 건네는 것 같다.’ 이것이 바로 자네가 추론하는 식이로군. 천만에! 나는 철저히 이성에 의한 거야. 이 조그만 회색 뇌세포를 사용하란 말일세. 자네가 무시해 버린 그 편지 속에는 흥미를 끄는 점이 꼭 한 가지 있어, 헤이스팅스.」

「아, 그래요.」

나는 지긋지긋해졌다.

「내가 그걸 사겠습니다.」

「사다니? 무엇을 사겠다는 건가?」

「당신의 말 한 마디. 우둔한 내가 알아차리지 못하는 것을 들려주는 기쁨을 당신에게 허락해 주겠다는 말입니다.」

내가 대답했다.

「자네는 우둔한 게 아냐, 헤이스팅스. 주의를 기울이지 않았을 뿐이지.」

「아니, 그 얘기는 그쯤 해두시죠. 그래요, 그 홍미를 동하게 하는 점이 뭔가요? '개와 관련된 한밤중의 사건' 같은 거라면 뭐 홍미를 끌 건더기라곤 조금도 없는데!」

포와로는 나의 반격을 무시한 채 침착하게 말했다.

「홍미를 *끄는* 점은 바로 '날짜'일세.」

「날짜라뇨?」

나는 편지를 집어들었다.

왼쪽 윗부분 끝에 4월 17일이라고 쓰여져 있었다.

「그래요, 묘하군요. 4월 17일이라.」

「오늘이 6월 28일이니 이상하지 않나? 두 달 전의 날짜야.」

나는 의혹에 싸여 머리를 갸우뚱거렸다.

「별것 아니겠죠. 잘못 쓴 게 아닐까요? 6월로 쓴다는 것이 4월이 되어 버린 건지도 모르죠.」

「그렇다고 해도 열흘이나 열 하루 정도 지난 것인데—아무래도 수상해. 사실, 자네는 지금 잘못 생각하고 있어. 글씨의 잉크 빛깔을 보라고. 그 편지는 열흘이나 열 하루 전에 쓴 게 아냐. 더 오래 전에 쓴 거지. 4월 17일이 확실해. 그렇다면, 왜 그때 이 편지를 부치지 않았을까?」

나는 양어깨를 으쓱했다.

「그거야 간단하죠. 이 노숙녀께서는 마음이 변한 겁니다.」

「그렇다면, 편지를 왜 없애 버리지 않았지? 두 달 동안이나 지니고 있다가 왜 이제서야 부쳤을까?」

나는 더 이상 대답하기 힘들다는 것을 인정해야했다. 만족할 만한 답변을 생각해낼 수가 없었다.

머리를 가로 내저은 채 아무 말도 할 수가 없었다.

포와로가 고개를 끄덕였다.

「자네도 알다시피 그게 요점이야! 그래, 바로 그 점이 호기심을 발동시키는 거라고.」

「답장을 쓸 건가요?」

「물론이지.」

방안은 포와로가 펜을 사각거리는 소리뿐이었다.

덥고 바람도 불지 않는 아침이었다. 먼지와 콜타르 냄새가 창문을 통해 들어왔다.

책상에서 일어서는 포와로의 손에는 다 쓴 편지가 들려 있었다. 그는 책상 서랍을 열어서 네모난 작은 봉투를 꺼냈다. 우표도 꺼냈다. 스펀지에다 물을 묻혀서 편지에 붙일 준비를 했다.

갑자기 우표를 든 손을 멈추더니. 포와로는 세차게 머리를 흔들었다.

「아니지!」

그가 소리쳤다.

「실수할 뻔했네.」

그는 편지를 가로로 북 찢어서 쓰레기통 속에 던졌다.

「이런 것과 씨름할 필요가 없지! 우리가 가보는 거야!」

「마켓 베이싱까지 내려갈 셈인가요?」

「물론이지. 오늘은 런던에서 질식당할 필요가 없겠네. 시골 공기가 기분 좋게 느껴지겠지?」

「당신이 그렇게 하시겠다면야.」

나도 지지 않았다.

「자동차로 가는 게 어때요?」

나는 중고 오스틴을 한 대 가지고 있었다.

「좋지! 자동차로 여행하기 좋은 날씨로군. 두꺼운 머플러는 필요하지 않을 거야. 가벼운 코트에 실크 스카프라…….」

「이것 보세요, 당신은 지금 북극에 가려는 게 아니에요!」

내가 제지했다.

「누구나 감기에 걸리지 않도록 조심해야 한다네.」

설교하는 투로 포와로가 말했다.

「이런 날씨에?」

나의 항변을 무시한 채 포와로는 엷은 황갈색 코트를 입고 하얀 실크 스카프로 목을 감쌌다.

마를 수 있도록 젖은 우표의 뒷면을 위쪽으로 해서 압지 위에 올려놓은 뒤 우리는 방을 나섰다.

제6장 리틀 그린 하우스로 가다

포와로가 왜 그 코트와 스카프를 유난히 좋아했는지는 알 수 없으나, 런던에서 벗어나기 전 나는 타는 듯한 더위를 느꼈다.

복잡한 교통망에 포위된 자동차는 기분을 상쾌하게 해주는 장소와는 거리가 멀었다. 런던을 벗어나 서쪽 대로로 접어들자 기분이 약간 좋아졌다.

약 한 시간 반가량을 달려서 마켓 베이싱이라는 작은 마을에 들어섰을 때, 시계는 12시 가까이를 가리키고 있었다.

원래는 주요 간선도로에 위치해 있었으나 현재는 자동차용 우회로가 북쪽 약 3마일 뒤로 생기면서 이 마을을 남겨 두었기 때문에, 아직도 옛날의 위엄과 안정이 유지되어 있는 마을이었다.

넓은 거리와 광활한 시장의 광장이 마치, 「나는 한때 매우 중요한 장소였으며, 지금도 지각이 있고, 가문이 좋은 사람들에게는 마찬가지로 중요합니다. 현대적인 세계는 새롭게 유행하는 도로를 따라서 질주하도록 내버려둡시다. 나는 아름다움과 유대감이 유난히 번영하던 시대에 만들어졌으며, 이것을 영원히 간직하고 싶습니다.」라고 외치는 것처럼 보였다.

광장 중앙에는 넓은 주차장이 있었는데, 겨우 몇 대의 자동차만이 세워져 있었다. 내가 오스틴을 적당한 곳에 주차시키는 동안 포와로는 좌우가 알맞게 균형을 이루도록 콧수염을 매만지면서 필요치 않은 옷들을 벗었다. 이것으로 전진할 준비는 완료되었다.

광장의 거리를 걸으며 질문을 던졌을 때, 「미안합니다만, 저도 이곳은 처음입니다.」 라는 통상적인 답변은 한 번도 들을 수 없었다.

마치 마켓 베이싱에는 타향 사람이라고는 전혀 없는 것 같았다! 사람들의 한결 같은 대답이 우리에게 그런 느낌을 준 것이다!

나는 포와로와 내가(특히 포와로가 더했다.) 주목을 받고 있음을 느꼈다. 전통의 보호를 받고 있는 온화한 배경에서 우리는 눈에 띄는 존재였던 것이다.

「리틀 그린 하우스 말입니까?」

체격이 건장하고 황소 눈처럼 생긴 유순한 눈의 남자가 우리를 찬찬히 훑어보았다.

「저기 고가도로 위쪽으로 곧장 가시면 찾을 수 있을 겁니다. 왼쪽 편에 있어요. 대문에 문패는 없지만, 둑을 지나 서 있는 첫 번째 제일 큰 집을 찾으시면 됩니다.」

그는 또 되풀이했다.

「쉽게 찾으실 수 있을 겁니다.」

우리가 그 길을 향해 한참을 걸어갈 때까지 그의 눈은 우리를 계속 쫓고 있었다.

「나 좀 보세요, 이곳에는 나를 눈에 띄는 존재처럼 느끼게 하는 어떤 것이 있어요. 포와로, 당신도 여기서는 꽤나 이국적으로 보이는군요.」

걸으면서 나는 투덜거렸다.

「내가 외국인이기 때문에 특별히 눈에 띈다고 생각하는 건가?」

「그거야 온 천하가 다 아는 사실 아닙니까?」

「이 옷은 영국인 양복장이가 만든 거라고.」

포와로는 생각에 잠겼다.

「옷이 전부가 아니잖아요, 포와로. 당신이 눈에 띄게 독특한 개성을 지닌 사람이란 건 부인할 수 없는 사실인걸요. 그 점이 당신의 직업에는 방해가 될 거라는 생각이 드는데요.」

포와로는 가볍게 한숨을 내쉬었다.

「그건 말일세, 탐정은 반드시 가짜 수염을 달고 기둥 뒤에 숨어 있어야만 한다는 자네 머릿속에 심어진 그 그릇된 관념 때문이야! 가짜

턱수염을 다는 건 이제는 낡은 수법의 연기(演技)에 불과해. 그림자처럼 미행하는 따위는 내가 아주 초보적인 단계에서나 하던 짓이고. 이에르큘 포와로는 의자에 앉아서 생각만 하면 된다네, 이 친구야.」

「이렇게 무더운 여름날 아침, 이런 타는 듯한 거리를 걷고 있는 이유가 바로 그것 때문이 아닙니까?」

내가 미소를 지으며 말했다.

「아주 솜씨 있는 대답이군, 헤이스팅스. 이번엔 자네가 이겼다고 깨끗하게 인정하지.」

리틀 그린 하우스는 쉽게 찾았지만 또 다른 과제가 우리를 기다리고 있었다. 바로 부동산 중개업자의 게시판이었다.

그것을 바라보고 있는데 난데없이 개 짖는 소리가 들려 왔다. 관목들이 띄엄띄엄 서 있는 곳이어서 개는 쉽게 눈에 띄었다.

테리어 종으로 빳빳한 털이 코트를 입은 듯 뒤덮여 있었다.

앞을 향해 당당히 서서 마음이 내켜야만 행동하겠다는 태도로 짖고 있었다.

마치, ‘나는 훌륭한 파수병 아닙니까?’ 라고 말하는 것처럼 보였다.

‘괜찮아요! 단지 장난삼아 짖는 것뿐이니까요! 또, 내 임무이기도 하고요. 이 장소에 개가 있다는 걸 다른 사람에게 알려야 하거든요! 굉장히 지루한 아침이로군요. 해야 할 일이 있다는 건 하나의 축복이랍니다. 이곳에 들어오려고 그러세요? 좋을 대로 하세요. 대화나 조금 나누어 보시자고요.’

「안녕, 할아범.」

내가 손을 내밀자 테리어는 난간 밖으로 목을 길게 뻗어 냄새를 맡았다.

그러더니, 고리를 부드럽게 흔들면서 짧게 몇 번 짖었다.

‘격식을 차려서 소개할 필요야 없지만, 접근하는 방법쯤은 알고 있겠죠?’

「멋진 녀석이로군 그래.」

나는 고쳐서 말했다.

'우후.'

테리어도 상냥하게 대꾸했다.

「어때요, 포와로?」

포와로의 얼굴에 기묘한 표정이 나타났다.

홍분을 억지로 눌러 앉힌 표정이라는 것이 그 얼굴을 가장 잘 묘사하는 것이었다.

「개의 공과 관련된 사건.」

그가 중얼거렸다.

「우선 개는 만나 본 셈이로군.」

'우후'

새 친구를 알아본 테리어는 앉은 채로 크게 하품을 한 뒤, 기대에 찬 얼굴로 우리를 쳐다보았다.

「다음엔 어떻게 하죠?」

포와로에게 내가 물었다.

개도 같은 질문을 하는 듯한 얼굴이었다.

「'개블러 스트레처' 회사로 가야겠네.」

「저걸 보니 그렇겠군요.」

포와로와 내가 돌아서서 오던 길로 걸어나오자, 방금 사귄 개 속(屬)의 친구는 기분이 상한 듯 등뒤에다 대고 몇 번 짖었다.

'개블러 스트레처' 회사의 사무실은 마켓 스퀘어에 있었다.

어두컴컴한 사무실로 들어서자, 눈에 광택이라고는 전혀 없는 젊은 여자가 우리를 맞았다.

「안녕하십니까?」

포와로가 정중하게 말을 건넸다. 통화중이던 여자는 손으로 의자를 가리켰다.

포와로가 손짓하는 의자에 앉고, 나도 의자 하나를 찾아서 자리를 잡았다.

「분명하게 말씀드릴 수가 없어요.」

젊은 여자는 전화에다 대고 활기 없게 대답했다.

「아니에요. 세금 관계는 잘 모르겠는데요. 다시 한 번 말씀해 주세요. 아, 수도요? 제 생각에는, 물론 확실한 건 아니에요. 그분은 안 계세요. 예, 물론 물어 보겠어요. 다시 한 번 말씀해 주세요. 아, 893 5…… 39…… 5135……. 예, 전화하시라고 말씀 전할게요. 6시 이후예요. 아, 죄송합니다. 6시 이전이에요. 감사합니다.」

수화기를 내려놓으며 젊은 여자는 메모지에다 5319를 휘갈겨 썼다. 그리고는 온화하게 묻는 듯한, 그러면서도 무관심한 표정으로 포와로를 바라보았다.

포와로가 활기있게 말했다.

「방금 이 마을의 변두리에서 팔려고 내놓은 집을 하나 보았습니다. 리틀 그린 하우스라고 하던데.」

「다시 한 번 말씀해 주세요.」

「세를 놓거나 팔려고 내놓은 집 말이오.」

포와로는 천천히 또박또박 얘기했다.

「리틀 그린 하우스.」

「아, 리틀 그린 하우스요.」

젊은 여자는 분명치 않게 대꾸했다.

「리틀 그린 하우스라고 말씀하셨죠?」

「그렇소.」

포와로가 대답했다.

「리틀 그린 하우스라.」

젊은 여자는 다시 정신을 집중시키며 말했다.

「저, 그 집에 대해서는 개블러 씨가 알고 계실 텐데요.」

「개블러 씨를 만나뵐 수 있겠죠?」

「외출 중이신데요.」

「몇 시쯤 돌아오십니까?」

「분명하게 말씀드릴 수는 없어요.」

젊은 여자가 말했다.

「아시다시피 이 근처에 있는 집을 하나 찾고 있습니다.」

포와로가 다시 말했다.

「아, 예.」

여자는 무관심한 태도로 대답했다.

「리틀 그린 하우스가 바로 내가 찾던 종류의 집인데, 명세서 좀 볼 수 있겠소?」

「명세서요?」

놀라는 얼굴이었다.

「리틀 그린 하우스의 명세서 말이오.」

그녀는 내키지 않는 듯 천천히 서랍을 열더니 잡다한 종이 뭉치를 꺼냈다.

「존.」

그녀가 큰 소리로 불렀다.

구석에 앉아 있던 젊은이가 일어섰다.

「예.」

「명세서—어디라고 말씀하셨죠? —가지고 있어?」

「리틀 그린 하우스.」

포와로가 크게 대답했다.

「이쪽에 커다란 명세서가 있군요.」

나는 벽을 가리켰다.

차가운 눈초리로 그녀가 나를 쳐다보았다. 2대 1은 게임을 하는 데 있어서 공정한 방법이 못 된다고 생각하는 눈치였다.

그녀는 증원군을 끌어들였다.

「리틀 그린 하우스에 대해서는 전혀 모르고 있지, 존?」

「모르는데요. 서류철에 없습니까?」

존이라는 젊은이가 대답했다.

「미안합니다.」

전혀 미안해하는 기색이라고는 없이 젊은 여자가 말했다.

「명세서가 전부 나가 버린 모양이에요.」

「그래요?」

포와로가 대꾸했다.

「헤멜 엔드에 침대가 두 개 있는 훌륭한 방갈로 식 주택이 있어요.」

열의는 없었으나 자신의 의무는 기꺼이 하겠다는 태도였다.

「아, 괜찮습니다.」

「작은 온실이 딸려 있는 집도 있고요. 명세서를 보여 드릴까요?」

「아니, 그만두시오. 리틀 그린 하우스를 얼마에 세놓을 것인지만 알고 싶은데.」

「그건 세놓을 집이 아니에요.」

그녀는 리틀 그린 하우스와 관련된 것은 모두 무시해 버리겠다는 태도를 버렸다.

「팔려고 내놓은 집이에요.」

「게시판에는 ‘세를 놓거나 팔 집’이라고 쓰여 있던데?」

「그 관계는 잘 모르겠어요. 아무튼 팔기만 할 거예요.」

이 단계까지 왔을 때 문이 열리면서 머리가 희끗희끗한 중년 남자가 급하게 들어왔다.

공격형의 눈매를 번뜩이면서 우리를 훑어보았다. 눈썹으로는 직원들에게 무슨 일이냐고 묻고 있었다.

「개블러 씨예요.」

젊은 여자가 말했다.

개블러는 안쪽 사무실의 문을 열었다.

「이쪽으로 들어오시지요.」

안으로 우리를 안내한 뒤 재빨리 의자를 권하면서 자신은 책상을 사이에 두고 마주앉았다.

「무슨 일로 오셨습니까?」

포와로는 참을성 있게 다시 시작했다.

「리틀 그린 하우스에 대한 명세서를 좀 보고 싶은데요.」

여기까지 얘기했을 때 개블러 씨가 말을 가로막았다.

「아, 리틀 그린 하우스 말씀이십니까? 아주 싼 집이죠. 내놓은 지 얼마 되지 않은 겁니다. 그 가격으로 그런 집을 구한다는 건 흔한 일이 아니죠. 집안 구석구석마다 기품이 어려 있어요. 사람들은 이제 날림으로 짓는 집에는 이력이 났습니다. 튼튼한 집을 원하죠.

게다가, 아름다운 개성이 있는 조지아 풍이면 더더욱 그만입니다. 바로 요즘 사람들이 원하는 식이죠. 제 얘기를 아신다면 주택에 대해 안목이 있으신 겁니다. 리틀 그린 하우스는 금방 나갈 집입니다.

서둘러 붙잡으세요. 지난 토요일 하원의원 한 분이 그 집을 보셨는데, 아주 흡족해 하시더군요. 아마 이번 주말에 다시 내려오실 겁니다. 그 뒤로도 증권거래소에 계시는 분이 찾아 오셨지요. 요즘, 사람들이 지방으로 내려올 때는 조용한 곳을 찾기 때문에 간선도로에서는 되도록 멀리 떨어져 있는 집을 원한답니다. 개중에 어떤 분들은 찾는 조건이 그게 전부예요. 하지만 저희들은 귀족적인 분위기에 끌리지요. 그 집이 지니고 있는 게 바로 그 점입니다. 상류계급의 매력! 아시겠지만, 과거에는 신사들을 위해서 집을 짓는 법을 알고 있었죠. 리틀 그린 하우스 같은 집은 아마 다시 찾기 힘들 겁니다.」

여기까지 말을 마치고 숨을 돌리고 있는 개블러 씨를 바라보면서, 나는 이 사람이 아주 행복하게 자신의 이름에 부끄럽지 않은 생활을 하는 사람(개블러는 '수다쟁이'란 뜻.)이라는 생각이 들었다.

「지난 몇 년간 주인이 자주 바뀌었습니까?」

「웬걸요. 50년 동안 한 가족이 살았습니다. 애런델이라는 이름의 가문이었죠. 이 마을에서는 꽤 존경을 받았습니다. 구식 교육을 받은 숙녀들이었죠.」

그는 벌떡 일어나서 문을 열고 소리쳤다.

「젠킨슨 양, 리틀 그린 하우스 명세서 좀 줘. 빨리.」

그는 책상 앞으로 되돌아왔다.

「나는 런던에서 여기까지 왔습니다.」

포와로가 말했다.

「시골에다 집을 하나 구하려고요. 하지만 활기가 없는 곳은 싫군요. 내 말을 이해하실는지…….」

「물론, 물론입니다. 하지만 이 지방은 절대 그렇지 않아요. 우선 하인들이 그걸 싫어하니까요. 이곳은 시골의 이점은 있으나 결점은 없는 곳입니다.」

젠킨슨 양이 타이핑된 종이 한 장을 들고 쏜살같이 들어 와 사장 앞에다 놓자, 사장은 고개를 한번 끄덕여서 그녀를 물러나게 했다.

「여기 있습니다.」

이렇게 말하면서 개블러는 여러 번 훈련이 돼서 빨라진 속도로 다음과 같이 읽어 내려갔다.

「개성이 있는 당대의 저택. 네 개의 응접실, 여덟 개의 침대와 옷장, 여러 개의 가사실, 넓고 편리한 부엌, 육중한 외부 건물, 마구간 등등. 수도, 정원, 저렴한 유지비, 모두 3에이커에 달함. 두 채의 정자 등등. 가격은 2,850파운드.」

「내가 볼 수 있도록 한 장 주실 수 있습니까?」

「물론이죠, 선생님.」

개블러는 활기차게 베껴 쓰기 시작했다.

「성함과 주소는요?」

포와로는 파로티라고 이름을 댔다.

「선생님이 관심을 가지실 만한 집이 한두 채 더 있는데요.」

개블러는 계속했다.

포와로는 그가 몇 마디 더 하도록 내버려두었다가 물었다.

「리틀 그린 하우스는 언제라도 볼 수 있습니까?」

「물론입니다. 지금은 하인들이 살고 있죠. 확실하게 해두시겠다면 전화를 걸어 드릴 수도 있습니다. 곧장 가보시겠습니까? 아니면, 점심 뒤에?」

「점심 뒤가 좋을 것 같군요.」

「그렇게 하시죠. 전화를 걸어서 2시경에 가실 거라고 얘기해 두겠습니다. 괜찮으십니까?」

「고맙소. 집 주인이 누구라고 그러셨나요? 애런델 양이라고 하신 것 같은데?」

「로슨, 로슨 양입니다. 현재의 소유주 이름이지요. 애런델 양은 말씀드리기 안됐습니다만, 얼마 전에 돌아가셨습니다. 그래서 그 집이 이곳까지 나오게 된 거지요. 선생님이 그 집을 꼭 붙잡으실 수 있도록 해드리겠다고 자신있게 말씀드릴 수 있습니다. 틀림없어요.

우리끼리 얘기지만, 만일 제안만 하신다면 기필코 일이 빨리 성사되도록 해드리겠습니다. 말씀드렸다시피, 두 신사분께서 이미 다녀가셨으니 두 분 중 한 분은 언제라도 계약을 하겠다고 찾아오실 게 틀림없어요. 두 분 다 다른 사람이 보러 왔었다는 걸 알고 있으니까요. 경쟁이라는 게 사람을 자극하는 것 아닙니까? 하하! 선생님이 실망하시게 되지 않기를 바랍니다.」

「로슨 양은 그 집을 꼭 팔고 싶어하는 모양이군요?」

개블러는 은밀하게 목소리를 낮추었다.

「그 집은 혼자 사는 중년 여인한테는 너무 크니까요. 그분은 그 집을 처분하고 런던에 가서 살고 싶어해요. 이해하실 겁니다. 그게 바로 그 집이 엄청나게 값이 내려가게 된 이유죠.」

「그 여자 분이 흥정을 받아들일까요?」

포와로가 물었다.

「바로 그겁니다. 일단 제의를 해보세요. 그 금액까지 가격을 내리시는 데 별로 어려움이 없으실 겁니다. 엄청나게 싼 가격이죠! 요즘에 그런 집을 지으려면 대지 값은 고사하고 짓는 데만도 6천은 들 겁니다.」

「애런델 양은 갑자기 죽은 겁니까?」

「그렇게 얘기할 수는 없어요. 노령이었죠. 얼마 전에 일혼을 넘겼으니까요. 또, 오랫동안 병을 앓았지요. 가족 중 마지막 분이었고요. 그 가족들을 알고 계십니까?」

「똑같은 성을 가진 사람을 몇 알고 있습니다. 아마 한 집안일 거라고 생각합니다만.」

「아마 그럴 겁니다. 네 자매가 있었으니까요. 한 분은 아주 늦게 결혼을 했고, 세 분은 여기서 살았습니다. 구식 교육을 받은 숙녀분들이었죠. 에밀리 양이 마지막으로 돌아가신 겁니다. 이 고장에서는 상당히 존경을 받는 분들이었죠.」

그는 책상 앞으로 몸을 내밀고 포와로에게 명세서를 넘겨주었다.

「다시 들르시죠. 그래서 생각하시는 바를 알려 주십시오. 물론 여기저기 현대식으로 약간씩 고쳐야 할 부분도 있을 겁니다. 하지만 예상하신 정도일 거예요. 항상 말씀드립니다만, '침실이 한 개냐, 두 개냐?' 하는 건 아주 쉽게 처리될 수 있는 문젭니다.」

사무실을 나오면서 마지막으로 들은 말은 젠킨스 양의 공허한 목소리였다.

「새무얼 부인이 전화하셨어요. 홀랜드 5391로 전화해 달라고 하셨는데요.」

내 기억으로는 그 번호는 젠킨스 양이 메모지에 휘갈겨 써넣은 번호도, 수화기를 통해 들려 오던 번호도 아니었다.

아마도 젠킨스 양이 리틀 그린 하우스의 명세서를 찾으라고 강요당한 데 대한 복수였을 거라고 나는 확신했다.

제 7장 조지 여관에서의 점심식사

시장 광장으로 들어서면서 나는 포와로에게 개블러는 이름하고 똑같은 사람이라고 말했다.

그는 내 말에 동의한다는 듯 빙그레 웃었다.

「당신이 가지 않으면 아마 그 사람 굉장히 실망할걸요. 집이 다 팔린 것처럼 행동하던데 말예요.」

「그렇겠지. 그렇게 급하게 팔아치우려는 게 아무래도 수상해.」

「런던으로 돌아가기 전에 여기서 점심을 먹는 게 어떨까요? 아니면, 가는 길에 좀더 그럴듯한 곳에서 식사를 할까요?」

「이렇게 빨리 마켓 베이싱을 떠날 생각은 없어. 해야 할 일이 아직 다 끝나지 않았네.」

나는 그를 쳐다보았다.

「이젠 손을 뗄 수밖에 없잖아요? 그 노숙녀가 이미 죽어 버렸으니 말입니다.」

「물론이지.」

이 말을 토해 내는 어조 때문에 나는 먼저보다 더 호기심이 나서 포와로를 쳐다보았다.

그는 갈피를 잡을 수 없는 노숙녀의 편지 대신, 이젠 딴 곳에 정신이 팔려 있음이 분명했다.

「포와로, 그 여자가 죽었다면 이제 아무 소용이 없잖아요. 당신한테 아무런 애기도 할 수 없을 테니까요. 그녀의 고민거리가 무엇이었든, 이젠 다 끝난 일이잖습니까?」

「그렇게 간단하게 일을 치워 버리자는 애긴가? 나, 이 에르큘 포와로가 관심을 멈추기 전에는 어떤 문제도 끝났다고 할 수 없어!」

포와로와 논쟁한다는 것이 얼마나 부질없는 짓인지 그동안의 경험을 통해서 나는 깨달았어야 했다.

그런데 나는 경술하게도 계속 내 주장을 하고 말았다.

「그래도 그 여자가 죽었으니…….」

「그래, 헤이스팅스! 그 여자는 죽었어. 자넨 가장 중요한 의미는 무시한 채 같은 말만 되풀이하고 있군. 중요한 것이 뭔지 아직도 모르겠어? 애런델 양이 죽었다네.」

「포와로, 그 여자의 죽음은 아주 자연스럽게 찾아온 겁니다. 흔히 있을 수 있는 평범한 죽음이라고요. 이상할 건 조금도 없어요. 개블러의 애기를 들었잖아요.」

「리틀 그린 하우스를 2,850파운드에 내놓겠다는 애기였지. 자네는 그 사실을 복음처럼 쉽게 받아들일 수 있나?」

「그건 아닙니다. 개블러는 그 집을 파는 데만 급급해하고 있다는 생각이 들더군요. 아마 지붕 꼭대기에서 지하실까지 현대식으로 고쳐야 할걸요. 개블러의 말처럼, 아니, 그 집 주인은 그보다 훨씬 싼 가격에라도 집을 팔아치우려고 할 겁니다. 도로에 인접해 있는 그런 덩치만 큰 조지아 풍의 집은 팔려면 꽤 애를 먹을걸요.」

「그렇겠지.」

「마치 그 사람이 거짓말이라곤 한 마디도 못하고, 대단한 영감이라도 받은 예언자나 되는 듯이, ‘개블러가 말하기를…….’ 하는 식의 애기는 그만두게.」

내가 몇 마디 항의를 하려는 순간, 조지 여관으로 들어가는 입구가 보이자 포와로는 ‘쯧쯧’ 혀를 차는 소리로 나의 기를 꺾어 버렸다.

우리는 창문이 꼭 닫혀 있어 퀴퀴한 음식 냄새가 풍기는 다실(茶室)로 곧장 들어갔다.

행동이 느리고 나이가 지긋한 웨이터가 우리 쪽으로 다가왔다.

우리는 점심만 들기로 했다. 훌륭한 양고기 요리와 굵게 썬 양배추, 감자 등을 먹었다. 뒤따라 나온 과일과 커스터드는 별 맛이 없었다. 비스킷을 먹고 나자 웨이터가 도저히 커피라고 부를 수 없는 액체가 든 컵을 두 개 가져왔다.

계산서를 훑어보면서 포와로는 웨이터에게 몇 가지 물음에 대답해 달라고 했다.

「예, 알고 있습니다. 잘 압니다. 헤멜 다운은 여기서 3마일 떨어진 머치 벤햄 길거리에 있어요. 아주 작은 마을이죠. 네일러 농장은 1마일가량 떨어져 있고요. 비셋 그레인지요? 그런 이름은 들어 본 적이 없는데요. 리틀 그린 하우스는 바로 옆에 있습니다. 걸어가셔도 몇 분 안 걸릴 거예요.」

「아, 저쪽에 보이는 것 같구먼. 저 집 같은데 저기 오래 전에 지은 것처럼 보이는 집이……, 맞소?」

「예, 선생님. 그래도 지붕이나 하수도는 아직 괜찮습니다. 좀 구식이긴 하지만. 현대식으로 지은 집은 아니지요. 정원은 아주 그림 같습니다. 애런델 양은 정원을 무척 좋아했어요.」

「로슨 양의 소유가 아니오?」

「맞아요. 로슨 양은 애런델 양의 컴패니언이었는데, 노숙녀께서 돌아가시면서 모든 재산을 다 그 여자한테 남겨 주셨지요. 집까지 포함해서요.」

「그래요? 재산을 남겨 줄 만한 친척이 없었나 보군요?」

「웬걸요. 그렇지 않습니다. 조카들이 살아 있어요. 그래도 그분과 항상 함께 있었던 건 로슨 양이었지요. 나이가 많은 분이니까. 뭐, 그렇고 그렇게 된 거겠지요.」

「집 한 채뿐이지, 남겨 줄 돈은 별로 없었던 것 아니오?」

우리가 알고자 하는 답을 듣기 위해 반대의 결론을 말했을 때, 사람들은 곧잘 원하는 답을 해주는 경우를 많이 경험했다.

「천만에요. 그 노숙녀가 남긴 재산의 액수를 듣고는 모두가 놀랐습니다. 유언장에는 증권, 현금, 그 밖의 모든 것이 다 포함되어 있었지요. 오랫동안 그분은 자신의 수입에 맞는 생활을 하지 않으셨던 모양입니다. 30~40만 파운드 정도 남겨 놓으셨을 거예요.」

「엄청난 금액이로군. 동화 같은 얘긴데. 가난한 컴패니언이 갑자기 엄청난 부자가 되었으니. 그 로슨 양이란 여자는 젊습니까? 횡재한 재산으로 즐기면서 지내나요?」

「그렇지 않습니다. 중년 여성이에요.」

여성이라는 말의 어투가 마치 연극을 하는 사람의 어투와 같았다.

컴패니언이었던 로슨 양이 마켓 베이싱에서는 대단한 인물이 되지 못함이 분명했다.

「조카들이 꽤나 실망했겠구먼?」

「그럼요, 충격을 받았을 겁니다. 전혀 예측하지 못한 일이었으니까요. 마켓 베이싱에서는 그것이 꽤 논쟁거리가 됐지요. 일가친척에게 아무것도 남겨주지 않는 건 옳지 않은 일이라고 주장하는 측들과, 누구든지 자신이 물려주고 싶은 이에게 줄 권리가 있다고 주장하는 측들 사이에요. 양쪽 다 일리가 있는 얘기지요.」

「애런델 양은 이곳에서 오래 살았소?」

「그럼요. 자매들과 아버지인 애런델 장군과 함께 사셨지요. 그 장군에 대해서는 잘 모르지만 굉장한 분이었던 모양입니다. 특히, 인도 원주민 병사 반란 당시에는 말이죠.」

「딸이 여럿이었다던데?」

「제 기억으로는 네 사람뿐입니다. 결혼한 이는 한 분뿐이고요. 마틸다와 애그니스, 그리고 에밀리였죠. 마틸다가 제일 먼저 죽었고, 그 다음에는 애그니스, 마지막으로 죽은 이가 에밀리지요.」

「최근에 죽었습니까?」

「5월 초였던가? 아니, 4월 말이었나 봅니다.」

「오랫동안 앓았던가요?」

「꽤 오랫동안 앓았지요. 병약한 체질이었거든요. 1년 전에는 황달에 걸렸었죠. 한동안 오렌지같이 피부색이 노랬었습니다. 죽기 전 5년가량, 건강이 아주 좋지 않았어요.」

「이곳에는 좋은 의사가 없습니까?」

「그레인저 의사 선생님이 계십니다. 이곳에 오신 지 한 40년 가까이 되죠. 이 지방 사람들은 주로 그분에게 갑니다. 좀 까다롭고 변덕스러운 데가 있기는 해도 나무랄 데 없는 훌륭한 의사예요. 도널드슨이라는 젊은 의사 한 사람과 함께 일하죠. 그 사람은 아주 진보적인 타입의 의사인데, 어떤 이들은 그 사람을 더 좋아해요. 그리고 하딩이라는 의사도 있는데, 그분은 대단한 편이 못 됩니다.」

「그레인저 의사가 애런델 양의 주치의였습니까?」

「아, 예. 위험한 고비를 여러 번 넘기게 했지요. 원하든 원치 않든 간에, 살기 위해서라면 그분이 시키는 대로 하는 수밖에 별 도리가 없을 정도였어요.」

포와로는 고개를 끄덕였다.

「누구든지 이사하기 전에 미리 그 지역에 대해 알아둘 필요가 있다오.」

그는 덧붙였다.

「훌륭한 의사도 중요하게 생각해야 될 사람들 중 하나이니까.」

「그렇습니다, 선생님.」

계산을 치르면서 포와로는 상당한 액수의 팁을 얹어 주었다.

「고맙습니다. 이곳에서 사시게 되기를 진심으로 바랍니다.」

「나도 그렇게 되었으면 하오.」

능청스럽게 포와로가 대꾸했다. 우리는 조지 여관을 나왔다.

「이젠 만족스럽습니까, 포와로?」

거리를 향해 걸음을 옮기며 내가 물었다.

「아직 멀었네.」

그는 이상한 방향으로 접어들기 시작했다.

「어디로 가려고 그러죠?」

「교회. 꽤 흥미가 있을 거야. 오랜 세월이 흐른 기념물들이.」

나는 그가 무슨 뜻으로 이런 말을 하는지 이해할 수가 없어서 고개만 갸우뚱거렸다.

교회 내부의 구경은 간단하게 끝났다. 안내 책자에서 볼 수 있는 초기 고딕 양식의 표본 같은 구조였는데, 빅토리아풍으로 고쳐 놓은 곳이 많아서 크게 관심을 끌 만한 곳은 아니었다.

내부 구경이 끝나자 포와로는 특별한 목적 없이 경내를 산책하는 사람처럼 비문을 읽거나, 한 가족 내에서 죽은 사람들의 숫자를 세거나, 기묘한 이름에는 탄성을 지르면서 묘지의 이곳저곳을 거닐었다.
드디어 그가 처음부터 목적했으리라고 짐작되는 목표물 앞에 멈춰 섰다.
새겨진 명각의 부분 부분이 지워져 버린 커다란 대리석 묘비였다.

1888년 5월 19일
69세의 나이로 영면한
존 래버턴 장군의 영혼에 바침.
「그대의 힘을 다해 훌륭하게 싸울지니!」

또한
1912년 3월 10일 타계한
마틸다 앤 애런델의 영혼에 바침.
「나 일어서서 내 아버지께로 가리라.」

또한
1921년 11월 20일 타계한
애그니스 조지나 메어리 애런델의 영혼에 바침.
「구하라 그러면 받을 것이오.」

그리고는 새긴 지 얼마 되지 않는 것이 분명한 새로 쓴 글씨체가
있었다.

또한
1936년 5월 1일 타계한
에밀리 해리엇 래버턴 애런델의 영혼에 바침.
「그대의 뜻이 이루어지리라.」

포와로는 한참을 바라보며 서 있었다.
그러더니 낮은 목소리로 중얼거렸다.
「5월 초하루…… 그리고 6월 28일 오늘, 나는 그 여자의 편지를 받
았어. 여보게, 헤이스팅스, 석연치 않다고 생각되지 않나?」
나도 그렇다는 생각이 들었다.
아니, 정확히 말하면, 포와로가 그 석연치 않은 사실을 풀어 볼 결
심을 했다는 생각이 들었다.

제8장 리틀 그린 하우스의 내부

경내를 나오자 포와로는 가벼운 걸음으로 리틀 그린 하우스 쪽으로 향했다. 그가 이번에도 잠재적 구매자의 역할을 하려는 걸 거라고 나는 추측했다.

맨 위로 리틀 그린 하우스의 것이 얹혀 있는 몇 장의 명세서를 손에 쥐고 그가 대문을 열었다.

우리는 현관 쪽으로 나 있는 좁은 길을 걸어 올라갔다.

이번에는 우리의 친구 테리어의 모습이 눈에 띄는 대신, 짖는 소리만 집 안에서 희미하게 들려왔다.

아마 부엌 쪽인 듯 싶었다.

홀을 가로질러 걸어오는 발자국 소리가 들리더니, 곧 50~60세쯤 되어 보이는, 인상이 좋은 여자가 문을 열었다.

요즘은 거의 찾아볼 수도 없는 구식의 하녀 복장을 하고 있었다.

포와로가 소개장을 내밀었다.

「아, 선생님이세요? 부동산 소개소에서 전화를 했더군요. 이쪽으로 오시지요.」

아까 왔을 때는 닫혀 있던 셔터가 우리가 찾아올 것을 알고는 열려 있었다. 주위를 둘러보니 모든 것이 티 하나 없이 깨끗하게 정돈이 잘 되어 있었다.

우리의 안내인은 철저하게 양심적인 여자인 듯싶었다.

「여기는 오전 중에 사용하는 거실입니다.」

나는 만족스럽다는 듯이 주변을 둘러보았다.

거리 쪽으로 길게 유리창이 나 있는 밝은 방이었다.

견고하고 오래된 가구들이 보기 좋게 놓여 있었는데, 대부분이 빅토리아 식이었고, 치펜데일 책장과 훌륭한 의자가 놓여 있었다.

나와 포와로는 집 안에 안내를 받은 사람들이 흔히 하는 의례적인 인사를 했다.

「아주 좋군요.」

「훌륭한 방입니다.」

그리고는 판에 박힌 자세로 방을 바라보며 서 있었다.

「거실이라고 했나요?」

하녀는 홀 맞은편 쪽에 있는 방으로 우리를 안내했다.

그 방은 훨씬 더 컸다.

「식당입니다.」

빅토리아 식 방이었다. 묵직한 마호가니 재(材)로 된 식탁, 과일 그림이 새겨져 있는 자줏빛의 마호가니 재(材) 찬장, 가죽으로 덮여 있는 의자들. 벽에는 가족들의 초상화가 걸려 있었다.

어느 쪽에선지 개 짖는 소리가 계속해서 들려 왔다. 그러더니 갑자기 짖는 소리가 더 커졌다. 소리는 점점 더 커지더니 홀을 질주해 오는 소리가 들렸다.

'누가 집안에 들어왔지? 사지를 찢어 버리고 말 테다.' 하는 기세였다. 문 밖까지 와서는 격렬하게 쿵쿵거리고 있었다.

「밥! 이런 장난꾸러기!」

안내인이 소리쳤다.

「괜찮아요, 선생님. 해를 끼치지는 않습니다.」

침입자의 정체를 파악한 밥의 태도는 완전히 달라졌다.

수선을 떨며 들어오더니, 기분이 좋은 듯 자기 소개를 했다.

'만나게 돼서 반갑소.'

우리의 발치에다 코를 갖다 대고 쿵쿵거리면서 녀석이 말했다.

'소란스럽게 굴어서 실례가 많았소만, 그게 바로 내가 해야 할 일이 아니겠소? 아시다시피, 아무나 들여보내서는 안 되니까. 몹시 지루한 생활인데, 이렇게 방문객을 만나게 돼서 기쁘군요. 개를 키우고

있소?'

내가 몸을 굽히고 개를 토닥거려 주었다. 이 마지막 말은 나에게 던진 것이었다.

「멋진 녀석이군요.」

여인을 돌아보며 내가 말했다.

「가끔 묶어 놓으셔야겠습니다.」

「예. 1년에 서너 차례 묶어 놓곤 해요.」

「나이가 많은가요?」

「아니에요. 여섯 살도 채 안 됐어요. 여느 때는 꼭 강아지처럼 굴어요. 요리사의 슬리퍼를 물어다가 장난을 치죠. 저 녀석이 소란 피우는 걸 보셨으니 믿지 않으시겠지만, 아주 점잖은 녀석이랍니다. 그런데 우편집배원한테는 영락없이 덤벼들어요.」

이제 밥은 포와로의 두 다리를 조사하고 있었다.

할 수 있는 한 모든 것을 알아내기 위해서 녀석은 오랫동안 냄새를 맡더니, '흠, 나쁜 사람은 아니지만 개를 좋아하지는 않는군.' 하는 듯 내 쪽으로 돌아섰다.

한쪽으로 고개를 치켜든 채 기대에 찬 시선으로 나를 쳐다보았다.

「개들이 우편집배원한테는 왜 항상 덤벼드는지 모르겠어요.」

안내인이 말했다.

「생각할 줄 알기 때문이겠지요.」

포와로가 대답했다.

「개도 이성에 의해 논쟁한답니다. 영리한 녀석이죠. 자기 관점에 따라서 판단을 하거든요. 집 안에 들어와도 될 사람이 있고, 들어와서는 안 될 사람이 있는데, 개는 곧 알아냅니다. 하루에 두세 번씩 문을 덜컹거리며 어떻게든 들어오려고 애쓰는 사람, 하지만 결코 허락되지 않는 사람이 누구겠습니까? 우편집배원입니다. 그는 분명 집주인 쪽에서 보면 별로 반갑지 않은 손님일 겝니다. 그는 늘 내쫓기지만 자꾸만 돌아와서 계속 들어오려 하는 겁니다. 그러니, 개의 임무는 뻔하죠. 이 반갑지 않은 사람을 쫓아 버리는 겁니다. 가능하면 물어뜯기라고 해서 말입니다. 최고로 이성적인 행동이죠.」

그는 밥을 보고 빙그레 웃었다.

「똑똑한 놈이로군요.」

「예, 사람 같답니다.」

그녀는 반대쪽 문을 열었다.

「거실이에요.」

거실은 지나간 과거를 상기시켜 주고 있었다.

꽃잎과 향료를 넣어 놓은 단지에서 나오는 은은한 향기가 실내를 감돌고 있었다. 낡은 커튼에 새겨진 장미꽃 무늬들은 색이 바래서 희미했다. 벽에는 수채화가 몇 점 걸려 있었다. 양치는 목동과 시골 처녀의 모습이 새겨진 도자기들도 몇 점 있었다. 수를 놓은 쿠션도 있었고, 아름다운 은제 액자에는 오래된 사진이 들어 있었다. 고운 무늬의 반짇고리와 차를 담아두는 상자도 보였다.

그중 가장 우리의 눈길을 끈 것은 유리상자 안에 든 얇은 종이로 만든 여자 인형들이었다. 한 사람은 물레를 돌리고 있고, 또 한 사람은 고양이를 안고 있었다. 이미 지나가 버린 과거의 분위기. 세련된 신사와 숙녀들의 한가로운 나날들이 눈앞에 떠올랐다.

이곳이야말로 휴게실이었던 것이다. 숙녀들이 여기에 앉아 꿈을 수놓을 때, 그네들이 사랑하는 신사가 담배를 피워 물면, 커튼이 물결치고 방안의 공기마저도 물결치는 것처럼 느껴졌으리라!

내 시선은 밥에게 쏠렸다. 녀석은 서랍이 두 개 달린 작고 우아한 테이블 곁에 바짝 붙어 앉아 넋을 잃고 그것을 바라보고 있었다.

내가 자기를 보고 있다는 것을 알아차리자, 시선을 테이블 쪽으로 돌리며 애처롭게 한 번 짖었다.

「뭘 달라는 겁니까?」

내가 물었다.

우리가 밥에게 관심을 나타내자 하녀는 기뻐했다.

그녀도 개를 좋아하고 있는 게 틀림없었다.

「공이에요, 선생님. 항상 저 서랍 속에 넣어두었거든요. 저기 앉아 있는 이유를 아시겠죠?」

그녀의 목소리는 눈에 띄게 변했다.

높은 목소리로 밥에게 설명을 해주었다.

「이젠 거기 없어. 네 공은 부엌에 있어. 부엌이야, 밥.」

밥은 초조하게 시선을 포와로에게 돌렸다.

'저 여자는 바보야.'

녀석은 이렇게 말하는 것처럼 보였다.

'당신은 현명한 친구 같군요. 공은 늘 정해진 장소에 있었어요. 이 서랍이 그곳이죠. 항상 여기에 있었지요. 그러니까, 지금도 공은 이곳에 있어야 한답니다. 분명히 얘기하지만, 그게 바로 개의 논리라는 거예요, 안 그래요?'

「지금은 그곳에 없어, 이 친구야.」

내가 말했다.

녀석은 이상하다는 듯 나를 쳐다보았다.

그러더니 우리가 방을 나오자 천천히, 믿을 수 없다는 태도로 따라 나왔다.

우리는 여러 개의 찬장, 아래층 화장실, 그리고 '여주인이 늘 꽃을 꽂아 놓으시던' 작은 식료품 저장실도 구경했다.

「여주인과는 오랫동안 함께 지냈습니까?」

「22년 동안 함께 지냈어요.」

「이곳은 혼자서 관리합니까?」

「요리사와 함께 하고 있습니다.」

「그 사람도 애런델 양과 함께 지낸 지가 오래 됩니까?」

「4년 정도 돼요. 먼저 있던 요리사는 죽었어요.」

「내가 집을 산다면 그냥 머물러 있겠소?」

그녀는 잠시 얼굴을 붉혔다.

「친절하시군요. 하지만 이제는 일을 그만두려고 해요. 주인 마님께서 꽤 많은 재산을 물려주셨거든요. 오빠가 있는 곳으로 갈 생각이에요. 여기 있는 건 단지 이 집이 팔릴 때까지만 로슨 양을 도와주기 위해서예요. 모든 걸 돌봐주려고요.」

포와로는 고개를 끄덕였다.

잠시 침묵이 흐른 가운데 뜻밖의 소리가 들려왔다.

쿵, 쿵, 쿵!

단조로운 소리가 점점 커지더니 뭔가가 위층에서 굴러 내려오는 것 같았다.

「밥이에요.」

그녀는 웃고 있었다.

「공이 층계에 부딪치는 소리예요. 녀석이 곧잘 하는 운동인걸요.」

층계로 달려가 보니 까만 고무공이 쿵 소리를 내면서 마지막 계단 위에 떨어지고 있었다. 나는 공을 집어들고 위를 쳐다보았다.

밥이 층계 꼭대기에 앉아서 꼬리를 살래살래 흔들고 있었다.

나는 공을 녀석에게 던졌다. 밥은 능숙하게 받아서 잠시 동안 맛있게 씹더니 두 발 사이에다 끼었다.

그것을 머리로 받아넘기자 공은 다시 쿵쿵 소리를 내며 층계를 굴러 떨어졌다.

공이 떨어지는 모양을 바라보면서 밥은 세차게 꼬리를 흔들었다.

「몇 시간이고 저러고 있을 거예요. 규칙적으로 하는 운동이에요. 하루 종일이라도 할 거예요. 이젠 네가 해, 밥. 여기 계신 신사분께서는 하셔야 할 일이 있어.」

개와 친해지는 데는 별로 시간이 걸리지 않는다. 밥에게 쏟는 우리의 관심과 애정이 안내인의 뻣뻣함을 누그러뜨렸다.

침실을 향해 층계를 오를 때쯤, 그녀는 밥의 명민함을 설명하느라고 아주 수다스러워졌다.

공은 층계 바닥에 떨어져 있었다. 우리가 곁을 지나가자 밥은 혐오스럽다는 표정으로 바라보더니 위엄 있는 태도로 당당하게 공을 되찾기 위해 충계를 내려갔다.

우리가 복도를 오른쪽으로 돌 때쯤엔 입에다 공을 문 채 천천히 충계를 오르고 있었는데, 그의 걸음걸이는 마치 생각 없는 사람들한테 억지로 떠밀리는 노인 같았다.

침실들을 둘러보면서 포와로는 천천히 안내인을 유도하고 있었다.

「이곳에서 네 자매가 살았다죠?」

「원래는 그랬대요. 하지만 그건 제가 오기 전의 일이에요. 제가 왔을 때는 애그니스 양과 에밀리 양만 있었는데, 얼마 지나지 않아서 애그니스 양도 돌아가셨어요. 막내 따님이었는데, 언니보다 먼저 가 버리셨지요.」

「언니보다 건강하지 못했던 모양이죠?」

「그렇지도 않았어요. 이상해요. 애런델 양, 아니 에밀리 양은 항상 병약하셨어요. 의사 선생님이 늘 곁에 계시다시피 했죠. 애그니스 양은 건강하고 튼튼했는데 먼저 돌아가시고, 어릴 적부터 약하던 에밀리 양이 제일 오래 사셨어요. 세상일이란 참 묘하죠?」

「놀랍게도 그런 경우가 꽤 흔하답니다!」

포와로는 내가 보기에 새빨간 거짓말인, 허약한 체질이었다는 아저씨 얘기를 꺼냈는데, 그것을 여기서 다시 반복하고 싶지는 않다.

아무튼 효과는 충분했다. 죽음에 대한 얘기보다 더 쉽게 인간의 혀를 풀어 줄 수 있는 화제는 아마 또 없을 것이다.

이제 포와로는 20분전쯤이라면 상대방이 수상쩍다고 적대감을 느꼈을 질문을 스스럼없이 할 수 있었다.

「애런델 양의 병이 깊어진 지 오래 됐습니까?」

「아니에요, 그렇지 않습니다. 앓기 시작하신 건 한 2년 됐지만 심해지신 건 이번의 황달증세 때문이에요. 얼굴이 노랗고 눈이 하얘지셨어요.」

「아, 그래요?」

(포와로는 여기서 거의 황색인종처럼 보였던 사촌에 대한 일화를 소개했다.)

「예, 바로 그대로였어요. 심하게 앓으셨죠. 전혀 차도가 없었어요. 그레인저 의사 선생님도 회복될 거라고는 거의 생각하시지 않는 듯 했어요. 그래도 마님께는 아주 잘하셨죠. 으름장을 놓으시면서 '죽겠다고 결심했소? 그럼 묘비나 주문할까?' 하시니까 애런델 양이, '아직은 싸울 수 있어요.' 하셨죠. 그러자, '그래야지. 바로 내가 듣고 싶었던 소리요.'라고 말씀하셨지요.

병원에서 온 간호사가 이제 회복은 다 틀렸다고 생각했음인지 한 번은, 환자에게 음식을 들라고 너무 강요하지 않는 게 차라리 환자를 위해 낫지 않겠느냐고 했다가 선생님께 꾸중만 들었어요. '쓸데없는 소리 말아요. 환자를 괴롭힌다고? 간호사도 애런델 양이 음식을 드시도록 협박을 해야 돼요.' 하시면서 몇 시에는 고기즙, 또 몇 시에는 브랜디 한 스푼 하시더군요. 마지막에 하신 말씀을 저는 결코 잊지 못할 거예요. '당신은 젊어요. 멋진 싸움을 할 수 있는 무기가 나이 속에 들어 있다는 걸 모르시오? 젊은이들은 사는 데 관심이 없기 때문에 죽고 말지. 당신은 일흔 살 이상 살 수 있다는 걸 보여 주었고, 또한 살겠다는 의지를 가진 투사의 모습을 보여 주었소.'

우리는 항상 노인들이 놀라운 사람들이라고 얘기를 하는데, 그건 사실입니다. 그분들의 생명력, 또 자신들의 체력을 유지해 나가는 방법은 정말 놀라워요. 의사 선생님 말씀으로는 이 점이 바로 노인들을 오래 살게끔 하는, 그 나이가 될 때까지 살 수 있도록 만드는 이유라는 거죠.」

「심오한 얘깁니다. 깊이가 있군요! 애런델 양도 그런 분이었습니까? 활기가 있고 삶에 애착을 갖는?」

「맞아요. 건강은 좋지 않으셨지만 두뇌가 아주 명석한 분이셨어요. 자신의 병을 이겨 나가는 데는 간호사도 놀랐어요. 항상 칼라와 소매에 풀을 빳빳하게 먹인 옷을 입고 꼿꼿하게 앉아서, 음식이나 차가 준비될 때까지 기다리시곤 했죠.」

「상당히 회복되었던 모양이로군요?」

「예. 처음에는 음식에 신경을 써야 했기 때문에 끓이거나 찐 음식만 드셨어요. 지방분이 들어 있는 건 안 되었고 달걀도 못 드셨죠. 단조로운 식사였어요.」

「그래서 병세는 더욱 호전되었습니까?」

「예, 악화된 건 아니에요. 간경변증이었어요. 한동안은 음식에 별로 신경 쓰시지 않다가, 마지막 발병 뒤에 까다로워지신 거죠.」

「2년 전과 병세가 비슷했습니까?」

「똑같았어요. 그러다가 악성 황달에 걸려서 다시 피부 빛깔이 누렇게 변했죠. 심하게 앓으셨어요. 음식을 많이 드시지 말았어야 했는데. 병이 심해지던 날, 저녁식사 때 카레 요리를 드셨거든요. 아시다시피, 카레에는 기름기가 많잖아요.」

「갑자기 심해지신 겁니까?」

「그랬던 것 같아요. 그레인저 선생님은 그동안 너무 무리를 했기 때문이라고 하셨어요. 춥고 일기변화가 심한 데다가, 과식하신 거래요.」

「컴패니언인 로슨 양이 과식을 하지 않도록 충고할 수도 있었을 텐데요.」

「애기할 수도 없었어요. 누구의 충고를 받아들이는 분이 아니었거든요.」

「먼젓번에 병이 났을 때도 로슨 양과 함께 지내셨습니까?」

「아니에요. 로슨 양은 그 뒤에 왔어요. 함께 지낸 지 1년 정도밖에 안 돼요.」

「그전에도 컴패니언을 두셨나요?」

「여러 명 두셨었죠.」

「컴패니언은 하인만큼 오래 머물러 있지 않았던 모양이군요?」

이렇게 말하며 포와로는 웃었다.

그녀의 얼굴이 붉어졌다.

「조금 다르죠. 애런델 양은 자신의 사생활이 노출되는 걸 꺼려하셨어요.」

여기까지 얘기하고 엘렌은 입을 다물었다.

잠시 동안 그녀를 가만히 바라보고 있다가 포와로가 말했다.

「나이가 지긋한 숙녀들의 심리 상태에 대해서는 내가 좀 압니다. 그들은 새로운 경험을 갈망하지요. 아마 인간의 한계점에 와 있기 때문일 겁니다.」

「현명한 말씀이세요. 바로 그랬어요. 새로운 컴패니언이 오면 애런델 양은 항상 그 여자가 살아온 인생에, 그 여자의 어린 시절이라든가 지내온 곳, 생각하는 것들에까지 흥미를 느끼셨어요. 그러다가 그녀에 관한 것을 모두 알게 되면, 그 여자가 하는 진짜 얘기에는 싫증을 내시는 거예요.」

「당연합니다. 우리끼리 얘기지만, 컴패니언들이란 대개가 우스갯소리 잘하는 재미있는 축들과는 거리가 머니까요.」

「그래요, 선생님. 대부분이 침울한 여자들이었어요. 똑똑치 못한 이들도 더러 있었고요. 애런델 양은 상대방에 대해 금방 훤해지셨고, 그러면 곧 새 사람으로 갈아 치우셨죠.」

「그래도 로슨 양과는 꽤 가깝게 지내셨나 보군요?」

「그렇지도 않아요.」

「로슨 양은 특별한 데가 없는 여잡니까?」

「그렇다고 할 수 있죠. 평범한 여자예요.」

「그녀를 좋아합니까?」

하녀는 가볍게 두 어깨를 으쓱했다.

「좋아할 것도 싫어할 것도 없지요. 좀 수선스러운 데다가, 심령술인가 뭔가 하는 데 잔뜩 빠져 있는 독신 여자예요.」

「심령술?」

포와로는 귀가 번쩍 뜨이는 모양이었다.

「예, 심령술 말예요. 컴컴한 테이블 가에 둘러앉아 있을 때 혼령이 나타나서 말을 한다는 거죠. 영락없는 사교(邪教)예요. 마치 우리가 죽은 영혼들이 가는 곳을 모르기 때문에 그들이 떠나지 않는다고 생각하는 것 같은 거 말예요.」

「애런델 양도 그것을 믿었습니까?」

「믿으셨다면 로슨 양이 꽤 좋아하셨을 거예요.」

그녀가 재빨리 말했다.

그 어조에는 일종의 만족스런 적의 같은 게 담겨 있었다.

「믿지 않았군요?」

포와로가 끈덕지게 되풀이해서 물었다.

「마님은 매우 분별력 있는 분이었어요.」

그녀는 코방귀를 뀌었다.

「흥밋거리로 생각하셨죠. '나도 믿고 싶어.'라고 말씀하시면서요. 하지만 대개는, '그렇게 빠져들다니 참 한심스럽구나!' 하는 표정으로 로슨 양을 바라보시곤 했어요.」

「알겠습니다. 단지 재미를 느끼셨던 모양이군요.」

「맞아요. 테이블을 밀어젖히면서 글씨를 쓰는 물체에 재미를 느끼지 않았다면 오히려 이상하죠. 게다가 다른 이들은 마치 망령들처럼 조용히 앉아 있으니…….」

「다른 이들이라뇨?」

「로슨 양과 트립 자매 말씀이에요.」

「로슨 양은 심령술을 꽤 진지하게 받아들였던 모양이군요?」

「마치 복음이나 되는 듯 여겼어요.」

「그렇다면 애런델 양이 로슨 양에게 각별한 애정을 느꼈던 것 아닙니까?」

먼젓번에 질문했을 때와 똑같은 반응이 나타났다.

「그랬다고 볼 수는 없어요.」

「자신의 모든 재산을 다 로슨 양에게 남겨 줬다면서요?」

삽시간에 변화가 일어났다.

한 인간의 모습이 사라지고, 딱딱한 하녀의 모습으로 되돌아온 것이다. 자세를 가다듬으면서 그녀는 지금까지 보였던 친밀함을 책망이라도 하듯 냉랭하게 대답했다.

「마님께서 유산을 남긴 방법은 저와는 상관없는 일입니다.」

포와로의 실책이었다. 지금까지 이끌어온 유리한 고지를 단번에 몰수당하고 만 것이다. 그러나 현명한 포와로는 실점을 되찾겠다고 성급하게 서두르지 않았다.

침실의 크기와 숫자에 대해 몇 마디 의례적인 찬사를 늘어놓은 뒤 그는 계단이 있는 쪽으로 걸어갔다.

밥이 보이지 않았다. 층계를 내려가려던 나는 갑자기 비틀거리면서 넘어졌다. 하마터면 굴러 떨어질 뻔했다. 난간을 움켜잡고 겨우 몸을 일으켜서 아래를 내려다보니 공이 보였다.

층계 위에다 밥이 놓아둔 것을 내가 무심결에 발로 밟은 것이 분명했다.

안내인이 뛰어와 사과를 했다.

「미안해요, 선생님. 밥이 실수한 거예요. 그 녀석이 공을 층계 위에다 놔둔 걸 바닥이 컴컴해서 제대로 못 보신 모양이군요. 마님께서도 저것 때문에 굴러 떨어진 적이 있어요. 돌아가실 뻔했었죠.」

포와로가 갑자기 층계에 멈춰섰다.

「사고였나요?」

「예. 보통 때 하듯 그곳에다 놔뒀는데, 방에서 나오시다가 그만 걸려서 넘어진 거지요. 돌아가시는 줄 알았어요.」

「많이 다치셨습니까?」

「심한 것은 아니었어요. 그레인저 선생님이 불행 중 다행이라고 하시더군요. 머리와 등을 조금 다치셨고, 여기저기 멍이 들었는데 꽤 충격이 크셨던 모양이에요. 부상은 심한 편이 아니었는데, 꼬박 1주일이나 침대에 누워 계셨댔어요.」

「언제였습니까?」

「돌아가시기 1주일 전인가 2주일 전이었어요.」

층계 바닥에 무엇을 떨어뜨렸는지 포와로가 허리를 굽혀서 찾고 있었다.

「죄송합니다. 만년필이…… 아, 여기 있군요.」

그는 또 몸을 굽혔다.

「견공(犬公)께서 신중하질 못했군요?」

「웬걸요.」

관대한 목소리로 안내인이 말했다.

「사람 같아요. 아직 모르시겠지만. 마님께서는 잠을 잘 주무시지 못했어요. 종종 한밤중에 일어나셔서 집 안을 걸어다니시곤 했죠.」

「자주 그러셨습니까?」

「거의 매일 밤이요. 하지만 누가 따라 다니는 건 질색이셨어요.」

포와로는 다시 거실로 들어갔다.

「아름다운 방입니다. 책장을 놓을 만한 공간이 될는지 살펴봐야 겠군요. 어떨까, 헤이스팅스?」

나는 조금 당황했지만, 좀더 둘러봐야겠다고 조심스럽게 대답했다.

「하긴 그렇군. 크기라는 게 좀 묘하거든. 자, 이 자를 가지고 그 쪽의 폭 좀 재줄 텐가? 내가 받아 적지.」

나는 포와로가 건네주는 자를 받아 그가 시키는 대로 이곳저곳의 치수를 쟀다. 포와로는 편지 겉봉에 그것을 받아 적었다.

왜 수첩에다 적지 않고 저렇게 허술한 방법을 사용하는지 이상하 게 생각하고 있는데, 그가 불쑥 봉투를 내밀었다.

봉투 위에는 아무 숫자도 쓰여 있지 않았다. 숫자 대신 이런 문 구가 적혀 있었다.

'우리가 2층으로 다시 올라가게 되면, 잊어버렸던 약속이 생각난 체하고 전화를 쓰겠다고 하게. 전화를 걸 때는 될 수 있는 대로 시 간을 오래 끌도록.'

「알았습니다.」

나는 봉투를 주머니에 집어넣었다.

「책장이 충분히 들어갈 수 있겠다고 말해 주어야겠는데요.」

「확신을 주는 편이 좋겠지. 나는 침실을 다시 한 번 조사해 봐야겠네. 벽면을 제대로 보지 못했지 뭔가.」

「좋도록 하십시오.」

우리는 2층으로 다시 올라갔다.

포와로가 벽의 크기를 재면서 침대와 책상에 대해 큰 소리로 얘기를 하고 있을 때 나는 시계를 들여다봤다. 그리고는 다급하게 소리쳤다.

「이크! 벌써 3시야? 앤더슨이 뭐라고 할까? 전화를 해줘야겠는데.」

나는 안내인에게 소리쳤다.

「전화가 있으면 좀 사용해도 되겠습니까?」

「아, 그러세요. 홀 옆의 작은 방에 있어요. 이쪽으로 오세요.」

그녀는 빠른 걸음으로 계단을 내려와 전화가 있는 곳으로 나를 안내했다. 나는 전화번호부의 이곳저곳을 뒤적거리면서 번호를 찾았다. 결국 하체스터에 살고 있는 앤더슨을 찾아내어 전화를 걸었다. 다행히 그는 외출하고 없어, 별로 중요한 일이 아니므로 다시 전화하겠다는 메시지만을 남겨둘 수가 있었다.

전화를 끊고 나오니 포와로는 이미 2층에서 내려와 홀에 서 있었다. 초록색을 띤 눈빛이 광채를 내고 있었다.

이유는 알 수 없지만 흥분하고 있음이 분명했다.

「층계에서 넘어진 것이 여주인께는 큰 충격이었겠군요. 그 뒤엔 밥이나 그 녀석의 공 때문에 불안해하시지는 않았습니까?」

「그렇게 꼭 집어서 말씀하시다니 신기하군요. 마님께서는 고민을 많이 하셨어요. 헛소리도 하시고. 밥과 그 공, 또 열려진 그림에 대해서도 자주 말씀하셨어요.」

「열려진 그림?」

포와로가 생각에 잠겨 물었다.

「예. 별 뜻이 없는 말인데 자주 헛소리를 하셨지요.」

「잠깐만 한 번만 더 거실을 살펴봐야겠군요.」

그는 장식품들을 자세히 둘러보며 거실을 어슬렁거렸다.

뚜껑이 달린 커다란 항아리에 유난히 관심이 가는 듯했다. 그것은 빅토리아 식 분위기가 감도는 작품으로, 잘 만들어진 종류는 아니었다. 항아리 곁에는 구슬픈 표정으로 현관문 밖에 앉아 있는 불독의 모습이 거칠게 그려져 있었다. 아래엔, '밤을 지새고 돌아와 보니 열쇠가 없네.'라고 쓰여져 있었다.

내가 인정하는 안목을 가진 포와로는 조야(粗野)한 그림에 할 말을 잊은 듯했다.

「밤을 지새고 돌아와 보니 열쇠가 없네.」

그가 중얼거렸다.

「재미있군! 저게 밥입니까? 가끔 저렇게 밤을 새고 돌아옵니까?」

「그런 적이 있어요. 아주 드물지만. 밥은 똑똑한 놈이에요.」

「저도 압니다. 최고지요.」

「한 두어 번 밤에 나갔다가 새벽 4시쯤 돌아온 적이 있어요. 그때 현관문 밖에 앉아서 들여보내 줄 때까지 짖고 있었죠.」

「누가 문을 열어 줬습니까? 로슨 양인가요?」

「짖는 소리를 듣는 사람이라면 누구든지 열어 주었어요. 마지막으로 문을 열어 준 사람이 로슨 양이지요. 마님께서 사고를 당하시던 날 밤이었죠. 밥은 새벽 5시쯤 돌아왔는데, 로슨 양이 허둥지둥 뛰어나가서 시끄럽게 짖기 전에 들여보냈어요. 마님이 깨실까 봐 걱정이 된 데다가, 근심하실까 봐 밥이 나갔다는 얘기를 하지 않았던 거예요.」

「모르는 편이 낫다고 생각한 모양이군요?」

「그런 뜻으로 얘기를 했어요. '틀림없이 돌아올 거야. 항상 그랬으니까. 하지만 아시면 걱정하실 테니까 말씀드리지 않는 편이 좋겠어.'라고요. 그래서 우리는 아무 얘기도 하지 않았죠.」

「밥은 로슨 양을 잘 따랐습니까?」

「사실대로 말씀드리자면, 로슨 양을 무시했어요. 밥을 착한 강아지, 똑똑한 강아지라고 부르며 친절하게 대해 주었지만, 밥은 늘상 경멸하는 표정으로 로슨 양을 바라봤죠. 그리고 그녀가 뭐라고 지시를 해도 귓등으로도 듣지 않았어요.」

포와로는 고개를 끄덕였다.

「그랬군요.」

갑자기 포와로가 주머니에서 오늘 아침에 받은 편지를 꺼내어 놓았다.

「엘렌, 이것을 알고 있습니까?」

엘렌의 얼굴이 변했다. 당황해서 입을 딱 벌린 채 희극 배우 같은 표정으로 포와로를 쳐다봤다.

「저, 저는 몰라요!」

그녀는 소리쳤다. 엘렌의 태도가 의미하는 바는 뚜렷했다.

한참 뒤 정신을 가다듬으면서 엘렌이 천천히 물었다.

「선생님이 편지를 받으실 분이었나요?」

「그렇소. 내가 에르퀼 포와로요.」

여느 사람들처럼 엘렌도 포와로가 도착하면서 내민 증명서에서 그의 이름은 보지 않았던 것이다.

「맞아요, 그 이름이었어요. 에르큐르 포와로.」

이름 끝 자를 길게 끌면서 그녀가 발음했다.

「요리사가 놀라겠군요.」

엘렌이 외쳤다.

포와로가 재빨리 말했다.

「함께 부엌으로 가서 친구분과 얘기를 나눠 보는 것도 좋을 것 같군요. 그렇게 해도 되겠습니까?」

「좋으실 대로 하세요.」

엘렌이 약간 불안해하는 목소리로 대답했다. 이런 문제가 그녀에게는 매우 뜻밖인 것 같았다.

그러나 포와로의 사무적인 태도가 그녀를 안심시켰으므로 우리는 부엌 쪽으로 걸어갔다. 가스 난로에서 막 주전자를 들어올리고 있던 크고 호인 같은 얼굴의 여자에게 엘렌은 자초지종을 설명했다.

「믿을 수 없을 거야, 애니. 이분이 바로 그 편지를 받으신 분이래. 내가 압지에서 찾아낸 편지 말이야.」

「이렇게 늦게 편지를 부치게 된 이유를 설명해 주시겠습니까?」

「사실대로 말씀드리자면, 어떻게 해야 할지 곤란했어요. 우리 두 사람 다 마찬가지였죠.」

「당황했어요.」

요리사가 덧붙였다.

「마님이 돌아가시고 나자 로슨 양은 남아 있던 여러 가지 물건들을 누구에게 주거나 가져다 버렸지요. 그런 물건들 중에 압지가 있었어요. 백합 한 송이가 그려진 예쁜 것이었어요. 마님이 침대에서 글을 쓰실 때 사용하셨던 거죠. 로슨 양은 그것이 필요 없었는지, 다른 몇 가지 잡동사니와 함께 그것을 저한테 주더군요. 저는 그것을 서랍 속에다 넣어 두었다가 그만 잊어버렸지요. 그랬다가 어제 꺼낸 거예요. 필요할 때 쓰려고 마분지 몇 장을 넣어두려고 하다가, 안쪽에 주머니가 달려 있길래 그 안에 손을 집어넣었죠. 그랬더니 편지가, 마님이 손수 쓰고 끼워 두셨던 편지가 그 안에 있는 거예요.

당장 어떻게 해야 할지 모르겠더군요. 마님이 쓴 편지가 분명하니까, 아마 편지를 써놓고 부치겠다고 그곳에 끼워 두었다가 잊어버리신 거라는 생각이 들었어요. 잘 잊어버리셨거든요. 한번은 은행에 내야 될 배당금 영수증을 잊어버리셨는데, 한참 찾다 보니 책상 칸막이 뒤쪽으로 밀려가 있지 뭐겠어요.」·

「정돈하는 성격이 아니었나요?」

「웬걸요. 그 반대셨어요. 항상 깔끔하게 치우고 가지런히 정돈하셨죠. 그래서 더 문제가 생긴 거예요. 뭐든지 깨끗하게 치워놓으시는데, 그 둔 곳을 잊어버리시는 거예요.」

「예를 들면, 밥의 공처럼 말이죠?」

포와로가 웃으면서 물었다.

총명한 테리어 종 개는 종종걸음으로 들어와 우리에게 상냥하게 인사를 했다.

「예, 선생님. 밥이 운동을 끝내기가 무섭게 공을 치워 버리곤 하셨어요. 항상 그곳이었어요. 제가 보여 드린 서랍 속 말이에요.」

「예, 계속하세요. 아니, 한 가지만 물어 봅시다. 편지를 압지 안에서 찾아냈다고 했죠?」

「예, 그랬어요. 그런 다음 애니에게 제가 생각하는 바를 얘기했죠. 불 속에 던져 버리고 싶지는 않았어요. 저는 차마 그 편지를 뜯어 볼 수가 없었고, 애니도 마찬가지였어요. 그리고 그 편지가 로슨 양과 관련된 일은 아니라는 생각이 들었기 때문에, 우리끼리 몇 마디를 주고받은 뒤 우표를 붙여 우체통에다 넣은 거예요.」

포와로가 내 쪽으로 몸을 돌렸다.

「이거야.」

그가 속삭였다.

나는 심술궂게 한 마디 하지 않을 수 없었다.

「이것보다 더 단순한 이유는 아마 찾기 힘들 겁니다.」

그가 풀이 죽어 있는 모습을 보자, 나는 그렇게 자극을 준 것이 조금은 미안했다.

포와로가 엘렌 쪽으로 다시 고개를 돌렸다.

「내 친구도 얘기했듯이 아주 단순한 이유 때문이었군요. 나는 편지를 쓴 날짜가 두 달 전이어서 꽤 놀랐습니다.」

「그러셨군요. 우리는 그런 사실은 미처 생각지도 못했어요.」

「또 한 가지.」

포와로는 잔기침을 했다.

「어려운 점이 있군요. 편지는 애런델 양이 내게 한 가지 임무를 맡기고 싶다는 것이었는데, 아주 사적인 성질의 문젭니다.」

포와로는 목소리를 가다듬었다.

「그런데 이제 애런델 양이 돌아가시고 안 계시니 행동을 취하는 데 문제가 있습니다. 애런델 양은 이런 상황에서도 내가 일을 추진해 주기를 바라셨을까요? 어려운 문제로군요.」

두 여인은 공손한 태도로 그를 쳐다봤다.

「애런델 양의 변호사와 의논을 해야겠습니다. 고문 변호사가 있었겠죠?」

엘렌이 재빨리 대답했다.

「예, 선생님. 하체스터에서 오신 퍼비스 씨가 있어요.」

「그녀에 관한 일은 전부 알고 있습니까?」

「아마 그러실 거예요. 제가 오기 전부터 그분이 모든 일을 맡아서 처리해 주셨으니까요. 낙상하신 뒤에도 그분을 오게 하셨어요.」

「층계에서 떨어지셨을 때 말입니까?」

「예.」

「그때가 정확하게 언제였나요?」

요리사가 입을 열었다.

「성 월요일(부활절 이튿날. 영국의 법정 공휴일.) 다음날이었어요. 분명히 기억합니다. 손님들이 있었기 때문에 그분들을 돌보느라고 휴일에도 그대로 집에 있었죠. 대신 수요일 날 쉴 수 있었어요.」

포와로는 주머니에서 달력을 꺼냈다.

「정확하군요. 정확해요. 월요일이 13일이었으니, 애런델 양이 사고를 당한 날은 14일이고, 편지는 3일 뒤에 쓰신 겁니다. 그런데 제대로 부치지도 못했군요. 하지만 아직 늦지는 않았습니다.」

그는 잠깐 말을 멈추었다가 다시 계속했다.

「마님께서 내가 해주기를 바라던 임무는 바로 당신이 언급한 손님들 가운데 한 사람과 관련이 있습니다.」

이 말은 어둠 속에서 탄환이 터질 때처럼 즉각적인 반응을 불러일으켰다.

알겠다는 표정이 재빠르게 엘렌의 얼굴을 스치고 지나갔다. 그녀는 대답을 구하는 시선으로 요리사를 쳐다보았다.

「어떤 사람들이 있었는지 얘기해 주시죠.」

포와로가 물었다.

「타니오스 의사와 그의 부인, 그리고 테레사 양과 찰스 씨였어요.」

「그 사람들이 조카들입니까?」

「예, 선생님. 타니오스 의사는 빼놓고요. 그분은 외국인이죠. 그리스 사람이라던가요. 애런델 양의 조카딸인 벨라 양과 결혼했어요. 찰스 씨와 테레사 양은 남매간이고요.」

「아, 그래요. 가족 파티였군요. 그들이 떠난 것은 언제였습니까?」

「수요일 아침이에요. 그랬다가 타니오스 의사 부부는 그 주말에 다시 내려오셨지요. 애런델 양이 걱정이 되어서.」

「그러면 찰스 씨와 테레사 양은요?」

「그분들은 그 다음 주말에 오셨어요. 마님이 돌아가시기 전 주말이에요.」

포와로의 호기심은 끝이 없는 것 같았다.

이렇게 계속 질문을 해대는 이유를 나는 알 수가 없었다. 이제는 어느 정도 궁금증을 풀어 줄 설명을 얻었을 테니, 위엄을 간직한 채 되도록 빨리 철수하는 편이 좋으리라는 생각이 들었다.

내 뜻이 포와로에게 전달된 모양이었다.

「좋습니다. 두 분이 내게 들려주신 정보가 아주 도움이 되겠습니다. 퍼비스 씨와 이 문제를 상의해 봐야 되겠군요. 감사합니다.」

그는 허리를 구부려 밥을 쓰다듬었다.

「용감한 견공!」

밥은 그의 인사에 상냥한 반응을 보이더니, 장난이 치고 싶은지 커다란 석탄 덩어리를 하나 물고 왔다.

우리 쪽으로 가까이 오자마자 빗발치는 비난과 함께 그것을 빼앗
겼다.

밥은 동정을 구하는 시선으로 나를 쳐다보았다.

'여기 이 여자들은 음식에는 더할 나위 없이 인심이 후하지만, 진
짜 스포츠맨은 아냐!'

녀석은 이렇게 말하는 것처럼 보였다.

제9장 '개의 공' 사건의 재구성

「포와로.」

등뒤로 리틀 그린 하우스의 대문이 닫히는 소리를 들으며 내가 입을 열었다.

「이젠 만족하시죠?」

「물론, 만족하고말고.」

「다행스런 일이네요! 모든 미스터리가 풀리다니! 사악한 컴패니언과 부유한 여주인의 신화가 깨끗하게 해결됐고, 늦어진 편지와 개의 공 때문에 빚어진 사건도 원인이 드러났어요. 모든 것이 싸움꾼 덕분에 만족하게 해결됐군요!」

몇 번 잔기침을 하더니 포와로가 말했다.

「'만족하시겠죠?'라는 말은 그만두지, 헤이스팅스.」

「조금 전에 당신이 그렇게 말했잖습니까?」

「아냐. 일이 만족스럽다는 얘기가 아닐세. 개인적으로 내 호기심을 만족시켰다는 뜻이지. 공 때문에 일어난 사고의 진면목을 알아냈다는 거야.」

「아주 간단하게 말이죠!」

「자네가 생각하는 것만큼 간단하지는 않네.」

그는 몇 번 고개를 끄덕거렸다. 그러더니 말을 계속했다.

「자네가 모르는 조그마한 사실을 하나 발견했어.」

「뭔데요?」

나는 궁금해서 급하게 물었다.

「층계 위의 걸레받이(벽의 하단, 바닥과 접하는 곳에 댄 부재.)에 못이 하나 튀어나와 있는 걸 찾아냈어.」

포와로의 얼굴은 진지했다.

「그래요? 왜 그렇게 박아 놨을까요?」

「문젠, '못이 왜 그곳에 있게 되었나?'라는 점이야, 헤이스팅스.」

「글쎄. 아마 집안일 때문이겠죠. 그게 문제가 되나요?」

「아주 중요한 문제일세. 집안일 때문이라면 층계 걸레받이 같은 곳에다 못을 박을 일이 있나? 눈에 띄지 않도록 니스 칠까지 해놨던데?」

「그래요? 당신은 그 이유를 알고 있겠죠?」

「쉽게 짐작이 가네. 만일 자네가 발 높이 정도로 튼튼한 실이나 끈을 층계 위를 가로질러서 매어두고 싶다면 한쪽은 난간에 붙들어 매면 되겠지만, 다른 쪽의 것을 매려면 못 같은 게 필요하겠지? 실을 걸 수 있도록 말일세.」

「포와로!」

내가 소리쳤다.

「도대체 지금 무슨 생각을 하는 건가요!」

「밥의 공 때문에 일어난 사고를 재구성하는 중일세. 어떤가?」

「계속해 보시죠.」

「좋아, 누군가가 층계 위에다 공을 놔두는 밥의 습관을 눈여겨본 거야. 사고를 낼 수 있는 위험한 짓이거든.」

여기서 말을 멈추더니, 포와로는 아주 다른 어조로 진지하게 말을 계속했다.

「헤이스팅스, 자네가 누구를 죽이고 싶다면 어떻게 하겠나?」

「글쎄, 모르겠는데요. 알리바이를 조작하던가, 뭐 그렇겠죠.」

「모두 어렵고 위험한 짓이야. 게다가 자네는 냉정하고 신중한 살인자 타입이 아니잖나? 따라서 없애고 싶은 사람을 제거할 수 있는 가장 손쉬운 방법으로 사고를 이용하자는 생각이 들 수 있겠지? 사고는 항상 일어날 수 있는 것이거든. 그리고 일어나게 만드는 데는 조금만 손을 써주면 되니까.」

여기서 말을 잠깐 멈추더니 포와로는 다시 계속했다.

「계단 위에 놓여 있었던 개의 공이 우연히 살인자에게 아이디어를 제공해 준거야. 애런델 양은 밤중에 침실에서 나와 집 안을 거니는 버릇이 있었어. 눈이 밝지 못했으니까, 충계를 내려오다가 넘어질 수 있는 가능성이 얼마든지 있지. 하지만 신중한 살인자라면 일을 우연에만 맡기지는 않아. 충계 위에다 실을 매두는 게 훨씬 바람직하지. 그 방법이 곤두박질치며 넘어지기에는 가장 안성맞춤이니까. 그리고, 집안 사람들이 달려와서 보면 그건 분명히 공에 걸려서 넘어진 사고거든!」

「지독하군요!」

내가 외쳤다.

포와로가 어두운 표정으로 말했다.

「무서운 일이야. 성공하지는 못했지. 목이 부러질 수도 있었지만 약간 다치기만 했어. 그 친구는 아마도 대단히 실망했겠지! 하지만 애런델 양은 명석한 노인이었어. 모두가 공 때문에 미끄러진 거라고 얘기했고 또 증거물인 공도 있었지만, 그녀 자신은 사고를 조금 다른 각도에서 바라본 거야. 공에 채인 거라고는 생각지 않았지. 다른 무엇인가가 있었다고 느낀 거야. 그녀는 새벽 5시쯤 밥이 집 안에 들어오겠다고 짖어대는 소리를 들었다는 걸 기억해낸 거야.

지금까지의 얘기는 물론 추측에 불과하지만, 사실일 거라고 나는 믿고 있네. 애런델 양은 전날 저녁, 서랍에다 밥의 공을 치워 놓았어. 밥은 그 뒤 집 밖으로 나갔다가 새벽까지 돌아오지 않았던 거야. 그러니 계단 위에 공을 놔둔 건 밥이 아니지.」

「순전히 짐작에 불과하잖습니까, 포와로?」

내가 반대를 하자 포와로는 불만을 표시했다.

「전부가 다 짐작은 아닐세. 애런델 양이 헛소리를 하면서 몇 가지 중요한 얘기를 털어놨거든. 밥의 공이니 그림이니 하면서. 아직도 그 요점을 모르겠나?」

「전혀 모르겠는데요.」

「이상하군. 보게나. 사람들이 '조금 열려 있는 그림'이라고 얘기하지 않는다는 것은 알지? 문이 조금 열려 있다고 하고, 그림은 조금 비뚤어져 있다고 하지.」

「아니면, 속임수가 들어 있다고 하든가요」

「그래. 자네 말처럼 속인다고 하지. 그래서 엘렌이 말의 뜻을 잘못 알아들었다는 것을 금방 알았네. 그것은 열려 있는(ajar) 그림이라는 뜻이 아니라, (한 개의)항아리(a jar)에 그려진 그림이라는 뜻이야. 응접실에서 자기(瓷器)로 만든 항아리 하나가 눈에 띄더군.

개의 그림이 그려진 것이었어. 노숙녀가 중얼거렸다는 몇 마디 헛소리를 기억하면서 그 그림을 자세히 살펴봤지. '밤새 밖에 나가 있었던 개'를 주제로 한 것이었네. 열에 들떠 있는 여자의 생각이 어떠한지는 자네도 알지? 밥이 항아리에 그려진 그림 속의 개와 비슷했던 거야. 밤새 밖에 나가 있었으니까. 따라서 계단 위에 공을 놔둔 건 그 녀석이 아니라는 뜻이지.」

나도 모르게 감탄사가 저절로 터져 나왔다.

「귀신같군요, 포와로! 어떻게 그런 생각을 해낼 수가 있었나요?」

「나는 이미 일어난 상황에 대해서는 생각하지 않네. 그것은 누구라도 볼 수 있게끔 아주 명백하게 그곳에 있는 거야. 무슨 얘기인지 알겠지? 계단에서 굴러 떨어지고 나서 침대에 누운 채 애런델 양은 의심하기 시작했어. 망상일 수도 있고 이치에 닿지 않는 생각일 수도 있지만, 그건 사실이었거든. '사고를 당한 뒤 저는 점점 불안해졌습니다.' 그래서 내게 편지를 썼지만, 불행하게도 두 달이 지난 뒤에야 받아 볼 수 있게 됐지. 그녀의 편지가 이런 사실들과 완벽하게 맞아떨어진다고 생각지 않나?」

「맞습니다. 그런 것 같군요.」

포와로는 얘기를 계속했다.

「잘 생각해 봐야 할 점이 또 한 가지 있어. 로슨 양은 밥이 밤새

나가 있었다는 사실을 애런델 양이 알게 될까 봐 전전긍긍했다는
점이야.」
「당신 생각으로는 로슨 양이…….」
「아주 신중하게 다뤄야 할 문제일세.」
나는 잠시 동안 곰곰이 그 일을 생각해 보았다.
「재미있는 정신 운동이로군요. 당신에게 경의를 표합니다. 당신이
한 추리는 뛰어난 결작입니다. 노숙녀가 죽었다는 게 정말 유감이
군요.」
「유감이라고? 그래. 그녀는 누군가가 자기를 죽이려고 한다고 썼
고,(결국은 그런 얘기야.) 그 뒤 얼마 안 가서 죽었어.」
「그렇군요. 그러니 그녀의 죽음이 자연스럽게 찾아온 것이라는
사실이 당신에게는 커다란 실망을 안겨 주었겠군요.」
포와로는 양어깨를 으쓱했다.
「아니, 당신은 그녀가 독살당한 거라고 생각하고 있는지도 모르
죠.」
심술궂은 목소리로 내가 말했다.
「확실히 애런델 양이 죽게 된 원인은 그녀가 앓던 지병 때문인
것 같아.」
포와로가 조용한 목소리로 말했다.
「그러면 이제 우리는 기가 죽어서 런던으로 돌아가야겠군요.」
「아니, 런던으로 가는 것이 아닐세.」
「그러면?」
「자네가 개한테 토끼를 보여 준다면, 개는 분명 토끼굴로 들어가
고 말걸.」
「무슨 뜻이죠?」
「개는 토끼를 쫓고, 에르큘 포와로는 살인자를 쫓지. 여기 살인을
하려다가 실패한 살인자가 있어. 실패했다 해도 살인자는 살인자야.
그러니, 나는 그를―아니, 그 여자일 수도 있지.―쫓아서 굴로 들어

가 볼 생각이네.」

그는 한 대문 앞에서 멈춰섰다.

「왜 그러죠, 포와로?」

「굴로 들어가려고 그러네. 이 집이 바로 애런델 양의 병을 치료해 주던 그레인저 의사 댁이거든.」

그레인저 의사는 60세가량 되어 보였다.

마른 얼굴에 턱이 뾰족했으며, 짙은 눈썹에 잿빛 눈이 빈틈없는 인상을 주었다.

그는 날카로운 눈초리로 나와 포와로를 번갈아 쳐다보았다.

「무슨 일입니까?」

그레인저 의사가 불쑥 물었다.

포와로가 뻣뻣한 태도로 대답했다.

「이렇게 갑자기 찾아뵙게 되어서 미안합니다. 단도직입적으로 말씀드리자면, 병을 치료하러 온 것이 아닙니다.」

그레인저 의사가 말했다.

「다행이군요. 상당히 건강해 보이시는데요!」

「찾아온 이유를 설명해 드려야겠군요.」

「사실은, 제가 지금 책을 하나 쓰고 있는데, 여러 해 동안 마켓 베이싱에서 사셨던 고(故) 애런델 장군의 일생에 대한 겁니다.」

의사는 조금 놀라는 표정이었다.

「그래요? 애런델 장군은 죽을 때까지 이곳에서 사셨지요. 리틀 그린 하우스에서요. 은행을 지나서 도로 뒤쪽에 있습니다. 그곳을 둘러보셨나요?」

포와로는 그렇다고 고개를 끄덕였다.

「그렇지만 내가 오기 전의 일입니다. 내가 이곳에 온 것이 1919년의 일이니까.」

「하지만 그 따님은 알고 계시죠? 고(故) 애런델 양 말입니다.」

「에밀리 애런델이라면 잘 알지요.」

「그렇습니까? 최근에 돌아가셨다니 저로서는 큰일입니다.」

「4월말이었소.」

「그렇다고 들었습니다. 저는 그분이 부친의 기억과 여러 가지 사적인 자료들을 제공해 주실 거라고 믿고 있었는데 말입니다.」

「물론 그랬을 테지요. 그러면 이제 내가 어떻게 해드려야 할지 모르겠소만?」

포와로가 물었다.

「애런델 장군님의 자녀들 중 살아 있는 사람은 없습니까?」

「없소. 다 죽었어요.」

「몇 명이나 되는데요?」

「다섯이오. 1남 4녀였죠.」

「그러면 손자들은요?」

「찰스 애런델과 그의 누이동생 테레사가 있어요. 그들은 아마 만나 볼 수 있을 겁니다. 도움이 될지 모르겠소만. 젊은 손주들은 할아버지에 대해서 별 관심이 없지. 그리고 타니오스 부인이 있는데, 그쪽도 별로 큰 도움은 되지 못할 겁니다.」

「그들이 집안의 문서들을 보관하고 있겠지요?」

「그럴지도 모르죠. 의심스럽기는 하지만, 에밀리가 죽은 뒤 많은 물건들이 없어졌거나 불에 타 버렸을 게요.」

포와로는 안타깝다는 듯 혀를 찼다.

그레인저는 이상하다는 듯 그를 바라보았다.

「왜 애런델 장군에게 관심을 갖게 됐습니까? 그렇게 대단한 인물이라는 소리는 별로 듣지 못했는데?」

「의사 선생님.」

포와로는 눈빛을 빛내며 열렬한 태도로 말했다.

「역사가 위대한 사람들에 대해서 속속들이 밝혀 놓았다고 생각하십니까? 최근의 연구서들은 인도 원주민 병사들의 반란 문제를 전혀 다른 측면에서 파헤치고 있습니다. 거기에 바로 역사의 비밀이

있지요. 그렇게 숨겨졌던 역사 속에서 존 애런델이 커다란 역할을
한 겁니다. 아주 흥미 있는 일이지요. 특히, 현시점에선 더욱 관심
을 가질 만한 일입니다. 현재 영국의 정책상, 인도 문제는 상당히
논란의 대상이 되고 있지 않습니까?」

「흠, 그 반란 문제에 애런델 장군이 상당히 깊이 관여했었다는
얘기는 들었습니다만.」

「누구에게 들으셨습니까?」

「피바디 양한테 들었죠. 그녀를 찾아가 보는 것도 좋겠군요. 가장
오래 산 이웃인 데다가 애런델 집안과는 친밀하게 지냈었으니까요.
또, 소문이 그 여자에겐 중요한 오락거리랍니다. 그래도 나름대로
판단을 할 줄 아는 개성이 있는 여자지요.」

「감사합니다. 좋은 생각이시군요. 그럼, 또, 애런델 장군님의 손자
인 애런델 씨의 주소도 좀 알려 주시겠습니까?」

「찰스? 좋아요. 그 청년한테 당신을 소개시켜 줄 수도 있어요. 헌
데, 그 사람은 무뢰한이라서. 집안의 내력이 그 친구에겐 아무 쓸모
가 없을 겁니다.」

「젊습니까?」

「나 같은 구식 늙은이가 젊은이라고 부를 만한 나이예요.」

한쪽 눈으로 윙크를 하며 의사가 말했다.

「30대 초반이지요. 집안 사람들에게 골칫거리가 되기 위해 태어
난 젊은이라오. 성격은 괜찮은데, 그게 전부예요. 세계 각지로 돌아
다니면서 말썽만 일으켰지.」

「고모는 조카를 좋아했나요?」

포와로가 대담하게 물었다.

「흠, 잘 모르겠소. 에밀리 애런델은 어리석지 않았으니까. 내가
알기로는 조카에게 한 푼도 주지 않았다고 하지, 아마. 타타르 인
(사나운 사람이라는 뜻.) 같은 데가 있는 여자였소. 나는 그녀를 좋아
했지. 존경하기도 했고. 어느 모로 보나 노병(老兵)이었어요.」

「갑자기 돌아가셨습니까?」

「그래요, 어느 면에서는. 여러 해 동안 건강이 아주 좋지 않았는데, 그래도 용케 병을 이겨 왔었거든요.」

「가족들과 말다툼을 했다는 얘기가 있던데요? 소문을 되풀이해서 미안합니다만.」

「정확하게 얘기하자면 말다툼한 게 아니지요.」

그레인저 의사가 천천히 말했다.

「드러내 놓고 언쟁을 한 적은 없다고 알고 있습니다.」

「죄송합니다. 제가 경솔했나 봅니다.」

「아니에요. 그런 얘기야 사람들이 하기 좋아서 하는 말이지요.」

「재산을 가족에게 한 푼도 남기지 않았다는 게 사실입니까?」

「그래요. 전재산을 겁먹은 얼굴에 늘 푸드득거리고 다니는 한 컴패니언에게 물려주었지요. 묘한 일입니다. 하지만 왜 그랬는지는 이해가 안 갑니다.」

포와로가 생각에 잠겨서 말했다.

「있을 수 있는 일이지요. 연약하고 병든 노숙녀였다니까. 자신을 보살펴 주는 사람에게 의지하기 마련이죠. 인품이 좋고 훌륭한 여자라면, 그런 권리를 얻을 수도 있죠.」

'권리'라는 말이 마치 황소에게 붉은 천을 보였을 때처럼 갑작스런 반응을 일으켰다.

그레인저 의사가 코방귀를 뀌며 말했다.

「권리? 권리라고요? 그런 게 아니오! 에밀리 애런델은 미니 로슨을 개보다도 못하게 취급했소. 그게 그 세대의 특징이었지. 어쨌든, 컴패니언을 하는 여자들이란 대개가 어리석으니까. 조금이라도 생각이 있다면 그것보다 나은 방법으로 생계를 꾸려 나갔을 거요. 에밀리 애런델은 어리석은 것은 질색이었거든. 1년 정도밖에 참지를 못했어요. 권리라니? 그런 게 아니오!」

불리한 입장을 벗어나기 위해 포와로는 다른 질문을 했다.

「그럼, 집안 대대로 보관해 오던 서류들은 로슨 양이 가지고 있
겠군요?」
「그럴 겁니다.」
그레인저 의사가 대답했다.
「하녀들이란 오래된 물건을 버리기가 일쑨데, 반 정도나 남아 있
을지 모르겠소.」
포와로가 일어섰다.
「감사합니다, 그레인저 선생님. 실례가 많았습니다.」
의사가 말했다.
「고마워할 것 없어요. 별로 큰 도움이 되지 못해서 미안해요. 피
바디 양을 꼭 만나 보시오. 여기서 1마일 정도 떨어진 모턴 장원에
살고 있어요.」
포와로는 책상 위에 한 아름 꽂혀 있는 장미꽃의 향기를 들이마
셨다.
「달콤하군요.」
「그럴 겁니다. 나는 냄새를 맡지 못해요. 몇 년 전 지독한 감기
때문에 후각을 잃어버렸지요. 의사한텐 참 안된 일이지, 아주 불편
해요. 전처럼 담배 맛도 즐길 수가 없고.」
「안됐습니다. 참, 애런델 씨의 주소를 좀 알려 주시죠?」
「그렇게 하지요.」
그는 우리를 커다란 홀로 데리고 들어가더니, 「도널드슨!」 하고
불렀다.
「내 동업자요.」 라고 그가 설명했다.
「그 사람이 알고 있을 겝니다. 찰스의 누이동생인 테레사하고 약
혼한 사이니까.」
그는 다시, 「도널드슨!」 하고 불렀다.
집 뒤에 있는 방에서 한 청년이 들어왔다.
키는 보통이었으며, 창백한 얼굴에 몸가짐이 딱딱했다. 그레인저

의사와 비슷한 인상을 풍겼다. 그에게 그레인저 의사가 불러낸 이
유를 설명했다.

그의 창백하고 푸른 눈이 조금 커지더니, 살피듯이 우리를 훑어
보았다. 그는 침착하고 분명한 말투로 대꾸했다.

「찰스가 있는 곳은 저도 모릅니다. 테레사 양의 주소를 가르쳐
드리죠. 오빠와 연락할 수 있게끔 해드릴 겁니다.」

그렇게 하는 게 좋겠다고 포와로가 대답했다.

의사는 자기의 노트 위에다 주소를 적더니, 그것을 찢어 포와로
에게 주었다.

포와로는 그에게 고맙다고 얘기한 뒤 두 의사에게 작별인사를 했
다. 현관문을 나서면서, 우리는 약간 놀란 표정으로 우리를 뚫어지
게 바라보고 서 있는 도널드슨 의사를 의식할 수 있었다.

제10장 피바디 양을 찾아가다

「그런 거짓말이 꼭 필요한가요, 포와로?」

걸어나오면서 내가 물었다.

포와로는 양어깨를 으쓱했다.

「거짓말을 하는 게―물론 자네야 본래 거짓말하는 걸 매우 싫어하는 줄 아네만.―나한테는 별로 대단한 일은 아닐세.」

「나도 그런 줄은 알고 있었습니다.」

지지 않고 나도 쏘아붙였다.

「그런데 거짓말을 할 때는 말이야, 아주 그럴 듯하고 납득할 수 있게끔 해야 돼.」

「당신이 한 거짓말이 납득할 만한 거짓말이었다고 생각합니까? 도널드슨이 당신의 말을 믿었다고 생각하세요?」

「그 젊은 친구는 의심이 많더구먼.」

포와로가 조용히 대답했다.

「그래요. 분명히 의심스럽다는 얼굴이었어요.」

「그 사람이 그러는 이유를 나도 모르겠더군. 바보들은 매일 다른 바보들의 생활을 글로 쓰니까. 자네의 말 그대로지.」

「당신이 스스로를 바보라고 말하는 건 처음 듣는데요.」

나는 히죽 웃으면서 말했다.

「나도 다른 사람들처럼 내가 원하는 역할을 할 수 있다고.」

포와로가 쌀쌀하게 대꾸했다.

「내가 만든 얘기를 자네가 제대로 평가해 주지 않다니 유감이군. 나는 굉장히 흡족한데 말이야.」

나는 화제를 바꿨다.

「다음엔 뭘 할 겁니까?」

「쉬운 일이지. 차를 타고 모턴 장원으로 가는 거야.」

모턴 장원은 빅토리아 시대에 지어진 볼품 없이 튼튼하기만 한 집이었다. 늙은 하인이 좀 수상하다는 눈초리로 우리를 맞으며 약속이 되어 있느냐고 물었다.

「피바디 양께 그레인저 의사 댁에서 오는 길이라고 전해 주시오.」라고 포와로가 대답했다.

잠시 뒤 문이 열리면서 작고 뚱뚱한 여인이 방으로 들어왔다.

숱이 적고 하얀 머리를 한가운데서 가르마를 타 깔끔하게 빗어 넘겼고, 목 부분에 커다란 브로치와 아름다운 레이스가 장식되어 있는, 여러 군데 닳아서 털이 보풀거리는 까만 벨벳 드레스를 입고 있었다. 그녀는 눈이 나쁜 사람들이 흔히 하듯 눈을 가늘게 뜨고 우리를 찬찬히 바라보았다.

그녀가 터뜨린 첫마디가 우리를 다소 놀라게 했다.

「물건을 팔러 왔나요?」

「아닙니다.」

포와로가 말했다.

「틀림없어요?」

「물론입니다.」

「진공 청소기를 가지고 온 것 아니에요?」

「아닙니다.」

「스타킹은?」

「스타킹도 없습니다.」

「양탄자도?」

「없어요.」

피바디 양은 의자에 앉았다.

「그럼, 좋아요. 자, 앉으세요.」

우리도 얌전하게 앉았다.

「이런 질문을 던진 걸 이해해 주세요.」

사과하는 태도로 피바디 양이 말했다.

「조심해야 되니까요. 찾아오는 사람들을 쉽게 믿어서는 안 돼요. 하인들이 똑똑하지를 못해서. 말도 제대로 할 줄 모르고. 하긴, 그렇다고 그들 잘못만도 아니지. 말투나 복장이 그럴 듯하니까요. 이름도 그렇고. 하인들이 뭐라고 하겠어요? 리지웨이 사령관이니 다시 대위니 하니까. 개중엔 아주 잘생긴 사람도 있어요. 그런데 마주앉자마자 코앞에다 아이스크림 만드는 기계를 내미는 거예요.」

「안심하세요. 그런 물건은 가지고 있지 않습니다.」

「두 분도 알아두셔야 됩니다.」

피바디 양이 말했다.

포와로가 이야기를 시작했다.

피바디 양은 조용히 작은 눈을 깜박거리며 얘기를 듣고 있었다.

「책을 쓴다고요?」

「예.」

「영어로?」

「물론 영어로 쓸 겁니다.」

「외국인인 줄 알았는데, 외국 사람이 아니슈?」

「맞아요, 외국 사람입니다.」

그녀는 이번엔 내 쪽으로 시선을 돌렸다.

「이 사람 비서인가요?」

「아, 예.」

나는 우물쭈물 대답했다.

「품위 있는 영어를 구사할 수 있어요?」

「그렇게 하려고 합니다.」

「흠, 학교는 어디를 다녔는데?」

「이튼입니다.」

「그렇다면 힘들겠군.」

피바디 양이 다시 포와로 쪽으로 시선을 돌렸으므로, 나는 전통 있고, 존경받는 교육의 중심지가 비난당하는 걸 가만히 듣고 있을 수밖에 별 도리가 없었다.

「애런델 장군의 일생을 쓰겠다고요?」

「예, 그분을 알고 계실 거라고 생각합니다마는.」

「물론, 존 애런델을 알고말고요. 술꾼이었어요.」

침묵이 흘렀다. 피바디 양이 생각에 잠긴 채 말을 계속했다.

「인도 원주민 병사의 반란? 나한테는 마치 죽은 말에게 채찍을 휘두르는 소리처럼 들리는군요. 아무튼, 댁의 일이니까.」

「이런 일에는 유행이라는 게 있습니다. 현재 인도 문제가 한창 관심의 초점이거든요.」

「그렇군요. 모든 것은 돌고 돌아요. 옷소매를 보세요.」

우리는 공손하게 침묵을 지키고 있었다.

「머튼 소매(양의 발 모양의 소매.)는 보기 흉하지요.」

피바디 양이 말했다.

「그런데 주교가 입으면 항상 좋아 보인단 말예요.」

그녀는 총명한 눈으로 포와로를 바라보았다.

「자, 묻고 싶은 게 뭐예요?」

포와로가 열정적인 태도로 양손을 흔들면서 말했다.

「모든 것입니다! 가족사라고 할까요? 소문이나 집안의 생활상이나 모두.」

「인도에 대해서는 얘기해 줄 만한 게 없어요.」

피바디 양이 말했다.

「사실대로 얘기하자면, 들은 게 없거든요. 그들은 싫증나는 사람들이었고, 또 지루한 일화들이지요. 애런델 장군은 아주 둔한 분이었어요. 그렇다고 장군으로서 나빴다는 얘기가 아니에요. 군대는 지능이 필요한 곳이 아니라고 늘상 들어 왔죠. '대령 부인에게 귀를 기울여서 상급 장교들에 대한 얘기를 들어 봐라. 그러면 알 수 있을 거야.' 이것이 우리 아버님께서 늘 하시던 말씀이에요.」

이 말에 존경심을 표시하기 위해 잠시 사이를 둔 뒤 포와로가 물었다.

「애런델 집안과 친밀하게 지내셨다고 들었는데요?」

「가족 모두를 알고 있지요.」

피바디 양이 말했다.

「마틸다, 가장 위였어요. 여드름투성이 아가씨였는데, 주일학교에서 아이들을 가르치곤 했지요. 꽤 괜찮은 사람이었어요. 다음이 에밀리예요. 말을 썩 잘 탔지요. 아버지의 상대가 되어 줄 수 있었던 유일한 아이였어요. 병이 가득 든 짐마차를 집에서 몰래 끌어내다 간 밤중에 둘이서 묻어 버리곤 했는데. 그 다음이, 가만 있자, 애러벨라던가? 아니, 토머스던가? 그래, 토머스예요. 토머스를 볼 때마다 좀 안됐다는 생각이 들었었지요. 1남 4녀였거든요. 주눅이 들어 보였어요. 그래서 그런지, 노처녀 같은 데가 있었고요. 아무도 토머스가 결혼하리라곤 생각하지 않았는데, 결혼한다고 하자 모두들 놀랐었죠.」

그녀는 깔깔거리며 소리를 내어 웃었다.

이야기를 하면서 스스로 즐기고 있음이 분명했다. 듣고 있는 청중은 이미 잊어버리고 멀리 과거 속으로 되돌아간 듯했다.

「다음이 애러벨라예요. 수수한 아가씨였죠. 돌처럼 무표정한 얼굴에다가 가족들 중 가장 평범했지만, 결혼은 잘했어요. 남편은 케임브리지 대학의 교수였는데, 나이가 꽤 많은 사람이었지요. 결혼했을 때 거의 60이 다 됐었죠. 이곳에서 일련의 강의를 했는데 '현대 화학의 경이'라는 것이었던 것 같아요. 나도 들으러 갔었지요. 그 사람은 말을 입 속에서 웅얼거렸었죠. 수염을 기르고 있었는데, 말소리를 거의 알아들을 수가 없었다니까요. 애러벨라는 뒤에 앉아서 여러 번 질문을 했죠. 그녀도 그때 어린 나이는 아니었어요.

마흔 가까이 된 나이였으니. 지금은 두 사람 다 죽었지요. 굉장히 행복한 결혼이었어요. 수수한 여자와 결혼하라는 말까지 있었죠. 처음에야 유별난 재미가 없겠지만 변덕을 부리지는 않거든요. 그 다음이 애그니스예요. 가장 어렸고, 또 가장 예뻤지요. 또 굉장히 쾌활했다고 기억해요. 아주 재빨랐어요! 그네들 중에서 결혼할 만한 사람은 애그니스라고 생각했었는데, 그녀는 결혼하지 않았지요. 전쟁이 끝난 뒤 얼마 안 가서 죽었어요.」

포와로가 속삭이듯이 말했다.

「토머스 씨의 결혼이 예기치 않은 거라고 말씀하셨죠?」

피바디 양이 다시 목에서 나오는 웃음을 터뜨렸다.

「예기치 않은? 예, 그렇게 말해야 되겠군요! 아흐레 동안 소문이 퍼졌어요. 그렇게 조용하고 소심하고, 집 안에만 틀어박혀서 누이들에게 헌신하던 사람에게는 생각할 수도 없는 일이었지요.」

그녀는 잠시 말을 멈추었다.

「1890년대 말에 있었던 소동을 기억하우? 발레이 부인 말예요. 비소(砒素)로 남편을 독살하려고 했다죠. 잘생긴 여자였어요. 커다란 물의를 일으켰던 사건인데, 무죄로 석방됐어요. 토머스 애런델이 그 여자한테 빠져 버린 거예요. 그 사건에 관련된 신문은 모두 모아다가 읽고, 발레이 부인의 사진을 오려서 붙였죠. 그러다가 재판이 끝나자 런던으로 달려가서 결혼 신청을 한 거예요. 토머스! 집에서 조용하게만 지내던 토머스가! 남자들은 참 알 수 없다니까. 돌발적인 데가 있거든.」

「그래서 어떻게 됐습니까?」

「그 여자는 쾌히 그 사람과 결혼을 했어요.」

「누이들은 무척 놀랐겠군요?」

「물론이죠! 그 여자를 받아들이려고 하지 않았지요. 그들을 비난할 수만은 없어요. 모든 걸 고려해야 했으니까. 토머스는 몹시 화를 냈지요. 채널 제도(프랑스 북서쪽에 있는 영국령 제도.)로 살러 간 뒤로는 소식이 끊어졌어요. 그의 아내가 첫 남편을 독살한 것이 사실인

지는 아직도 수수께끼예요. 하지만 토머스를 독살하지는 않았죠. 토
머스는 아내보다 3년을 더 살았으니까. 남자애 하나와 여자애 하나,
아이가 둘이었는데 제 어머니를 닮아서 둘 다 아주 잘 생겼어요.」

「고모들을 보러 자주 왔었습니까?」

「부모가 죽은 뒤에야 왔어요. 거의 다 자라서 학교에 다닐 무렵
에. 휴일에 찾아오곤 했지요. 그때 에밀리는 혈혈단신으로, 일가친
척이라곤 그 애들 둘하고 벨라 빅스뿐이었어요.」

「빅스?」

「애러벨라의 딸이에요. 테레사보다 몇 살 더 먹었죠. 평범한 아가
씨였어요. 그런데 바보 같은 짓을 했죠. 대학을 졸업한 어떤 외국인
하고 결혼을 한 거예요. 그리스 인 의사라나. 재미있는 사람이긴 한
데, 형편없이 생겼어요. 벨라에게는 기회가 많지 않았답니다. 처녀
시절을 대부분 아버지의 일을 돕거나 어머니의 상대를 해주면서 보
냈지요. 그 사람한테는 이국적인 데가 있었으니, 그 점이 그녀를 사
로잡았던 거겠지요.」

「행복한 결혼 생활이었나요?」

피바디 양이 매서운 어조로 대꾸했다.

「나는 어떤 결혼에 대해서도 가타부타 얘기하는 걸 싫어해요! 하
지만 두 사람은 매우 행복해 보입디다. 피부 빛깔이 노란 두 아이
가 있고요. 그들은 스미르나에서 살고 있지요.」

「하지만 지금은 영국에 와 있다던데요?」

「그래요. 3월에 왔어요. 아마 곧 돌아갈 겁니다.」

「에밀리 양은 조카딸을 좋아했나요?」

「벨라를 좋아했느냐고요? 그럼요. 무척이나 좋아했죠. 한결 같은
여자니까. 아이들한테만 폭 파묻혀서 말예요.」

「남편도 마음에 들어 했습니까?」

피바디 양은 깔깔거렸다.

「그 사람보다는 불한당 쪽을 마음에 들어 했을 거예요. 그 사람

은 두뇌가 있는 사람이지요. 아주 능숙하게 벨라를 조종했어요. 코가 돈 냄새 잘 맡게 생긴 사람이에요.」

포와로가 잔기침을 몇 번 했다.

「애런델 양이 부자였다는 말씀이군요?」

포와로가 작은 소리로 물었다.

피바디 양은 편안하게 의자 등받이에 몸을 기댔다.

「그래요. 그게 소란을 일으킨 원인이었지요! 에밀리가 그렇게 부유한 줄은 아무도 몰랐으니까. 애런델 장군은 얼마 안 되는 수입만을 남겨 주었지요. 아들과 딸들에게 똑같이 분배해서 말예요. 에밀리는 그 중 일부를 재투자한 건데 꽤 재미를 본 모양입니다. 모털드의 우선주도 가지고 있었다니까. 물론 토머스와 애러벨라가 결혼할 때는 각자의 몫을 받았지요. 다른 세 자매는 여기서 살았는데, 자기들 몫의 10분의 1도 쓰지 않고 그걸 모두 재투자했던 거예요.

마틸다가 죽으면서 에밀리와 애그니스에게 자기 몫을 똑같이 나누어 주었고, 애그니스는 죽으면서 모두를 에밀리에게 물려줬지요. 에밀리는 돈을 별로 쓰지 않았어요. 그랬기 때문에 죽을 때는 아주 부자였지요. 그것을 모두 로슨 양이란 여자가 갖게 된 거예요.」

피바디 양은 마지막 문장을 마치 개선가라도 부르듯이 얘기했다.

「피바디 양께서도 그 말을 듣고 놀라셨습니까?」

「사실 그랬어요! 에밀리는 공공연하게 자기가 죽으면 재산을 모두 조카들에게 똑같이 나누어주겠다고 얘기했으니까요. 사실, 원래의 유언장도 그렇게 되어 있었거든요. 하인들에게 조금 나누어주고 나머지는 모두 테레사, 찰스, 그리고 벨라에게 나누어주기로 되어 있었는데, 재산을 모두 불쌍한 로슨 양에게 남겨주겠다고 쓴 새 유언장을 발견한 것은 에밀리가 죽은 뒤였어요!」

「죽기 바로 직전에 만든 거로군요!」

피바디 양은 날카로운 시선으로 그를 쳐다보았다.

「부당한 압력을 받은 게 아닌가 하고 생각하시는 모양인데, 이젠 아무 소용없어요. 그리고 로슨은 그런 일을 꾀할 만큼 지능이나 담력이 큰 여자도 아니고요. 사실대로 얘기하자면, 로슨도 다른 사람들처럼 깜짝 놀랐으니까. 아니, 그랬다고 얘기를 합디다!」

포와로가 가볍게 미소를 지었다.

「유언장은 에밀리가 죽기 열흘 전에 만들어진 거예요. 변호사는 합법적인 거라고 하더군요. 그럴 수도 있겠죠.」

「그럼 피바디 양께서는…….」

포와로가 몸을 앞으로 숙이며 조심스럽게 물었다.

「제 말은 부당한 행위는 없었느냐 하는 겁니다.」

피바디 양이 말했다.

「수상쩍은 데가 있어요.」

「어떤 생각을 갖고 계신지 정확하게 말씀해 주시지요.」

「이거다 하고 말할 수는 없어요. 부정이 숨어 들어올 만한 곳을 내가 어떻게 알겠수? 난 변호사가 아니에요. 하지만 납득하기가 어렵군요.」

포와로가 천천히 말했다.

「유언장의 적법성에 대해서 이의를 제기할 수도 있지 않겠습니까?」

「테레사가 변호사의 의견을 들었을 거예요. 취할 수 있는 여러 가지 조처에 대해서……. 변호사의 의견 중 90%가 무엇인지 알고 있어요? '하지 마시오!'예요. 한번은 다섯 사람의 변호사가 나에게 소송을 걸지 말라고 했지요. 그런데 내가 어떻게 했는지 알우? 들은 체도 안 한 거예요. 소송을 걸었지요. 나를 증인석에 세우고는 런던에서 온 젊고 건방진 애송이가 내 진술에서 앞뒤가 안 맞는 모순을 만들려는 거예요. 하지만 그렇게 하지는 못했지. '이 모피들을 그렇게 단정적으로 구별해 낼 수는 없을 겁니다, 피바디 양. 모피 상인의 표시가 없으니까요.' 이렇게 말하더라고요. '그럴 수도 있겠지요. 하지만 안감에 꿰맨 자국이 있어요. 요즘 그렇게 꿰맬 수 있는 사람이 있다면 내 손에 장을 지지겠어요.' 이렇게 말해줬죠. 결국 나한테 깨끗이 패배당하고 말았지.」

피바디 양은 큰 소리로 웃었다.

「저는 로슨 양과 애런델 가족 간에 어떤 감정이 오고갔는지가 궁금합니다만?」

「무슨 소리를 기대하는 거예요? 인간의 본성이 어떤지 잘 알고 계실 텐데. 죽은 뒤에는 항상 문젯거리가 생기는 법이에요. 유가족의 싸움이 끝나기 전에는 죽은 사람도 관속에서 편안하게 눈을 감지 못할 거예요.」

포와로가 한숨을 쉬었다.

「지당하신 말씀입니다.」

「그게 인간의 본성이지요.」

너그러운 태도로 피바디 양이 말했다.

포와로는 다른 질문을 꺼냈다.

「애런델 양이 심령술에 취미를 가지고 있었던 게 사실입니까?」

피바디 양은 꿰뚫을 듯한 시선으로 포와로를 쏘아보았다.

「존 애런델의 영(靈)이 나타나서 에밀리에게 재산을 모두 로슨 양에게 주라는 명령을 내렸고, 에밀리가 그 말에 따른 거라고 믿는다면 아주 잘못하신 거라고 말해 주고 싶군요. 에밀리는 그렇게 어리석지 않습니다. 심령술을 카드놀이 정도로밖에 여기지 않았어요. 트립 자매를 만나 봤나요?」

「아직 못 만났습니다.」

「만나 보면 내 말을 이해하실 거예요. 정서가 불안한 여자들이에요. 항상 찾아온 사람의 친척에게서 받은 메시지라고 하면서 전해 주는데, 영 허무맹랑한 소리뿐이에요. 그네들은 그것을 전부 믿지요. 하루 저녁 심심풀이 정도로는 괜찮을 거예요.」

포와로는 다시 화제의 방향을 바꿨다.

「찰스 애런델에 대해서도 알고 계시겠죠? 어떤 타입입니까?」

「좋은 사람은 아니에요. 매력이 있는 청년이긴 한데, 항상 돈이 궁하고 빚에 묻혀서 떠돌이처럼 세계 곳곳을 돌아다니지요. 여자들한테는 따를 사람이 없을 정도로 인기가 있어요.」

그녀는 재미있다는 태도였다.

「그 청년 같은 사람을 여러 명 봤어요. 토머스가 그런 아들을 두다니 재미있는 일이지요. 그 사람은 차분하고 고집쟁이였는데. 과묵한 형의 모범이었어요. 나쁜 피를 이어받은 거지요. 나는 불한당을 좋아하긴 하지만 그 청년은 단 1실링을 위해서 제 할머니라도 죽일 사람이에요. 윤리성이라곤 도무지 없지. 그렇게 타고난 사람들이 있다니 참 이상한 일이지요.」

「누이동생은 어떻습니까?」

「테레사?」

피바디 양은 고개를 젓더니 천천히 말했다.

「글쎄요, 남다른 데가 있는 처녀예요. 평범하지는 않지. 그 약혼자라는 사람은 만나 보셨수?」

「도널드슨 의사죠?」

「그래요. 자기 직업에 있어서는 똑똑하다고들 합디다. 하지만 그 밖에는 연약한 쑥맥이지 뭐. 내가 젊은 처녀라면 마음에 둘 만한 청년은 아니겠더구먼. 테레사가 제대로 알았어야 하는데, 좋은 경험이 될 거예요.」

「도널드슨 의사는 애런델 양을 돌보지 않았습니까?」

「휴일 날 그레인저 의사가 멀리 있을 때만 돌봐 주곤 했어요.」

「마지막으로 앓고 있을 때는 돌봐 드리지 않았나요?」

「그럴 거예요.」

포와로가 웃으면서 말했다.

「피바디 양께선 그 사람을 의사로서 대단치 않게 여기시는 모양이군요?」

「그런 얘기가 아니에요. 사실대로 말하자면 댁의 얘기는 틀렸어요. 그 사람, 자기 분야에 있어서는 아주 날카롭고 똑똑한 사람이에요. 하지만 내 방식은 아니지요.

한 가지만 예를 듭시다. 옛날에는 어린아이가 익지 않은 사과를 너무 많이 먹어서 위염증세가 나타나면 의사는 그 병을 위염이라고 불렀고, 집으로 데려와서 진찰실에서 타온 알약 몇 개만 먹이면 됐어요. 그런데 요즘은 위산과다증을 앓는다는 소리를 들으면서 제한식을 먹어야 되고, 또 똑같은 약을 얻는 데도 약사가 조제해 준, 작고 하얀 정제라고 하면서 세 배나 되는 값을 받는다는 거예요!

도널드슨 의사는 그런 파에 속해 있는 사람이고, 젊은 엄마들은 그쪽을 좋아해요. 그럴 듯하게 들리니까. 그런 젊은 사람들은 홍역이나 위염 정도를 치료하면서 이곳에 있으려고 하지 않지요. 런던으로 눈을 돌리는 거예요. 야심이 있으니까. 전문의가 되어 보겠다는 거지요.」

「어떤 전문 분야입니까?」

「혈청요법이라지요, 아마. 맞을 거예요. 댁이 어떻게 느끼던 상관없이 불쾌한 주사바늘을 꽂아서 몸 속에다 무엇인가를 집어넣어 주어야 한다는 거예요. 나는 그런 불쾌한 주사를 맞아야 한다는 데는 찬성할 수 없어요.」

「어떤 질병의 실험을 하고 있습니까?」

「나한테 자꾸 묻지 말아요. 내가 아는 거라고는 일반 개업의가 그 사람한테는 충분치 않다는 것뿐이에요. 런던에 가서 일을 시작하고 싶어하죠. 그런데 그 일을 하기 위해서는 돈이 필요한데 빈털터리거든요.」

포와로가 작은 소리로 소곤거렸다.

「돈이 없어서 재능이 좌절된다는 건 가슴 아픈 일입니다. 하지만 수입의 4분의 1도 쓰지 못한 사람이 있지 않습니까?」

「에밀리 애런델은 쓰지 않았죠.」

피바디 양이 말했다.

「유언장이 읽혀졌을 때는 모두 깜짝 놀랐지요. 너무 많은 액수였거든요.」

「가족들도 놀랐을 거라고 생각하시나요?」

「글쎄요.」

피바디 양은 재미있다는 듯이 눈을 가늘게 뜨면서 말했다.

「그랬다고 할 수도 있고, 아니었다고 할 수도 있지요. 그들 가운데 한 사람은 아주 약은 생각을 하고 있었으니까.」

「누구 말입니까?」

「찰스 애런델이지요. 자신의 몫을 미리 계산해 봤을 거예요. 찰스는 어리석지 않으니까.」

「불량한 기질이 있습니까?」

「마음 약한 쑥맥은 아니에요.」

피바디 양이 적의 있는 목소리로 말했다.

피바디 양은 잠시 입을 다물었다가 조용히 물었다.

「그 청년을 만나 볼 건가요?」

「그렇게 하려고 합니다.」

포와로는 진지하게 말을 계속했다.

「할아버지와 관련된 서류를 가지고 있을지도 모르니까요.」

「가족들에게 좋지 않은 불씨였어요. 집안 사람들한테 결코 명예가 되지 않을 젊은이라오.」

「목적을 위해서라면 모든 방법을 다 기울여 봐야죠.」

설교하는 투로 포와로가 말했다.

「그렇겠군요.」

피바디 양이 쌀쌀한 목소리로 대꾸했다.

일순간 그녀의 푸른 눈에 포와로를 불쾌하게 여기는 듯한 섬광이 스치고 지나갔다.

포와로가 일어섰다.

「더 이상 시간을 침해해서는 안 되겠습니다. 여러 가지 말씀을 들려주신 것, 정말 감사합니다.」

「내가 할 수 있는 한은 다했어요.」

피바디 양이 말했다.

「인도 원주민 병사들의 반란과는 상당히 거리가 먼 얘기였군요.
안 그래요?」

피바디 양은 우리 두 사람과 악수를 나누었다.

「책이 나오게 되면 알려주세요.」

헤어지면서 그녀가 말했다.

「관심을 가지고 있을 테니까.」

방을 나오면서 우리가 마지막으로 들은 것은 그녀의 깔깔거리는
웃음소리였다.

제11장 트립 자매를 찾아가다

「자, 이젠 무엇을 해야 하나?」

포와로가 차에 오르며 물었다.

나는 지금까지의 경험에 비춰 이젠 런던으로 돌아가자고 제안하지 않았다. 결국, 포와로가 자기식대로 하겠다면 내가 굳이 반대해야 할 이유가 없는 것이다.

「차나 한 잔 드는 게 어떻겠습니까?」

「차? 좋은 생각이군! 시간 좀 보고.」

「내가 이미 봐뒀어요. 5시 반입니다. 바로 차 마실 시간이죠.」

포와로가 가느다란 한숨을 내쉬었다.

「자네들, 영국인은 항상 오후에 차를 마시지? 미안하지만 이 친구야, 시간이 없어. 일전에 에티켓에 관한 책을 읽었는데, 오후 6시 이후에는 누구를 방문하는 게 아니라던데. 그건 실례라더군. 그러니 활동할 시간은 30분밖에 안 남은 셈이야.」

「포와로, 당신 오늘은 굉장히 신사적인데요! 이젠 누구를 방문할 차렌가요?」

「트립 자매.」

「이번에는 심령술에 대한 책을 쓸 건가요? 아니면, 여전히 애런델 장군의 일생에 관한 건가요?」

「그보다 간단할 거야. 그러나 저러나, 이 여자들이 어디 살고 있는지 물어 봐야겠네.」

위치는 쉽게 알아냈지만, 몇 개의 골목을 끼고 있어 집을 찾는 데는 조금 힘들었다.

트립 자매의 거처는 그림같이 작은 별장, 아주 아름다운 구식 건물이어서 금방이라도 무너져 버릴 것 같은 곳이었다.

열댓 살쯤 되어 보이는 아이가 우리를 맞아 주었는데, 우리가 안으로 들어갈 수 있도록 문을 활짝 열기 위해서는 벽에다 몸을 바싹 붙여야 할 정도였다.

실내에는 참나무 고목으로 만든 가구가 꽉 들어차 있었고, 커다란 벽난로와 밖이 잘 안 보이는 작은 창문들이 있었다. 가구들은 이 집 주인들에게나 어울릴 참나무 고목으로 만들어져 있어서, 그들의 단순성을 가장하고 있는 듯했다.

나무 쟁반 위에는 많은 과일들이 담겨 있었고, 벽에는 두 사람이 각기 다른 포즈를 취한—한 사람은 가슴에 꽃을 한 아름 안고 있었고, 다른 한 사람은 커다란 밀짚모자를 들고 있는—사진이 걸려 있었다.

우리를 들여보낸 아이는 몇 마디 중얼거리더니 2층으로 사라졌는데, 거기서 그 애의 목소리가 또렷이 들려 왔다.

「신사 두 분이 오셨습니다.」

지저귀는 듯한 여자의 목소리가 들리더니, 곧이어 계단을 삐걱거리는 소리와 함께 부스럭거리는 소리를 내며 한 여자가 우리 쪽으로 점잖게 걸어왔다.

그녀는 쉰 살 정도 되어 보였는데, 머리는 마돈나처럼 한가운데에서 가르마를 타 넘겼고, 약간 튀어나온 갈색 눈에 기묘하고 환상적인 느낌을 주는 나뭇가지 무늬의 모슬린 드레스를 입고 있었다.

포와로는 아주 반갑다는 듯이 그녀에게 말을 건넸다.

「이렇게 갑자기 찾아뵙게 되어 죄송합니다만, 제가 지금 난처한 입장에 처하게 돼서요. 어떤 숙녀분을 찾아 이곳까지 왔는데, 이미 마켓 베이싱을 떠나 버렸다지 뭡니까? 트립 양께서 그분의 주소를 알고 계시다기에 찾아왔습니다.」

「그래요? 그분이 누군데요?」

「로슨 양입니다.」

「아, 미니 로슨 말이군요. 물론이죠! 우린 아주 절친한 친구예요. 앉으시죠. 성함이?」

「파로티입니다. 이쪽은 제 친구, 헤이스팅스 대위고요.」

포와로의 소개에 트립 양은 미소를 지어 답하더니 약간 말이 많아졌다.

「이쪽으로 앉으세요. 괜찮아요, 어서요. 저는 등이 꼿꼿한 의자를 좋아한답니다. 자리가 편안하세요? 미니 로슨은……. 아, 이쪽은 제 동생이에요.」

열 여섯 살짜리 소녀에게나 어울릴 면직물 옷을 입고, 부산스럽게 내려온 두 번째 여자도 함께 자리에 앉았다.

「제 동생 이사벨입니다, 패롯 씨. 그리고 허스킨 대위님. 이사벨, 이 분들은 미니 로슨의 친구 분들이셔.」

이사벨 트립은 언니보다는 덜 소란했다.

그녀는 바싹 마른 체격에 숱 많은 금발의 고수머리를 땋아 올리고 있었다. 소녀 같은 태도가 몸에 밴 듯했다. 사진 속에서 꽃을 안고 포즈를 취한 쪽임을 쉽게 알아볼 수 있었다. 그녀는 지금 흥분해서 소녀처럼 두 손을 꼭 움켜쥐고 있었다.

「어머나! 미니의 친구! 최근에 미니를 만나 보셨나요?」

「몇 년 동안 못 만났습니다. 서로 오랫동안 연락을 못 했어요. 제가 여행 중이었거든요. 그래서 제 오랜 친구에게 행운이 찾아왔다는 얘기를 듣고는 무척 놀랐습니다.」

「예, 그래요. 미니는 받을 자격이 있는 여자예요. 아주 보기 드문 영혼의 소유자랍니다. 순진하고 또, 아주 진지한 열성이 있어요.」

「줄리아.」

이사벨이 외쳤다.

「응? 왜 그러니, 이사벨?」

「정말 놀라운 일이야. P, 어젯밤 점판에 P라는 글자가 뚜렷하게 쓰여 있었던 일 생각나지? 물을 건너올 방문객, 그리고 이름 첫 자는 P였잖아.」

「맞아, 그랬었지.」

줄리아가 맞장구를 쳤다. 두 여자는 넋을 잃고 서로의 얼굴을 쳐다보면서 그 놀라운 사실에 대해 즐거워했다.

「절대 거짓말 안 한다니까.」

줄리아가 부드러운 목소리로 말했다.

「점성술에 관심이 좀 있으신가요, 패롯 씨?」

「경험이 거의 없습니다, 트립 양. 하지만 동방을 많이 여행해 본 사람이 흔히 그렇듯 저도 과학적인 지식으로는 이해할 수도, 또 설명할 수도 없는 일들이 많이 있다고 인정합니다.」

「사실이에요.」

줄리아가 말했다.

「동방은 신비주의와 점성술의 고향이지요.」

이사벨이 작은 목소리로 속삭였다.

내가 알기로는 포와로의 동방 여행이란 시리아에서 이라크까지 꼭 한 번 가본 것이 고작이고, 그것도 몇 주만에 끝난 여행이었다.

그러나 지금의 대화로 판단하건대, 그가 일생의 절반을 정글이나 탁발 수도승과도 아주 친밀하게 지냈다고 맹세한들 누가 그것을 아니라고 할 수가 있겠는가!

또한, 내가 트립 자매에 관해 알아본 바로는 그들은 채식주의자요, 접신론자요, 크리스천 사이언스 신자며, 심령술사이고, 또 열성적인 아마추어 사진작가들이기도 했다.

「가끔 느껴요.」

줄리아가 한숨을 쉬며 말했다.

「마켓 베이싱은 살 만한 곳이 못 된다고요. 아름다움이라곤 없어요. 영혼도 없고요. 사람은 영혼을 가져야 합니다. 그렇게 생각지 않으세요, 허킨스 대위님?」

「물론, 물론입니다.」

나는 좀 당황해서 우물쭈물 대답했다.

「이상이 없는 곳에서 인간은 소멸하리로다.」

이사벨이 한숨을 쉬며 읊었다.

「저는 가끔 교구 목사님과도 토론을 합니다만, 그분도 편협한 분이라는 걸 알았어요. 패롯 씨, 아무리 명쾌한 교리라 할지라도 그 나름의 한계에 묶여 있는 것 아니겠어요?」

「그리고 삼라만상이 모두 다 너무 단순해요.」

여동생도 한 마디 했다.

「그러니 모든 게 기쁨이고 사랑이죠!」

「말씀하신 그대로예요, 그대롭니다. 그런데 오해와 싸움이 일어나다니 유감천만한 일이죠. 특히 돈 문제에 있어서.」

포와로가 말했다.

「돈이란 아주 더러운 거예요.」

줄리아가 한숨지었다.

「죽은 애런델 양도 심령술을 믿었습니까?」

두 자매는 서로 얼굴을 쳐다봤다.

「믿고 있다고 생각진 않았어요. 금방 믿으실 것 같다가도, 이내 그것은 너무 불경스런 짓이라고 말씀하셨죠. 하지만 마지막 현시는 똑똑히 기억하고 있어요.」

줄리아가 말했다.

「그건 정말 볼만했어요.」

줄리아는 포와로 쪽으로 고개를 돌렸다.

「애런델 양이 병을 얻던 날 밤이었어요. 저녁식사가 끝난 뒤 제 동생과 저는 점판을 사이에 두고 마주 앉았죠. 이렇게 우리 네 사람이 앉듯이. 우리는 봤습니다. 세 사람 모두가 봤죠. 아주 뚜렷하게 애런델 양의 머리를 둘러싸던 후광을 말이에요.」

「그게 어떤 겁니까?」

「어둠 속에서 빛나는 엷은 안개같이 보였어요.」

줄리아는 동생을 향해서 몸을 돌렸다.

「그걸 어떻게 묘사할 수 있을까, 이사벨?」

「바로 그거잖아, 애런델 양의 목을 점점 에워싸던 엷은 안개. 아스라한 빛의 무리. 그건 전조였어요. 이제야 알겠어요. 그분이 저쪽 세계로 곧 사라져 버릴 것이라는 전조.」

「놀랍군요.」

포와로가 아주 감명을 받은 듯한 목소리로 말했다.

「방이 어두웠습니까?」

「그럼은요. 항상 어둠 속에서 더 잘 보이니까요. 그리고 그 날은 아주 따뜻한 저녁이어서 불도 피워 놓질 않았어요.」

「우리에게 메시지를 전한 것은 아주 흥미 있는 혼령이었죠.」

이사벨이 말했다.

「파티마라는 이름이지요. 우리에게 십자성이 나타나는 시간에 애런델 양이 가버릴 것이라고 했어요. 아주 아름다운 메시지였어요.」

「당신에게 직접 말을 했나요?」

「아니에요. 직접 말하는 것이 아니라, 글자판을 톡톡 두드린답니다. 사랑, 희망, 생명 따위의 아름다운 말들을.」

「그럼, 애런델 양이 교령(交靈)하는 순간 병을 얻었다는 겁니까?」

「바로 그 직후였어요. 샌드위치와 포도주를 들여왔는데, 애런델 양은 기분이 좋지 않다고 하며 아무것도 드시지 않겠다고 했어요. 바로 병의 시초였죠. 다행히 고통을 많이 당하지는 않으셨어요.」

「그 뒤 나흘만에 세상을 뜨셨죠.」

이사벨이 말했다.

「우리가 그분에게서 메시지를 받은 뒤였어요. 그분은 아주 행복하고, 모든 것은 아름다우며, 그녀가 사랑하는 모든 것들 위에 사랑과 평화가 깃들기를 바란다는 내용이었어요.」

줄리아가 두 손을 열심히 흔들며 말했다.

「그 말이 무슨 뜻입니까?」

포와로가 몇 번 잔기침을 했다.

「그분의 친척들은 불쌍한 미니에게 아주 못되게 굴었어요.」

이사벨이 말했다. 그녀의 얼굴은 분노로 새빨개졌다.

「미니는 매우 고귀한 영혼이에요.」

줄리아가 노래하듯 말했다.

「사람들은 항상 좋지 않은 일에 대해서만 이야기를 하죠. 미니가 자신에게 재산을 남겨 주도록 계획을 꾸몄다나요!」

「재산이 모두 자신의 몫이 되었을 때는 몹시 놀랐을 텐데요?」

「변호사가 유언장을 읽었을 때는 미니도 그 말을 믿지 않았어요. 그녀는 우리에게 이렇게 말했죠. '줄리아, 지금은 나를 깃털로도 쓰러뜨릴 수 있을 거야. 하인들 앞으로 약간을 남겨 주고, 리틀 그린 하우스와 내 재산 전부를 윌헬미나 로슨에게라고 하잖아.'

미니는 너무 당황해서 말을 거의 잇지 못했어요. 겨우 말을 정확히 할 수 있게 되자 그게 얼마나 되느냐고 물었죠. 아마도 몇천 파운드 정도 될 것이라고 하면서, 퍼비스 씨는 총액이니 순수동산이니 하면서 알아듣지도 못할 말들을 웅얼거리다가 모든 재산이 거의 37만 5천 파운드 정도 될 것이라고 했어요. 그 말에 미니는 거의 기절하다시피 됐었다고 우리에게 털어놨어요.」

「미니는 전혀 생각지도 않았던 일이었어요. 그런 일이 일어나리라곤 결코 생각도 해본 적이 없어요!」

옆에 있던 동생이 되풀이했다.

「그녀가 그렇게 얘기하던가요?」

포와로가 물었다.

「예, 그 말을 여러 번 되풀이했어요. 그리고, 바로 그 점이 미니를 비웃고 의심하던 애런델 집안 사람들의 행동이 터무니없는 짓이라고 여기게 하는 이유가 아니겠어요? 결국, 이곳은 자유로운 나라니까요.」

「영국 사람들은 오해 때문에 사서 고생을 하는 것 같습니다.」

포와로가 중얼거렸다.

「그리고 어떤 사람도 자신이 선택하는 대로 유산을 물려줄 수 있게 되기를 바랍니다! 제 생각에 애런델 양은 아주 현명하게 행동하신 것 같습니다. 친척들을 믿지 않았으니까요. 어쩌면 그럴 만한 이유가 있었겠지만 말입니다. 어때요, 그렇습니까?」

포와로가 관심을 나타내며 앞으로 다가앉았다.

「예, 사실이에요. 찰스 애런델은 에밀리 양의 조카인데, 아주 못된 청년이죠. 그것은 모두가 다 아는 사실이에요. 어떤 나라에선가 철창 신세까지 졌다는 소문인데, 아마 틀림없는 사실일 거예요. 바람직한 인품은 못 되죠. 또, 그의 누이동생에 대해 얘기하자면, 그 아가씨와 직접 얘기를 나눠 본 적은 없지만 아주 이상한 처녀예요. 초현대적인 데다가 굉장히 멋을 부려요. 그 아가씨의 입술 색깔은 메스꺼울 정도예요. 꼭 핏빛이라니까. 그리고 마약도 복용하는 것 같고, 가끔 태도가 이상하거든요. 젊고 훌륭한 의사 도널드슨과 약혼중인데, 그 사람도 종종 그녀에게서 혐오감을 느끼는 모양이에요. 매력 있는 여자이긴 하지만, 저는 그 사람이 더 늦기 전에 정신을 차려서 시골 생활도 좋아하고 야외 오락도 즐길 줄 아는 참한 영국 처녀와 결혼했으면 해요.」

포와로의 말에 신이 난 이사벨이 말했다.

「다른 친척들은 어떻습니까?」

「또 그 말씀이로군요. 별로 탐탁지 않아요. 타니오스 부인에 대해서는 얘기할 만한 것이 별로 없지만—아주 착한 여자죠. 다만 너무 둔하고, 남편 손아귀에 완전히 잡혀 있지요. 남편은 터키 사람이라고 알고 있어요. 영국 처녀가 터키 인과 결혼하다니 참 별난 일이지요. 그렇게 생각지 않으세요? 그게 바로 깔끔한 성격이 못되기 때문이라고요. 물론 타니오스 부인은 아주 나무랄 데 없는 어머니예요. 아이들이야 보기 드물 정도로 못생기고 이상하지만서도요.」

「그래서 두 분은 애런델 양의 재산을 물려받을 만한 사람은 로슨 양이라고 생각하시는군요?」

「미니 로슨은 무척 착한 여자예요. 그리고 고결합니다. 재산 따위에는 관심이 없어요. 결코 돈에 덤벼들 그런 여자가 아니에요.」

줄리아가 조용히 말했다.

「하지만 유산을 거절하겠다는 생각도 결코 해보지 않았겠죠?」

이사벨이 약간 몸을 움찔거렸다.

「아마, 누구라도 그렇게 하기는 힘들걸요.」

포와로가 빙그레 웃었다.

「아마 하기 힘들겠죠.」

「저, 패롯 씨, 미니는 그것을 의무라고 생각하고 있어요. 신성한 의무 말예요.」

줄리아가 끼여들었다.

「그리고 자진해서 타니오스 부인과 그녀의 아이들을 위해서 무엇인가 해주려 하고 있어요.」

이사벨이 계속했다.

「단지 그 남편이 재산을 움켜쥐는 것을 원치 않을 뿐이에요.」

「테레사 역시 생각해 보겠다고 말했어요.」

줄리아가 말했다.

「그것 참 관대한 처사로군요. 항상 거만하게 굴고 자신을 멸시하던 처녀를 고려해 보겠다니.」

「정말이에요, 패롯 씨, 미니는 이 세상에서 가장 관대한 사람일 거예요. 이젠 미니를 좀 아시겠지요?」

「물론이죠. 그녀를 알지요. 하지만 아직 미니 로슨의 주소는 모르는데요.」

포와로가 말했다.

「그렇군요! 내 정신 좀 봐! 적어 드릴까요?」

「아니오, 제가 적겠습니다.」

포와로는 항상 지니고 다니는 수첩을 꺼냈다.

「런던 서2구 클랜로이든 맨션 17호예요. 화이트리스에서 별로 멀지 않아요. 그녀에게 안부 전해 주세요. 최근에는 전혀 소식을 못 전했으니까요.」

포와로가 자리에서 일어섰고, 나도 그를 따라 일어섰다.

「두 분께 감사 드립니다. 제 친구의 주소를 알려 주신 친절과 가장 매혹적인 대화를 나눈 데 대해서요.」

포와로가 큰 소리로 점잖게 덧붙였다.

「리틀 그린에서 주소를 가르쳐 드리지 않았다니 뜻밖이군요.」

이사벨이 못마땅하다는 듯 불평을 했다.

「엘렌이 틀림없이 있었을 텐데. 하인들이란 항상 질투심이 강하고 소견이 좁다니까. 미니에게도 아주 무례하게 군답니다.」

줄리아는 귀부인 같은 태도로 악수했다.

「방문해 주셔서 기뻐요.」

줄리아가 우아하게 말했다.

「저, 실례지만…….」

이사벨이었다.

언니의 의혹에 찬 눈초리와 맞부딪친 이사벨은 얼굴을 붉혔다.

「저, 두 분께서…….」

이사벨의 얼굴은 더욱 붉어졌다.

「혹시, 좀더 머무르시면서 저녁을 함께 하시는 것이 어떨까 해서요. 아주 간단한 식사입니다만, 생채소 좀 하고 빵과 버터, 그리고 과일이 조금 있는데요.」

「맛있겠군요. 그런데 이걸 어쩐다! 제 친구와 저는 런던으로 돌아가야 합니다.」

포와로가 다급한 목소리로 말했다.

우리는 그녀들과 다시 한 번 악수를 하고 로슨 양에게 안부를 전해주겠다는 것을 약속한 뒤 그 집 대문을 빠져 나왔다.

제12장 포와로, 사건을 토론하다

「포와로, 고맙습니다. 그 생채소로부터 나를 구해 주었으니 말예요! 끔찍한 여자들이었어요!」

나는 격렬한 목소리로 말했다.

「자, 튀긴 감자를 곁들인 맛있는 비프 스테이크에다가 포도주 한 병 어때? 그곳에서 먹었다면 도대체 어떻게 됐을까?」

「물밖에 더 마셨겠어요? 아니면 알코올이 섞여 있지 않은 사이다라든가, 그런 거겠죠 뭐! 아마 정원에 있는 화장실 빼고는 목욕탕이나 위생시설 따위라곤 전혀 없을 겁니다!」

나는 몸서리를 치며 대꾸했다.

「그렇게 불편한 생활을 즐기며 살다니 참 이상하군. 하긴, 가장 궁핍한 환경 속에서 사는 것이 항상 가난하기 때문은 아니지.」

포와로가 생각에 잠겨 말했다.

「이젠 운전사에게 어떤 명령을 내릴 겁니까?」

구불구불한 골목의 마지막 모퉁이를 돌자, 마켓 베이싱으로 가는 도로가 나타나기에 내가 물었다.

「어느 신호대에서 차를 돌릴까요? 아니면 조지 여관으로 차를 몰아서 천식에 걸린 웨이터에게 한 번 더 물어 볼까요?」

「헤이스팅스, 마켓 베이싱의 일은 이제 끝났다는 얘기를 듣는다면 기분이 좋겠지?」

「여부 있나요.」

「잠시 동안만 돌아가야겠네!」

「그러면 실패한 살인자를 계속 추적할 셈인가요?」

「물론이지.」

「우리가 방금 들은 그 시시껄렁한 얘기에서는 뭐 좀 알아낸 게
있습니까?」

「주의를 기울일 만한 점이 몇 가지 있네. 우리의 드라마에 등장
한 여러 인물들의 모습이 좀더 명확하게 드러나고 있어. 몇 가지
점에서는 옛날 단편 소설과 비슷하지만, 꼭 그렇지만은 않아. 한때
멸시당하던 가련한 컴패니언이 이젠 유복해져서 인심 좋은 귀부인
역을 하고 있다는 얘기가 되겠지.」

포와로가 차분히 말했다.

「그런 후원자라면 스스로를 정당한 상속인이라고 주장하는 이들
에게 꽤 화를 낼 텐데 말입니다.」

「자네가 말한 대로야, 헤이스팅스. 그게 진실이라고.」

우리는 잠시 동안 말없이 달렸다.

차는 이제 마켓 베이싱을 지나 간선도로 위를 달리고 있었다.
나는 콧노래로 '작은이여, 그대는 바쁜 하루를 보냈도다.'를 흥얼거
렸다.

「충분히 즐겼습니까, 포와로?」

마침내 내가 입을 열었다.

「'충분히 즐겼다.'라는 말로는 자네가 의미하는 바를 모르겠네, 헤
이스팅스.」

포와로가 쌀쌀하게 대답했다.

「당신이 마치 버스 운전사가 휴일을 보내듯 하루를 지낸 것 같아
서 말입니다!」

내가 대답했다.

「내가 진지해 보이지 않았던 모양이군?」

「아, 당신은 아주 진지했어요. 다만 이 일이 무슨 학술적인 것처
럼 느껴진다는 얘기죠. 당신이야 순전히 정신적인 만족을 위해 이
일과 씨름하는 것 아닙니까? 내 말은, 그건 생생한 현실감이 없는
얘기란 말입니다.」

「그와 정반대네. 내게는 이 일이 철저한 현실이야.」

「내가 좀 서툴게 표현했나 보군요. 내 말은, 우리가 만일 노숙녀를 도와 주는 데, 아니 더 이상의 공격에서 그녀를 보호해 주는 데 문제가 생긴다면 그때는 얼마든지 흥분할 수 있죠. 하지만 지금은 그녀가 이미 죽어 버렸으니 더 이상 걱정할 것이 없지 않느냐는 얘깁니다.」

「여보게, 이 경우는 전혀 살인사건으로 조사되지도 않은 거야.」

「아니죠, 그건 경우가 달라요. 그래, 당신이 시체를 봤다고 치죠, 젠장!」

「화내지 말게. 충분히 이해할 수 있어. 단순히 시체와 고인(故人)이란 것 사이를 구별해 보게, 헤이스팅스. 예를 들어서, 애런델 양이 오랫동안 앓다가 죽은 게 아니라 갑자기 일어난 발작으로 인해 죽었다고 생각해 봐. 그렇다면 진실을 밝히려는 내 노력에 무관심하지는 않을걸?」

「물론 그때는 그렇지 않겠죠.」

「마찬가지야. 누군가가 그녀를 죽이려고 했잖나?」

「그래요. 하지만 성공하지 못했어요. 차이는 바로 거기에 있다고요.」

「누가 죽이려고 했는지 밝혀 보는 데는 전혀 흥미가 없나?」

「흥미는 있죠, 어느 정도는.」

「우리는 매우 한정된 원 주위를 돌고 있어.」

포와로가 골똘히 생각에 잠긴 채 말했다.

「단서는…….」

「단서란 게 고작 걸레받이 판자 위에 튀어나온 못에서 추리해낸 것 아닌가요! 그 못은 몇 년 동안 튀어나온 채로 그곳에 있었는지도 몰라요!」

「아닐세, 아주 새 것처럼 반짝였어.」

「그래요. 거기에 대해서는 나도 계속 생각중입니다. 가능한 설명들을 말입니다.」

「어디 하나만 들려주게나.」

나는 그 순간 충분한 개연성을 가진 어떤 생각도 떠올릴 수가 없었다.

포와로는 내 침묵을 기회로 이용해 자기의 생각을 펼쳐 나갔다.

「한정된 원이야. 실이나 끈은 모든 사람들이 잠자리에 든 뒤에 층계 위에 설치되었을 거야. 따라서 혐의가 있는 사람은 그 집에 머물러 있었던 사람들뿐이라고. 즉, 범인은 일곱 사람 가운데 있다는 얘기지. 타니오스 의사, 타니오스 부인, 테레사 애런델, 찰스 애런델, 로슨 양, 엘렌, 요리사.」

「그중에서 하인들을 가장 먼저 제외시켜도 될 만한 확실한 이유라도 있나요?」

「그들은 유산을 받았으니까. 그리고 다른 이유도 있을 수 있지. 그들은 애런델 양에게 적의, 싸움, 불성실 따위는 가지고 있지 않았다는 것. 물론 누구도 장담할 수는 없네만.」

「그럴 듯하게 들리지 않는군요.」

「거기엔 나도 동감이야. 하지만 가능성은 다 고려해야 하니까.」

「이 경우, 당신은 일곱이 아니라 여덟이라고 생각해야 할걸요.」

「어떻게?」

나는 내가 한 수 이겼다고 생각했다.

「애런델 양 자신도 포함시켜야죠. 가족 파티에 참석했던 다른 이들을 함정에 빠뜨리기 위해서 그녀 스스로 실을 매달아 놓았을지도 모르는 일 아닙니까?」

포와로는 양어깨를 으쓱했다.

「이 친구, 어리석기는. 애런델 양이 덫을 놓았다면 자신은 걸려들지 않도록 조심했을 것이 아닌가. 층계에서 굴러 떨어진 사람은 바로 그녀 자신이라는 사실을 잊지 말게.」

나는 풀이 죽었다.

「사건의 결말은 아주 분명해. 애런델 양은 낙상한 뒤 내게 보낼 편지를 쓰고 변호사를 오도록 한 거야. 그런데, 한 가지 의심나는 점이 있어. 그녀가 편지 부치기를 망설이다가 그냥 보관해 뒀는지, 아니면 그것을 써놓기만 하고 부친 것으로 착각하고 있었는지가 궁금하군.」

포와로가 생각에 잠기며 말했다.

「그야 알 수 없죠.」

내가 대답했다.

「아니, 추측은 할 수 있네. 나는 그녀가 부친 것으로 착각했다고 생각하네. 답장을 못 받아서 틀림없이 당황했을 거야.」

내 생각은 다른 방향으로 바쁘게 달리고 있었다.

「당신은 그 미신같이 터무니없는 생각이 가치 있다고 생각합니까? 당신은 어느 혼령이 애런델로 하여금 유언장을 변경시켜서 로슨이란 여자에게 유산을 주라고 한 말에 그녀가 따른 것이라고 믿고 있나요? 피바디 양의 조소에도 불구하고 그 말을 믿고 있는 겁니까?」

포와로는 고개를 저었다.

「그건 애런델 양에 대해 내가 받은 인상과는 맞지 않네.」

「트립 자매 얘기로는, 유언장이 읽혀지는 순간 로슨 양이 무척 어리둥절해했다고 하지 않았습니까?」

나는 신중하게 물었다.

「그건 로슨이 그녀들에게 한 말일세. 암, 그렇고말고.」

「그렇다면 당신은 그 말을 믿지 않는군요?」

「이봐 헤이스팅스, 자네는 내 의심하는 버릇을 알지 않나! 나는 확인된 사실이거나 확증할 수 있는 경우가 아니면, 어느 누구의 말도 믿지 않아.」

「그래요, 옳은 생각입니다. 당신은 매우 세심하면서도 신뢰할 만한 성격이죠.」

나는 다정하게 말했다.

「그가 말하길—그녀가 말하길—후! 그게 다 무슨 뜻인가? 아무 얘기도 아니지. 모두가 진실일 수도 있고, 또 모두가 거짓일 수도 있어. 나는 오직 사실만을 다룬다고.」

「사실이라뇨?」

「애런델 양이 낙상했다는 것. 어느 누구도 부인할 수 없지. 그 낙상은 저절로 일어난 것이 아니고 계획된 것이었다는 사실.」

「그 사실에 대한 증거는 '에르퀼 포와로가 말하길'이 되겠군요!」

「천만에, 못이 증거야. 내게 보낸 애런델 양의 편지도 증거가 되고. 그 날 밤 개가 밖에 나가 있었다는 것도 증거이겠고. 항아리에 그려진 그림에 대한 애런델 양의 말이며, 밥의 공도 증거지. 이런 것들이 모두 사실이라는 걸세.」

「그러면, 다음 번 사실은 무엇인가요?」

「다음 번 사실은 통상적인 질문에 대한 대답이 되겠지. 애런델 양의 죽음은 누구에게 이익이 되는가? 답, 미니 로슨.」

「사악한 컴패니언이군요. 그래요! 다른 사람들은 자신이 재산을 갖게 되리라고 생각했겠죠? 그리고 또한, 사고가 났을 당시는 이미 재산을 얻은 것이라고 생각했을지도 모르고요.」

「맞아, 헤이스팅스. 그것이 바로 의심은 하면서도 모두가 한결같이 거짓말을 했던 이유야. 로슨 양이 밥이 밤새 나가 있었다는 것을 애런델 양에게 심려를 끼치지 않겠다는 이유로 알리지 않은 것도 또 한 가지의 작은 사실이 되겠지.」

「그것도 수상한 것인가요?」

「꼭 그렇다는 건 아냐. 다만 그렇게 생각해 볼 수도 있다는 것뿐이지. 노숙녀의 마음에 평온을 주기 위해 해줄 수 있는 당연한 처사일 수도 있어. 물론, 그것이 가장 그럴 듯한 설명이겠군.」

나는 곁눈질로 포와로를 훔쳐보았다. 그는 아주 당혹스러워하는 눈치였다.

「피바디 양이 그 유언장에는 뭔가 속임수가 있는 것 같다는 얘길 했잖습니까? 왜 그렇게 말했다고 생각하시죠?」

내가 물었다.

「그녀의 말에는 막연하지만 공공연하게 알려지지 않은 의혹들이 많이 내포되어 있다고 생각하네.」

「부당한 영향력이 곧 제거될 수도 있을 것 같군요? 그리고 에밀리 애런델은 너무 예민해서 심령술 같은 얼빠진 짓을 믿을 수 없었던 것이 확실하고요.」

「왜 심령술을 얼빠진 짓이라고 생각하는 건가, 헤이스팅스?」

나는 놀라서 그를 빤히 쳐다보았다.

「아니, 포와로. 그 소름끼치는 여자들은…….」

그가 웃었다.

「자네가 트립 자매에 대해 생각하는 점에는 나도 전적으로 동감해. 하지만, 트립 자매가 열광적인 크리스천 사이언스 신자라든가 채식주의자, 또는 접신술이나 심령술 따위를 받아들인다는 단순한 이유 때문에 이런 문제들을 지나치게 비난할 수는 없잖아! 그건 한 분별없는 여자가 엉터리 장사꾼에게서 얻어들은 쇠똥 같은 소리를 자네에게 들려준 것에 불과해!」

「그러면 당신은 심령술을 믿는다는 건가요, 포와로?」

「그 문제에 대해서는 개방적인 생각을 갖고 있지. 심령의 물질화 현상(영매술자의 몸에서 나오는 물질로, 살아 있는 사람과 흡사한 유령을 나타나게 하는 현상.)을 직접 연구해 본 적은 없어. 하지만 많은 과학 자들이나 학식 있는 사람들도 공공연하게 과학으로는 설명할 수 없는 현상이 있음을 선언하고, 또한 그런 일들을 받아들이고 있지. 우리, 트립 양의 맹목적인 믿음에 대해 얘기해 볼까?」

「당신은 그럼 애런델 양의 목에 둘려 있었다는 그 후광인가 뭔가 하는 시시한 소리도 믿겠군요?」

포와로가 손을 내저었다.

「나는 자네의 지나친 회의주의를 질책하기 위해서 일반적인 사실에 대해 말한 것뿐이야. 내가 트립 자매의 얘기에서 특별히 관심을 기울일 만한 부분이 있었기 때문에, 그들이 내 주의를 끌기 위해 털어놓은 이런저런 얘기들을 아주 주의 깊게 듣고 있었다고는 말할 수 있어. 하지만 여보게, 지각없는 여자들이란 그들이 심령술이 아니라, 정치 얘기, 성에 대한 얘기, 아니 불교의 경전에 대해서 얘기한다고 해도 지각없기는 마찬가지야.」

「하지만 당신은 그들의 얘기를 아주 진지하게 듣고 있던걸요.」

「그게 바로 오늘의 내 임무일세. 들어주는 것. 그 일곱 사람에 대해서 모든 사람들이 들려줄 수 있는 모든 얘기를 듣는 것. 그리고 주로 관련이 되어 있는 다섯 사람에 대해서 듣는 것 말일세. 우리는 이미 이 사람들에 대해 몇 가지는 알고 있지. 로슨 양의 예를 들어 볼까? 트립 자매로부터 그녀가 헌신적이며, 이기적인 면이 없고, 성스러우며 훌륭한 성품을 지닌 여자라는 얘기를 들었지.

피바디 양에게서는 그녀가 범죄를 저지를 만한 용기나 두뇌가 없는, 속기 쉽고 어리석은 여자라고 들었어. 그레인저 의사에게서는 그녀가 매우 학대를 받았으며, 위치는 불안정했고, 그 사람 말을 그대로 빌리면 그녀는 늘 놀라서 푸드덕거리는 가엾은 암탉과 같았다는 얘기를 들었지. 식당 웨이터로부터는 로슨 양이 '한 인간'이었다는 얘기를 들었고, 엘렌에게서는 개인 밥마저도 그녀를 멸시했다는 말을 들었어! 자네도 알다시피 모든 사람들이 조금씩 다른 각도에서 그녀를 본 거야. 그건 다른 사람에게도 마찬가지지.

어느 누구도 찰스 애런델의 도덕성이 고결하다고 말하지 않았다는 점은 같지만, 얘기하는 방식은 모두 달랐어. 그레인저 의사는 관대하게 '불손한 젊은 청년'이라고 불렀고, 피바디 양은 '1펜스를 얻기 위해서라면 할머니라도 살해할 놈'이며, '쑥맥이 되기보다는 불한당이 되는 쪽을 택할 놈'이라고 말했지. 트립 양은 그가 범죄를 저지를 가능성이 있으며, 두어 번 저지른 경험이 있다는 얘기를 비쳤어. 이런 부수적인 정보는 아주 유용하면서도 재미있는 것이야.
바로 다음에 할 일을 지시해 주거든.」
　「다음에는 무엇을 할 건데요?」
　「우리 자신을 돌보는 일.」

제13장 테레사 애런델

다음날 아침 우리는 도널드슨 의사가 가르쳐 준 주소로 차를 몰았다. 나는 포와로에게 퍼비스 변호사를 찾아가는 것도 괜찮지 않겠느냐고 제의했으나, 그는 극구 반대했다.

「안 돼. 무슨 이유를 대고 정보를 캐내겠다는 거야?」

「당신은 항상 그럴 듯한 이유들을 준비해 갖고 다니잖습니까, 포와로! 어떤 케케묵은 거짓말이라도 상관없죠. 뭐, 안 그래요?」

「천만의 말씀이야. 자네가 말한 '어떤 케케묵은 거짓말'이 안 통한다고. 변호사에게는 안 돼. 우리는 아마—자네가 하는 식으로 얘기하자면—귓전에 붙은 벼룩처럼 내동댕이쳐질걸.」

「그래요? 그런 위험 속에 우리를 맡길 수야 없죠!」

그래서 우리는 테레사 애런델이 살고 있다는 아파트를 향해 갔다. 그 아파트는 강이 바라다보이는 첼시 거리에 있었다.

건물은 현대식으로 번쩍이는 크롬 철강과 두꺼운 양탄자 등으로 치장되어 있어서 매우 값나가 보였다.

잠시 기다리고 있으려니 한 아가씨가 방으로 들어와 미심쩍은 듯 우리를 훑어보았다. 테레사 애런델은 28~29세 정도 되어 보였다.

키가 크고 말랐으며, 흑백으로 과장해서 그린 그림 속의 여자처럼 보였다. 머리카락은 새까맣고, 화장을 한 얼굴은 아주 창백했으며, 눈썹을 별나게 뽑아 놔서 조롱하는 듯한 인상을 주었다.

입술은 유일하게 색깔이 있는 부분이었는데, 마치 하얀 얼굴 속에서 반짝이는 붉은 빛 상처처럼 보였다. 그녀 역시 보통 사람들보다 적어도 두 배는 더 산 듯한 인상—확실한 이유를 알 수는 없지만 지친 듯 무관심해 보이는 태도로 인해—을 주었다.

표독스러움을 감추고 있는 듯한 분위기였다.

그녀는 쌀쌀하게 묻는 듯한 시선으로 나와 포와로를 번갈아 가며 쳐다보았다.

포와로는 이런 경우에 내밀 수 있는 명함을 가지고 있었다. 그녀는 명함을 받아 이리저리 살펴보았다.

「포와로 씨로군요?」

포와로가 아주 점잖게 허리를 굽혔다.

「필요하실 때는 언제든지 불러 주세요, 아가씨. 잠시만 귀중한 시간을 할애해 주시겠습니까?」

「영광입니다, 포와로 씨. 앉으시죠.」

포와로의 태도를 은근히 흉내내면서 그녀가 대답했다.

포와로는 나지막하고 네모난 안락의자에 조심스럽게 앉았고, 나는 거미줄 같은 무늬가 새겨진 크롬 철강의 수직형 의자에 자리를 잡았다.

테레사는 바로 손에 와 닿는 난로 앞 낮은 의자에 주저앉았다. 그녀는 우리 둘에게 담배를 권했다. 우리는 거절했고, 그녀만 담배에 불을 붙였다.

「아마 내 이름을 알고 있겠죠, 아가씨?」

그녀가 고개를 끄덕였다.

「이쪽 분은 런던 경시청의 형사겠군요, 그렇죠?」

포와로가 이런 말을 좋아하지 않는다는 것을 나는 알고 있었다. 그는 중요하다는 듯 말했다.

「나는 범죄 문제에 관여하고 있습니다, 아가씨.」

「얼마나 오싹한 지 몰라요.」

테레사 애런델이 지루하다는 듯 말했다.

「자기앞 수표책을 잃어버렸던 생각만 해도 끔찍해요!」

「그런 것이 바로 내가 관여하는 일입니다. 어제 댁의 아주머니로부터 편지 한 통을 받았습니다.」

포와로가 말을 꺼냈다.

그녀의 기다랗고 아몬드처럼 생긴 눈이 조금 커졌다. 뭉게 구름 같은 연기가 피어올랐다.

「제 고모한테서요, 포와로 씨?」

「그렇습니다, 아가씨.」

「제가 흥밋거리를 망쳐 놓았다면 죄송합니다. 하지만 그런 사람은 없는데요! 다행히도 제 고모들은 모두 돌아가셨답니다. 두 달 전에 마지막 분도 가셨어요.」

「에밀리 애런델 양 말입니까?」

「그래요. 에밀리 애런델 양이었죠. 시체한테서 편지를 받을 수는 없지 않겠어요, 포와로 씨?」

「그럴 경우도 있지요.」

「끔찍하군요!」

그녀의 목소리는 주의를 기울이며 경계하는 듯한 어조였다.

「제 고모께서 뭐라고 하셨나요?」

「그건, 현재로서는 말씀드릴 수가 없습니다. 그건 다소…….」

그는 기침을 했다.

「주의를 요하는 문제라서요.」

잠시 침묵이 흘렀다.

테레사 애런델은 연기를 다시 내뿜었다.

「선생님은 기분이 좋으신 듯 쉬쉬하시는 것 같은데, 제가 어디에서 끼여들어야 할까요?」

「내가 바라는 것은, 아가씨, 몇 가지 질문에 답해 주시겠는가 하는 겁니다.」

「질문요? 무슨 질문 말인가요?」

「가족들의 성격에 대해섭니다.」

다시 그녀의 눈이 커졌다.

「그 말이 좀 거북스럽게 들리는군요! 표본을 하나 들어 보시죠.」

「그러지요. 오빠 찰스의 현주소를 알려 주실 수 있습니까?」

그녀의 눈이 다시 작아졌다. 그녀 안에 감춰진 힘을 짐작할 수가 없었다. 그녀는 마치 껍질 속으로 움츠려 들어가는 듯했다.

「죄송하지만, 알 수가 없는데요. 오빠와 저는 서신 왕래가 별로 없어요. 오빠는 영국을 떠난 것 같습니다.」

「알겠습니다.」

포와로는 한동안 조용히 있었다.

「그게 선생님이 알고자 하는 전부예요?」

「아, 다른 질문도 있지요. 첫째로, 아가씨는 고모님이 유산을 분배한 방법에 대해서 만족하십니까? 또 한 가지, 도널드슨 의사와 약혼한 지는 얼마나 됐습니까?」

「너무 건너뛰시는군요.」

「좋지 않습니까?」

「아, 좋아요. 우리는 서로 외국인들이니까! 그 두 질문에 대한 제 대답은, 그건 선생님 소관이 아니라는 거예요! 그건 댁의 일이 아니에요, 에르큘 포와로 씨.」

그는 잠깐 동안 그녀를 세심히 살펴 보았다.

그리고는 실망하는 기색도 없이 일어섰다.

「그럴 줄 알았습니다. 놀랄 것도 없지요, 아가씨, 좋은 아침이 되길 빕니다. 가세, 헤이스팅스.」

우리가 막 문에 닿으려는 순간, 뒤에서 테레사의 목소리가 들려왔다. 그녀의 매서운 미소가 머릿속에 떠올랐다.

그녀는 꼼짝도 하지 않은 채 그 자리에 그대로 서서 채찍을 내리치듯 두 마디 말을 내뱉었다.

「돌아오세요!」

포와로는 순순히 그녀의 말에 따랐다.

다시 자리에 앉아 묻듯이 그녀를 쳐다보았다.

「바보 같은 짓은 그만두세요. 어쩌면 선생님 같은 분이 저에게 소용 있는 분인지도 모르죠, 에르큘 포와로 씨.」

「좋습니다. 자, 이젠?」

담배 두 모금을 빨더니 그녀는 조용하면서도 차분하게 말했다.

「자, 유언장을 깨뜨리는 방법에 대해 말씀해 주세요.」

「확실하게는 변호사가…….」

「예, 물론 변호사지요. 제가 제대로 된 변호사를 알고 있다면요. 하지만 제가 아는 모든 변호사들은 모두 존경받는 분들이죠! 그분들이 하는 얘기란 유언장이 법적으로 유효할 뿐, 그것에 이의를 제기하려는 어떤 방법이든 쓸데없이 비용만 들 뿐이라는 얘기예요.」

「하지만 그들의 말을 믿는 것은 아니지 않소?」

「방법은 있다고 생각해요. 선생님께서 비양심적인 행동을 하는 데 꺼리지만 않으신다면 말이죠. 보수는 드리겠어요. 선생님께 드릴 보수를 준비해 놓겠어요.」

「아가씨는 내가 돈을 받으면 비양심적인 행동도 서슴지 않을 것이라고 아주 당연하게 생각하는 것 같군요?」

「그것이 대부분의 사람들에게 먹혀 들어가는 방법이라는 것을 알고 있죠! 선생님이 예외라고 생각하고 싶지는 않군요. 물론 사람들은 일을 함께 시작할 때는 항상 자기의 정직성이나 정의로움을 강조하곤 하죠.」

「그건 그래요. 그것도 게임의 일부니까, 안 그렇소? 그런데 내게 주어질 그 비양심적인 일을 내가 해낼 수 있을 것 같아요?」

「모르겠어요. 하지만 선생님은 영리하신 분이니까요. 모든 사람들이 다 아는 사실 아닌가요? 선생님이라면 어떤 궁리라도 생각해 낼 수 있을 거예요.」

「그런 일에도 말이오?」

테레사 애런델은 어깨를 으쓱했다.

「그건 선생님의 일이에요. 유언장을 훔쳐내 가짜와 바꿔치기를 하든가, 로슨을 납치해서 에밀리 고모가 그렇게 할 수밖에 없도록 그녀가 협박을 한 것이 틀림없다고 겁을 주든가 아니면, 에밀리 고모가 죽음의 침상에서 작성한 유언장을 다시 새롭게 만들어 낼 수도 있고요.」

「아가씨의 풍부한 상상력으로 인해 숨이 멎을 것만 같습니다.」

「자, 대답을 하셔야죠? 저는 솔직하게 얘기했어요. 고결하게 거절하신다면 나가실 문은 저쪽에 있어요.」

「하지만 고결하게 거절할 수야 없죠.」

포와로가 말했다.

테레사 애런델은 웃으며 나를 쳐다보았다.

「선생님의 친구분이 충격을 받은 것 같군요. 이 분께 방해가 되지 않도록 나가시라고 하는 게 어떻겠어요?」

그녀는 이미 알아차리고 있었다.

포와로는 당황해하며 내게 몇 마디 말을 붙였다.

「진정하게. 자네의 고결하고 꼿꼿한 성품은 잘 알고 있네, 헤이스팅스. 내 친구를 이해해 주십시오, 아가씨. 이미 알겠지만, 매우 정직한 친구입니다. 아주 충실하고요. 나에 대한 이 친구의 성실성은 아주 절대적입니다. 어떤 경우라도 그 점만은 강조할 수 있어요.」

포와로는 날카로운 시선으로 테레사를 바라보았다.

「우리가 하고자 하는 일은 어떤 것이 됐든지 법의 테두리 내에서 할 겁니다.」

그녀는 눈썹을 약간 치켜올렸다.

「법이란 범위는 아주 포괄적입니다.」

포와로가 신중하게 말했다.

「알고 있어요.」

그녀는 보일 듯 말 듯한 미소를 지었다.

「좋아요. 서로 양해가 된 것이로군요. 그러면 이익이 생길 경우 그 이익에 대한 선생님 몫에 대해서도 얘기를 해야겠죠?」

「아, 물론입니다. 그것도 양해가 되어야겠군요. 나는 어느 정도

적지 않은 몫이면 됩니다.」

「좋아요.」

테레사가 말했다.

포와로는 몸을 앞으로 숙이고 조심스럽게 입을 열었다.

「자, 들어 보세요, 아가씨. 백 건의 경우 중에서 아흔 아홉 건의 경우 나는 법률 쪽에 섭니다. 백 번째 것은, 그 경우는 문제가 좀 다르지요. 무엇보다도 이것은 언제나 엄청난 이해가 따르는 문제이고……. 아시다시피 아주 조용하게 처리돼야 합니다. 아주 조용히. 내 명성에 피해가 가면 안 되니까. 나는 아주 신중하게 행동해야 합니다.」

테레사 애런델은 고개를 끄덕였다.

「이런 경우에는 관련된 모든 사실을 알고 있어야 해요! 진실을 알아야 하니까. 일단 진실을 알고 나면 거짓말을 해야 된다는 것이 더 명확해지거든요! 이해하시겠지요?」

「그럴 것 같군요.」

「그럼 됐습니다. 자, 유언장이 만들어진 것이 언제였지요?」

「4월 21일이었어요.」

「그전에 만들어진 유언장은?」

「에밀리 고모가 5년 전에 만든 것이었어요.」

「어떤 내용이었습니까?」

「엘렌과 전에 있던 요리사에게 유산의 일부를 물려주고, 나머지 재산의 대부분은 오빠인 토머스의 아들과 딸에게, 그리고 언니 애러벨라의 딸에게 나누어주겠다고 되어 있었죠.」

「그 유산은 위탁되도록 되어 있었나요?」

「아니에요. 무조건 우리에게 주도록 되어 있었어요.」

「자, 자, 신중하게 얘기하세요. 그 유언장의 내용을 가족들 모두가 알고 있었습니까?」

「아, 물론이죠. 찰스 오빠도, 저도, 벨라도 역시 알고 있었죠. 에밀리 고모는 그것을 비밀로 하지 않으셨어요. 사실은 우리들 중에서 누가 돈 좀 꾸어 달라고 하면 언제나, '내가 죽으면 내 재산 전부를 갖게 될 텐데 왜들 그래. 그것으로 만족하렴.' 하고 얘기하셨어요.」

「병이 났다든가, 긴급하게 필요한 경우에도 돈을 꾸어 주기를 거절했다는 얘기군요?」

「절대로요. 아예 꾸어 주겠다는 생각도 안 하셨죠.」

테레사가 천천히 말했다.

「그렇다면 당신들 스스로 충분히 꾸려 나갈 만하다고 생각하셨던 모양이군요?」

「그렇게 생각하셨어요. 맞아요.」

그녀의 목소리에 쓰디쓴 반감이 들어 있었다.

「그런데 아가씨는 그렇지 않았습니까?」

테레사는 잠시 동안 조용히 있더니 말문을 열었다.

「아버지께서는 저희들 각자에게 3만 파운드를 물려주셨어요. 안전하게 투자를 했기 때문에 거기서 나오는 이자가 1년에 약 1200파운드 정도 되었어요. 그 중에서 소득세와 그밖에 다른 것들을 제하고 나면 아주 꼼꼼하게 생활해 나가야만 겨우 꾸려나갈 수 있었죠. 그런데 저는…….」

그녀의 목소리는 변했다. 그녀는 가냘픈 몸을 꼿꼿이 세우고 머리를 뒤로 젖혔다. 그녀의 얼굴에 생기가 돌았다.

「그런데 저는 그런 삶보다는 좀더 나은 것을 원했어요! 최고를 말예요! 최고의 음식, 최고의 옷, 미(美)와 통하는 어떤 것……. 현재 유행하는 옷 따위를 얘기하는 것이 아니에요. 저는 지중해에 가서 살며, 즐기고 싶었어요. 그리고, 따뜻한 바다 속에도 들어가 누워 보고 싶었어요. 테이블 가에 앉아 돈다발로 호기심을 자극하는 게임이라든가 거칠고 분에 넘치는 엄청난 파티도 열어 보고 싶었다고요. 그리고 그런 일이 언젠가 이뤄지기를 바라는 것이 아니라 지금

당장 그렇게 해보고 싶었어요!」

그녀는 흥분해서 열이 오른, 들뜨고 도취된 목소리로 말했다.

포와로는 열심히 그녀를 관찰하고 있었다.

「그래서 이젠 그걸 가졌습니까?」

「예, 에르큘 포와로 씨, 그걸 저는 이미 가졌답니다!」

「그러면 3만 파운드 가운데 얼마가 남았습니까?」

그녀는 갑자기 웃음을 터뜨렸다.

「221파운드 14실링 7펜스가 남았어요. 아주 정확합니다. 그러니 선생님은 결과에 의해서만 지불을 받게 될 거예요. 결과가 없으면 받을 돈도 없게 되는 것이죠.」

「그런 경우에는 확실히 결과가 있을 거요.」

그는 사무적인 태도로 말했다.

「위대하시군요, 에르큘 씨. 함께 일하게 돼서 기뻐요.」

포와로는 사무적인 태도로 말을 계속했다.

「내가 반드시 알아야 할 것이 몇 가지 있습니다. 마약을 복용합니까?」

「아뇨. 복용해 본 적 없어요.」

「술은?」

「아주 많이 마셔요. 하지만 좋아하는 것은 아니에요. 제 패거리들이 마시니까 저도 마시지요. 하지만 내일이라도 끊을 수 있어요.」

「아, 좋습니다.」

그녀는 웃었다.

「연애 사건은?」

포와로는 계속했다.

「과거에는 굉장히 많았죠.」

「그러면 현재는?」

「렉스뿐이에요.」

「도널드슨 의사 말이오?」

「예.」

「그 친구는 당신이 누리고 싶어하는 생활 태도와는 아주 이질적인 사람 같던데?」

「사실이죠.」

「그래도 당신은 그를 좋아한다? 왜입니까?」

「이유 말예요? 왜 줄리엣이 로미오와 사랑에 빠졌죠?」

「셰익스피어 선생께는 죄송하지만, 로미오가 공교롭게도 줄리엣이 본 첫 번째 남자이기 때문이죠.」

테레사가 천천히 대답했다.

「렉스는 제가 본 첫 번째 남자가 아니에요. 오래 사귄 것도 아니고요.」

그녀는 낮은 음성으로 덧붙였다.

「하지만 그는—제가 느끼기에—제가 만난 마지막 남자가 될 것 같아요.」

「그는 가난합니다.」

그녀는 고개를 끄덕였다.

「그리고 돈이 필요하지요?」

「몹시요. 제가 그를 좋아하는 것은 그런 이유 때문이 아니에요. 그는 사치라든가, 아름다움이라든가, 흥분 따위는 원치 않아요. 똑같은 돼지고기를 아주 행복하게 먹어요. 뻣뻣한 돼지고기를 아주 행복하게 먹어요. 그리고 우글쭈글한 양철통에서 목욕을 합니다. 돈이 생기면 모두 실험용 튜브나 실험도구를 사요. 야심이 있는 사람이죠. 그의 직업이 그의 전부예요. 그이에겐 저보다 그것이 더 의미가 있어요.」

「그 사람도 애런델 양이 돌아가시면 당신에게 유산이 돌아온다는 사실을 알고 있었습니까?」

「약혼한 뒤에 제가 그 사람에게 그렇게 얘기했어요. 선생님은 그렇게 생각하신다 해도, 그 사람은 돈 때문에 저하고 결혼하려는 것이 아니에요.」

「약혼 중이오?」

「물론이죠.」

포와로는 더 이상 묻지 않았다.

그의 침묵이 그녀를 불안하게 만든 것 같았다.

「물론이에요.」

그녀는 날카로운 목소리로 되풀이했다. 그리고 나서 덧붙였다.

「그를 만나 보셨나요?」

「어제 보았소. 마켓 베이싱에서.」

「왜요? 무슨 말을 하셨나요?」

「아무 말도 하지 않았소. 다만 당신 오빠의 주소를 물었을 뿐.」

「찰스?」

그녀의 목소리가 다시 날카로워졌다.

「무슨 이유로 찰스를 찾으시는 거죠?」

「찰스를? 누가 찰스를 찾는다고?」

그건 새로운 목소리였다. 유쾌한 남자의 목소리.

호남형의 얼굴이 구릿빛으로 그을린 한 젊은이가 미소를 지으며 방안으로 성큼성큼 들어왔다.

「내 얘기를 하고 있는 사람이 누구지?」

젊은이가 물었다.

「홀에서부터 내 이름이 들렸지만 엿듣지는 않았다고. 소년원에서도 도청은 특수법이니까. 자, 그건 그렇고 테레사, 무슨 일이야? 비밀을 털어놓으시지.」

제14장 찰스 애런델

그 순간부터 나는 찰스 애런델이라는 청년에게 눈을 고정시킨 채, 나도 모르는 사이에 그에게 끌려 들어갔다는 것을 고백하지 않을 수 없다. 그는 서글서글하면서도 마음을 편하게 해주는 매력이 있었다. 그는 유쾌하고 장난기 있는 눈을 깜박거렸으며, 내가 만난 사람 중 가장 천진난만한 미소를 띠었다.

찰스는 방을 가로질러 장식용 덮개를 댄 커다란 의자 팔걸이에 걸터앉았다.

「무슨 일이지?」

찰스가 물었다.

「찰스, 이쪽은 에르퀼 포와로 씨야. 우리를 위해 좀 너저분한 일들을 해주실 거래.」

「잠깐만.」

포와로가 소리쳤다.

「너저분한 일이 아니라 해롭지 않은 속임수 정도라고 해둡시다. 그렇게 함으로써 유언자의 본 뜻을 이루게 되는 정도로 말이오.」

「댁이 원하시는 대로 해두죠.」

찰스가 유쾌하게 말했다.

「테레사가 어떻게 당신을 부를 생각을 했는지 궁금한데요.」

「테레사가 부른 게 아니오. 내 의사로 여기에 온 거요.」

포와로가 재빨리 말했다.

「일을 해주겠다고 자청한 건가요?」

「그런 건 아니오. 나는 당신에 대해 물어 봤죠. 누이동생은 당신이 해외로 나갔을 거라고 얘기합디다.」

「테레사는 아주 신중한 애예요. 실수 따위는 거의 하지 않죠. 사실이지, 이 애는 귀신처럼 의심이 많아요.」

그는 자기 여동생에게 애정이 넘치는 미소를 보냈으나, 테레사는 웃지 않았다.

그녀는 걱정스런 얼굴로 생각에 잠겨 있었다.

「우리가 일을 잘못 몰고 가는 것 아냐? 포와로 씨는 범인들을 쫓는 것으로 유명하지. 그들을 도와 주거나 부추기지는 않을 텐데?」

찰스가 말했다.

「우리는 범인이 아니잖아.」

테레사가 날카롭게 쏘아붙였다.

「하지만 우리는 자진해서 그렇게 되어가고 있잖아.」

찰스가 명랑하게 말했다.

「저는 위조의 가능성에 대해 생각해 봤습니다. 저에게는 어울리는 행동이죠. 옥스퍼드 대학에서 수표와 관련된 오해로 인해 송환됐던 적이 있어요. 어린애처럼 일을 단순하게 처리하기도 했지만, 아무런 소득이 없었죠. 지방 은행에서는 에밀리 고모하고 작은 소동도 한 번 일으켰어요. 물론, 제가 어리석었지요. 바늘처럼 빈틈없는 양반이라는 걸 알았어야 했는데. 어쨌든 이런 사건들은 모두 사소한 것들입니다. 5파운드나 10파운드 정도였으니까요.

임종시의 유언장은 분명 무모한 짓이죠. 거세고 뻣뻣한 엘렌을 손안에 넣어야 하니까요. 그걸 위증이라고 하던가요? 어쨌거나 엘렌을 증인으로 내세워야 합니다. 그러려면 우선 무슨 일이 되었건 벌여야죠. 엘렌과 결혼할 수도 있어요. 그렇게 되면 제게 불리한 증언은 하지 않을 테니까요.」

그는 포와로를 보며 붙임성있게 씩 웃었다.

「당신은 딕터폰(구술을 녹음하고 재생하는 속기용 기계.)을 소지하고 있고, 또한 런던 경시청의 저분도 함께 듣고 있다는 것을 압니다.」

「당신의 제의는 아주 흥미롭군요.」

찰스의 태도가 못마땅하다는 듯 포와로가 말했다.

「물론, 법에 저촉되는 어떤 행동도 묵인할 수는 없지요. 하지만 방법은 다양하니까…….」

그는 의미심장한 태도로 말을 멈췄다.

찰스 애런델은 건장한 두 어깨를 으쓱거렸다.

「물론 법의 테두리 내의 여러 우회로 중 하나를 선택한다는 데는 의심할 여지가 없어요. 이 점은 반드시 알아두셔야 합니다.」

그는 유쾌하게 덧붙였다.

「유언장의 증인은 누구였소? 4월 21일에 만들어진 것 말이오.」

「퍼비스 변호사가 서기를 대동시키고, 두 번째 증인은 정원사였어요.」

「그렇다면 유언장이 퍼비스 씨 앞에서 서명이 됐단 말이오?」

「그래요.」

「그러면 퍼비스 씨는 상당히 존경을 받는 인물이겠군?」

「영국 은행만큼이나 존경받는 아주 나무랄 데 없는 사람이죠.」

찰스가 말했다.

「그는 새로운 유언장을 만드는 걸 달갑지 않게 생각했죠. 에밀리 고모가 새로운 유언장을 만들지 않도록 적극 말렸다고 알고 있습니다.」

테레사가 끼여들었다.

「그 사람이 네게 그렇게 얘기하던, 테레사?」

찰스가 날카롭게 물었다.

「응, 어제 퍼비스 씨를 다시 만났어.」

「소용없는 짓이야. 6펜스나 8펜스 정도 비용만 더 들걸.」

테레사가 어깨를 으쓱했다.

「애런델 양의 마지막 1주일간에 대해 아가씨가 아는 모든 사실을 얘기해 봐요. 자, 처음부터. 아가씨와 오빠, 그리고 타니오스 의사 내외가 부활절에 그곳에 머물렀었다는 얘기는 들었소만?」

「예, 그랬어요.」

「그 주말에 무슨 중요한 사건이 일어난 것이 있었나요?」

「없었던 것 같아요.」

「없었다고? 테레사는……..」

찰스가 끼여들었다.

「항상 자기 위주로만 생각한다니까요. 테레사, 너한테 중요한 일은 아무것도 일어나지 않았지! 사랑의 꿈에만 부풀어 있었으니! 제가 말씀드릴게요, 포와로 씨. 테레사에게는 마켓 베이싱에 푸른 눈의 젊은이가 한 사람 있어요. 지방 의사죠. 저 애가 잘못 생각한 거예요. 사실은 제가 존경하는 고모님께서 계단에 머리를 부딪쳐서 거의 돌아가실 뻔했습니다. 그랬으면 좋았을 텐데. 그랬다면 이런 소동은 일어나지 않았을 겝니다.」

「계단에서 넘어지셨습니까?」

「예, 개의 공에 걸려 넘어지셨죠. 영리한 작은 동물이 계단 위에다 공을 놔둔 것을 모르고, 그만 거기에 걸려 넘어지셨던 거죠.」

「그것이 언제였죠?」

「가만 있자. 화요일쯤? 우리가 떠나기 전날 저녁이었으니까.」

「부상이 심했나요?」

「불행하게도 머리를 심하게 다치진 않으셨죠. 그랬다면 머리를 좀 식히시라고 간청이라도 했을 텐데. 아니면 좀더 과학적으로 생각하시라고 충고했던가. 그런데 다치신 데가 별로 없었어요.」

「실망이 컸겠군요!」

포와로가 냉랭하게 말했다.

「예? 아, 예, 말씀하신 대로 매우 실망했지요. 나이든 여자들은 항상 골칫거리니까요.」

「수요일 아침에는 모두들 그곳을 떠났나요?」

「그랬죠.」

「수요일은 15일인데, 그리고 고모님을 만난 건 언제였습니까?」

「그 주에는 아니었어요. 그 다음 주말이었지요.」
「그렇다면, 가만 있자. 25일이 되겠군. 그렇습니까?」
「맞아요. 그 날이라고 생각합니다.」
「그렇다면 고모님이 돌아가신 것은 언제입니까?」
「우리가 고모를 만난 그 다음주 금요일이었습니다.」
「월요일 밤부터 계속 앓다가요?」
「그렇죠.」
「당신이 그곳을 떠난 것은 월요일이었죠?」
「그렇습니다.」
「고모님이 앓고 계신 동안 그곳에 다시 내려가진 않았소?」
「금요일까진 내려가지 않았습니다. 그렇게 심하게 아프신 줄은
몰랐어요.」
「고모님이 살아 계실 때 그곳에 도착했나요?」
「아닙니다. 우리가 도착하기 전에 돌아가셨지요.」
포와로는 테레사 애런델 쪽으로 시선을 돌렸다.
「아가씨는 오빠와 계속 함께 있었나요?」
「예.」
「그렇다면 새로운 유언장이 만들어진 두 번째 주말에 대해서는
아무것도 들은 바가 없겠군요?」
「아무것도 몰라요.」
테레사가 대답했다.
거의 동시에 찰스도 대답했다.
「아, 있어요. 있습니다.」
그는 전처럼 활기 있는 목소리였으나 뭔가 일부러 꾸민 듯한 기
색을 감추고 있었다.
「뭡니까?」
포와로가 물었다.
「찰스!」

테레사가 소리쳤다.

찰스는 동생의 눈을 마주보지 않으려는 듯, 그녀의 시선을 피한 채 말했다.

「너, 기억하고 있지? 내가 얘기했잖아. 에밀리 고모가 최종적인 것을 만드는 것 같다고. 법원의 판사처럼 앉아서 무엇인가 쓰고 계셨단 말이야. 조카들에 대해 얘기하자면, 고모는 저나 테레사를 탐탁지 않게 여기고 있으며, 벨라는 특별히 싫어할 이유는 없지만 남편은 싫어한다고, 또 신뢰하지도 않는다고 얘기했다고 했지?

에밀리 고모는 영국 제품만 쓴다는 신조를 갖고 계셨어요. 벨라에게 재산을 물려준다면 타니오스가 틀림없이 그것을 차지하고 말거라고 생각하셨죠. 그리스 인들은 틀림없이 그렇게 하고 말 것이라고 믿는 편이 낫지요! 고모는 '그 애는 지금 그대로가 훨씬 안전해.'라고 말씀하셨어요. 그리고 저나 테레사도 재산을 맡길 적임자는 못 된다고 얘기하셨죠. 우리는 도박을 하거나 낭비해 버릴 뿐이라고요.

그래서 끝내는 새로운 유언장을 써서 전재산을 로슨 양에게 남기신 거죠. '그녀는 어리석어. 그렇지만 아주 충실해. 내게는 정말 헌신적이었다고 믿고 있어. 지력이 떨어지는 건 어쩔 수 없는 일이지. 찰스, 네가 나한테 유산을 물려받는 것이 불가능하다는 것을 아는 편이 차라리 나을 것 같아서 네게 이 말을 들려주기로 작정했다.' 이렇게 말씀하셨죠. 꽤 까다로운 분이셨어요.」

「왜, 나한테 말하지 않았어, 오빠?」

테레사가 소리쳤다.

「얘기했다고 생각했는데.」

찰스는 그녀의 눈길을 피했다.

「그래서 당신은 뭐라고 했소, 애런델 씨?」

「저 말입니까? 그냥 웃었습니다. 거칠게 굴어 봤자 좋을 것도 없을 것 같아서요. 그게 다가 아니니까요. '좋으실 대로 하시죠, 에밀리 고모.' 이렇게 얘기했습니다. '한 대 치고 싶지만, 그건 고모 재산이니까 고모 마음대로 하실 수 있죠.'라고요.」

찰스는 가볍게 대답했다.

「그러니까 고모님의 반응은?」

「그런 대로 잘 받아들이시더군요. 그런 대로요. 이렇게 말씀하셨죠. '너는 스포츠맨이구나, 찰스, 정정당당해.' 이 말에 제가 대꾸했죠. '하지만 좀 관대해지시는 게 어떠세요? 한 푼도 물려주시지 않겠다면, 지금 10파운드만 주실 수 있겠어요?' 그랬더니 저더러 염치 없는 녀석이라고 하시면서 5파운드를 주시더군요.」

「아주 교묘하게 감정을 숨겼군요.」

「사실은 그 얘기를 진짜로 받아들이지 않았습니다.」

「진짜로 받아들이지 않았다고요?」

「노인네의 머릿속에서 나온 제스처 정도라고 생각했었습니다. 우리를 놀라게 하려는 것이라고요. 몇 주일이나 몇 달 정도 지나면, 아마 그것을 찢어 버릴 것이라는 약삭빠른 생각을 했지요. 에밀리 고모는 가족들에게 매우 엄격하셨죠. 사실이지, 고모가 그렇게 갑자기 돌아가시지 않았다면 아마 그렇게 하셨을 겁니다.」

「아하! 그거 아주 재미있는 생각이로군요.」

포와로가 말했다. 그는 잠시 조용히 있더니 입을 열었다.

「누군가가, 예를 들어 로슨 양 같은 사람이 두 사람의 대화를 엿들을 수도 있었습니까?」

「물론이죠. 작은 소리로 얘기한 것이 아니었으니까요. 실은, 제가 밖으로 나오자 로슨 양이 문 밖에서 어정거리고 있었어요. 제 얘기를 귀담아 들은 것 같았죠.」

포와로는 생각에 잠긴 시선을 테레사에게 향했다.

「아가씨는 이 점에 대해 아는 바가 전혀 없나요?」

테레사가 답하기 전에 찰스가 끼여들었다.

「틀림없이 너한테 얘기했을 텐데. 아니면 힌트라도 줬던가?」

잠시 동안 묘한 침묵이 흘렀다.

찰스는 시선을 고정시키고 테레사를 조용히 바라보았다.

그는 불안한 표정으로 그 일밖에는 아무것도 생각하지 않는 것 같았다.

테레사가 천천히 입을 열었다.

「내게 분명히 말을 했다면—물론 그렇게 생각하고 있지는 않지만—내가 잊어버렸을 수도 있겠지. 안 그래요, 포와로 씨?」

그녀는 깊고 검은 눈으로 포와로를 바라보았다.

포와로가 천천히 대꾸했다.

「아니죠. 당신이 잊어버렸다고는 생각지 않습니다. 애런델 양.」

그리고는 찰스 쪽으로 날카로운 시선을 돌렸다.

「한 가지만 분명히 물어 볼 것이 있어요. 에밀리 고모님이 유언장을 다시 쓰겠다고 했나요, 아니면 다시 썼다고 했나요?」

찰스가 재빠르게 대답했다.

「분명히 다시 썼습니다. 제게 그 유언장을 보여 주셨는걸요.」

포와로는 앞으로 다가 앉으며 눈을 크게 떴다.

「이건 아주 중요한 문젭니다. 고모님이 당신에게 유언장을 보여 줬다는 것이 사실이오?」

찰스는 갑자기 어린아이처럼 몸을 꼬물거렸다. 천진한 태도였다. 아마 포와로의 중력에 압도되어 불안해진 모양이었다.

「예, 제게 보여 주셨어요.」

「맹세할 수 있습니까?」

「물론, 맹세할 수 있습니다.」

찰스는 신경질적으로 포와로를 쳐다보았다.

「그게 그렇게 중요한 문제라고는 생각지 않습니다만.」

갑자기 테레사에게 거친 변화가 일어났다.

그녀는 퉁명스럽게 의자에서 일어서더니, 난로가로 다가서서 재빠른 동작으로 또 한 대의 담배에 불을 붙였다.

「그렇다면, 아가씨, 고모님이 아가씨에게는 중요한 얘기를 한 것이 전혀 없다는 말이로군요?」

포와로가 그녀 쪽으로 급히 다가가며 물었다.

「그래요. 그냥 매우 상냥하셨어요. 뭐랄까, 보통 때처럼 상냥하셨죠. 인생을 살아가는 방법에 대해 제게 들려주셨죠. 여느 때와 마찬가지였어요. 보통 때보다 좀 신경이 예민해지신 것 같다는 생각이 들기도 했지만요.」

「아가씨, 내 생각엔 당신이 약혼자에게 너무 열중해 있었던 것 같군요.」

「그 사람은 거기에 없었어요. 먼 곳에 가 있었습니다. 무슨 의학 학회엔가 하는 델 참석하러 갔었다고요!」

테레사가 격렬하게 대꾸했다.

「그러면 부활절 주말 이후로는 그 사람을 만나지 못했나요? 마지막으로 그를 본 것이 언제였습니까?」

「우리가 떠나기 전날 저녁에 만찬을 함께 하러 왔을 때였어요.」

「실례입니다만 그 날 그 사람과 다투지는 않았습니까?」

「그런 일 없었어요.」

「나는 아가씨가 고모님을 두 번째 방문했을 때도 그 사람이 먼 곳에 가 있었는지의 여부가 궁금해서……..」

「두 번째 방문은 계획했던 것이 아닙니다. 갑자기 내려가게 된 거예요.」

찰스가 끼여들었다.

「아, 그래요?」

「사실이에요. 벨라와 그녀의 남편은 그 전 주말에 내려갔었어요. 고모가 사고가 나서 소란을 피우던 그 주말 말예요. 아마 우리를 앞지르려고 그랬을 거라고 생각했죠.」

테레사가 지친 듯 말했다.

「그래서 우리도 에밀리 고모의 건강에 약간은 관심을 보이는 편이 낫겠다고 생각했지요. 사실, 고모는 너무 예민하셔서 성의 있는 관심도 제대로 받아들이지 않으셨거든요. 그것이 얼마의 값을 지닌 것인지 미리 알고 계셨으니까요. 에밀리 고모는 어리석은 분이 아니었죠.」

찰스가 빙그레 웃으며 말했다.

「재미있잖아요? 우리 모두 고모가 가진 돈에만 침을 흘리고 있었으니…….」

테레사가 갑자기 웃었다.

「벨라나 그녀의 남편도 마찬가지였나요?」

「그래요. 벨라는 항상 돈이 궁했어요. 제가 들인 돈의 8분의 1정도로 제 옷을 흉내내려고 하는 것은 정말이지 측은했어요. 타니오스가 벨라의 돈으로 투자를 했던 모양이에요. 빚을 지지 않고는 살기가 힘들었겠죠. 아이들이 두 명이 있었는데, 그들을 영국에서 교육시키고 싶어했어요.」

「그들의 주소를 알고 있나요?」

포와로가 물었다.

「불룸스베리에 있는 더햄 호텔에 묵고 있어요.」

「그녀는 어때요? 아가씨 사촌 말이오.」

「벨라요? 따분한 여자예요. 어때, 찰스 오빠?」

「확실히 따분한 여잡니다. 집게벌레 같아요. 집게벌레처럼 헌신적인 어머니라고 알고 있습니다.」

「남편은?」

「타니오스 말입니까? 좀 묘하게는 생겼지만, 무척 좋은 친구예요. 영리하고, 항상 쾌활하며, 또 착해요.」

「아가씨도 그렇게 생각하시오?」

「벨라 쪽보다 그 사람을 더 좋아하는 것이 사실이죠. 똑똑한 의사예요. 하지만 그 사람을 신뢰하지는 않아요.」

「테레사는 누구도 믿지 않습니다.」

찰스였다. 그는 테레사의 어깨 위에다 팔을 둘렀다.

「저도 믿지 않지요.」

「오빠를 믿는 사람이 있다면, 그 사람은 아마 두뇌가 모자라는 사람일걸.」

테레사가 다정하게 말했다.

두 남매는 이젠 서로 떨어진 자세에서 포와로를 바라보고 있었다. 포와로는 고개를 숙인 채 문 쪽으로 천천히 걸어갔다.

「나는 아가씨가 말한 대로 의무를 다하고 있습니다. 어렵기는 하지만, 아가씨 말이 맞는 것 같군요. 방법은 항상 있게 마련입니다. 흠, 그건 그렇고. 로슨 양은 법정 반대 심문을 받게 된다면 아마 당황하겠죠?」

찰스와 테레사의 눈이 마주쳤다.

「검은 것을 희다고 말하라고 해도 아마 그대로 할 겁니다!」

「아하, 그것 참 다행이로군요.」

포와로는 서둘러 방을 빠져나갔고, 나도 그의 뒤를 따랐다.

그는 홀에서 모자를 집어들더니 현관 쪽으로 걸어갔다. 문을 여는가 싶었는데, 쾅 소리가 나도록 문을 다시 급하게 닫았다. 그는 다시 거실 쪽으로 발끝으로 살금살금 다가가더니, 뻔뻔스럽게도 문 틈에다 귀를 가만히 가져다 댔다.

포와로가 어느 학교에서 교육을 받았는지는 모르겠으나, 어느 학교도 도청에 대해 써놓은 규칙은 아마도 없었던 모양이다. 나는 겁이 났지만 어쩔 수가 없었다. 다급하게 포와로에게 손짓을 했으나, 그는 내 쪽은 쳐다보지도 않았다.

그때, 테레사 애런델의 낮고 떨리는 목소리가 들려 왔다.

「바보!」

복도에 발소리는 들리지 않았으나, 포와로는 재빨리 내 소매를 움켜쥐고는 현관문을 열고 몸을 빼냈다.

그리고는 살며시 소리나지 않게 문을 닫았다.

제15장 로슨 양

「포와로, 꼭 그렇게 문에서 엿들어야만 해요?」

「가만있게, 이 사람. 엿들은 건 나야! 문틈에다 귀를 갖다댄 건 자네가 아니라고. 자네야 군인처럼 뻣뻣이 서 있었는데 뭘 그래.」

「그렇지만 나도 당신과 똑같이 들었는걸요.」

「그건 사실이겠군. 그 아가씨가 속삭이듯 얘기한 게 아니니까.」

「우리가 아파트를 떠났을 거라고 생각했을 테니까요.」

「그래, 속임수를 약간 쓴 거지.」

「마땅치 않은데요.」

「자네의 도덕적인 태도를 나무랄 수야 있나! 좌우지간 그 얘길 되풀이하는 건 그만두자고. 전에도 언젠가 이런 대화를 나눈 적이 있지, 아마? 자넨 그렇게 하는 것이 정당한 게임 방법이 아니라고 얘기하겠지? 내 대답은, ‘살인은 게임이 아니다.’라고 할 것이고.」

「하지만 이 건은 살인과 관련된 문제가 아니잖습니까?」

「확신할 수는 없어.」

「좋아요. 의도는 그랬었다고 해두죠. 하지만 살인과 살인 계획이 같다고 볼 수는 없는 노릇이잖습니까?」

「도덕적으로는 똑같은 거야. 자네는 우리의 관심을 끌고 있는 이 문제가 단지 살인을 계획한 것에 불과하다고 확신하고 있나?」

나는 그를 뚫어지게 쳐다봤다.

「에밀리 양의 죽음이 자연스럽게 찾아온 것이 아닌가요?」

「다시 묻지. 자네, 그 점을 확신하고 있나?」

「모두가 그렇게 얘기하고들 있잖습니까.」

「모두가? 아, 그 여자들!」

「의사도 그렇게 말했어요. 그레인저 의사. 그 사람은 사인(死因)을 꼭 알아야 할 사람이잖습니까.」

내가 지적했다.

「그래, 그는 알아야 했지.」

개운치 않다는 목소리였다.

「하지만 생각해 보게, 헤이스팅스. 의사가 아주 성실하게 서명한 사망증명서가 첨부된 사건들도 여러 번 시체가 다시 파헤쳐졌었다는 사실을 말일세.」

「그건 그래요. 하지만 애런델 양은 오랫동안 병을 앓던 끝에 죽은 겁니다.」

「그렇게 보이는 게지, 암.」

포와로는 여전히 개운치 않은 듯했다.

나는 주의 깊게 그를 쳐다보았다.

「포와로, 이번에는 내가 당신이 확신할 수 있는지 질문해 보겠습니다! 당신은 직업에 대한 정열에 절대 휩쓸려 들지 않겠다고 확신할 수 있습니까? 당신은 지금 이 사건이 살인사건이 되기를 바라고 있으며, 또한 틀림없이 살인사건이 될 거라고 확신하고 있죠?」

그의 이마에 우수가 서렸다. 그는 천천히 머리를 끄덕였다.

「현명하게 얘기했네, 헤이스팅스. 자네가 지적한 것이 바로 내 약점이야. 살인사건이 내 본분이지. 마치 유능한 내과의사가 맹장이나, 또는 그보다 하기 어려운 전문적인 수술을 하려 할 때와 같아. 환자가 찾아오면 그는 늘 자기 분야의 관점에서만 그를 대하게 되지. 이 사람은 이러저러한 고생을 겪었겠구나 하는 따위의 생각을 할 필요가 있을까? 나도 마찬가지라네. 나는 늘 스스로에게 묻곤 하지. ‘이 사건은 살인사건은 아닐까?’ 하고 말이야. 그리고 자네도 알다시피 살인의 가능성은 항상 있다네.」

「이 사건에는 그러한 가능성이 많지 않다고 얘기해야겠군요.」

내가 대꾸했다.

「여자가 죽었어, 헤이스팅스! 그 사실을 떼어버릴 수는 없네.」

「그녀는 건강이 몹시 나빴어요. 일흔 살이 넘었고. 내겐 전적으로 자연스러운 일로 보이는데요?」

「테레사 애런델이 그토록 격렬하게 오빠를 바보라고 한 것도 자네에게는 자연스럽게 보이나?」

「그것이 뭘 어쨌다는 건가요?」

「모든 걸 얘기해 주고 있네! 찰스 애런델의 진술을 잘 생각해 봐. 고모가 새로 쓴 유언장을 보여줬다고 한 말을.」

나는 포와로를 조심스럽게 쳐다보았다.

「그것이 무얼 뜻하는 얘긴데요?」

포와로가 왜 항상 질문을 받는 상대가 되어야만 하는지 나는 도대체 알 수가 없다.

「아주 흥미 있는 얘기네. 그것 때문에 테레사 애런델이 그렇게 반발했던 거야. 그들의 대화는 매우 암시적이라고.」

「흠.」

나는 약간 거드름을 피우며 말했다.

「우선 두 사람이 다 의심할 여지가 있다는 걸 보여주는 거로군요. 속임수를 쓰는 데 있어서는 어울리는 한 쌍이지요! 이제는 다음 일을 준비하는 게 어떻습니까? 그 처녀 아주 잘생겼던데요. 찰스라는 청년도 매력이 넘치는 건달이고.」

포와로는 지나가는 택시를 소리쳐 불렀다. 차가 커브 길로 들어서자 포와로가 운전사에게 주소를 일러 주었다.

「베이즈워터, 클랜로이든 맨션 17호.」

「다음은 로슨 차례군요. 그리고 그 다음은 타니오스이고?」

내 쪽에서 해설을 붙였다.

「맞아, 헤이스팅스.」

「여기서는 어떤 역할을 이용할 셈인가요?」

택시는 클랜로이든 맨션 가까이 다가갔다.

「애런델 장군의 전기작가? 리틀 그린 하우스의 구매자? 아니면 더 교묘한 역할인가요?」

「에르큘 포와로라고 밝힐까 하네.」

「실망시키는군요.」

내가 그를 놀렸으나, 포와로는 단지 나를 흘끗 쳐다보았을 뿐 아무런 대꾸도 없이 택시 요금을 치렀다.

17호는 2층에 있었다. 건방져 보이는 하녀가 문을 열어 주고는, 이상한 표시가 되어 있는 방으로 우리를 안내했다.

애런델 양의 아파트는 실내의 공간이 텅 비어 있어서 주인의 실속 없음을 나타내 주고 있었다.

반면에, 로슨 양의 맨션은 많은 가구와 그 외에 무슨 이상스런 물건들로 꽉 들어차 있어서, 지나다가 물건이 부딪치거나 떨어져 못 쓰게 될까 봐 몸을 제대로 움직일 수도 없는 상태였다.

문이 열리면서 뚱뚱해 보이는 중년 여자가 우리가 있는 방안으로 들어왔다. 로슨 양은 내가 상상한 모습 그대로였다.

열의는 있으나 약간 멍청해 보이는 얼굴, 부스스한 회색 머리, 그리고 코 위로 비스듬하게 걸친 안경을 끼고 있었다. 그녀는 앞뒤 조리가 안 맞는 말들을 불쑥불쑥 꺼냈으며, 숨이 찬 듯 가쁘게 얘기를 했다.

「안녕하세요? 저…….」

「윌헬미나 로슨이시죠?」

「예, 그런데요. 그게 제 이름인데요.」

「나는 포와로라고 합니다. 에르큘 포와로. 어제 리틀 그린 하우스를 조사해 봤습니다.」

「아, 그러세요?」

로슨 양은 입을 약간 벌린 채 푸석한 머리를 손으로 쓰다듬었다.

「앉으세요. 이쪽으로 앉으시죠. 테이블이 그쪽에 있어서 안됐군요. 여긴 온통 북새통이에요. 아이고, 이런 멍청한 사람들! 이걸 구

석에다 놔야지 이렇게 한가운데다 놓다니! 그래도 가운데 있는 것
도 괜찮긴 한데요, 어때요?」

숨을 헐떡이며 로슨 양은 별로 편안해 보이지 않는 빅토리아 식
의자에 앉았다. 코안경이 더 기울어졌다.

그녀는 숨을 죽이고는 궁금하다는 듯 포와로를 쳐다보았다.

「나는 구매자 행세를 하고 리틀 그린 하우스에 갔었습니다. 그런
데—한꺼번에 말씀드리죠. —이건 극비입니다만…….」

「아, 그러세요.」

로슨 양이 작은 소리로 소곤거렸다. 그녀는 호기심 때문에 흥분
한 것처럼 보였다.

「극비입니다만…….」

포와로가 말을 이었다.

「내가 그곳에 간 것은 다른 문제 때문이었습니다. 애런델 양이
돌아가시기 바로 전에 나에게 편지를 쓰셨다는 것을 알고 계셨는지
모르겠습니다만…….」

그는 잠깐 멈췄다가 말을 계속했다.

「나는 잘 알려진 사립 탐정입니다.」

상기된 로슨 양의 얼굴에서 갑자기 다양한 변화가 일어났다.

그런 여러 가지 변화 가운데서 포와로가 자신의 질문과 관련된
것으로 어느 것을 뽑아냈는지 나는 알 수 없었다.

충격, 흥분, 불안, 당황…… 가운데서.

「오!」

로슨 양이 말했다. 그 다음에는 침묵. 다시, 「오!」 하는 소리.

로슨이 불쑥 이렇게 물었다.

「돈 문제 때문인가요?」

불시에 당황한 쪽은 포와로였다. 그는 머뭇거리면서 대꾸했다.

「당신이 말씀하시는 돈이라는 건…….」

「예, 바로 서랍에서 나온 돈 말이에요.」

「애런델 양이 그 돈에 관한 문제로 내게 편지했다는 얘기를 안 하시던가요?」

포와로가 조용하게 물었다.

「한 마디도 안 하셨어요. 놀랐다고밖에는 다른 말씀을 드릴 수가 없군요.」

「누구에게도 그 말을 하시지 않았던 모양이죠?」

「예, 확실히 안 하신 것 같아요. 어쩌면 무슨 좋은 다른 생각이 있으셨기 때문에……..」

그녀는 다시 말을 끊었다.

이 틈에 포와로가 재빨리 말을 가로챘다.

「누가 돈을 갖고 갔는지 알고 계셨다는 얘기로군요.」

로슨 양은 숨을 죽인 채 고개를 끄덕이며 가만히 있었다.

「저는 그분이 그걸 원하고 계실지도 모른다는 생각을 하지 말았어야 했는데……. 제 말은 애런델 양이 느끼고 있었던 것 같다는…….」

그녀가 조리에 닿지 않는 말들을 하고 있는 동안 포와로가 또 끼여들었다.

「가족 문제였나요?」

「물론이에요.」

「내가 취급하고 있는 일이 바로 가족 문젭니다. 나는 일을 아주 신중히 처리하지요.」

로슨 양이 크게 고개를 끄덕였다.

「물론, 경찰과는 다르죠. 경찰과는 아주 다릅니다. 그래, 그 뒤 그 일에는 아무런 조처도 취해지지 않았던 모양이죠?」

「그래요. 애런델 양은 긍지를 지닌 분이었어요. 전에도 찰스 문제로 곤란을 당하신 적이 있긴 했지만, 늘 입을 다물고 계셨죠. 한번은 그 사람, 호주로 떠나야 한 적도 있어요!」

「그랬군요.」

포와로가 대답했다.

「사실은 이렇게 된 거예요. 애런델 양은 서랍 속에다 상당한 액수의 돈을 넣어 두셨지요.」

포와로는 가만히 있었다. 로슨 양은 그의 대답을 확인하기 위해 서둘러서 얘기를 늘어놓았다.

「월급을 주기 위해 은행에서 찾은 돈하고 수표책이 있었어요.」

「잃어버린 금액이 정확히 얼마였습니까?」

「4파운드짜리 지폐였어요. 아니, 아니, 3파운드짜리 한 장하고 10실링짜리 지폐 두 장이었어요. 틀림없어요. 아주 정확하게 기억하고 있습니다.」

로슨 양은 진지하게 그를 바라보면서 얼빠진 태도로 코안경을 더 아래로 밀어 내렸다. 약간 앞으로 튀어나온 눈망울이 마치 눈을 부릅뜨고 있는 것처럼 보였다.

「고맙습니다, 로슨 양. 상당한 사업 감각을 지닌 것 같습니다.」

로슨 양은 턱을 앞으로 당기더니 변명하는 듯한 미소를 띠었다.

「애런델 양은 틀림없이 찰스가 한 짓이라고 의심을 했겠군요?」

포와로가 물었다.

「그러셨지요.」

「정말로 누가 가져간 것인지 확인할 수 있는 특별한 증거가 없었는데도 말입니까?」

「그렇기는 했지만, 그건 찰스 짓이 틀림없어요! 타니오스 부인은 그런 짓을 할 사람이 아니고, 그녀의 남편도 처음 온 사람이어서 돈을 어디에 보관하는지 알 턱이 없어요. 그 두 사람은 아니에요. 테레사 애런델도 그런 짓은 꿈도 꾸지 않을 처녀고. 그 아가씨는 돈이 많아서 항상 아주 예쁘게 치장을 하고 다니거든요.」

「하인들 짓일지도 모르죠.」

포와로가 은근하게 말했다.

그 말에 로슨 양이 몸이 오싹해지는 모양이었다.

「아니에요. 엘렌이나 애니는 그런 짓은 꿈도 꿀 줄 몰라요. 둘 다 아주 특출하고 무척 정직한 여자들이에요.」

잠시 침묵을 지키다가 포와로가 입을 열었다.

「내게 말씀을 해주셨으면 하는데요. 애런델 양이 믿은 사람이 있다면 바로 당신이라고 생각하기 때문에 잘 아실 것이라고 생각합니다만…….」

로슨 양은 당황해하면서 중얼거렸다.

「저, 잘 몰라요. 저는…….」

그러나 포와로는 그녀가 아주 똑똑히 의기양양해질 만한, 귀가 솔깃한 얘기를 했다.

「나를 도와 주실 것이라고 생각합니다.」

「아, 물론—제가 할 수만 있다면—제가 할 수 있는 어떤 일이라도…….」

포와로는 계속했다.

「이건 비밀입니다.」

로슨 양은 올빼미처럼 눈이 휘둥그레졌다. ‘비밀’이라는 말이 마치, ‘열려라 참깨’와 같은 마술 주문이나 되는 듯이.

「애런델 양이 유언장을 바꿔 쓰게 된 이유가 무엇 때문이라고 생각하십니까?」

로슨 양은 깜짝 놀란 모양이었다.

「유언장요? 유언장 말입니까?」

포와로는 그녀를 뚫어지게 쳐다보면서 말을 계속했다.

「애런델 양이 돌아가시기 바로 직전에 새 유언장을 만들어서 모든 재산을 다 당신한테 남겨 놓았다는 것이 사실입니까?」

「예. 하지만 거기에 대해서는 아무것도 몰라요. 정말 아무것도!」

격렬한 목소리로 로슨 양은 말을 계속했다.

「저는 깜짝 놀랐습니다! 물론 경탄의 놀라움이었지요! 애런델 양은 너무 좋은 분이세요. 한 번도 제게 암시를 주신 적이 없거든요.

손톱만큼도! 퍼비스 씨가 유언장을 읽어 주었을 때 저는 너무나 당황했어요. 어디를 봐야 할지, 웃어야 할지 울어야 할지 정말 몰랐습니다! 포와로 씨, 분명히, 충격—예, 충격이었어요. 애런델 양의 놀라운 친절 때문이에요. 저는 소액의 유산 정도는 받을지도 모른다고 기대했었지요. 하지만 그것도 그분이 제게 남겨 주셔야 할 의무는 없는 것이죠. 오랫동안 함께 지낸 것도 아니니까요. 그런데 이건 마치 동화 같았어요! 지금도 믿을 수가 없습니다. 제 말을 이해하실지……. 실은 가끔…… 예, 가끔은 편하지 않다고 느껴질 때가 있어요. 정말…….」

그녀는 코안경을 떨어뜨렸다. 그것을 집어들고 서툴게 매만지며 전보다 더 조리 없이 얘기를 계속했다.

「저는 가끔 살붙이는 결국 살붙이다 라고 생각합니다. 그래서, 애런델 양이 가족들에게 재산을 물려주지 않은 게 아주 편안치가 않아요. 옳게 보이지 않는다는 애깁니다. 그렇지 않나요? 전부가 아니었다면, 또 그렇게 큰 금액이 아니었다면 몰라도! 아무도 생각하지 못한 일이에요! 그리고, 이렇게 사람을 불안하게 만들 줄은—아시다시피, 모두들 그 얘기뿐이에요. —그리고, 저는 결코 성질이 못된 여자는 아닙니다. 그렇게 되도록 애런델 양을 유도하겠다는 생각 같은 건 정말 해본 적도 없어요! 제가 할 수 있는 일도 아니었고요. 사실대로 말씀드리자면, 저는 그분을 좀 무서워했어요!

너무 까다로워서 책망을 많이 들었지요. 더러는 호되게 야단도 맞고요. '영락없는 바보같이 굴지 말아요.' 하며 매섭게 쏘아붙이곤 하셨어요. 저도 제 감정이 있는데……. 그리고 어느 순간엔 '나를 좋아하고 계시는구나.' 하고 생각되기도 했죠. 놀랄 만한 일 아니에요? 물론, 매정하게 하실 때가 더 많았죠. 사람들이 가혹하다고 여길 정도로요.」

「유산을 포기하는 쪽을 택하시겠다는 말씀이십니까?」

포와로가 물었다.

잠시 동안 순간적으로 변하는 갖가지 표정들에서 발하는 빛이 로슨 양의 엷은 청색이 감도는 흐릿한 눈에 그대로 비쳐 나왔다고 생각된다. 그리고 잠시 동안 상냥하고 어수룩한 여자 대신 빈틈없고 총명한 여자가 그 자리에 앉아 있었다고 생각되었다.

로슨 양이 미소를 지으며 말했다.

「저…… 물론, 그렇게 할 수도 있겠지요. 모든 문제가 다 양면성을 지니고 있으니까요. 하지만 제가 드리고 싶은 얘기는 애런델 양은 제가 유산을 받아 주기를 바랄 것이라는 거예요. 그것을 거절한다면 그분의 뜻을 거역하는 셈이지요. 그것도 옳은 일은 아니잖아요, 안 그래요?」

「쉬운 일은 아니군요.」

포와로가 머리를 흔들며 말했다.

「예, 그래요. 이 문제 때문에 상당한 속을 태웠답니다. 타니오스 부인—벨라 말예요. —아주 좋은 여자지요. 또, 그 귀여운 어린것들! 하지만 애런델 양은 벨라에게 유산을 남겨 주길 원치 않으셨다고 확신합니다. 저의 재량에 맡기신 거예요. 그 남자 수중에 다 들어갈까 봐 벨라에게는 한 푼도 직접 주는 걸 원치 않으셨어요.」

「어떤 남자 말입니까?」

「남편 말예요. 가엾은 벨라는 남편 손아귀에 꼭 쥐여 있거든요. 남편 얘기라면 뭐든지 한다고요. 아마 남편이 시키면 살인이라도 서슴지 않을 거예요! 또, 남편을 두려워해요. 두어 번 남편을 아주 무서워하는 얼굴을 본 적이 있어요. 그러니 그게 옳다고 할 수 있겠지요, 포와로 씨, 안 그래요?」

포와로는 그렇다고 대답하지 않았다. 대답 대신 질문을 했다.

「타니오스 의사는 어떤 남자입니까?」

「저…….」

로슨 양은 대답하기를 좀 주저했다.

「아주 좋은 남자예요.」

그녀는 여기서 애매한 태도로 말을 멈췄다.

「그러나 그 사람을 믿지는 않으시죠?」

「글쎄요. 잘 모르겠어요, 모르겠어요.」

로슨 양은 불안한 음성으로 계속했다.

「남자를 믿으려고 생각해 봤는지도! 그런 끔찍한 짓을! 아내들은 모두 고통을 겪고 있는데요! 소름끼치는 일이죠! 물론 타니오스 의사는 아내를 매우 사랑하는 체하고 벨라에게 친절하게 굴어요. 태도만은 정말 상냥해요. 그래도 저는 외국인을 믿지 않아요. 그들은 위선자들이거든요! 그리고 애런델 양도 그 사람 수중에다 유산을 남겨 주고 싶어하지 않았던 것도 확실해요!」

「테레사 애런델과 찰스 애런델이 상속권을 빼앗겼다는 건 엄연한 사실이지요.」

포와로가 넌지시 말을 꺼냈다.

로슨 양은 얼굴이 창백하게 변했다.

「테레사는 상당한 액수를 받게 될 거예요!」

로슨 양이 날카롭게 외쳤다.

「그 아가씨는 옷에만도 수백 파운드를 씁니다. 그리고 속옷에도 요! 그것도 상당해요! 그렇게 훌륭하고 가문 좋은 아가씨들이 자신의 생활을 직접 꾸려 나가야 한다고 생각하면…….」

포와로가 조용히 다음 말을 이었다.

「테레사가 자신의 생활을 직접 꾸려 나가야 할 때, 그게 테레사에게 조금도 해가 되지 않을 것이라고 생각하십니까?」

로슨 양은 엄숙한 태도로 포와로를 바라보았다.

「테레사에게는 상당히 좋을 거예요. 분별 있는 여자가 될 거예요. 역경은 인간에게 많은 것을 가르쳐 주니까요.」

포와로가 천천히 고개를 끄덕였다.

그는 로슨 양을 찬찬히 살펴보았다.

「그러면 찰스는?」

「찰스는 한 푼도 받을 자격이 없어요.」

로슨 양의 목소리가 또 날카로워졌다.

「애런델 양이 찰스의 상속권을 빼앗은 건 충분한 이유가 있어요. 그 사람이 못된 협박을 한 뒤에…….」

「협박이라고요?」

포와로의 눈썹이 곤두섰다.

「예, 협박을 했어요.」

「어떤 협박이었습니까? 협박한 게 언제였나요?」

「부활절 때였어요. 부활절 주일날에는 더 심했어요!」

「뭐라고 했는데요?」

「찰스가 돈을 꾸어 달라고 하자, 애런델 양이 거절하셨지요! 그러자 찰스가 애런델 양에게 현명치 못한 짓이라고 하는 거예요. 그런 식으로 계속 나온다면 뭐라고 그랬더라? 아주 파렴치한 미국인들이나 하는 말이었는데……. 옳아, 없애 버리겠다고 했어요!」

「죽여 버리겠다고 협박을 했단 말인가요?」

「예.」

「그 말에 애런델 양은 뭐라고 대꾸했습니까?」

「이렇게 말씀하셨어요, '찰스, 내 몸은 내가 스스로 돌볼 수 있다고 생각한다.'라고요.」

「그때 같은 방에 있었습니까?」

「한 방에 있었던 것은 아니에요.」

잠시 사이를 둔 뒤에 로슨 양이 대답했다.

「좋아요, 좋아요.」

포와로가 서둘러 말했다.

「그 말에 찰스는 뭐라고 답변했나요?」

「'너무 자신하지 마세요.'라고요.」

포와로가 천천히 물었다.

「애런델 양은 그 협박을 심각하게 받아들였습니까?」

「글쎄요, 모르겠어요. 그 일에 대해서는 제게 한 마디도 하지 않으셨으니까요. 얘기해야겠다는 생각도 하지 않으셨어요.」

「당신은 물론 애런델 양이 새 유언장을 썼다는 것을 알고 계셨을 테지요?」

「아니에요, 그렇지 않아요. 말씀드렸다시피 전혀 뜻밖이었어요. 꿈도 꾸지 않았어요.」

포와로가 로슨 양의 말을 가로챘다.

「내용에 대해서는 모르셨겠죠. 하지만 그 사실—새로운 유언장이 만들어지고 있다는 사실은 알고 계셨지요?」

「저는 애런델 양이 앓고 누워 계실 때 혹시 변호사를 부르러 보내지 않을까 하고는 생각했어요.」

「그건 그분이 낙상한 다음이었죠, 안 그렇습니까?」

「그래요. 밥—밥은 강아지예요. 그 녀석이 공을 계단 위에다 놔둬서 애런델 양이 거기에 걸려 넘어진 뒤였어요.」

「고약한 사고였군요?」

「예, 쉽게 다리나 팔이 부러질 수도 있었다더군요. 의사 선생님이 그랬어요.」

「아주 쉽게 죽을 수도 있었을 테지요?」

「예, 그래요.」

로슨은 거침없이 대답했다. 자연스럽고도 솔직한 태도였다.

포와로가 웃으면서 말했다.

「리틀 그린 하우스에서 밥을 봤습니다.」

「아, 그러세요? 아마 그러셨을 거예요. 귀엽고 작은 강아지지요.」

사냥용 테리어 종 개를 귀엽고 작은 강아지라고 부르는 게 나를 몹시 불쾌하게 만들었다.

밥이 로슨 양을 멸시하고 있다는 것은 의심할 여지가 없었고, 그녀가 지시하는 명령에는 귀도 기울이지 않을 것은 뻔했다.

「그리고 아주 총명한 녀석이죠?」

「예, 무척.」

「그 녀석이 주인을 죽일 뻔했었다는 사실을 알았다면 얼마나 당황해할까요?」

로슨 양은 대답하지 않았다.

단지 머리를 가로 내저으며 가만히 한숨을 쉬었다.

「그 낙상이 애런델 양에게 유언장을 고쳐 쓰도록 작용했을지도 모른다고 생각하십니까?」

우리는 이 말 속에 위험할 정도로 뼈가 들어 있다고 생각했으나, 로슨 양은 이 질문을 아주 자연스럽게 받아들였다.

「두 분의 생각이 잘못되었다고는 생각지 않습니다. 그 사고가 심한 충격을 주었지요. 사실입니다. 노인들이란 자신들이 죽을 수도 있다고 생각하는 걸 결코 좋아하지 않거든요. 그렇지만 그런 사고는 사람을 생각하게 만들지요. 아니면 적어도 죽음이 그리 멀지 않았다는 예감 같은 걸 느끼게 하든가.」

포와로가 무심코 내뱉듯이 물었다.

「애런델 양은 건강상태가 좋았습니까?」

「예, 아주 좋으셨어요.」

「그러면 병은 갑자기 난 거로군요?」

「그렇죠. 충격이 상당히 컸던 거죠. 그 날 저녁 친구들을 만났는데…….」

로슨 양은 여기서 말을 멈췄다.

「당신 친구, 트립 자매 말이군요. 그분들도 만나봤습니다. 아주 똑똑한 여자들이던데요.」

로슨 양은 기뻐서 얼굴이 불그레하게 상기되었다.

「그래요. 교양 있는 여자들이죠! 여러 방면에 관심도 많고! 아주 영적인 사람들입니다. 그러면 우리가 심령현상을 목격한 것에 대해서도 얘기를 했겠군요? 의심하실 거예요. 하지만 저는 죽은 사람과 교우하는, 말로는 다 표현할 수 없는 기쁨을 선생님께 얘기해 드리고 싶군요.」

「물론 그러시겠죠.」

「제 어머님은 제게 여러 번 말씀하셨어요. 사랑하는 사람들이 누군가를 계속 생각하고 지켜보는 것을 알게 하는 기쁨에 대해서요.」

「충분히 이해할 수 있습니다. 그러면 애런델 양도 심령술을 믿으셨습니까?」

포와로가 부드럽게 물었다.

로슨 양의 얼굴빛이 약간 흐려졌다.

「믿으시려고는 했지만…….」

분명치 않은 목소리로 로슨 양이 말을 계속했다.

「그렇지만 항상 나오는 현상을 있는 그대로 다 믿으려고 하시지는 않았어요. 의심이 많으셨어요. 특히 한두 번은 아주 탐탁지 않아하시는 태도였죠! 상스러운 말투의 메시지였거든요. 애런델 양의 태도는 당연한 거라고 생각합니다.」

「있을 수 있는 일이지요.」

포와로가 동의했다.

「마지막 날 저녁에는…….」

로슨 양의 말은 계속됐다.

「아마 이사벨과 줄리아가 말씀드렸겠죠? 뚜렷한 심령현상이 있었어요. 물질화가 시작되는 것 말예요. 심령체라는 걸 아세요?」

「심령체의 성질에 대해서는 알고 있습니다.」

「아시다시피, 영매의 입에서 리본처럼 물질이 풀려 나와서 하나의 형태를 이루고 있는 거예요. 애런델 양은 스스로는 자각하지 못했지만 영매였다고 확신합니다. 그 날 저녁, 애런델 양의 입에서 반짝이는 리본이 풀려 나오는 것을 분명히 봤어요! 그리고 머리가 빛나는 안개에 둘러싸여 있었던 것도요.」

「아주 재미있군요!」

「그리고 나자 그만 애런델 양이 갑자기 병이 나는 바람에 우리는 그 교령 의식을 중단해야 했죠.」

「의사를 부르러 보낸 것은 언제였습니까?」

「다음날 아침에 보낸 것이 처음이었어요.」

「의사가 뭐라고 하던가요? 병을 심각하게 생각하던가요?」

「의사 선생님은 그 날 저녁에 간호사와 함께 오셨는데, 병이 곧 회복될 거라고 생각하시는 것 같았어요.」

「친척들을 부르지 않았습니까?」

로슨 양은 얼굴을 붉혔다.

「그분들께는 될 수 있는 한 빨리 연락을 드렸어요. 그레인저 선생님께서 애런델 양의 병이 위험하다고 말씀하셨을 때였죠.」

「병인 난 원인은 뭡니까? 특별히 드신 음식은 없었습니까?」

「특별한 건 없었어요. 그레인저 선생님은 애런델 양이 식사에 신경을 쓰셨어야만 하는데 조심하시지 않았다고 하시더군요. 발병 원인은 아마 찬 기운 때문일 거라고 생각하시는 것 같았어요. 날씨가 무척 변덕스러웠거든요.」

「테레사와 찰스 애런델도 그 주말에 내려왔습니까?」

그녀는 입술을 오므렸다.

「오긴 왔었어요.」

「그런데 성공하지는 못했군요.」

포와로가 로슨 양을 응시하며 조용히 말했다.

「예.」

그녀는 적의에 찬 목소리로 덧붙였다.

「애런델 양은 그들이 무엇 때문에 왔는지 알고 계셨어요!」

「무엇 때문이었죠?」

「돈 때문이었죠!」

로슨 양의 목소리는 날카로웠다.

「하지만 손에 넣지는 못했죠.」

「그래요?」
「타니오스 의사도 그 뒤에 왔었는데, 그 사람 역시 돈 때문이었
다고 생각합니다.」
「타니오스 의사? 그 사람도 그때 내려왔나요?」
「그랬어요. 일요일에 왔어요. 겨우 한 시간가량 머물러 있다가 갔
죠.」
「모두가 불쌍한 애런델 양의 돈만을 노리고 있었던 거로군요.」
포와로가 대담하게 말했다.
「그래요. 그리 점잖은 태도들은 아니지요, 그렇잖아요?」
「그렇군요. 테레사와 찰스 애런델이 그 주말에 애런델 양의 재산
을 물려받지 못하게 되었다는 사실을 알았을 때는 무척 충격이 컸
겠군요?」
로슨 양은 포와로를 가만히 쳐다보고만 있었다.
「그렇지 않았나요? 애런델 양은 그들에게 그 사실을 알리지 않았
습니까?」
「말씀드릴 수가 없군요. 아무 얘기도 듣지 못했으니까요! 제가 아
는 한 소동 따위는 일어나지 않았습니다. 찰스와 테레사는 아주 유
쾌한 기분으로 떠나는 것 같았는데요.」
「아, 그래요? 아마 내가 잘못 들은 모양이군요? 애런델 양은 유언
장을 집에다 보관했습니까?」
로슨 양의 코안경이 또 떨어졌다. 그녀는 허리를 구부리고 안경
을 주워 들었다.
「글쎄요……. 아니, 퍼비스 씨가 가지고 계셨던 것 같습니다.」
「유언 집행인은 누구였나요?」
「퍼비스 씨였어요.」
「애런델 양이 돌아가신 뒤, 그분이 남긴 서류들을 퍼비스 씨가
모두 검토했습니까?」
「예, 그랬어요.」

포와로는 날카로운 시선으로 로슨 양을 쳐다보더니 예기치 않은 질문을 던졌다.

「퍼비스 씨를 좋아합니까?」

로슨 양의 눈이 커졌다.

「퍼비스 씨를 좋아하느냐고요? 얘기하기 곤란한 질문이군요. 영리한 사람이라고 생각합니다. 영리한 변호사란 얘기죠. 하지만 태도는 무뚝뚝해요! 대화를 나눌 때 상대방을 기분 좋게 해주는 사람은 아니지요. 글쎄요, 뭐라고 얘기해야 될지 모르겠군요. 아주 교양 있는 사람이면서도, 때론 아주 무례할 때도 있어요.」

「상대하기가 힘들겠군요.」

포와로가 공감한다는 듯이 말했다.

「예, 그래요.」

로슨 양은 한숨을 쉬며 고개를 흔들었다.

포와로가 자리에서 일어섰다.

「친절하게 도움을 주신 데 대해 감사를 드립니다, 로슨 양.」

로슨 양도 따라서 일어섰다.

그녀는 약간 당황해하는 태도로 대답했다.

「별말씀을요. 대수롭지 않은데요 뭐! 제가 도와 드릴 수 있는 일이 있다면 기꺼이 그렇게 해드리겠어요. 제가 더 도와드릴 수 있는 게 있는지…….」

문앞까지 걸어간 포와로가 다시 돌아왔다.

「로슨 양, 참고해야 할 일이 있습니다. 찰스와 테레사 애런델이 그 유언장을 뒤엎어 비릴 생각을 하고 있어요.」

한 줄기 날카로운 홍조가 로슨 양의 뺨을 스치고 지나갔다.

「그렇게는 할 수 없을 걸요.」

매서운 목소리였다.

「제 변호사가 그렇게 얘기했어요.」

「아, 그렇다면 변호사와 상의를 하셨군요?」

「예. 왜요, 해서는 안 되나요?」

「그럴 이유는 없죠. 아주 현명하게 처리하신 겁니다. 자, 안녕히 계십시오.」

클랜로이든 맨션에서 거리로 빠져 나오자 포와로는 숨을 크게 들이마셨다.

「헤이스팅스, 그 여자는 보이는 그대로이면서, 또 아주 훌륭한 여배우이기도 하군.」

「로슨 양은 애런델 양의 죽음이 자연스런 사망이지, 그 이상은 어떻게도 생각할 수 없다고 철석같이 믿고 있는 것 같던데요? 당신도 그렇게 생각해 볼 수 있지 않습니까?」

포와로는 대답하지 않았다. 그는 편리하게도 종종 귀머거리가 되는 때가 있었다.

포와로가 택시를 큰 소리로 불렀다.

「더햄 호텔, 블룸스베리.」

차는 미끄러져 나아갔다.

제16장 타니오스 부인

「어떤 신사분이 찾아오셨습니다, 부인.」

더햄 호텔 서재의 한 테이블에 앉아서 무엇인가를 쓰고 있던 여인이 고개를 들고 일어서더니, 주춤거리는 태도로 우리 쪽으로 걸어왔다. 타니오스 부인은 30대 중반 정도로 보였다.

키가 크고 검은 머리에 말랐으며, 근심 어린 얼굴에 튀어나온 밝은 눈이 마치 삶아 놓은 구즈베리 열매처럼 보였다. 유행을 딴 모자가 옛날에나 썼음직한 모양으로 비스듬히 머리 뒤쪽으로 얹혀져 있었고, 칙칙한 빛깔의 면직 드레스를 입고 있었다.

「누구신지요?」

그녀는 불분명한 목소리로 말문을 열었다.

「부인의 사촌, 테레사 애런델 양에게서 오는 길입니다.」

「테레사에게서요? 그러세요?」

「몇 분간만 사적인 얘기를 좀 나눌 수 있겠습니까?」

타니오스 부인은 주변을 둘러보았다.

포와로가 얼른 방 저쪽 구석에 있는 소파를 가리켰다. 우리가 의자에 앉는 순간 어린아이의 목소리가 커다랗게 들려 왔다.

「엄마, 어디 가?」

「바로 저기 있을 거야. 편지나 계속 쓰려무나.」

일곱 살쯤 되어 보이는 호리호리하고 턱이 뾰족한 여자아이가 힘들다는 표정으로 다시 의자에 앉았다. 글을 쓰는 데 열중해서 벌어진 입술 사이로 혀를 내밀고 있는 게 보였다.

소파가 놓인 주변은 매우 황량했다. 타니오스 부인이 앉고 우리도 앉았다.

그녀는 무슨 일인지 궁금하다는 듯 포와로를 쳐다보았다.

「부인의 이모, 즉 고(故) 에밀리 애런델 양과 관련된 문제입니다.」

불쑥 튀어나온 흐릿한 눈에 갑작스레 놀라움이 솟아올랐다.

「예?」

「애런델 양은 돌아가시기 직전에 유언장을 고쳤습니다. 새 유언장에는 모든 재산을 윌헬미나 로슨 양에게 남겨 주는 것으로 되어 있지요. 내가 알고 싶은 것은, 타니오스 부인, 그 유언장을 놓고 이의를 제기하려는 문제에 있어서 사촌인 테레사 양이나 찰스 씨와 합세할 의향이 있으신가 하는 점입니다.」

타니오스 부인은 깊은 숨을 들이쉬었다.

「아, 그 일은 가능할 것 같지도 않은데요? 제 남편이 변호사와 상의를 해봤는데, 시도하지 않는 편이 더 나을 거라고 했다는군요.」

「변호사들이란, 아주 신중한 사람들입니다. 그들의 충고는 항상 무슨 수를 쓰더라도 소송을 피하라는 것이지요. 물론 그들이 옳긴 합니다. 그러나 위험부담을 져야 할 때도 있어요. 나는 변호사가 아니기 때문에 사건을 약간 다른 각도에서 보지요. 애런델 양은, 테레사 애런델 양은 싸울 준비를 하고 있습니다. 부인은 어떠십니까?」

「저는…… 저는, 모르겠어요.」

그녀는 신경질적으로 꼭 움켜쥔 두 손의 손가락을 비틀었다.

「남편과 상의해 보겠어요.」

「그러시겠죠. 확실한 결정을 내리시기 전에 남편과 상의하셔야 되겠지요. 그런데 그 문제에 대한 부인 생각은 어떻습니까?」

「글쎄요, 모르겠어요.」

타니오스 부인은 전보다 더 난처한 표정이 되었다.

「그 문제는 제 남편의 손에 달려 있어요.」

「그렇다 해도, 부인 스스로는 어떤 생각을 가지고 계신지요?」

그녀는 눈살을 찌푸린 채 천천히 말했다.

「썩 좋은 생각이라고는 보지 않습니다. 다소……, 다소 점잖지 못한 행동 같군요.」

「그렇습니까, 부인?」

「예. 에밀리 이모께서 가족들에게 유산을 물려주지 않기로 결정했다면, 우리는 불평 없이 참고 견뎌야 한다고 생각합니다.」

「부인은 권리를 침해당했다고 생각지 않고 계시군요?」

「아, 그렇긴 해요.」

그녀의 두 뺨이 붉게 상기됐다.

「정당하지는 않다고 생각해요! 아주 불공평하지요! 그리고 뜻밖이고요. 에밀리 이모답지 않습니다. 아이들한테도 너무 부당하고요.」

「이모님답지 않다고 생각하십니까?」

「이모님답지 않은 어처구니없는 행동이라고 생각합니다!」

「그렇다면 자신의 자유 의사대로 한 게 아니라고 생각할 수도 있겠군요? 이모께서 부당하게 강요를 받았다고 생각지 않으십니까?」

타니오스 부인은 또 눈살을 찌푸렸다.

그러더니 마지못해 대꾸했다.

「에밀리 이모가 어떤 사람에게 강요당한다는 것은 생각할 수도 없는 일이에요! 아주 확고부동한 노숙녀셨어요.」

수긍한다는 듯 포와로가 고개를 끄덕였다.

「예, 맞습니다. 그리고 로슨 양은 강인한 성격을 가졌다고는 할 수 없지요.」

「그렇죠. 그 여자는 아주 착한 사람이에요. 조금 어리석기는 하지만 아주 친절해요. 제가 느끼기에 그게 얼마간…….」

「계속하세요, 부인.」

그녀가 말을 멈추자 포와로가 재촉했다. 타니오스 부인은 이야기를 하면서 또 신경질적으로 손가락을 비틀었다.

「저, 그것이 먼저의 유언장을 뒤엎고 다시 쓰도록 만든 점이 아닌가 합니다. 로슨 양이 어떤 행동을 꾸민 것이라고는 볼 수 없어요. 계획을 세우거나 음모를 꾸밀 사람이 못 된다고 생각합니다.」

「이번에도 부인 말씀에 동의합니다.」

「그래서 저는 법을 물고늘어진다는 것이 품위도 없고 심술궂은 짓으로 느껴져요. 게다가 돈도 너무 많이 들고요. 그렇지 않나요?」

「아마 돈이 많이 들 겁니다.」

「그리고 그렇게 해보았자 별 소용이 없을 거예요. 제 남편에게 그런 얘기를 꼭 좀 해주세요. 저보다는 훨씬 사업 감각이 있는 분이니까요.」

잠시 동안 가만히 있다가 포와로가 입을 열었다.

「새로운 유언장을 쓰게 된 이면에 어떤 이유가 있었다고 생각하십니까?」

타니오스 부인의 얼굴빛이 변했다. 그녀는 작은 소리로 말했다.

「무슨 이유가 있었다고는 생각지 않습니다.」

「부인, 나는 변호사가 아니라고 말씀드렸어요. 그런데도 부인은 내 직업을 묻지 않으시는군요?」

그녀가 궁금하다는 듯 포와로를 쳐다보았다.

「나는 탐정입니다. 그리고 에밀리 애런델 양이 돌아가시기 바로 전에 그분에게서 편지 한 통을 받았습니다.」

타니오스 부인은 두 손을 마주 잡은 채 몸을 앞으로 숙였다.

「편지요? 제 남편에 대한?」

한동안 그녀를 뚫어지게 바라보던 포와로가 천천히 입을 열었다.

「그 질문에는 대답해 드릴 수가 없군요.」

「그렇다면 제 남편에 관한 거로군요.」

그녀의 목소리가 조금 높아졌다.

「뭐라고 써 있나요? 틀림없어요. 저……, 성함을 모르겠군요.」

「포와로입니다. 에르큘 포와로.」

「포와로 씨, 틀림없어요. 편지에 쓴 내용은 제 남편을 헐뜯는 것이었죠? 그건 모두 사실이 아니에요! 저는 누가 그 편지를 쓰도록 충동질했는지 알고 있어요! 그리고 그것 때문에 저는 테레사나 찰스가 취하려는 조처에 관련을 맺지 않으려는 거예요! 테레사는 제 남편을 좋아하지 않아요. 그 애는 별별 것을 다 말하죠. 전 그걸 알아요. 에밀리 이모는 제 남편이 영국인이 아니라는 이유로 편견을 갖고 계셨어요. 그래서 테레사가 제 남편에 대해 헐뜯는 걸 믿었을지도 모르죠. 그렇지만 그 애들은 틀렸어요. 포와로 씨는 그런 것들 때문에 제 말을 믿으실 수 있을 거예요.」

「엄마, 편지 다 썼어.」

타니오스 부인은 얼른 돌아섰다. 애정이 가득한 미소를 지으며 어린 소녀가 내미는 편지를 받아들었다.

「아주 잘 썼구나, 아주 잘했어. 미키 마우스 그림도 훌륭하고.」

「이젠 뭘 할까, 엄마?」

「예쁜 그림엽서 좀 사다 주련? 돈을 여기 있다. 홀에 있는 아저씨한테 가서 한 장 골라 오면 셀림에게 보낼 수가 있지.」

어린아이는 사라졌다.

나는 찰스 애런델이 한 말이 생각났다.

타니오스 부인은 분명 헌신적인 아내이자 어머니였다.

또한, 그가 말한 것처럼 집게벌레 같기도 했다.

「아이는 하나뿐인가요, 부인?」

「아니에요, 사내애도 하나 있어요. 제 아빠와 외출했답니다.」

「부인이 리틀 그린 하우스를 방문할 때는 아이들도 데리고 가십니까?」

「예, 가끔은요. 하지만 이모는 워낙 연로하셨기 때문에 애들이 이모를 괴롭혀 드리는 꼴이 됐었어요. 그래도 무척 자상하셔서, 크리스마스 때면 항상 멋진 선물을 보내 주시곤 했죠.」

「가만 있자, 이모님을 마지막으로 만나신 것은 언젭니까?」

「돌아가시기 꼭 열흘 전이었어요.」

「남편과 조카 두 사람도 함께 내려갔습니까?」

「아뇨. 그건 그 전 주말이었죠. 부활절에.」

「그러면 부인은 남편과 부활절 다음 주말에도 내려가셨나요?」

「그랬어요.」

「그때, 이모님은 건강상태가 좋은 편이었나요?」

「예, 평상시와 같아 보였어요.」

「침대에 누워 앓고 계신 것이 아니고요?」

「계단에서 떨어진 다음 누워 계시기도 했지만, 우리가 가 있는 동안에는 아래층에 내려와 계셨어요.」

「새 유언장을 썼다는 말씀을 부인께 안 하시던가요?」

「아무런 얘기도 못 들었어요.」

「태도는 전과 다름없으셨습니까?」

타니오스 부인이 대답하기까지 전보다 더 긴 침묵이 흘렀다.

「예.」

그 순간 포와로와 나는 똑같은 느낌을 받았다고 믿는다.

타니오스 부인은 거짓말을 하고 있었다!

잠시 동안 잠잠히 있던 포와로가 다시 입을 열었다.

「내가 이모님의 태도가 전과 다름없었느냐고 한 것은 이모님이 부인을 대하는 태도만을 가리킨 겁니다.」

「아, 알아요. 에밀리 이모는 제게 매우 친절하셨어요. 진주와 다이아몬드 브로치도 주시고. 아이들한테도 각각 10실링씩이나 주셨지 뭐예요.」

주춤하던 그녀의 태도에서 봇물이 터지듯 말이 쏟아져 나왔다.

「그러면 부인의 남편에 대해서는요? 남편을 대하시는 태도에도 아무런 변화가 없었습니까?」

그녀는 다시 주춤했다. 대답을 하면서 타니오스 부인은 포와로의 눈을 마주 쳐다보지 않았다.

「그건 못 느꼈어요. 왜 그래야 하죠?」

「부인이, 사촌 동생인 테레사 애런델이 이모님의 마음을 오염시

켰을지도 모른다는 얘기를 했기에…….」

「그건 사실이에요!」

타니오스 부인은 열에 들떠 있는 얼굴이었다.

「선생님의 말씀이 맞아요. 변화가 있었어요! 에밀리 이모는 갑자기 그이를 멀리 하셨어요. 그리고 행동도 아주 이상했고요. 그이가 권해 드린 소화제가 있었어요. 이모한테 갖다 드리기 위해 아주 힘들게 약제사에게 특별히 주문한 거예요. 이모는 그이에게 고맙다는 말씀은 하셨지만, 이상하게 태도가 딱딱했어요. 나중에 싱크대 바닥에다 그걸 쏟아 버리시는 걸 제가 직접 봤어요!」

그녀의 분노는 격렬했다.

포와로는 눈을 거슴츠레하게 떴다.

「아주 묘하게 처리하셨군요.」

그의 음성은 지극히 평온했다.

「정성을 너무 무시하는 처사였다고 생각합니다.」

타니오스 의사 부인은 매섭게 말했다.

「말씀하셨다시피, 노숙녀들은 가끔 외국인을 믿지 않는 경우가 있죠.」

포와로가 말했다.

「영국인 의사들만이 세상에서 유일한 의사들이라고 믿기 때문일 겁니다. 섬나라 사람들의 근성이라고 할까요?」

「예, 저도 그렇게 생각해요.」

타니오스 부인은 조금 누그러진 것 같았다.

「스미르나엔 언제 돌아가시나요, 부인?」

「몇 주 뒤에요. 제 남편이…… 어머! 남편과 에드워드가 돌아온 모양이에요.」

제17장 타니오스 의사

타니오스 의사를 처음 본 순간 나는 매우 충격을 받았노라고 애기하지 않을 수 없다. 왜냐하면 나에게 주입된 그의 모습이란 온갖 못된 속성만을 지니고 있는 사람이었기 때문이다.

나는 그가 거무스름한 얼굴에 까만 턱수염을 기른 험상궂은 인상의 남자일 거라고 상상하고 있었다. 그러나 생각과는 달리 내가 만난 사람은 동그란 얼굴에 아주 쾌활해 보였으며, 갈색 머리에 갈색 눈을 가진 남자였다.

턱수염을 기른 것은 사실이지만, 그 빛깔이 갈색이어서 그를 마치 예술가처럼 보이게 했다. 그의 영어는 아주 완벽했다. 목소리도 아주 유쾌한 음색이어서 그의 쾌활한 얼굴과 잘 조화를 이루고 있었다.

「우리 돌아왔소.」

그는 아내에게 미소를 지었다.

「에드워드가 처음 타본 지하철에 아주 신이 난 모양이야. 지금까지 계속 버스만 타고 다녔잖아.」

에드워드는 아버지를 닮지 않았지만, 누가 봐도 두 남매는 이국적인 외모였다. 피바디 양이 그들을 노랗게 생긴 아이들이라고 한 말이 이해가 갔다. 그 자리에 남편이 나타난 것은 타니오스 부인을 불안하게 만든 것 같았다.

그녀는 더듬거리며 포와로를 남편에게 소개했다. 나는 안중에도 없는 모양이었다.

타니오스 의사는 큰 소리로 그 이름을 되풀이했다.

「포와로? 에르큘 포와로 씨입니까? 성함은 익히 알고 있습니다.

그런데 여기는 웬일이십니까?」

「최근에 돌아가신 분의 일 때문에 왔습니다. 에밀리 애런델 양이라고 하는.」

포와로가 대꾸했다.

「제 처의 이모님 말씀이시군요. 무슨 일인데요?」

포와로가 천천히 입을 열었다.

「그분의 죽음과 관련해서 몇 가지 일이 있어서요.」

갑자기 타니오스 부인이 끼여들었다.

「유언장에 관한 거예요, 야콥. 포와로 씨는 테레사와 찰스하고도 의논하셨대요.」

타니오스 의사는 약간 긴장하는 모습이었다. 그는 의자에 털썩 주저앉았다.

「아, 유언장 말씀이시군요! 그 합당치 못한 유언장. 하지만 그것은 제 소관이 아니라고 생각하는데요.」

포와로는 애런델 남매와 나눴던 대화 내용을 간략하게 이야기하면서—거의가 사실과는 거리가 멀었다. 그 유언장을 뒤엎어 버릴 기회를 모색하고 있다는 말을 슬쩍 비쳤다.

「재미있군요, 포와로 씨. 당신 생각에 저도 동감입니다. 할 수도 있어요. 사실은 그 문제를 상의해 보려고 변호사를 찾아갔었습니다만, 그분 애기로는 별로 희망이 없다는 거예요. 그래서……」

그는 어깨를 으쓱거렸다.

「부인께도 말씀드렸지만, 변호사들이란 아주 신중한 사람들입니다. 기회를 노리는 일 따위는 좋아하지 않지요. 하지만 나는, 나는 좀 다릅니다. 선생께서는 어떠십니까?」

타니오스는 웃었다. 커다란 너털웃음이었다.

「저도 기회를 노리지요! 종종 잡기도 하고 놓치기도 했습니다. 안 그래, 벨라?」

그가 아내를 향해 미소짓자, 그녀도 그에게 미소를 지었다. 하지만 왠지 기계적인 태도 같다는 생각이 들었다.

그는 다시 포와로 쪽을 바라보았다.

「나는 변호사는 아닙니다만, 내가 생각하기에 그 유언장은 이모님께서 자신이 하는 일에 대한 책임 능력이 없을 때 만들어진 게 분명합니다. 그 로슨이라는 여자는 영리하고도 교활한 여잡니다.」

타니오스 부인이 불안한 듯 자리에서 일어났다.

포와로는 재빨리 그녀에게 시선을 옮겼다.

「그렇게 생각하십니까, 부인?」

작은 소리로 그녀가 대답했다.

「그 여자는 항상 친절했어요. 로슨 양을 영리하다고 얘기할 수는 없어요.」

「당신에게는 친절했지.」

타니오스 의사가 말했다.

「당신을 두려워할 이유가 없으니까, 벨라. 당신은 사람을 너무 쉽게 믿어!」

그는 상냥하게 말했지만, 부인의 얼굴은 붉어졌다.

「저한테는 좀 달랐습니다.」

그는 말을 계속했다.

「저를 좋아하지는 않았죠. 그리고 그런 내색을 감추려고도 하지 않았습니다. 예를 하나 들까요? 우리가 그곳에 머물러 있을 때 이모님께서 계단에서 떨어졌습니다. 저는 그분의 상태가 궁금해서 주말에 내려와 보겠다고 했죠. 로슨 양이 필사적으로 우리를 막더군요. 그녀의 뜻대로 되지 않자 화를 냈어요. 이유야 명백하죠. 그 여자는 이모님이 자기만 찾기를 바랐던 겁니다.」

포와로는 다시 아내 쪽으로 시선을 돌렸다.

「동의하십니까, 부인?」

남편은 그녀에게 대답할 시간을 주지 않았다.

「벨라는 너무 착해요. 나쁜 얘기는 누구한테도 못 하는 성미예요.

제 말이 옳다는 것이 확실합니다. 또 다른 얘기를 하나 할까요, 포와로 씨? 애런델 이모님을 지배할 수 있었던 힘의 비밀은 심령술입니다! 그것 때문에 그렇게 된 거예요. 다 그 덕분입니다!」

「그렇게 생각하십니까?」

포와로는 타니오스에게 물었다.

「물론이죠. 그런 일을 여러 번 목격했습니다. 사람을 끄는 면이 있어요. 당신도 놀라실 겁니다! 특히 이모님 정도의 나이가 든 사람이라면. 이런 따위의 암시가 나왔던 것이 틀림없어요. 어떤 혼령이 나타나—죽은 아버지일 수도 있지요. 그분에게 유언장을 고쳐서 재산을 모두 로슨 양에게 물려주라고 명령했다. 그분은 건강이 악화된 상태였으니 그대로 속은 채……」

타니오스 부인이 몸을 조금 움직였다.

포와로는 그녀 쪽으로 시선을 돌렸다.

「그것이 가능한 일이라고 생각하십니까?」

「솔직히 말씀드려, 벨라.」

「부인의 생각을 얘기해 보시지요.」

그는 격려하듯 타니오스 부인을 쳐다봤다.

그녀도 그를 마주 바라보았지만, 왠지 묘한 시선이었다.

그녀는 잠시 머뭇거리다가 입을 열었다.

「그 일에 대해서는 조금밖에 몰라요, 야콥, 당신 말이 맞아요.」

「그것 때문이라고 제가 말씀드렸죠, 포와로 씨?」

포와로는 고개를 끄덕였다.

「타니오스 씨, 이모님이 돌아가시기 바로 전 주말에 마켓 베이싱에 내려가셨습니까?」

「부활절 때도 갔었고, 그 다음 주말에도 갔었어요. 맞습니다.」

「아니, 내 얘기는 그 다음 주말입니다. 26일에. 일요일 날 그곳에 계셨죠?」

「오, 야콥, 그랬어요?」

눈을 커다랗게 뜬 타니오스 부인이 남편을 쳐다보았다.

그는 재빨리 시선을 돌렸다.

「응, 생각 안 나? 오후에 갔었잖아. 당신한테 얘기했을 텐데?」

포와로와 나는 동시에 그녀를 쳐다보았다. 타니오스 부인은 초조한 듯 머리 뒤쪽으로 모자를 젖혀서 눌렀다.

「틀림없이 기억이 날 거야, 벨라.」

남편은 계속했다.

「당신의 건망증은 유명하다니까.」

「그건 그래요!」

그녀는 얼른 사과를 하면서 엷은 미소를 띠었다.

「정말 제 기억은 형편없답니다. 그리고 그게 벌써 두 달 전 일이라서요.」

「테레사 애런델과 찰스 애런델도 그곳에 함께 있었다고 알고 있습니다만?」

포와로가 물었다.

「그들도 있었을 겁니다.」

타니오스가 순순히 대답했다.

「만나 보지는 못했어요.」

「그렇다면 오래 계셨던 것이 아니군요?」

「예, 한 30분 정도 있었습니다.」

캐묻는 듯한 시선이 그를 불안하게 만든 모양이었다.

「고백하는 게 낫겠군요.」

타니오스가 눈을 깜박거리며 말했다.

「돈을 좀 빌려 보려고 했습니다만 얻지 못했지요. 제 아내의 이모님께서 저를 그렇게 대하실 줄은 정말 몰랐습니다. 제가 그분을 좋아하고 있었기 때문에 매우 유감스러웠지요. 아주 공정한 분이셨는데.」

「솔직하게 물어도 될까요, 타니오스 씨?」

순간적으로 타니오스의 눈에 불안의 그림자가 스치고 지나갔다.
「물론입니다, 포와로 씨.」
「찰스와 애런델을 어떻게 생각하시죠?」
의사는 안심한다는 눈치였다.
「찰스와 테레사요?」
그는 애정이 담긴 미소를 띠고서 아내 쪽을 쳐다보았다.
「벨라, 당신 가족에 대해 내가 솔직하게 얘기해도 괜찮겠소?」
가볍게 웃으며 그녀가 고개를 흔들었다.
「두 사람 다 중심에서부터 썩어 있다는 게 제 생각입니다. 그런데 우습게도 저는 찰스를 좋아해요. 건달이긴 하지만 호감이 가거든요. 도덕심이란 게 전혀 없지만, 어쩔 수 없지요. 그렇게 타고난 사람인걸요.」
「그러면 테레사는요?」
그는 망설였다.
「모르겠어요. 무척 매력 있는 처녀이긴 한데. 좀 무자비한 데가 있지요. 자신의 논리에 맞는다면 냉혈 인간처럼 누구라도 죽일 수 있을 거예요. 물론, 제 상상입니다만. 들으셨는지 모르겠지만, 그 애 어머니가 살인사건으로 재판을 받은 적이 있어요.」
「그리고 무죄로 석방됐지요.」
포와로가 말했다.
「말씀하신 것처럼 무죄였습니다.」
타니오스가 재빨리 대답했다.
「하지만 가끔 의아스러울 때가 있어요.」
「그녀와 약혼 중인 젊은이는 만나 보셨나요?」
「도널드슨 말씀인가요? 어느 날 저녁인가 식사를 함께 하느라고 온 적이 있었죠.」
「그 사람에 대해서는 어떻게 생각하십니까?」
「똑똑한 청년입니다. 기회를 잡기만 한다면 성공할 젊은이예요.

전문적으로 연구하려면 돈이 좀 들 겁니다.」

「도널드슨이 자기 전문분야에서 꽤 뛰어난 사람이란 말씀인가요?」

「그렇습니다. 명석한 두뇌를 가진 청년입니다. 아직 사회에 기여한 바는 없지만, 매사에 정확하고 꼼꼼해요. 그 사람과 테레사는 재미있는 한 쌍입니다. 두 사람이 서로 대조적인 매력을 지녔다고나 할까요? 그녀는 사교계의 허영꾼이고, 그 청년은 은둔자이지요.」

어린아이들 둘이서 엄마를 조르고 있었다.

「엄마, 점심 먹으러 가. 배고파. 너무 늦었어.」

시계를 들여다본 포와로가 큰 소리로 외쳤다.

「이거 죄송합니다! 점심식사를 지연시켰군요.」

타니오스 부인이 남편을 바라보며 말했다.

「저희와 함께 식사를……..」

포와로가 재빨리 대답했다.

「무척 친절하시군요, 부인. 하지만 저희는 점심 약속이 있어서요. 이미 늦었는걸요.」

그는 타니오스 부부와 악수를 하고, 아이들과도 악수를 했다.

나도 따라서 악수를 했다. 포와로가 전화를 하겠다고 했기 때문에 우리는 홀에서 잠시 동안 지체했다.

나는 홀 안에 있는 직원용 책상 옆에 서서 그를 기다렸다.

그때 타니오스 부인이 급히 홀로 들어왔다.

몹시 안타까운 표정으로 무엇을 찾는 듯 주위를 두리번거리면서.

그녀는 나를 보자 다급하게 내 쪽으로 다가왔다.

「친구 분은 가셨나요?」

「아닙니다. 전화를 걸고 있어요.」

「아!」

「할 얘기가 있으신가요?」

그녀가 고개를 끄덕였다. 점점 불안해지는 모양이었다.

그때 공중전화 박스에서 걸어나오던 포와로가 함께 서 있는 우리를 발견했다. 그는 빠른 걸음으로 우리 쪽으로 다가왔다.

「포와로 씨.」

낮으면서도 다급한 목소리였다.

「말씀드리고 싶은 게 있어요. 말씀을 드려야만 됩니다.」

「예, 말씀하시죠, 부인.」

「아주 중요한 거예요, 아주. 저……..」

그녀는 말을 멈췄다.

타니오스 의사와 두 아이가 홀로 들어오는 것이 보였다.

남편이 우리가 서 있는 쪽으로 다가왔다.

「포와로 씨에게 마지막 인사를 나누고 있소, 벨라?」

타니오스가 얼굴 가득 미소를 띤 채 쾌활한 음성으로 물었다.

「예.」

주저하면서 그녀가 대답했다.

「저, 그게 전부예요, 포와로 씨. 테레사에게 그 애가 결정하는 것은 무엇이든지 우리가 꼭 지원해 주겠다고 전해 주세요. 집안 식구들은 모두 함께 견뎌야 하니까요.」

그녀는 우리를 향해 가볍게 고개를 까딱하고는, 남편의 팔을 끼고 식당 쪽으로 멀어져 갔다.

나는 포와로의 어깨를 잡았다.

「처음에는 그렇게 얘기하지 않았잖아요, 포와로?」

사라져 가는 부부의 모습을 바라보며 포와로가 천천히 고개를 흔들었다.

「마음이 변한 모양이죠?」

내가 중얼거렸다.

「그래, 마음이 변한 것 같군.」

「이유가 뭘까요?」

「나도 알고 싶네.」

「다음에 언제 얘기해 주겠죠.」
기대를 갖고 내가 말했다.
「글쎄, 내 생각엔 그럴 것 같지 않아.」

제18장 숨은 동기

우리는 점심을 먹기 위해 그곳에서 멀리 떨어지지 않은 작은 음식점에 자리를 잡았다. 나는 애런델 집안의 여러 가족들에 대해 포와로가 어떤 생각을 품고 있는지 알고 싶었다.

「저, 포와로?」

참다못해 내가 입을 열자, 포와로는 책망하는 시선으로 나를 흘끗 쳐다보더니 다시 메뉴 쪽으로 주의를 집중했다. 음식을 주문하고 나서, 의자 뒤쪽으로 편안하게 몸을 기대면서 조롱기 섞인 음성으로 포와로가 물었다.

「왜 그러나, 헤이스팅스?」

「가족 모두를 만나 보고 난 지금, 당신 생각을 알고 싶어서요.」

포와로가 천천히 대꾸했다.

「재미있는 사람들이라고 생각하네! 이번 사건은 진짜 매력 있는 연구 과제야! 놀라운 일들로 가득 찬 상자라고나 할까? '애런델 양이 돌아가시기 전, 그분에게 편지 한 통을 받았습니다.'라고 할 때마다 예기치 않은 얘기들이 튀어나오는 걸 보라고. 로슨 양은 잃어버린 돈 얘기를 꺼냈고, 타니오스 부인은 금방, '제 남편에 관한 것이죠? 뭐라고 쓰셨나요?'라고 했어. 왜 애런델 양이 나, 에르큘 포와로에게 타니오스 의사에 대한 얘기를 써야만 했을까?」

「그 여자는 뭔가 하고 싶은 얘기가 있었어요.」

내가 말했다.

「그래. 뭔가를 알고 있지. 그게 뭘까? 피바디 양은, 찰스 애런델은 단 2펜스 때문에 할머니를 살해할 녀석이라고 말했고, 로슨 양은 남편이 그렇게 하라고 시키면 타니오스 부인은 누구라도 죽이고 말

거라고 했지. 타니오스 의사는 찰스와 테레사가 중심이 썩어 있는 사람들이며, 그네들의 어머니가 살인자였음을 암시했어.

그리고 테레사는 냉혈 인간이어서 어떤 사람도 살해할 만하다고 분명히 말했지. 그들은 각자 다른 이들에 대해서 재미있는 의견들을 가지고 있더군. 타니오스 의사는 부당한 영향력이 행사되었을 거라고 믿고 있어. 그의 아내는, 남편이 들어오기 전까지는 분명히 그렇게 생각하고 있지 않았고. 처음에는 그 유언장을 놓고 싸움을 벌일 생각조차 없는 것 같았어. 나중에야 마음이 바뀌었지만. 보게 나, 헤이스팅스. 부글부글 끓고 있는 냄비처럼 이따금 중요한 사건들이 표면으로 떠 올라와 보이지 않던가? 거기, 심연 속에는 뭔가가 있다고. 그래, 무엇인가가 있어! 나, 에르퀼 포와로가 맹세코 틀림없다고 장담할 수 있네!」

나는 무의식중에 그의 진지함에 깊은 감명을 받았다.

「당신 말이 맞을 겁니다. 하지만 너무 막연한 것 아닙니까?」

「뭔가가 있다는 것에 대해서는 나하고 같은 생각이지?」

「아, 물론이죠.」

나는 약간 망설이다가 덧붙였다.

「그렇다고 믿고 있어요.」

테이블 맞은편에 앉은 포와로는 테이블 앞으로 몸을 기울여 내 눈을 뚫어지게 쳐다보았다.

「그래, 자네도 변했어. 자네도 더 이상 보고 즐기는 자세는 아니군. 학문을 연구하듯이 이 일에 탐닉하고 있는걸. 자네에게 그런 생각을 갖도록 만든 게 뭘까? 나의 탁월한 추리력은 아닐 테고! 뭔가가 아주 독자적으로 자네에게 힘을 행사했어. 말해 보게, 이 일에 갑자기 심각하게 빠져들게 된 이유가 뭔가?」

「내 생각에는 타니오스 부인 때문인 것 같아요. 그 여자는 무엇인가를 두려워하는 듯이 보였거든요.」

나는 천천히 대답했다.

「나를 두려워했다는 얘긴가?」

「아닙니다. 당신이 아니에요. 아주 조용히, 아주 분별력 있게 말을 시작했죠. 그 유언장에 대해 당연히 품을 수 있는 분노가 섞인 태도로 말예요. 하지만 모든 것을 체념하고, 있는 사실 그대로를 기꺼이 받아들이려는 자세였어요. 그건 곱게 자라난, 성격이 조금 무딘 여자들이 흔히 취하는 태도죠. 그러다가 갑자기 변했습니다. 타니오스 의사의 생각대로 하겠다는 갈망에서였겠죠. 우리를 쫓아서 홀로 들어왔을 때의 모습은 은밀했고요.」

격려하듯 포와로는 고개를 끄덕였다.

「당신이 주목하지 않았던 사실이 하나 있습니다, 포와로. 아주 작은 것이지만.」

「나는 모든 걸 주의 깊게 살폈는데!」

「그 여자의 남편이 마지막 주 일요일에 리틀 그린 하우스를 방문했다는 사실 말입니다. 그 여자는 그 사실을 몰랐었다는 게 분명해요. 커다란 충격이었겠죠. 그런데 아주 그럴 듯하게 넘어가더군요. 남편이 그 사실을 이미 얘기했을 거라고 하니까, 금방 잊어버렸노라고 동의하지 않던가요. 나는 말입니다. 그게 아주 못마땅하더군요, 포와로.」

「자네 말이 맞네, 헤이스팅스. 중요한 사실을 지적했어.」

「그것이 내게 두려움이라는 추한 인상을 심어 놓은 겁니다.」

포와로가 천천히 고개를 끄덕였다.

「당신도 그렇게 느끼고 있습니까, 포와로?」

「그래. 그런 인상은 분명히 분위기 때문이었을 거야.」

잠시 말을 멈췄다가 포와로가 물었다.

「그렇지만 자네, 타니오스가 마음에 들지, 안 그런가? 그가 호감이 가는 사람이고, 마음이 넓고 착하다는 걸 알고 있지? 아르헨티나 인이나 포르투갈 인이나 그리스 인에 대한 자네의 그 섬나라 사람 특유의 편견에도 불구하고, 그가 아주 매력적이고 상냥한 인품을 지닌 사람이라고 생각하지?」

「그래요.」

나는 시인했다.

「그렇게 생각합니다.」

나는 잠시 입을 다물고 포와로를 가만히 쳐다보고 있다가 불쑥 물었다.

「당신은 어떻게 생각합니까?」

「나는 지금 여러 사람들을 생각하고 있어. 잘생긴 젊은이 노먼 게일, 단순하고 상냥한 이블린 하워드, 유쾌한 셰퍼드 의사, 조용하고 신뢰할 만한 나이튼.」

나는 과거의 사건 속에 모습을 나타냈던 이런 인물들을 그가 왜 언급하는지 이해할 수가 없었다.

「그들이 어쨌다는 겁니까?」

내가 물었다.

「모두가 아주 유쾌한 사람들이었지.」

「이런! 포와로, 당신은 타니오스가……..」

「아냐, 아냐. 성급하게 결론을 내리지는 말라고, 헤이스팅스. 단지 유례 없이 위험한 안내인을 만났을 때 사람들이 나름대로 취하는 반응을 지적해 본 것뿐이네. 사람은 감정이 아니라 사실에 입각해서 생각해야 한다고.」

「글쎄요. 사실, 우리는 사실에 입각해서 생각하거나 행동하지 않죠. 그건 분명, 우리의 장점은 아닙니다. 포와로, 그 점에 대해서는 두 번 다시 거론하고 싶지 않습니다!」

「간단히 얘기할게. 진정하라고. 처음에 우리는 이 사건이 살인을 계획한 경우라고 생각했지. 자네, 그건 인정하지?」

「그래요.」

나는 천천히 대답했다.

「그랬었습니다.」

나는 지금까지 포와로가 상상으로 재구성한 화요일 밤의 사건에 대해 다소 회의를 느끼고 있었다. 그런데 지금, 그의 추리가 완벽하게 논리적인 것임을 인정하라는 강요를 받은 것이다.

「좋아. 살인자 없이 살인할 수는 없는 노릇이니까, 그 날 저녁에 있었던 사람들 가운데 하나는 살인자야. 의도뿐이었다고 해도.」

「당연한 얘기죠.」

「그렇다면 그것이 출발점이군. 살인자. 우리는 몇 가지 질문을 했어. 자네가 말한 대로, 진창을 휘저어서 끌어냈지. 대화 도중에 우연치 않게 튀어나온 몇 개의 흥미 있는 비난들까지 말일세.」

「당신은 그 얘기가 우연한 것이라고 생각합니까?」

「지금 얘기하기는 곤란해! 찰스가 협박했다는, 순진해 보이는 로슨 양의 얘기가 전부 순수한 진실일 수도 있고 그렇지 않을 수도 있어. 또, 테레사에 대한 타니오스의 얘기도 모조리 악의가 들어 있다고 볼 수는 없지만, 또 전부가 다 진실이라고 볼 수도 없지. 하지만, 피바디 양의 경우, 찰스의 성격에 대한 그 여자의 생각은 거의 진실이라고 볼 수 있지. 그러나 의견일 뿐이지. 모두가 다 생각일 뿐이라고. 장작더미 속에 검둥이('숨은 동기'라는 뜻.)가 있었다고 얘기할 수도 있고, 또 없었다고 얘기할 수도 있어. 내가 이번 사건에서 발견한 게 바로 이 점이네. 우리의 장작더미 속에는, 검둥이 대신 살인자라는 차이일 뿐이지.」

「내가 알고 싶은 건 당신이 어떤 생각을 품고 있느냐 하는 겁니다, 포와로.」

「헤이스팅스, 나는 생각을 하도록 내 자신을 허용하지 않네. 자네가 그 말을 사용하는 의미에서 본다면, 나는 다만 성찰하고 회상할 따름이지.」

「무엇을요?」

「나는 동기라는 문제를 생각하고 있어. 애런델 양의 죽음을 가져올 수 있는 동기 말이야. 가장 분명한 동기는 이익이지. 애런델 양이 죽고 나면 누가 이익을 얻게 될 것인가? 만일 애런델 양이 부활절 화요일에 일어난 사고로 죽었다면 누가 이익을 얻게 될까?」

「모두 다였겠죠. 로슨 양을 제외하고는」

「그래.」

「그러면 자동적으로 한 사람이 분명해지는군요.」

「맞네.」

생각에 잠긴 채 포와로가 계속했다.

「그런 것처럼 보이네. 헌데 재미있는 것은, 부활절 화요일에 죽음이 왔다면 아무것도 얻지 못했을 사람이 2주일 뒤에 찾아온 죽음으로 모든 것을 얻게 되었다는 사실이야.」

「그래, 무엇을 찾아냈나요, 포와로?」

궁금증이 나서 내가 물었다.

「원인과 결과. 인과관계지.」

나는 무슨 소리를 하는 건지 알 수가 없어서 그를 빤히 쳐다볼 수밖에 없었다.

「논리적으로 진행된 거라는 얘기야. 그 사고 직후에 바로 일어난 일이 뭔가?」

나는 이런 분위기를 유도하는 포와로가 미웠다.

내가 대답을 할 때마다 항상 어긋나 버리다니! 극도로 신중을 기해서 나는 대답했다.

「애런델 양이 자리에 누운 거죠.」

「맞아. 그렇게 되니 생각할 시간이 많아졌어. 그 다음에는?」

「당신에게 편지를 썼죠.」

포와로가 고개를 끄덕였다.

「그래. 나에게 편지를 썼지. 그런데 그 편지를 부치지 않았어. 유감천만이지.」

「그 편지를 부치지 않은 건 이상하게 여겨지지 않나요?」

포와로가 이맛살을 찡그렸다.

「거기에 대해서는, 헤이스팅스, 나도 알 수가 없다고 솔직하게 고백해야겠네. 내 생각엔—내가 확신할 수 있는 모든 사실로 미루어 봐서—그 편지를 잘못 놓은 것이 아닌가 싶어. 물론, 확신할 수는 없네만. 계속하지. 다음엔 어떤 일이 일어났나?」

나는 생각을 더듬어 보았다.

「변호사의 방문.」

「그래. 애런델 양이 변호사를 불렀으니 당연히 찾아온 거지.」

「그리고는 새 유언장을 만들고.」

나는 계속했다.

「그렇지. 누구도 예측할 수 없는 유언장이었어. 그 유언장에 대해 엘렌이 우리에게 들려준 얘기를 다시 신중하게 생각해 보세. 엘렌의 얘기는, 밥이 밤새 나가 있었다는 것을 애런델 양 귀에 들어가지 않게 하느라고 로슨 양이 특히 애를 썼다고 했지. 기억나나?」

「아, 그래요. 아니, 잘 모르겠군요. 당신이 암시하는 내용을 다시 처음부터 생각해 볼까요?」

「이상하군!」

포와로가 말했다.

「그렇게 느꼈다면 금방 알 수 있었을 텐데. 엘렌의 얘기 중에서 가장 중요한 내용이야.」

그는 화가 난 눈빛으로 나를 쏘아보았다.

「그리고 나서, 여러 가지 일들이 일어났어. 찰스와 애런델이 그 주말에 찾아오고, 애런델 양은 새 유언장을 찰스에게 보여 주고……. 아니, 그랬다고 찰스가 얘기했지.」

「그 얘기를 믿는 겁니까?」

「나는 확인된 진술만 믿네. 애런델 양은 테레사한테는 그것을 보여 주지 않았어.」

「찰스가 테레사에게 얘기할 거라고 생각해서였죠!」

「그런데 그는 그렇게 하지 않았네. 왜 그랬을까?」

「찰스 말로는, 테레사에게 얘기했다고 하지 않았던가요?」

「테레사는 자신있게 들은 바가 없다고 했어. 호기심을 불러일으킬 뿐만 아니라, 시사하는 바가 많은 충돌까지 해가면서. 그리고 우리가 방을 나오자마자 그에게 바보라고 소리쳤지.」

「나는 도무지 뭐가 뭔지 모르겠는데요.」

당혹감을 느끼는 목소리로 내가 중얼거렸다.

「사건의 결과로 돌아가 보세. 타니오스 의사가 일요일에 내려왔어. 아내에겐 알리지도 않은 채.」

「그래요. 그녀가 몰랐던 게 확실합니다.」

「아마 그랬을 거라고 해두지. 계속하세! 찰스와 테레사는 월요일에 떠났어. 애런델 양은 건강상태도 좋았고. 기력도 꽤 있었으니까. 저녁을 잘 먹은 뒤 트립 자매와 로슨과 함께 앉아 있었지. 교령 의식이 끝날 때쯤 병이 났어. 침대에 누워 나흘 동안을 앓은 뒤 죽었지. 그 뒤, 로슨 양이 전재산을 물려받았고. 그런데 헤이스팅스 대위는 그녀의 죽음을 자연스런 것이라고 얘기했겠다?」

「반면, 에르퀼 포와로는 아무 증거도 없이 저녁식사 때 먹은 독극물 때문이라고 몰아붙였고요!」

「나는 증거를 가지고 있네, 헤이스팅스. 트립 자매와 나누던 대화를 곰곰이 생각해 봐. 그리고 또 로슨 양의 장황한 얘기 가운데서도 하나를 끄집어낼 수 있어.」

「애런델 양이 저녁식사로 카레 요리를 먹었다는 사실 말이에요? 하긴, 카레는 약물의 맛을 숨기기에는 안성맞춤이지. 그걸 뜻하는 겁니까?」

포와로가 천천히 대답했다.

「그래. 아마 카레 요리가 중요한 의미를 지니고 있을 거야.」

「만일 당신의 생각이 사실이라면(모든 의학적인 증거에 입각해서), 로슨 양이나 하녀들 중 한 사람이 그녀를 죽였을 거라는 얘기잖습니까?」

「글쎄.」

「아니면, 트립 자매? 천만의 말씀이에요. 그렇게는 생각할 수 없어요. 그네들은 분명히 결백한 사람들이라고요!」

포와로가 양어깨를 으쓱거렸다.

「이 점을 생각해 봐, 헤이스팅스! 어리석음은—아니, 이 일에서는 저능아조차도 극도의 교활함과 손을 마주 잡을 수 있어. 그리고 처음부터 살해할 계획을 세웠다는 점을 잊지 말게. 특별히 영리하다거나 고도의 두뇌를 지닌 자의 수법도 아니고 말일세. 밥이 항상 공을 층계 꼭대기에 놔둔다는 습관을 안 데에서 힌트를 얻은 단순한 살인이야. 층계 위에 실을 매두겠다는 생각은 단순하면서도 쉽게 떠올릴 수 있는, 어린아이라도 할 수 있는 생각이지!」

나는 불쾌해졌다.

「당신은…….」

「내 말은, 여기서 우리는 꼭 한 가지 사실을 찾아내야 한다는 거야. 죽이겠다는 의사. 그것밖에는 없어.」

「하지만 독물의 흔적도 남기지 않은 걸 보면 꽤 용의주도한 자인 거 같은데요?」

내가 우겼다.

「보통 사람으로서는 해내기 힘든 일이 아니겠어요? 빌어먹을, 포와로! 나는 그 모든 사실을 순순히 받아들일 수가 없군요. 당신도 확실히 모르는 일 아닌가요? 순전히 가정일 뿐이지.」

「틀렸어. 나는 오늘 아침 자네와 나눈 여러 가지 대화에서 명확한 사실을 하나 얻었네. 뚜렷하진 않지만 틀림없는 증거야. 그것은—여보게, 나는 두렵네.」

「두려워요? 뭐가요?」

그는 심각한 얼굴로 대답했다.

「잠자는 개를 깨워라. 이건 자네의 금언 중의 하나지, 안 그래? 잠자는 개에게 거짓말을 하게 하라! 이것은 우리의 살인자가 현재

취하고 있는 행동일세. 햇살 속에서 행복하게 잠든 개에게. 자네도 나도 알 수 없어, 헤이스팅스. 자신감을 교란당한 살인자가 얼마나 더 살해할 수 있을는지는!」

「그런 일이 또 일어날까 봐 두려워하시는군요?」

그는 고개를 끄덕였다.

「그래. 장작더미 속에 살인자가 있다면……. 그래, 나는 있다고 생각하네, 헤이스팅스. 있다고 생각해.」

제19장 퍼비스 변호사를 찾아가다

포와로는 지폐를 꺼내어 음식값을 지불했다.

「다음에는 뭘 할 겁니까?」

내가 물었다.

「아침에 자네가 일러준 대로 해볼까 하는데. 퍼비스 씨를 만나러 하체스터로 가보려고. 그래서 더햄 호텔에서 전화를 했던 거야.」

「퍼비스 씨에게 직접 전화를 했나요?」

「아니, 테레사 애런델에게 했어. 그 사람한테 나에 대해 몇 마디 써줄 수 있겠느냐고 물었지. 그 사람에게 접근할 수 있는 기회를 얻으려면, 우선 가족들에게 인정을 받고 있다는 것을 보여 줘야 하니까. 테레사가 자필로 써서 내 아파트로 보내 주겠다고 약속했네. 지금쯤 그곳에서 우리를 기다리고 있을 거야.」

우리는 편지뿐만 아니라, 직접 그것을 들고 온 찰스 애런델을 만났다.

「훌륭한 집이로군요, 포와로 씨.」

응접실 주위를 둘러보며 찰스가 말했다.

그 순간 제대로 닫혀 있지 않은 책상 서랍이 눈에 띄었다.

작은 종이 한 장이 닫힌 서랍 밖으로 삐죽 튀어나와 있었다.

포와로가 저런 식으로 서랍을 닫다니! 그건 상상할 수도 없는 일이었다. 나는 꼼꼼하게 찰스를 살펴보았다.

우리가 도착할 때까지 이 방에 혼자 있었으니, 그동안 포와로의 서류들을 기웃거렸던 게 틀림없었다. 못된 녀석 같으니! 나는 분노가 뻗쳐 올라오는 것을 느꼈다.

그러나 찰스는 기분이 아주 좋은 모양이었다.

「여기 있습니다.」

그는 편지를 내밀었다.

「퍼비스 씨와 우리 때보다는 나은 행운이 있기를 빕니다.」

「그 사람은 거의 희망이 없다고 했다지요?」

「분명히 단념하라고 했습니다. 로슨 양이 이미 권리를 행사했다고 했어요.」

「당신이나 테레사 양은 그녀의 감정에 간청도 해보지 않았소?」

찰스는 웃었다.

「해봤지요. 하지만 아무것도 얻지를 못했어요. 제 달변이라야 공허한 것이죠! 유산을 상속받지 못한 가련한 검은 양이에요. 그 양은 겉에 칠해진 색깔만큼 그렇게 속이 검은 것은 아닌데……. 어쨌든 그 여자의 마음을 움직이는 데는 실패했죠! 그 여자는 저를 싫어했습니다! 이유는 저도 몰라요.」

그는 다시 웃었다.

「나이 든 여자들은 대부분 제게 쉽게 반하죠. 그들은 제가 제대로 이해 받지 못했을 뿐더러, 좋은 기회도 얻지를 못했다고 생각합니다!」

「당신에게 유리했겠군요?」

「아, 전에는 굉장히 유리했죠. 헌데, 로슨 양의 경우에는 아무것도 얻은 게 없어요. 로슨 양은 남자에게 반감을 갖고 있는 여자 같아요. 아마 과거 전쟁 전 시절에 감옥에도 갇히면서 여성 참정권 운동이라도 벌인 모양입니다.」

「흠. 만일 단순한 방법이 실패했다면…….」

포와로가 고개를 흔들며 말했다.

「아하, 좋아요. 범죄에 대해 얘기해 보자면, 젊은이, 당신이 고모님을 협박한 게 사실이오? 죽여 버리겠다고 했다던가, 뭐 그와 비슷한 말을 했다던데?」

의자에 앉은 찰스는 포와로 쪽으로 다리를 뻗은 채 날카로운 눈초리로 그를 바라보았다.

「누가 그래요?」

「그건 관계없지요. 사실이오?」

「사실이라고 얘기할 수 있죠.」

「자, 자. 그 얘기를 듣고 싶군요, 사실대로.」

「좋아요. 털어놓죠. 뭐 멜로드라마 같은 건 없어요. 손으로 한 대 치려고 했습니다. 상상할 수 있습니까?」

「아, 이해할 수 있어요.」

「계획적인 것은 아니었어요. 에밀리 고모는 자신과 자신의 돈을 떼어놓으려는 시도는 무익하다는 걸 암시했습니다. 저는 화가 났지요. 하지만 단지 이렇게 말했어요. '보세요. 에밀리 고모. 그런 식으로 하시면 죽는 걸로 끝장이 나고 말 겁니다!' 고모가 말씀하시더군요. 아주 무뚝뚝하게. '그래.' 제가 계속했죠. '극도로 가난한 친척들이 입을 벌린 채 여기서 어정거리고 있습니다. 찢어지게 가난한 이들이 뭘 좀 바라고 있어요. 그런데 뭘 하시는 거죠? 돈방석 위에 앉아 나눠주기를 거절하시다뇨? 그건 살인을 자초하시는 짓입니다. 살인을 당해도 그 책임은 고모한테 있어요!' 그러자 고모는 평상시처럼 안경 너머로 저를 바라보시더군요. 불쾌하다는 듯이. '그건 네 생각이구나. 그렇지 않냐?' 아주 냉담하게 물으셨죠. '그렇습니다.' 제가 대답했죠. '돈을 좀 풀어놓으시죠. 제가 충고해 드립니다.' '선의에서 나온 충고, 고맙구나, 찰스. 하지만, 난 스스로를 돌볼 수 있다고 믿고 있다.' '조심하세요, 고모.' 제가 말했어요. 저는 씽긋 미소를 띠었죠. 고모님도 냉혹한 얼굴로 보이려고 애를 쓰셨지만, 그렇게 무서운 얼굴은 아니었다고 생각합니다. '경고해 드렸습니다.' '기억해 두마.' 고모가 말씀하셨어요.」

그는 말을 멈췄다.

「이상이 그때 일어났던 일의 전붑니다.」

「그래서 당신은 서랍 속 몇 파운드 지폐로 만족했군요?」

찰스는 그를 빤히 쳐다보다가 웃음을 터뜨렸다.

「경의를 표합니다. 역시 뛰어난 탐정이시군요! 어떻게 그 사실을 알아내셨습니까?」

「사실이었군요?」

「물론이죠. 그때 저는 몹시 궁색했습니다. 어디서든지 돈을 좀 구해야 했죠. 서랍에서 지폐 몇 장을 발견한 것이 큰 도움이 됐습니다. 저는 매우 겸손한 편이어서—제가 빼낸 금액 정도는 눈치채지 못할 걸로 생각했어요. 아니면 하인들 짓 정도로 여기실 거라고 생각했죠.」

포와로가 차갑게 말했다.

「당신은 그런 생각을 재미삼아 할 수 있겠지만, 하인들한테는 심각한 거요.」

찰스는 양어깨를 으쓱거렸다.

「누구나 자기 편한 대로 생각하니까요.」

그가 중얼거렸다.

「'뒤떨어진 놈은 귀신한테나 잡아먹혀라.'로군요?」

포와로가 말했다.

「그건 선생님 교리 같은데요?」

찰스는 흥미 있다는 듯 그를 쳐다보았다.

「저는 고모가 그 사실을 알고 계신 줄은 몰랐습니다. 당신은 어떻게 그 사실을 알게 됐죠? 또, 그 죽인다는 얘기는 어디서?」

「로슨 양이 얘기합디다.」

「교활한 늙은 고양이 같으니!」

그는 마치 고뇌에 빠진 망령과 같았다.

「그 여자는 저를 좋아하지 않았습니다. 테레사도 탐탁하게 여기지 않았죠. 그 여자가 몰래 엿들은 건 그것뿐입니까?」

「다른 게 또 있소?」

「아, 그건 저도 몰라요. 제게는 그 여자가 꼭 악의에 찬 늙은 악마처럼 보이니까요.」

그는 말을 멈췄다.

「테레사를 미워했습니다.」

그가 덧붙였다.

「애런델 씨, 타니오스 의사가 고모님이 죽기 전주 일요일에 리틀 그린 하우스에 내려갔다는 사실을 알고 있었소?」

「우리가 그곳에 가 있던 일요일요?」

「그래요. 그를 만나지 못했소?」

「아뇨. 우리는 오후에 산책하러 나갔었어요. 아마 그때 왔었던 모양이군요. 에밀리 고모가 그 사람이 왔었다는 얘기를 하지 않으신 것도 이상하군요. 누구한테 들으셨나요?」

「로슨 양에게서 들었소.」

「또 로슨입니까? 그 여자는 마치 정보가 쌓여 있는 광산 같군.」

그는 멈추었다가 다시 말을 이었다.

「타니오스는 착한 사람이에요. 그를 좋아합니다. 유쾌하고 너그러운 사람이에요.」

「아주 좋은 성품을 가졌더군요, 그래요.」

포와로가 말했다.

찰스가 일어섰다.

「제가 그 사람이라면 벌써 몇 년 전에 그 끔찍한 벨라를 죽여 버렸을 거예요! 그녀가 희생자가 될 운명을 타고난 여자처럼 보이지 않습니까? 마게이트 같은 곳에서 트렁크에 담긴 그녀의 시체가 나타난다 해도 전 조금도 놀라지 않을 거예요!」

「그녀의 남편이 훌륭한 의사라고 칭찬한 당신 얘기에 걸맞은 행동은 아니겠군요.」

「아닙니다.」

찰스가 생각에 잠겨 말했다.

「타니오스는 파리 한 마리 해치지 못할 사람입니다. 너무 착한 사람이에요.」

「그러면 당신은 어때요? 당신은 그렇게 할 만한 가치가 있다면 살인을 하겠소?」

찰스는 웃었다. 마음속으로부터 터져 나오는 힘찬 웃음이었다.

「제가 고모를 협박하던 순간을 생각하고 계시는군요, 포와로 씨. 저는 아무 짓도 안 했습니다. 제가 넣은 게 아니라고 분명히 말씀드릴 수 있어요.」

여기서 갑자기 말을 멈췄다가 찰스는 다시 계속했다.

「에밀리 고모의 수프에다, 스트리키닌(중추신경 흥분제)을.」

태평하게 손을 흔들며 찰스는 떠났다.

「저 친구한테 겁을 좀 주려고 그랬죠, 포와로? 그렇다면 당신은 성공하지 못했어요. 저 사람은 무엇에고 전혀 죄책감이 없는 반응을 보이던걸요.」

「전혀?」

「그래요, 전혀. 아주 침착해 보였어요.」

「저 친구가 갑자기 말을 멈췄던 게 이상하지 않던가?」

포와로가 물었다.

「말을 멈추다니요?」

「스트리키닌이란 말 앞에서 갑자기 멈추지 않던가? 마치 어떤 것을 말하려다 그보다 더 나은 것이 갑자기 생각날 때처럼 말일세.」

나는 어깨를 으쓱했다.

「아마 극약이라는 말을 생각하고 있었던 모양이군요.」

「그래, 그랬을지도 모르지. 자, 출발하지. 오늘밤은 마켓 베이싱의 조지 여관에서 머물러야 할 것 같군.」

약 10분 뒤 런던을 통과한 차는 시골길을 질주해 갔다.

4시쯤 하체스터에 도착한 우리는 곧장 퍼비스 씨의 사무실로 향했다.

퍼비스 씨는 크고 건장한 사람으로, 머리는 백발이었고, 얼굴색이 붉었다. 그는 이 지방의 유지처럼 보였다.

정중한 태도였으나, 말은 별로 없었다.

포와로가 가지고 간 편지를 읽어보더니, 책상 너머로 우리를 가만히 쳐다보았다. 날카로운 시선이 탐색하는 듯했다.

「성함은 익히 들어 알고 있습니다, 포와로 씨.」

그는 공손하게 말했다.

「이 문제로 테레사 양과 찰스 씨가 선생의 도움을 받고 있다고 요. 그런데 그분들에게 무엇을 해주겠다고 제의하셨는지 저로서는 모르겠습니다만.」

「말씀드리자면, 퍼비스 씨. 그 상황에 대해서 충분히 조사를 해주 겠다는 것입니다.」

변호사가 냉랭하게 말했다.

「애런델 양과 찰스 씨는 법적인 입장에 대해서는 이미 제 의견을 들었습니다. 유언장은 명백히 합법적인 것이었고, 잘못 대변한 부분 도 없습니다.」

「완벽했습니다, 완벽했어요.」

포와로가 재빨리 대꾸했다.

「다만, 제가 그 상황을 명확히 고찰할 수 있게끔 다시 한 번 반 복해 주시는 데는 반대하지 않으시겠죠?」

변호사는 고개를 숙여 동의를 표시했다.

「기꺼이 해드리지요.」

포와로가 시작했다.

「애런델 양은 4월 17일 당신에게 지시할 사항이 있다고 편지를 보냈습니까?」

퍼비스 씨는 앞 테이블 위에 놓인 서류뭉치를 뒤적거렸다.

「예, 그렇습니다.」

「무슨 얘기였는지 들려주시겠습니까?」

「제게 유언장을 작성하도록 요청했습니다. 두 명의 하인과 서너 개의 자선단체에 유증해 줄 내용과, 나머지 재산은 전부 윌헬미나 로슨에게 물려준다는 것이었습니다.」

「죄송합니다만, 퍼비스 씨, 놀라지 않으셨나요?」

「예, 솔직히 놀랐다는 점을 시인합니다.」

「애런델 양은 전에도 유언장을 만들었지요?」

「5년 전에 만들었습니다.」

「그 유언장에서는 소액의 유증을 제외한 나머지 재산은 조카들에게 나누어 주도록 되어 있었습니까?」

「토머스 오빠의 아들과 딸에게, 애러벨라 빅스 언니의 딸에게 균등하게 나누어 주도록 되어 있었습니다.」

「그 유언장은 어떻게 했습니까?」

「애런델 양의 요청으로, 4월 21일 그분을 방문하러 리틀 그린 하우스로 갈 때 가지고 갔습니다.」

「퍼비스 씨, 그 일이 일어나게 된 경위를 자세하게 얘기해 주신다면 감사하겠습니다만.」

변호사는 자세하게 얘기를 시작했다.

「저는 그 날 오후 3시 리틀 그린 하우스에 도착했습니다. 제 사무원 한 사람과 함께였지요. 애런델 양은 응접실에서 저를 맞았습니다.」

「그때, 그분이 어때 보이던가요?」

「지팡이를 짚고 다닌다는 사실에도 불구하고, 아주 건강해 보였습니다. 지팡이는 근자에 있었던 낙상 때문이라고 생각했지요. 건강 상태는 꽤 좋으신 것처럼 보였습니다. 약간 신경과민인 데다가 흥분해 있는 상태이기는 했습니다만.」

「로슨 양도 함께 있었습니다. 그러나 곧 밖으로 나갔지요.」

「그런 다음에는요?」

「애런델 양은 제게 자신이 요구하는 대로 해줄 수 있는지, 또 자신이 서명할 수 있도록 새 유언장을 가져왔는지를 묻더군요. 저는 그분께 가져왔다고 대답했습니다. 저는…….」

그는 잠시 머뭇거리더니 딱딱한 말투로 계속했다.

「저는 그렇게 하는 것이 타당하다고 생각했기 때문에, 애런델 양에게 항의를 했습니다. 새 유언장이 살과 피를 나눈 친척들에게 지나치게 부당하다는 점을 지적했지요.」

「그랬더니 애런델 양의 대답은요?」

「재산을 자신이 원하는 식으로 할 수 있는가 없는가에 대해서만 묻더군요. 저는 분명히 할 수 있다고 말씀드렸지요. '그렇다면 좋아요.' 그분의 대답이었습니다. 저는 애런델 양에게 로슨 양을 알고 지낸 지는 얼마 되지 않는다는 점과, 합법적인 친지들에게 그분이 취하는 현재의 행동은 매우 부당하다는 점을 상기시켰습니다. 그러자 그분은 이렇게 대답하더군요. '내가 하는 행동은 내가 잘 알고 있습니다.'라고요.」

「그분이 흥분한 상태였다고 말씀하셨죠?」

「그랬었다고 분명히 말씀드릴 수 있습니다. 하지만 정신상태는 지극히 정상이었습니다. 자신이 하고 있는 일이 어떤 의미를 지니는지 충분히 인식하고 있었죠. 저는 애런델 양의 가족들에게 전적으로 동정을 느끼고 있습니다만, 어느 법정에서고 그렇게 주장할 겁니다.」

「충분히 이해하겠습니다. 계속하시죠.」

「애런델 양은 먼젓번의 유언장을 읽어보더니 손을 뻗어 새로 작성한 유언장을 집어들었습니다. 저는 초안을 먼저 우편으로 보내드리는 편이 낫겠다고 얘기했습니다만, 그분은 당장에 서명할 수 있도록 준비를 해달라고 다그치더군요. 먼젓번 것처럼 이번 것도 아주 간단했지요. 그것을 읽어보고 고개를 한번 끄덕인 다음 곧장 서명하겠다고 했습니다. 저는 마지막으로 한 번 더 항의를 해보는 것이 제 의무라고 느꼈습니다. 그분은 참을성 있게 제 말을 끝까지

다 듣더니 자신은 확고하게 마음을 굳혔다고 대답하시더군요. 서기를 불러 그와 정원사가 서명을 하는 데 증인이 됐습니다. 물론, 하인들은 유산상속자들이기 때문에 증인이 될 자격이 없었지요.」

「그 뒤, 유언장을 금고 속에 보관하라고 당신에게 맡기지 않았습니까?」

「아닙니다. 책상 서랍 속에 넣은 뒤 서랍을 잠갔습니다.」

「먼젓번 유언장은 어떻게 됐습니까? 그것은 없애 버렸나요?」

「나중 것과 함께 그것도 잠가 두었습니다.」

「그분이 죽은 뒤 어디에서 그 유언장이 발견됐습니까?」

「같은 서랍 안에서였습니다. 저는 유언 집행인으로서 열쇠와 관계 서류들을 가지고 있었죠.」

「두 개의 유언장이 다 그 서랍 안에 있었습니까?」

「예. 그분이 넣어둔 그대로 있었습니다.」

「그렇게 의외의 행동을 하게 된 동기에 대해 묻지 않으셨나요?」

「물어 봤습니다. 하지만 만족할 만한 대답은 듣지 못했죠. 단지 자신이 하는 행동에 대해 확실히 알고 있다는 것만 느꼈습니다.」

「그렇다면 그 뒤에 일어난 일에는 놀라셨겠군요?」

「매우 놀랐습니다. 애런델 양은 가문을 무척 중하게 여기던 분이었으니까요.」

잠시 침묵을 지키다가 포와로가 입을 열었다.

「그 문제로 로슨 양과 대화를 나누신 적이 있습니까?」

「전혀 없습니다. 그런 행동은 규칙에 크게 어긋나는 짓입니다.」

퍼비스 씨는 아연실색하는 기색이었다.

「유언장이 자신에게 유리하게 만들어진 사실을 로슨 양이 알고 있는 것 같다는 얘기를 애런델 양이 하던가요?」

「그 반대였습니다. 제가 애런델 양에게 로슨 양이 이 사실을 알고 있느냐고 물었더니, 로슨 양은 이 일에 대해 아무것도 모르고 있다고 딱 잘라 말했습니다.」

「그 일을 로슨 양이 모르도록 했다는 건 참으로 현명한 처사였군요. 나라면 힌트를 주려고 애를 썼을 테고, 애런델 양도 아마 내 생각과 같았을 텐데요.」

「왜 그 점을 유난히 강조하십니까, 포와로 씨?」

노신사는 엄숙한 시선으로 물었다.

「그것이 제 생각으로는 가장 단언하기 힘든 문제라고 생각되기 때문입니다. 그리고 또 장차 실망을 하게 될는지도 모르고요. 아, 한 가지만 더 묻겠습니다. 선생께서는 애런델 양이 그 뒤 마음을 바꿀 거라고 생각하셨나요?」

변호사가 고개를 숙였다.

「그렇습니다. 저는 그때 그분이 친척들과 격렬한 언쟁을 한 모양이라고 추측했어요. 그래서 마음이 진정되면 성급하게 내린 결정을 후회할 거라고 생각했습니다.」

「그럴 경우 그분은 무엇을 했을까요?」

「글쎄요. 제게 새 유언장을 준비하라고 지시했겠지요.」

「그보다는, 나중에 만든 유언장을 없애 버리는 편이 더 간단하지 않을까요? 그렇게 되면 먼저 만든 유언장이 유효할 테니까요.」

「그건 좀 논의의 여지가 있습니다. 먼저 쓴 유언장은 모두 유언자에 의해 완전히 무효가 됩니다.」

「하지만 애런델 양은 그 점에 대해서 법적인 지식이 전혀 없었을 수도 있지요. 나중 것을 없애 버리면 먼저 것이 유효하게 될 거라고 생각했는지도 모릅니다.」

「그렇게 생각했을 수도 있지요.」

「만일 유언장이 없이 애런델 양이 돌아가셨다면 그분의 재산은 모두 가족들에게 돌아갑니까?」

「그렇습니다. 반은 타니오스 부인에게, 그리고 나머지 반은 찰스와 테레사 애런델이 나누어 받게 되지요. 유언장이 그대로 남아 있었다는 것은 결심을 바꾸지 않았다는 겁니다! 마음을 바꾸지 않은 채 돌아가신 거예요.」

「그런데 그 점이 바로 제가 여기에 오게 된 이유입니다.」

포와로가 말했다.

포와로는 의자를 앞쪽으로 당겨 자세를 고쳐 앉았다.

「애런델 양이 임종의 자리에서 그 유언장을 없애 버리려고 했었다고 가정해 봅시다. 아니, 그것을 없애 버렸다고 스스로 믿었다고 가정해 봅시다. 그런데 실은 먼젓번 것만 없애 버린 겁니다.」

퍼비스 씨가 고개를 가로 저었다.

「아닙니다. 두 개가 모두 고스란히 있었는데요.」

「그러면 바꿔친 유언장을 없애 버렸다고 생각해 봅시다. 그분으로선 진짜를 없애 버렸다고 생각했겠지만……. 기억하시겠지만, 그분은 몸이 몹시 좋지 않았어요. 그러니 그분을 속이기는 쉬웠을 겁니다.」

「그런 결과가 나올 수 있는 증거를 가지고 오셔야 할 텐데요.」

변호사가 날카롭게 말했다.

「아! 틀림없이…….」

「제가 묻겠습니다만 그런 일이 일어났다고 믿을 만한 이유가 있습니까?」

퍼비스 변호사가 물었다.

포와로는 약간 움찔했다.

「지금으로서는 분명하게 말씀드릴 수가 없군요.」

「물론, 그러시겠지요.」

퍼비스 씨는 몇 번 들어 익숙해진 포와로의 말투를 흉내내며 동의를 표시했다.

「분명히 얘기하지만, 이번 경우는 뭔가 좀 수상한 데가 있어요!」

「그래요? 무엇인지 말씀해 주시겠습니까?」

퍼비스 씨는 즐거운 예상을 하며 두 손을 마주 비볐다.

「제가 선생께 듣고자 한 것, 또 들은 것은 애런델 양이 조만간 마음을 바꿔서 가족들을 관대하게 대했을 것인가에 대한 선생의 의견이었습니다.」

「그건 다만 제 개인적인 의견일 따름인데요.」

변호사가 날카롭게 지적했다.

「물론 알고 있습니다. 선생은 로슨 양을 위해 일을 하시는 게 아니라고 믿습니다만?」

「저는 로슨 양에게 독자적인 사무변호사와 상담을 해보라고 권했습니다.」

퍼비스 씨가 말했다.

그의 어조는 딱딱했다.

포와로는 그의 친절에 대해, 그리고 필요한 내용을 들려 준 데 대해 감사를 표한 뒤 그와 악수를 나눴다.

제20장 리틀 그린 하우스의 두 번째 방문

하체스터에서 마켓 베이싱까지 10마일 정도의 거리를 가면서 우리는 지금까지의 상황을 검토해 보았다.

「포와로, 당신이 던진 암시는 근거가 있는 겁니까?」

「애런델 양이 새로 만든 유언장을 없애버렸다고 믿었을 거라는 얘기 말인가? 없어. 솔직하게 말하면 아무런 근거도 없네. 다만, 내게 지워진 의무일 뿐이지. 그저 한번 던져 본 거야! 퍼비스 씨는 빈틈없는 사람이야. 내가 그런 식으로 암시를 던지지 않았다면, 이번 일에서 무슨 일을 하려는 거냐고 다그쳐 물었을걸.」

「당신이 내게 무엇을 생각나게 하는지 아십니까, 포와로?」

「글쎄.」

「각기 다른 색깔의 공으로 곡예를 하는 마술사! 공들은 모두가 다 공중에 떠 있죠.」

「각기 다른 색깔의 공이란 건 내가 만든 여러 가지 거짓말을 얘기하는 건가?」

「그렇다고 볼 수도 있죠.」

「어느 때고 공이 땅에 떨어질 거라고 생각하는 모양이군?」

「영원히 그 상태로 있을 수는 없지 않습니까?」

「사실이네. 언젠간 내가 하나하나 공을 잡아서 머리를 숙이고 인사를 한 뒤 무대를 걸어나오는 순간이 오겠지.」

「청중 쪽에서는 우뢰와 같은 박수갈채가 터져 나오고?」

포와로는 미심쩍은 듯 나를 쳐다보았다.

「그래, 그럴지도 모르지.」

「퍼비스 씨에게는 별로 많이 듣지 못한 것 같군요?」

위험 표시가 붙어 있는 지역을 벗어나면서 내가 물었다.

「우리가 짐작한 것들을 확인한 것밖에는 별로 없었지.」

「애런델 양이 죽을 때까지 로슨 양은 그 유언장에 대해 전혀 모르고 있었다는 사실까지 확인된 거로군요.」

「그 문제에 대해서는 아무것도 확인되지 않았다고 생각해.」

「퍼비스 씨는 애런델 양에게 로슨 양에게 알리지 말라고 충고했고, 애런델 양도 그럴 의사가 없노라고 대답했잖습니까.」

「그래, 그건 아주 분명한 사실이지. 그렇지만 열쇠 구멍이 있었으니 열쇠로 잠겨 있는 서랍을 열 수도 있었겠지?」

「당신은 로슨 양이 귀를 곤두세우고 대화를 엿들었을 거라고 생각하나요?」

포와로의 말에 충격을 받은 나는 이렇게 묻지 않을 수 없었다.

포와로는 빙그레 웃었다.

「로슨 양은 구식 교육을 받은 학생이 아니야, 이 친구야. 그녀는 듣게 되리라고는 전혀 예측하지 못한 대화 한 토막을 우연치 않게 듣게 된 거야. 찰스와 그의 고모가 인색한 친척을 죽인다 어쩐다 하면서 티격태격하는 것을 말일세.」

나는 그것이 사실일 수도 있겠다고 인정했다.

「그래서 헤이스팅스, 그녀는 퍼비스 씨와 애런델 양 사이의 대화를 더 쉽게 들을 수 있었던 거지. 그 사람, 목소리가 꽤 낭랑하지 않던가?」

포와로가 말을 계속했다.

「귀를 기울이고 엿들은 짓은 자네가 생각하는 것보다 훨씬 많은 수의 사람들이 하고 있어. 로슨 양처럼 소심하고 쉽게 놀라는 사람들일수록, 자기들에게 커다란 기쁨과 위안이 되는 불명예스러운 습관들을 아주 소중하게 지니고 있지.」

「정말인가요, 포와로?」

그는 여러 번 고개를 끄덕였다.

「사실이라네.」

우리는 조지 여관에 도착하자 방을 두 개 잡았다. 그리고는 리틀 그린 하우스 쪽으로 천천히 걸어갔다.

벨을 누르자 도전하듯 밥이 짖어댔다. 사납게 짖으면서 홀로 뛰어나와 거칠게 현관문을 긁었다.

'사지를 찢어 버리고 말 테다!'

그는 으르렁거렸다.

'내가 집 안에 들어오는 법을 가르쳐 주지. 내 이빨이 박힐 때까지만 기다리라고!'

이 북새통 속에 달래듯 속삭이는 소리가 들려왔다.

「자, 자, 됐어. 착하지, 이리 와.」

목줄에 묶여 그의 의지와는 상관없이 밥은 식당에 갇혔다.

'장난치는 녀석들은 맛을 보여 줄 테야.'

밥은 투덜거렸다.

'오랜만에 멋진 싸움을 할 수 있는 기회였는데. 앞으로는 조심하라고!'

식당문이 닫혔다. 엘렌은 빗장을 건 뒤 현관문을 열었다.

「아, 선생님이시군요.」

그녀가 반갑게 맞았다. 매우 기뻐하는 얼굴이었다.

「이쪽으로 오세요.」

우리는 홀로 들어갔다. 왼쪽의 문 아래에서 커다랗게 쿵쿵거리는 소리와 으르렁거리는 소리가 함께 섞여서 들려 왔다. 밥은 우리를 정확하게 알아내기 위해 애를 쓰는 중이었다.

「저 녀석을 나오게 하시죠.」

내가 엘렌에게 말했다.

「그러겠어요. 일을 저지르진 않아요. 다만 소란 피우고 달려들어서 사람을 놀라게 하죠. 감시견으로는 그만이에요.」

식당문이 열리자 밥이 총알같이 뛰어나왔다.

‘누구지? 어디 있어? 아, 여기 있군 그래. 기억이 안 나는데.’

밥은 열심히 코를 킁킁거렸다.

‘아, 그래. 전에 한번 만났지!’

「잘 있었나?」

내가 밥에게 말을 건넸다.

「요즘 어떻게 지내나?」

녀석은 형식적으로 꼬리를 흔들었다.

‘잘 지냈습니다. 고맙군요. 가만 있자.’

밥은 얘깃거리를 찾았다.

‘요즘 스패니얼 종 한 마리와 사귀고 있군요. 냄새가 나는데요. 바보 같은 녀석이죠. 이건 뭐야? 고양이? 거 참 재미있겠는데. 여기서 그녀를 만나 봤으면 좋겠군요. 여긴 오락거리가 거의 없어요. 흠, 나도 못된 테리어 종은 아니지요.’

내가 최근에 만난 친구들에 대해 정확하게 진단을 한 뒤, 그는 주의를 포와로 쪽으로 돌렸다. 벤젠 냄새를 가득히 들이마시더니 책망하듯 뒤로 물러섰다.

「밥.」

내가 불렀다.

그는 어깨 너머로 나를 흘끗 쳐다보았다.

‘괜찮아요. 내가 하려는 일은 내가 알고 있다고요. 곧 할 겁니다.’

「사방이 닫혀 있군요. 저, 미안하지만…….」

엘렌이 급히 식당으로 들어가 덧문을 열었다.

「좋군요, 아주 좋습니다.」

그녀가 자리에 앉자 포와로가 말했다.

내가 막 그의 말에 맞장구를 치려는 찰나, 공을 입에 문 밥이 나타났다. 그는 층계 위로 오르더니 두 발 사이에 공을 낀 채 계단 위에 큰대(大) 자로 누웠다. 꼬리만 천천히 흔들렸다.

‘이리 와요.’

밥이 말했다.

'이리 와서 운동을 좀 하시죠.'

호기심을 잠시 덮어둔 채 나는 밥과 몇 분간 놀았다. 그러자 죄의식이 엄습해 와서 허둥지둥 다시 식당으로 돌아왔다.

포와로와 엘렌은 병과 약품에 대한 얘기를 나누고 있었다.

「작고 하얀 알약이었어요. 애런델 마님이 복용하신 약은 그게 전부예요. 매 식사 후마다 두세 알씩 드셨죠. 그레인저 의사 선생님의 지시였어요. 그 약을 좋아하셨어요. 아주 작은 것이었거든요. 그리고 로슨 양이 권한 것이 있어요. 캡슐에 든 닥터 루바로 간장약이에요. 광고판 같은 데 나와 있는 걸 몇 번 보셨을 거예요.」

「그것도 드셨습니까?」

「예. 병이 나자마자 로슨 양이 그 약을 가져다 드렸는데, 애런델 양도 몸에 좋다고 여기시는 것 같았어요.」

「그레인저 의사는 그 사실을 알고 있었나요?」

「예. 의사 선생님은 그 약에 대해 별로 신경 쓰시지 않았어요. '몸에 좋다고 생각되거든 복용하세요.'라고만 하셨죠. 그러자 애런델 양이, '비웃으셔도 좋아요. 하지만 내게는 꽤 효과가 있어요. 선생님이 처방해 준 약보다 훨씬 나아요.' 그러자 그레인저 선생님은 웃으시면서, 신념이 모든 약을 가치 있는 것으로 만들어 준다고 말씀하셨죠.」

「그밖에는 복용한 약이 없습니까?」

「없어요. 벨라의 남편인 외국인 의사가 무슨 병을 하나 가져다 드렸는데 고맙다고 인사를 깍듯이 하셨지만 그것을 곧 쏟아버리셨어요! 저도 마님이 옳다고 생각합니다. 그런 외국 제품들을 어떻게 해야 하는가는 선생님도 잘 알고 계시죠?」

「타니오스 부인도 그 약을 쏟아 버리는 걸 봤습니까?」

「예. 그래서 그것 때문에 마음이 얼마나 아프셨을까 하고 걱정이 되더군요. 가엾은 부인! 그건 의사로서 당연히 베풀 수 있는 친절이라고 생각했기 때문에 저도 미안했어요.」

「물론, 물론입니다. 애런델 양이 돌아가시고 난 뒤 집 안에 남아 있던 약들은 모두 없애 버렸겠죠?」

그 질문에 엘렌은 약간 놀라는 기색이었다.

「예, 없애 버렸어요. 얼마간 남아 있던 약을 간호사가 모두 버렸어요. 침실 약상자 안에 있던 오래된 약들은 로슨 양이 모두 치워 버렸고요.」

「닥터 루바로 간장약은 약상자 안에 있었나요?」

「아니에요. 식사 뒤에 곧장 드시기 편하도록 거실의 붙박이 장 안에 넣어 두었었지요.」

「어떤 간호원이 애런델 양을 보살폈습니까? 그분의 이름과 주소 좀 가르쳐 주시겠습니까?」

엘렌은 즉시 그렇게 해주었다.

포와로는 애런델 양의 병에 대해 몇 가지를 더 물었다.

엘렌은 병의 경과와 고통에 대해, 그리고 마지막 혼수상태가 되기까지를 아주 자세하게 얘기해 주었다. 그 긴 이야기 속에서 포와로가 얼마만큼이나 만족할 만한 답을 얻었는지는 모르겠다.

그는 주로 로슨 양에 대해, 그리고 그녀가 병실에서 보낸 시간들에 대해 적절하게 질문을 해가면서 주의 깊게 듣고 있었다. 자신의 죽은 친척(존재하지도 않았지만)의 음식과 애런델 양에게 주어졌던 음식을 비교해 가면서, 특히 환자의 음식에 대단한 관심을 보였다.

두 사람이 자기들 얘기를 매우 즐기는 것 같아서 나는 다시 홀로 나왔다. 턱 밑에다 공을 놔둔 채 밥은 계단 위에서 잠들어 있었다.

내가 휘파람을 불자, 밥이 튀어오르듯 즉시 일어났다. 그러나 천천히 공을 밀어 보내는 동작에서 녀석이 매우 화가 나 있음을 알 수 있었다. 내가 던져 주는 공도 시간을 한참 지연시킨 뒤에야 마지못해 받곤 했다.

「실망했니? 자, 이번에는 실컷 자도록 해줄게.」

내가 다시 식당으로 돌아왔을 때 포와로는 애런델 양이 죽기 바로 전주 토요일, 타니오스 의사가 갑자기 애런델 양을 방문한 것에 대해서 얘기를 나누고 있었다.

「예, 선생님. 찰스 씨와 테레사 양은 산책을 나갔었죠. 타니오스 씨가 오실 것이라고는 아무도 몰랐던 것 같아요. 마님은 자리에 누워 계셨는데, 그분이 오셨다고 하자 무척 놀라셨어요. '타니오스 의사? 부인도 함께 왔나?' 하고 물으셨죠. 신사분 혼자 오셨다고 말씀드렸더니 곧 내려가겠다고 하시더군요.」

「그래서 그 사람은 오래 기다렸나요?」

「한 시간 정도 기다리셨어요. 돌아가실 때 보니, 그리 기분 좋은 표정은 아닌 것 같았어요.」

「그 사람이 방문한 목적이랄까, 무엇 때문에 왔던 것 같습니까?」라고 포와로가 물었다.

「잘 모르겠어요.」

「뭐라고 얘기하는지 전혀 듣지 못했나요?」

엘렌의 얼굴이 갑자기 빨개졌다.

「아뇨, 전혀 몰라요. 저는 문밖에서 엿듣는 짓은 결코 하지 않습니다. 어떤 이들은 사태를 더 잘 알아보기 위해 가끔 하는 경우도 있겠지만요!」

「아, 제 말을 오해하셨나 보군요.」

포와로는 진심으로 사과했다.

「그 사람이 와 있을 때 당신이 차를 가지고 들어갔을지도 모른다는 생각이 떠올랐을 뿐입니다. 혹시 그때, 그 사람과 마님 사이에 오고간 대화를 듣게 되지 않았을까 하고 생각한 것뿐입니다.」

엘렌의 태도는 진정되었다.

「미안해요, 선생님. 제가 잘못 생각했군요. 타니오스 씨는 차를 드실 만큼도 머무르지 않았어요.」

포와로는 그녀를 바라보며 몇 번 눈을 깜박거렸다.

「그러면 내가 그 사람이 내려온 이유를 알고 싶어한다면…… 저, 로슨 양에게 물어 보면 되겠군요?」

「그녀가 모른다면 아마 아는 사람이 아무도 없을걸요.」

코방귀를 뀌며 엘렌이 대답했다.

「가만 있자.」

뭔가를 기억해내려는 듯 포와로가 인상을 찌푸렸다.

「로슨 양의 침실이…… 애런델 양의 침실 바로 옆이었나요?」

「아니에요. 로슨 양의 방은 계단 바로 앞방이에요. 제가 안내해 드릴게요.」

포와로는 이 제안을 받아들였다. 그는 벽 쪽으로 몸을 거의 붙인 상태로 층계를 올라갔는데, 마지막 계단을 밟자마자 소리를 지르며 다리를 웅크렸다.

「아, 못에 걸렸군. 층계 걸레받이에 못이 튀어나와 있는데요.」

「예, 그래요, 선생님. 아마 느슨하게 박아 놨던 모양이에요. 저도 두어 번 치마가 걸렸었어요.」

「저렇게 된 지 오래 됐습니까?」

「꽤 오래 됐어요. 처음 본 것이 사고를 당한 뒤 마님이 자리에 누워 계실 때였으니까요. 빼버리려고 했는데 잘 안 되던데요.」

「주위에 실이 감겨 있었던 것 같군요?」

「예, 맞아요. 조그맣게 실고리가 매달려 있었어요. 무엇 때문에 그렇게 해놨는지 모르겠어요.」

그러나 엘렌의 목소리에는 의심하는 기색이 전혀 없었다.

그녀에게 있어서 그 일은 다만 집 안에서 일어날 수 있는 작은 일 중 하나에 불과했고, 설명할 필요조차 없었던 것이다.

포와로는 층계 앞의 방으로 천천히 들어갔다.

적당한 크기의 방으로, 문 맞은편에 창문이 두 개 나 있었다. 방 한쪽 구석에는 화장대가 놓여 있었고, 두 개의 창문 사이에 거울이 달린 옷장이 있었다. 침대는 창문을 마주 바라보고 있는 문 뒤쪽에 있었다. 벽 왼쪽에 마호가니 재로 된 커다란 서랍장과 곁에다 대리석을 입힌 세면대가 있었다.

포와로는 방의 이곳저곳을 꼼꼼하게 살펴본 다음 다시 충계로 나왔다. 복도를 따라 죽 걸었다. 두 개의 다른 침실을 지나 에밀리 애런델이 사용했던 커다란 방 앞에 섰다.

「간호사는 옆의 작은 방을 썼어요.」

엘렌이 설명했다.

충계를 내려오자 그는 정원을 산책할 수 있겠느냐고 물었다.

「그렇게 하세요, 선생님. 지금이 한창 아름다워요.」

「정원사도 여전히 일하고 있습니까?」

「앵거스 말인가요? 예, 아직 여기서 일하고 있어요. 로슨 양은 그렇게 해야 이 집이 잘 팔릴 거라고 생각해서인지, 모든 걸 단정하게 매만져 놓고 싶어해요.」

「현명한 생각입니다. 집 주변을 잡초가 무성하게 해놓는 건 좋은 생각이라고 볼 수 없죠.」

정원은 아주 평화롭고 아름다웠다. 넓은 정원의 가장자리에는 루핀과 제비꽃들, 그리고 진홍색 양귀비꽃들이 만발해 있었다. 모란은 봉오리 져 있었다. 조금 걷다 보니 허름한 옷을 입은 몸집이 큰 노인이 헛간 앞에서 바쁘게 움직이고 있었다. 우리를 보자 공손하게 인사를 했다.

포와로가 다가가 말을 붙였다. 노인의 마음을 녹여주던 찰스를 만났다는 한 마디에 노인은 말이 많아졌다.

「그분은 항상 그랬죠! 구즈베리 파이와 값진 요리가 담긴 그릇을 여기까지 가지고 나오셨기 때문에 알게 됐어요! 고양이가 구즈베리 파이를 먹느냐는 얘기는 못 들어 봤습니다만, 고양이 짓이라고 애기하지 않으면 저주를 퍼붓겠다는 표정으로 돌아가시더군요. 찰스 씨는 그런 양반입니다!」

「4월에도 이곳에 내려왔나요?」

「예, 두 주 동안 주말에만 내려오셨지요. 마님이 돌아가시기 바로
전입니다.」

「오래 있었습니까?」

「꽤 계셨지요. 젊은 신사분들은 이런 곳에 오래 있으려고 하지
않지요. 조지 여관까지 나가시곤 했어요. 그랬다가 다시 이곳으로
돌아오시면, 제게 이것저것 물으시면서 이 주변을 산책하시곤 했습
니다.」

「꽃에 대해서 물었습니까?」

「예. 꽃에 대해서 물으셨지요. 그리고 풀에 대해서도요.」

노인은 소리 없이 혼자 웃었다.

「풀에 대해서?」

포와로의 목소리가 갑자기 높아졌다. 그는 고개를 돌려 무엇을
찾는 듯 선반을 살펴보았다.

양철로 된 통 앞에서 그의 시선이 멈췄다.

「그것을 없애 버리는 방법에 대해서 알고 싶어했군요?」

「그랬지요!」

「이건 노인장이 사용하시는 것 같은데?」

「그렇습니다.」

앵거스가 대답했다.

「아주 손쉽게 구할 수 있는 겁니다.」

「위험한 거죠?」

「옳게 사용만 하면 괜찮습니다. 물론 비소입니다만, 이것을 가지
고 찰스 씨와 농담을 했습니다. 좋아하지 않는 여자를 아내로 맞게
되었을 때는 저한테 오라고요. 그러면 아내를 없애 버릴 수 있도록
저걸 조금 드리겠다고 얘기했지요! 아내가 아마 당신 없이 혼자 살
고 싶어할 거라는 말까지 덧붙이면서요. 그분은 아주 유쾌하게 웃
더군요. 그게 전부였어요! 재미있는 얘기 아닙니까?」

우리는 마치 의무인 것처럼 웃었다.

포와로가 통을 집어들고 뚜껑을 열었다.

「거의 비어 있군요.」

그는 중얼거렸다.

노인이 통을 쳐다보았다.

「그렇군요. 생각보다 많이 썼네요. 많이 쓸 생각은 없었는데. 얼마 가량 더 주문해야겠습니다.」

「그래야겠군요.」

포와로가 미소를 지었다.

「내 아내를 위해서 내게도 좀 나눠주시려면 더 있어야겠소!」

이 농담에 우리는 또 한 번 웃었다.

「결혼 안 하셨지요? 그렇게 보이는데요?」

「안 했소.」

「하! 항상 결혼 안 하신 분들이 그런 농담을 하신단 말씀이야. 안 한 사람들이야 그런 고통을 알 리가 있으려고!」

「그럼, 노인장의 부인도?」

포와로가 묘하게 말을 멈췄다.

「건강하게 살아 있습니다. 아주 건강하게 살아 있어요.」

그 말을 던지는 앵거스의 모습이 왠지 우울해 보였다. 정원에 대해 그에게 찬사를 던진 뒤 우리는 작별인사를 했다.

제21장 약사, 간호사, 의사

잡초 제거제가 들어 있는 양철통이 내게 여러 가지 새로운 생각들을 일깨워 주었다. 그것은 내가 만난 상황들 중에서 가장 확고하게 의심을 불러 일으키는 것이었다.

비소에 대한 찰스의 관심, 거의 바닥이 난 통을 들여다보던 정원사의 놀란 얼굴. 이 모든 것이 한 가지 방향을 지적해 주고 있었다.

내가 흥분할 때마다 그랬듯이 포와로는 아무 말도 하지 않았다.

「누군가가 잡초 제거제를 꺼내 갔다고 해도 그게 찰스 짓이라는 증거는 아직 없어, 헤이스팅스.」

「그래도 정원사하고 그런 일에 대해서 많은 얘기를 나눴던 건 찰스 아닙니까?」

「그가 진짜 그럴 생각이 있었다면 그렇게 행동하는 것은 현명한 짓이 아닐세. 만일 누가 빨리 이름을 대라고 한다면 가장 빨리, 또 쉽게 떠오르는 독약의 이름이 뭔가?」

「비소겠죠.」

「그래, 오늘 찰스가 우리에게 얘기할 때 스트리키닌이라는 이름 앞에서 잠깐 멈췄었던 이유가 이해되나?」

「그렇다면 당신은?」

「'수프 속의 비소'라는 말을 하려다가 멈춰 버린 거야.」

「아하! 그런데 왜 말을 멈췄을까요?」

「왜냐고? 글쎄. 내가 그 '왜?'의 대답을 찾아 정원을 헤매다가 잡초 제거제 같은 걸 발견하도록 하기 위해서였는지도 모르지.」

「그럼, 당신은 알고 있었군요!」

「그렇다네. 알고 있었어.」

나는 머리를 흔들었다.

「찰스 청년에게 사태가 불리하게 돌아가는 것 같군요. 그 노숙녀의 병에 대해서 엘렌과 얘기를 한참 나눴죠? 그녀의 증상이 비소 중독과 같던가요?」

포와로는 천천히 코를 문질렀다.

「꼭 그렇다고 얘기하긴 곤란해. 복통이 있었다더군.」

「그렇다면 바로 그거로군요!」

「글쎄. 그렇게 단언할 수는 없으니까.」

「다른 독물 증상인가요?」

「비소는 간에 병을 일으키거나, 그와 비슷한 이유로 죽음을 불러 일으킬 수 있는 독물은 아닐세!」

「포와로!」

내가 소리쳤다.

「자연사가 아네요! 살인입니다!」

「자네와 나의 위치를 바꿔야 될 것 같군.」

우리는 불시에 약국으로 들어갔다.

포와로는 체내의 고통에 대해 한참 상의를 한 뒤 마름모꼴 소화제가 들어 있는 작은 통 하나를 샀다. 그 꾸러미를 들고 막 약국 문을 나서려는 순간, 아름답게 포장되어 있는 닥터 루바로 간장약 꾸러미가 그의 시선을 끌었다.

「예, 선생님. 아주 훌륭한 약입니다.」

중년의 약사는 말이 많은 사내였다.

「꽤 효과가 있을 거예요.」

「애런델 양이 저걸 복용했다고 들었는데요. 에밀리 애런델 양 말입니다.」

「그랬지요. 리틀 그린 하우스의 애런델 양 말이죠. 보수적이고 훌륭한 노숙녀였어요. 제가 약을 지어 드리곤 했는데.」

「이 특허 받은 약품을 많이 복용하셨나요?」

「아니, 그렇지 않습니다. 제가 아는 다른 나이든 숙녀분들 만큼 많이 복용하진 않았습니다. 컴패니언이었던 로슨 양이 전재산을 물려받았다는데…….」

포와로는 고개를 끄덕거렸다.

「그 여자는 이런저런 약들을 다 먹죠. 환약, 마름모꼴 소화제, 혼합소화제 등등. 약병 속에서 사는 사람이에요.」

그는 안쓰럽다는 표정이었다.

「그 여자와 같은 사람들이 많았으면 좋겠습니다. 요즘 사람들은 자기가 쓰던 약밖에는 쓰려고 하질 않거든요. 여전히 많은 조제품들이 팔리고 있는데도 말이죠.」

「애런델 양도 이 간장약을 정기적으로 복용했나요?」

「예. 돌아가시기 전 3개월 동안 이 약을 복용했지요.」

「친척인 타니오스 의사가 혼합소화제를 만들어 가겠다고 찾아온 적이 없었습니까?」

「애런델 양의 조카딸과 결혼한 그리스 인 신사 말씀이군요? 예, 오셨지요. 아주 재미있는 혼합제였습니다. 전에 한 번도 들어 본 적이 없는 방법이었지요.」

그는 마치 진기한 천연기념물에 대해 얘기하는 투였다.

「어떤 새로운 것을 얻었다고 할 때, 그것은 변화가 일어난 겁니다. 아주 흥미로운 조제법이었다고 기억해요. 물론 그분은 의사였지요. 상냥하게 상대방을 즐겁게 해주는 분이었습니다.」

「그의 아내도 여기서 약을 사간 적이 있습니까?」

「요즘에 말씀인가요? 글쎄요, 기억이 나지 않는데요. 아, 예, 수면제를 사러 온 적이 있군요. 클로랄이었어요. 처방한 것의 두 배를 달라고 하더군요. 수면제는 처방하기가 까다롭지요. 선생님도 잘 아시겠지만, 대부분의 의사들이 한꺼번에 그렇게 많은 양을 처방해주지는 않거든요.」

「누가 처방해 준 것이었습니까?」

「남편이었던 것 같은데요. 물론, 무리한 양은 아니었어요. 하지만 요즘은 무척 조심해야 하거든요. 그런 사실에 대해 잘 모르시겠지만, 만일 의사가 처방을 잘못한 것을 우리가 믿고 그대로 약을 지어 주었다가 잘못되면 책임은 우리한테 있어요. 의사가 아니고.」

「그거 매우 부당하군요!」

「솔직히 말해 골치가 아픕니다. 하지만 아직 불평할 만한 건 아니지요. 그런 경우를 직접 당한 적은 아직 없으니까.」

그는 손가락 끝으로 계산대를 재빨리 두들겼다.

포와로가 닥터 루바로 간장약 한 통을 사기로 결정했다.

「감사합니다, 선생님. 어느 걸 드릴까요? 25개, 50개, 100개?」

「제일 큰 것이 가장 효과가 있을 것 같소만…….」

「50개짜리로 하시죠. 애런델 양이 복용하시던 것도 바로 그 크기니까. 86파운드입니다.」

포와로는 그러라고 하고서 86파운드를 지불한 뒤 꾸러미를 받아 들었다. 우리는 약국을 나왔다.

「그래서 타니오스 부인이 수면제를 샀던 거로군요.」

거리로 접어들면서 내가 설명했다.

「그 약을 과용하면 사람을 죽일 수도 있겠죠, 안 그래요?」

「가장 편안하게 그렇게 할 수 있지.」

「애런델 양이…….」

나는 로슨 양이 한, '만일 그 사람이 그렇게 하라고 시키면 살인이라도 서슴지 않을 거예요!'라는 말이 떠올랐다.

포와로는 고개를 흔들었다.

「클로랄은 마취 효과와 최면 효과가 있어. 고통을 완화시키거나 잠을 청할 때 복용하는 거라고. 습관성이 될 수도 있지.」

「당신은 타니오스 부인이 습관성이었다고 생각하나요?」

당황한 포와로가 고개를 흔들었다.

「아니, 그렇다고는 생각지 않네. 하지만 이상하군. 한 가지 설명은 가능하네만. 그런데 그것이…….」

그는 갑자기 말을 멈추고 시계를 보았다.

「자, 이제 애런델 양의 마지막 병상을 지켰던 간호사 캐러더스를 만나봐야겠군.」

캐러더스 간호사는 예민해 보이는 중년 여자였다.

이번에 포와로의 역할은 늙은 부모를 모시고 있는 아들 역이었다. 그에게는 노모가 한 분 계신데, 그는 동정심이 많은 간호사를 급히 찾고 있는 중이었다.

「아주 솔직하게 말씀드리죠. 우리 어머니는 좀 까다로워요. 훌륭하고 젊은 간호사들이 몇 사람 왔었는데, 모두 유능했지만 젊다는 사실이 그들을 불리하게 만들었지요. 어머니는 젊은 여자들을 싫어해서, 모욕을 주시기도 하고, 거칠게 대하기도 하고, 또 성을 내기도 한답니다. 또, 창문을 열어놨다고, 현대적인 위생법을 쓴다고 싸우기도 했어요. 아무튼 쉽지가 않을 겁니다.」

그는 침통하게 한숨을 내쉬었다.

「알겠습니다.」

캐러더스 간호사가 동정을 느끼듯이 대답했다.

「그런 일이 때론 아주 해볼 만해요. 사람은 재치가 있어야 되거든요. 환자의 기분을 상하게 하는 건 소용없는 짓이죠. 할 수 있는 한 그들에게 져주는 게 좋아요. 일단, 상대방이 자기에게 아무것도 강요하지 않는다는 걸 알게 되면 환자들은 긴장을 풀고 양처럼 순해지거든요.」

「그 방면에 아주 이상적인 분이라는 생각이 드는군요. 노숙녀들을 이해하시죠?」

「경험이 좀 있어요.」

캐러더스 간호사가 웃으면서 말했다.

「인내와 상냥한 마음만 있으면 선생님도 하실 수 있어요.」

「아주 현명한 말씀이군요. 애런델 양을 간호했다고 들었습니다만.

그분도 수월한 노숙녀는 아니었을 텐데요.」

「글쎄요, 잘 모르겠어요. 의지가 강한 분이었죠. 하지만 까다로운 분은 아니었어요. 물론 그곳에 오래 있었던 건 아닙니다만. 나흘째 되던 날 돌아가셨으니까요.」

「겨우 어제야 그분의 조카딸인 테레사 애런델 양에게 얘기를 들었습니다.」

「정말 놀랄 만한 일이군요. 제가 늘 하는 얘기지만, 세상은 참 좁아요!」

「그녀를 아십니까?」

「물론이에요. 그녀는 자기 고모가 돌아가신 뒤에 내려와서 장례식을 치를 동안 여기에 있었죠. 아주 잘생긴 처녀예요.」

「예, 그래요. 하지만 너무 말랐지요. 너무 말랐어.」

자신이 적당하게 살이 쪄 있음을 의식한 간호사 캐러더스는 약간 우쭐해졌다.

「물론, 너무 말라서는 안 되죠.」

「불쌍한 처녀입니다.」

포와로가 계속했다.

「아주 안됐어요. 우리끼리 얘기지만.」

그는 은밀히 얘기하려는 듯 몸을 앞쪽으로 기울였다.

「고모의 유언장 때문에 큰 타격을 받았지요.」

「그랬을 거예요.」

캐러더스 간호사가 말했다.

「그것 때문에 얘기가 많았어요.」

「나도 애런델 양이 가족들한테 상속권을 넘겨주지 않은 이유가 무엇 때문인지 모르겠군요. 참, 별난 일입니다.」

포와로가 말했다.

「묘한 일이죠. 동감입니다. 사람들도 뭔가 석연치 않은 일이 있었을 거라고 얘기해요.」

「그 이유에 대해서는 전혀 듣지 못했나요? 애런델 양이 아무 얘기도 안 하시던가요?」

「아뇨. 제게는 아무 말도 안 하셨어요.」

「누구 다른 사람에게는요?」

「로슨 양이, '예. 하지만 그건 변호사 사무실에 있잖아요.' 하고 말하는 걸 들었어요. 아마 로슨 양에게는 무슨 얘기를 하지 않았나 싶군요. 그 말에 애런델 양은, '아래층 서랍 안에 있는 게 확실해.'라고 말씀하셨죠. 로슨 양이 다시, '아니에요. 퍼비스 씨에게 보내셨어요. 기억 안 나세요?' 하고 말하자 애런델 양은 다시 구토하기 시작했고, 제가 그녀를 돌보고 있는 동안 로슨 양은 나가 버렸죠. 두 사람이 하던 얘기가 그 유언장에 대한 것이 아닌가 싶군요.」

「그런 것 같습니다.」

캐러더스 간호사는 얘기를 계속했다.

「만일 그랬다면, 애런델 양은 속을 태우면서 그것을 변경시키려고 했던 거예요. 하지만 뭐든지 지나간 일을 생각하고 나면……, 불쌍한 분, 병이 더욱 심해지시곤 했어요.」

「로슨 양이 간호한 적은 전혀 없습니까?」

포와로가 물었다.

「없어요. 로슨 양은 병간호에는 바람직하지 못했어요. 너무 수선스러웠으니까요. 환자를 초조하게 만들기만 했죠.」

「그렇다면 간호하는 일을 혼자서 해내셨습니까? 그 힘든 일을?」

「하녀가―이름이 엘렌이었어요. ―저를 도와주었지요. 엘렌은 아주 능숙했습니다. 병에나, 노숙녀를 돌보는 데나 모두 익숙했어요. 우리 둘이서 그럭저럭 꽤 잘 해나갔어요. 실은 그레인저 선생님이 금요일에 야간 근무 간호사를 보내 주셨는데, 애런델 양은 그 간호사가 도착하기도 전에 돌아가셨지요.」

「환자의 음식을 만들 때 로슨 양도 도왔습니까?」

「아니에요. 그녀는 아무것도 만들지 않았어요. 실은 준비해야 할

것이 별로 없었거든요. 제가 발렌타인과 브랜디, 그리고 포도당 같
은 것들을 가지고 갔었으니까요. 로슨 양이 한 일이라고는 울면서
집 밖으로 뛰어나갔다가 여느 사람들이 하듯 집 안으로 다시 들어
오는 것뿐이었어요!」

신랄한 어조로 간호사가 말했다.

「알겠습니다. 로슨 양이 별 도움이 되지 않았다는 말이로군요.」

「컴패니언들이란 대개 불쌍한 사람들이라고 생각해요. 훈련이 조
금도 되어 있지 않은 사람들이지요. 아마추어들이에요. 그래서 어느
일에도 별로 도움이 되지 않는 여자들이죠.」

「로슨 양이 애런델 양을 매우 따랐다고 생각하십니까?」

「그랬던 것 같아요. 그분이 돌아가셨을 때는 어쩔 줄 몰라 당황
해했으니까요. 제 생각이지만, 가족들보다 더 하는 것 같았어요.」

조금 비꼬는 듯한 태도로 캐러더스 간호사는 말을 멈췄다.

「그때…….」

슬기롭게 머리를 끄덕여 가며 포와로가 물었다.

「애런델 양은 자신이 만들어 놓은 대로 재산이 남겨진다면 어떤
일이 벌어질는지 알고 있었나요?」

「애런델 양은 빈틈없는 분이셨어요.」

간호사가 말했다.

「그분이 잘 생각해 보지 않았다던가, 또는 모르고 한 일은 아마
별로 없을걸요!」

「그분이 밥이라는 개에 대해서 얘기하신 적이 있습니까?」

「그런 식으로 말씀하시다니 우습군요! 밥에 대해서는 많은 얘기
를 하셨어요. 낙상한 일에 대해서였지요. 밥은 매우 뛰어난 개예요.
저는 개를 무척 좋아한답니다. 불쌍한 녀석. 그분이 돌아가시자 아
주 처량해 보였어요. 감탄할 만한 일이지요, 꼭 사람 같으니.」

개의 인간적인 속성에 대해 몇 마디를 나눈 뒤 우리는 헤어졌다.

「전혀 혐의가 없는 사람이군.」

나오면서 포와로가 말했다.

목소리가 약간 실망한 듯했다.

우리는 조지 여관에서 아주 형편없는 저녁을 먹었다. 식사를 하면서 포와로는 꽤 투덜거렸다. 특히 수프에 대해서.

「헤이스팅스, 맛있는 수프를 만드는 건 아주 쉬워. 불에다 냄비를 올리고…….」

나는 요리법에 대한 장황한 설명을 가까스로 모면했다.

저녁을 먹고 나니 놀랄 만한 일이 우리를 기다리고 있었다. 포와로와 나는 라운지에 앉아서 식사를 했는데, 그곳에는 우리 말고 또 한 사람이, 외모로 보아 여행자인 듯했다. 저녁을 먹고 있었다. 식사를 마친 뒤 그는 나갔다.

나는 하릴없이 주식투자가들을 위해 만든 관보 비슷한 잡지의 낡은 페이지를 뒤적거리고 있었는데, 갑자기 포와로의 이름을 부르는 소리가 들렸다.

들려 오는 쪽은 문밖이었다.

「그 사람 어디 있어? 이 안이야? 좋아. 내가 찾아보지.」

문이 거칠게 덜커덩 열리더니, 붉은 얼굴에 초조한 듯 눈썹을 곤두세운 그레인저 의사가 성큼성큼 걸어 들어왔다.

「아, 여기 계셨군! 에르큘 포와로 씨. 도대체 무슨 이유로 나를 찾아와서 쓸데없는 거짓말을 늘어놓은 거요?」

「마술사의 공 하나가 땅에 떨어졌군요?」

내가 심술궂게 속삭였다.

포와로는 특유의 매끄러운 목소리로 말했다.

「친애하는 의사 선생님, 제가 설명해 드릴 수 있도록 시간을 주시면…….」

「시간을 달라고? 좋소, 어서 설명해 보시오! 당신은 탐정이지? 그래, 그게 당신 직업이야! 냄새를 맡고 꼬치꼬치 캐묻는 일이지! 나한테 어슬렁거리며 와서는, 무슨 애런델 장군의 전기를 쓰네 하고

잔뜩 거짓말을 늘어놓더니! 그런 허무맹랑한 거짓말로 나를 속인
게 더욱 괘씸하군.」

「제 신분을 누구한테 들으셨습니까?」

포와로가 물었다.

「누구한테 들었냐고? 피바디 양에게서 들었소. 당신을 내내 지켜
보고 있었더구먼!」

「피바디 양, 그렇군요.」

포와로는 그 말을 다시 한 번 되풀이했다.

「저는 오히려…….」

화가 난 그레인저 의사가 가로막았다.

「자, 선생. 당신의 설명을 기다리고 있소만!」

「물론이죠. 제 설명은 아주 간단합니다. 계획적인 살인이라는 얘
기죠.」

「뭐, 뭐라고요?」

포와로가 조용히 말했다.

「애런델 양은 낙상을 했습니다. 맞지요? 죽기 바로 직전에 층계
에서 굴러 떨어졌죠?」

「그래요. 그게 어쨌다는 거요? 그녀는 그 빌어먹을 밥의 공에 걸
려서 넘어진 거요.」

포와로가 머리를 흔들었다.

「아닙니다, 선생. 그렇지 않아요. 계단 위에 실을 매어놓은 겁니
다. 그분이 걸려서 넘어지도록 술수를 쓴 거죠.」

그레인저 의사는 눈을 크게 뜨고 포와로를 쳐다보았다.

「그렇다면 왜 그런 얘기를 내게 하지 않았소? 그런 얘기는 전혀
한 적이 없잖소?」

「만일 가족들 중 한 사람이 실을 그곳에 매놓은 거라면…… 이해
하시겠지요?」

「흠, 알겠소.」

그레인저는 날카로운 시선을 포와로에게 던지면서 의자에 털썩 주저앉았다.

「그런데 그 일에 어떻게 관련을 갖게 되었소?」

「애런델 양이 극비로 처리해 줄 것을 강조하면서 제게 편지를 쓰셨습니다. 그런데 불행하게도 편지가 늦게 도착했지요.」

포와로는 자세하게 그간의 과정을, 층계 걸레받이에 못이 튀어나와 있는 것을 발견하기까지의 얘기를 했다.

의사는 진지한 얼굴로 듣고 있었다. 화는 이미 풀린 모양이었다.

「제 위치가 애매하다는 점을 이해하시리라 믿습니다.」

포와로가 말을 마쳤다.

「아시다시피 저는 죽은 노숙녀께 고용되어 있는 몸입니다. 그렇지 않다 해도 저는 이 문제를 꼭 해결해야만 한다는 강한 의무감을 느끼고 있습니다.」

그레인저 의사는 깊은 생각에 잠겼다.

「그렇다면 누가 계단 위에 실을 매두었는지 통 모르시겠다는 말이오?」

그레인저 의사가 물었다.

「증거는 없습니다만, 전혀 모르는 건 아닙니다.」

「미묘한 말이로군.」

착잡한 얼굴로 그레인저 의사가 말했다.

「그렇습니다. 그 일에 다른 두 번째 시도의 귀추에 대해서 아직은 분명하게 말씀드릴 수가 없다는 얘깁니다.」

「예? 그게 무슨 소리요?」

「애런델 양의 죽음이 자연스럽게 찾아온 것처럼 모든 게 위장되어 있지만, 누가 그것이 자연스러운 죽음이었다고 장담할 수 있겠습니까? 그분의 생명을 노린 첫 번째의 음모가 있었으니, 두 번째의 음모도 분명 있을 것입니다. 거기다가 두 번째 것은 성공한 겁니다!」

그레인저는 골똘히 생각에 잠겨 고개를 끄덕였다.

「그레인저 씨, 화를 내지는 마십시오. 애런델 양이 지병으로 죽은 게 틀림없다고 생각하시나요? 오늘 우연히 증거를 하나 발견하기는 했습니다만…….」

그는 앵거스 노인과 나눈 대화, 즉 찰스 애런델이 잡초 제거제에 관심을 가지고 있었다는 것과, 거의 비어 있는 통을 발견하고 놀라던 노인의 얼굴 등을 자세하게 얘기해 주었다.

그레인저 의사는 주의를 기울여서 듣고 있었다.

포와로가 말을 마치자 그레인저가 조용히 입을 열었다.

「당신이 얘기하는 요점은 알겠소. 대부분의 비소 중독증은 위와 장의 급성 염증에 의해서 진단할 수 있어요. 특히, 다른 부위에는 아무 이상이 없을 때……. 어떤 경우든지 특정한 징후를 수반하는데 형태는 매우 다양합니다. 급성, 준급성, 신경과민, 또는 만성 비소 중독증 등이지요. 토하거나 복통이 있을 수도 있는데, 이런 증상이 완전히 사라지면 갑자기 바닥에 쓰러져서 얼마 뒤면 숨을 거두게 됩니다. 바로 혼수상태와 마비가 오는 거지요. 증상은 매우 여러 가지입니다.」

포와로가 말했다.

「그런 사실들을 고려해 봤을 때 선생님의 의견은 어떻습니까?」

그레인저 의사는 잠시 동안 묵묵히 있었다.

그러다가 천천히 입을 열었다.

「일말의 편견도 없이 그런 사실들을 모두 고려해 봤을 때, 애런델 양의 증세를 비소 중독증으로 간주할 수 있는 증상은 전혀 없었습니다. 그녀는 간경변증으로 죽은 겁니다. 아시다시피, 나는 그녀를 여러 해 동안 돌봐 왔기 때문에, 이번처럼 죽음을 가져오게 된 증상과 비슷한 증상을 전에도 여러 번 지켜봤어요. 이것이 숙고한 끝에 내놓는 내 의견이오, 포와로 씨.」

부득이 얘기는 여기서 끝나야 했다.

　포와로가 사죄를 하며 약사에게서 사온 간장약 꾸러미를 풀 때,
사태는 더욱 급강하하는 것처럼 보였다.
　「애런델 양은 이 약을 복용했죠? 해는 조금도 없습니까?」
　포와로가 물었다.
　「그 약 말이오? 전혀 해롭지 않아요. 알로에―포도필린(포도필럼
수지.)으로 아주 순하고 해가 없는 겁니다.」
　그레인저가 말했다.
　「애런델 양은 그 약을 복용하고 싶어했소. 말리지 않았지요.」
　그는 일어섰다.
　「약을 직접 조제해서 그분에게 주셨습니까?」
　포와로가 물었다.
　「그렇소. 식후에 먹는 순한 간장약이었소.」
　그는 눈을 깜박거렸다.
　「한 상자를 먹어도 전혀 해가 없었을 거요. 내 환자에게 독약은
주지 않습니다, 포와로 씨.」
　말을 마친 뒤 그레인저는 우리 두 사람과 악수를 나눴다.
　포와로는 약상자를 열었다.
　투명한 캡슐 속에 짙은 갈색 가루약이 4분의 3쯤 채워져 있었다.
　「언젠가 먹어 본 배멀미 약처럼 생겼군요.」
　내가 한마디했다.
　포와로는 캡슐을 열어 안의 내용물을 이리저리 살펴보더니, 조심
스럽게 혀끝으로 살짝 맛을 보았다. 그러더니 인상을 찡그렸다.
　「아.」
　의자 안쪽으로 파묻히면서 나는 하품을 했다.
　「둘 다 유해한 건 아닌 것 같군요. 닥터 루바로 특제품이나 그레
인저 의사의 알약이나! 게다가 그레인저 의사는 비소 중독이라는
데 분명히 반대하는 입장을 취했어요. 당신도 납득했죠, 포와로?」
　「내가 옹고집이란 건 사실이네. 가만, 그건 자네가 붙인 이름 아

제21장 약사, 간호사, 의사　241

냐? 그래, 나는 분명히 고집불통이지.」

　생각에 잠긴 채 내 친구는 시인했다.

「그렇다면 당신 의견과 반대되는 약사, 간호사, 의사의 애기에도 불구하고 당신은 여전히 애런델 양이 살해된 거라고 생각하나요?」

　포와로가 조용히 말했다.

「내가 믿는 바로는 그렇네. 아니, 믿는 것 이상이야. 확신하고 있네, 헤이스팅스.」

「그것을 증명할 수 있는 방법이 꼭 한 가지 있죠.」

　내가 천천히 말했다.

「시체를 파헤쳐 내는 겁니다.」

　포와로가 고개를 끄덕였다.

「다음에 할 일이 바로 그겁니까?」

「여보게, 신중하게 일을 처리해 가야겠네.」

「무슨 얘깁니까? 왜 그래야 하죠?」

「왜냐하면 나는 두 번째의 비극이 두렵기 때문일세.」

　그는 목소리를 낮추어서 조용히 말했다.

「무슨 얘긴지?」

「헤이스팅스, 두렵다고. 조심스럽게 일을 해나가야겠어.」

제22장 계단 위의 여자

다음날 아침, 우리는 쪽지 한 장을 받았다. 흐릿하게 비스듬히 쓴
알아보기 힘든 필적이었다.

'포와로 선생님께
　엘렌을 통해 선생님이 어제 리틀 그린 하우스에 다녀가셨다는 얘
기를 들었습니다. 오늘 중으로 저를 방문해 주신다면 대단히 감사
하겠습니다.

　　　　　　　　　　　　　　　　　　월헬미나 로슨 올림'

「그 여자가 이곳에 와 있는 모양이군요.」
포와로를 바라보며 내가 말했다.
「그런 모양이네.」
「왜 왔을까요? 궁금한데…….」
포와로가 빙그레 웃었다.
「무슨 불길한 이유 때문은 아니겠지. 어쨌든 리틀 그린 하우스의
소유주는 바로 그녀니까.」
「그건 사실이죠. 하지만 포와로, 사태가 점점 심상치 않아지는 것
같아요. 누가 무슨 조그마한 일이라도 벌이면 그게 모두 불쾌한 결
말로만 치닫게 되니…….」
「내가 자네한테 자주 하던 말 기억나나? '모든 사람을 의심하라.'
는 것. 그 말이 사실인 것 같군.」
「당신은 아직도 그 상황에서 일을 진행시키고 있는 겁니까?」

「아니, 거의 압축이 되었어. 한 사람에게 혐의를 두고 있지.」

「그게 누군데요?」

「현재로서는 단지 용의자일 뿐이야. 결정적인 증거는 없어. 헤이스팅스, 자네가 추리하도록 남겨둘까 하는데? 심리적인 측면을 소홀히 하지 말게, 중요하니까. 살인의 성격이 바로 살인자의 성격을 암시하지. 그 점이 범죄를 해결해 나가는 데는 가장 중요한 단서가 되네.」

「누가 살인자인지 모르는데, 살인자의 성격을 생각해 낼 수가 있습니까?」

「아니지. 자넨 내가 얘기한 것에 신경 쓸 필요 없어. 살인이 저질러지기까지의 과정을 충분히 검토해 보면 누가 살인자인지 저절로 납득할 수 있을 테니까!」

「정말로 알고 있는 겁니까, 포와로?」

궁금증이 나서 내가 이렇게 물었다.

「증거가 없기 때문에 반드시 안다고 말할 수는 없지. 현재로서는 그 이상을 얘기할 수도 없고. 하지만 틀림없을 거야. 그래, 굳게 믿고 있네.」

「하하!」

나는 웃으며 말했다.

「당신을 놔두지 않을 겁니다. 비극을 불러올 수도 있어요!」

포와로는 약간 움찔거렸다.

그는 그런 말을 농담으로 여기지 않는 것 같았다. 대신에, 「조심해야겠네. 아주 신중하게 해야겠어.」 라고만 중얼거렸다.

「당신은 무쇠로 된 갑옷을 입어야겠어요.」

나는 가볍게 농담을 했다.

「그리고 독이 넣어지는 경우를 대비해서 음식 감정가도 한 사람 고용해야겠고! 당신을 보호할 소총 부대는 어때요?」

「고맙네, 헤이스팅스. 나는 내 지혜만 믿을 생각이네.」

그리고 나서 포와로는 11시에 리틀 그린 하우스를 방문하겠다는 내용의 편지를 로슨 양 앞으로 썼다.

아침식사를 한 뒤 우리는 광장으로 슬슬 걸어나갔다. 시계는 10시 15분을 가리키고 있었는데, 무덥고 졸음이 오는 아침이었다.

골동품점의 창문 너머로 훌륭한 헤플화이트 의자 셋을 구경하던 나는 갈비뼈 사이를 뾰족한 것이 쿡 찌르는 통증과 함께, 「이봐요!」 하는 유쾌한 목소리를 들었다.

화가 나서 몸을 휙 돌리고 바라보니, 피바디 양이 나를 바라보고 있었다. 손에는 뾰족한 금속 꼭지가 달린 크고 튼튼해 보이는 우산(그것으로 나를 찌른 모양이다.)을 들고 있었다. 자신이 찌른 곳이 심한 통증 때문에 무감각해짐을 알았음인지 그녀는 만족한 목소리로 말했다.

「하! 댁이셨구먼. 실수는 안 한다니까.」

나는 무뚝뚝하게 대꾸했다.

「안녕하세요? 어쩐 일이신가요?」

「당신 친구분의 책이 어떻게 되가는지 얘기 좀 해주구려. 애런델 장군의 일생이라 했던가?」

「아직 시작도 하지 않은 모양이던데요.」

내가 대답했다.

피바디 양은 나를 가만히 바라보더니 갑자기 큰 소리로 웃어댔다. 젤리처럼 위아래로 몸을 흔들어대면서.

한바탕 웃은 뒤 그녀가 말했다.

「아마 시작할 마음도 먹지 않았겠지?」

나도 빙그레 웃으면서 대답했다.

「우리 얘기가 꾸며낸 것인 줄 아셨다면서요?」

「내가 바본 줄 알우? 빈틈없이 뵈는 댁의 친구가 뭐 하는 사람인지 금방 알아봤다고요! 내가 얘기를 꺼내도록 유도했었던 거지! 뭐, 상관없어요. 난 얘기하는 걸 좋아하니까. 요즘엔 들어주는 사람도 흔치 않아요. 그 날 오후는 아주 재미있게 지냈다우.」

그녀는 날카로운 눈초리로 나를 쳐다보았다.

「그런데 도대체 무슨 일이에요? 응? 무슨 일이야?」

내가 뭐라고 대답을 해야 할지 몰라 우물쭈물하고 있는데 포와로가 다가왔다.

그는 고개를 숙이고 정중하게 피바디 양에게 인사를 했다.

「안녕하세요? 이렇게 만나뵙다니 영광입니다.」

「안녕하시오.」

피바디 양도 마주 인사를 했다.

「오늘은 어떠슈, 파로티 씨인지 포와로 씨인지?」

「제 가면을 그렇게 쉽게 벗겨 버리시다니 정말 놀랐습니다.」

포와로가 웃으며 말했다.

「쉽게 벗겨지는 가면이었던 게지. 당신 같은 사람은 흔치 않아요. 그게 좋은 건지 나쁜 건지 모르겠군요.」

「저는 독특한 걸 좋아합니다.」

「하고 싶은 대로 하신 거지. 그렇게 얘기할 수밖에.」

피바디 양의 목소리는 다소 쌀쌀했다.

「자, 포와로 씨, 일전에는 댁이 듣고 싶어하는 얘기를 내가 다 해 드렸으니, 이젠 내가 물을 차례군요. 도대체 이게 모두 어떻게 된 일입니까?」

「이미 답을 다 알고 계시는 질문을 다시 하시겠습니까?」

「글쎄요.」

그녀는 날카로운 시선을 포와로 쪽으로 돌렸다.

「그 유언장에 뭐 수상쩍은 게 있수? 아니면 다른 일로? 에밀리의 시신을 파헤칠 생각이에요? 그래요?」

포와로는 대답하지 않았다.

피바디 양은 천천히 고개를 끄덕이더니, 마치 대답을 들었다는 듯이 생각에 잠겼다.

「가끔 궁금합디다.」

난데없이 그녀가 입을 열었다.

「글쎄, 그 기분을……, 신문을 읽고 나서 마켓 베이싱에서 과연 누구의 시신이 파헤쳐질까 하고 궁금했는데……. 그게 에밀리 애런델일 줄은 생각지도…….」

그녀는 갑자기 찌르는 듯한 시선으로 그를 뚫어져라 쳐다보았다.

「에밀리가 좋아하지 않을 거유. 댁도 그렇게 생각하고 있을 거라고 믿어요.」

「예, 나도 그렇게 생각합니다.」

「나는 댁이 제대로 해내리라고 생각해요. 어리석은 사람이 아니니까! 댁의 행동이 주제넘은 짓이라고도 생각지 않습니다.」

포와로가 고개를 숙였다.

「감사합니다.」

「그리고 대부분의 사람들이 생각하는 것일 텐데…… 댁의 그 콧수염 말예요, 콧수염을 왜 그런 모양으로 달고 있수? 그게 마음에 들어요?」

나는 경련이 일어나도록 웃었다.

「영국에서는 유감스럽게도 콧수염에 대한 숭배가 사라져 가고 있어요.」

손으로 콧수염을 가만히 쓰다듬으며 포와로가 말했다.

「아, 그래요? 재미있구려.」

피바디 양이 말했다.

「갑상선을 앓는 여자를 한 사람 본 적이 있는데, 그걸 자랑으로 삼더라고요! 믿지 않으시겠지만 사실이에요! 자, 하나님께서 당신에게 준 것을 기쁘게 여길 때, 당신에게 행운이 있기를 바랍니다. 항상 그 반대가 되곤 하지만.」

그녀는 머리를 흔들며 한숨을 쉬었다.

「이런 곳에서 살인이 일어나리라고는 생각지 않았는데.」

다시 그녀는 날카로운 시선을 포와로 쪽으로 돌렸다.

「그런 짓을 한 사람이 누구예요?」

「이 대로에서 소리치라는 말씀입니까?」

「당신도 모른다는 얘기구려. 아니, 안다는 소리요? 피……, 피가
나빠서야. 그 발레이라는 여자가 남편을 정말 독살했는지 알고 싶
구려. 물론 차이는 있겠지.」

「형질의 유전을 믿으십니까?」

피바디 양이 불쑥 내뱉었다.

「나는 오히려 타니오스 같아요. 이방인이거든! 하지만 아니기를
바라요. 운이 없는 거지. 나는 이만 가봐야겠수. 당신이 아무 얘기
도 안 하는 이유를 알겠어요. 그런데 누구를 위해서 이런 일을 하
고 있는 건가요?」

포와로가 엄숙하게 말했다.

「죽은 분을 위해섭니다.」

이 말을 듣자마자 파안대소하던 피바디 양의 모습을 어떻게 묘사
해야 할지 모르겠다. 웃음이 가라앉자 그녀가 말했다.

「미안해요. 꼭 이사벨 트립이 하는 얘기처럼 들렸어요. 똑같구려!
사람을 오싹하게 만드는 여자예요! 줄리아는 더 말할 나위도 없고.
마음이 아플 정도로 소녀 같은 여자예요. 젊어 보이려고 애를 쓰는
중년 여자의 모습은 아니지. 자, 잘 가요. 참, 그레인저 의사를 만나
봤수?」

「따져야 할 게 하나 있습니다. 내 비밀을 털어놓으셨죠?」

피바디 양은 목구멍에서 킬킬거리는 특유한 웃음소리를 냈다.

「남자들은 참 단순하다니까! 댁이 얘기하는 터무니없는 거짓말을
그대로 믿었던 모양입디다. 내가 얘기할 때는 별로 화도 내질 않고
코방귀를 뀌며 나가더니만, 댁을 찾아다닌 모양이구려?」

「어젯밤에 나를 찾아냈죠?」

「나도 거기에 있었더라면 좋았을 걸 그랬군?」

「그랬더라면 정말 좋았을 텐데요.」

포와로가 용감하게 말했다.

피바디 양은 한바탕 웃더니만 뒤뚱거리며 걸어갔다.

어깨너머로 내게 한 마디를 던지면서.

「잘 가요, 젊은이. 그 의자는 사지 말아요. 가짜야.」

킬킬거리는 웃음소리와 함께 그녀는 사라져 갔다.

「아주 총명한 노숙녀로군.」

포와로가 말했다.

「당신 콧수염을 찬양하지 않았는데도 말인가요?」

「기호와 두뇌는 별개니까.」

포와로가 명석하게 말했다.

우리는 다시 상점으로 들어가 이것저것 구경을 하면서 20분간을 더 유쾌하게 보냈다. 호주머니에는 전혀 변화가 없는 상태로 상점을 나와서 곧장 리틀 그린 하우스 쪽으로 향했다.

엘렌이 보통 때보다 상기된 얼굴로 나와 우리를 거실로 안내했다. 층계를 내려오는 발자국 소리가 들리더니 로슨 양이 안으로 들어왔다. 숨이 차서 헉헉거리고 있었다. 머리는 비단 손수건으로 동여맨 상태였다.

「이런 차림으로 만나 봬서 미안합니다. 잠가두었던 붙박이장을 정리하고 있었거든요. 원, 뭐가 그렇게 많은지…… 나이든 사람들은 뭐든지 쌓아두길 좋아해요. 애런델 양도 예외는 아니었던 모양이에요. 이 머리에 얹은 먼지하고……. 사람들이 쌓아둔 물건들을 보면 참 놀랍다니까요. 바늘겨레가 두 다스는 될 거예요. 정말, 두 다스는 돼요.」

「그럼 애런델 양이 바늘겨레를 두 다스나 샀다는 얘깁니까?」

「예. 그리고 그걸 치워두었다가 잊어버린 거지요. 지금 보니 바늘이 다 녹이 슬었어요. 크리스마스 선물로 하녀들에게 나눠주곤 하셨는데.」

「잊어버리기를 잘했던 모양이군요?」

「말도 못해요. 특히 물건들을 치워 두셨을 때는 영락없었어요.」

로슨은 한바탕 웃더니 주머니에서 작은 손수건을 꺼내어 갑자기 코를 쿵쿵거리기 시작했다.

「여기서 웃다니 이게 무슨 주책없는 짓인지…….」

그녀는 눈물을 글썽이며 말했다.

「매우 섬세하시군요.」

포와로가 말했다.

「감정도 지극히 풍부하시고.」

「어머니가 제게 늘 하시던 얘기가 있어요, 포와로 씨. ‘너는 뭐든지 마음 깊이 새기는구나, 미니.’ 이렇게 말씀하시곤 했죠. 커다란 결점이었어요. 섬세하다는 것이. 특히, 혼자서 생활을 꾸려 가야 할 때는요.」

「아, 이제는 다 지나간 일입니다. 지금은 주인인데요. 이젠 즐길 수 있습니다. 여행 같은 걸 하시면서. 이젠 아무 걱정 없습니다.」

「사실 그렇기는 해요.」

로슨 양은 모호한 태도로 대답했다.

「확실히 사실입니다. 이제서야 이렇게 오랫동안 애런델 양의 편지가 내게 전달되지 않은 이유가 그분의 건망증 때문이라는 걸 알았습니다.」

포와로는 편지를 받게 된 상황을 설명했다. 로슨 양의 뺨이 빨개졌다. 매서운 목소리로 로슨이 말했다.

「엘렌은 저한테 얘기를 했어야 합니다! 편지를 보냈다는 사실을 한 마디도 하지 않다니 주제넘은 짓이에요! 먼저 저한테 상의를 했어야 하는데! 무례해요! 그 일에 대해서는 한 마디도 듣지 못했어요. 못된 짓입니다!」

「아, 선의에서 그렇게 한 것이 틀림없어요.」

「저는 유별난 짓을 했다고 생각해요! 아주 유별난 짓입니다! 하인들은 곧잘 그런 이상한 짓을 한다니까요. 이젠 이 집의 주인이 저라는 생각을 해야 했어요.」

그녀는 도도한 태도로 허리를 꼿꼿이 폈다.

「엘렌은 주인에게 아주 헌신적일 텐데요?」

포와로가 물었다.

「예, 그래요. 하지만 그건 중요한 일이 아니에요. 저는 얘기를 미리 들었어야 합니다!」

「중요한 건 내가 편지를 받았다는 사실이죠.」

포와로가 말했다.

「저도 일이 벌어진 뒤에 소란을 피운다는 게 쓸데없는 짓인 줄은 알아요. 하지만 상의도 없이 혼자서 일을 처리해서는 안 된다는 걸 엘렌이 들어야 하니까요!」

말을 마친 로슨의 얼굴은 붉게 상기되어 있었다.

포와로는 잠시 침묵을 지키다가 입을 열었다.

「오늘 나를 만나자고 하셨지요? 내가 도울 일이라도 있습니까?」

불같이 일던 로슨 양의 화는 갑자기 가라앉았다.

그녀는 다시 당황해하기 시작하면서 말을 더듬거렸다.

「저, 저는 정말 궁금해요. 사실대로 얘기하자면 포와로 씨, 저는 어제 이곳에 내려왔어요. 물론 선생님이 이곳에 계시다는 얘기를 들었죠. 저는 오신다는 얘기를 제게 안 하셨기 때문에……. 저는 선생님이 이곳에서 무엇을 하시는지……, 저로서는…….」

「내가 이곳에 내려와서 무엇을 하는지 궁금하다는 말이군요?」

포와로가 그녀 대신 나머지 말을 끝마쳤다.

「저……, 바로 그거예요. 저는 모르겠어요.」

그녀는 상기된 얼굴로 포와로를 바라보았다.

「털어놓아야 할 일이 있습니다.」

포와로가 말했다.

「그렇게 오해하게끔 만든 점에 대해서요. 당신은 애런델 양이 내게 보낸 편지를 그 소액의 돈 문제와—모든 점에서 찰스 애런델의 행동이라고 생각되는—관련된 거리고 생각했겠죠?」

로슨 양이 고개를 끄덕였다.

「하지만 편지는 그것 때문이 아니었습니다. 사실은 도난 당한 돈에 대한 문제는 당신에게서 처음 들었어요. 애런델 양은 본인의 사고에 대해서 내게 썼습니다.」

「사고라뇨?」

「그분은 충계에서 굴러 떨어졌다고 하더군요.」

「오, 정말…….」

로슨 양의 얼굴에 당황하는 빛이 역력했다.

그녀는 멍하니 포와로를 쳐다보다가 말을 이었다.

「하지만 미안합니다. 제가 매우 어리석었어요. 그런데 왜 선생님에게 편지를 썼을까요? 저는—그렇게 얘기하신 것 같은데—선생님이 탐정이라고 알고 있습니다. 그런데 의사신가요? 아니면 안수 치료를 하시나요?」

「아닙니다. 나는 의사도 아니고 안수 요법 같은 것도 모릅니다. 하지만 의사처럼, 소위 사고사라는 것을 다루지요.」

「사고사요?」

「소위 사고사라고 말했습니다. 그분이 사고로 돌아가신 게 아닌 것은 사실입니다만, 돌아가실 뻔했죠?」

「예, 그랬어요. 의사 선생님이 그렇게 말씀하셨지만, 저는 이해할 수가 없었어요.」

로슨 양의 목소리는 여전히 당황한 상태 그대로였다.

「사고의 원인은 밥의 공 때문인 것으로 추측됩니다. 그렇지요?」

「맞아요. 밥의 공 때문이었어요.」

「아니죠. 그건 밥의 공이 아니었습니다.」

「아니에요, 포와로 씨. 제가 직접 그것을 봤어요. 우리 모두가 달려나왔을 때…….」

「보셨을 겁니다. 그래요. 하지만 그것이 사고의 원인이 아니었지요. 사고의 원인은 로슨 양, 충계 위 발치에 쳐 있던 진한 빛깔의 실입니다!」

「설마 개가 그런…….」

「물론입니다. 개가 그렇게 할 수는 없지요. 그 정도로 영리하지는 않아요. 아니, 그 정도로 악하지는 않습니다. 인간만이 그렇게 실을 묶어 놓을 수 있죠.」

로슨 양의 얼굴이 완전히 잿빛으로 변했다. 떨리는 손으로 얼굴을 가렸다.

「아, 포와로 씨, 믿을 수가 없어요. 정말 끔찍한 일입니다. 그 짓을 일부러 해놓았다는 얘긴가요?」

「예, 고의로 한 일입니다.」

「정말 무섭군요. 사람을 죽이는 것과 같은 짓이에요!」

「만일 성공했다면 죽였을 겁니다! 즉, 살인이란 말이지요!」

로슨 양이 작게 비명을 질렀다.

포와로는 전과 같은 엄숙한 어조로 말을 계속했다.

「걸레받이 위에 못이 튀어나와 있었고, 못에는 실이 달려 있었죠. 게다가 눈에 띄지 않도록 못에 니스 칠까지 되어 있었습니다. 자, 원인을 모르는 니스 냄새가 기억나시겠지요?」

로슨 양이 또 비명을 질렀다.

「오, 그럴 수가! 어떻게 그런 생각을! 감히 생각할 수도 없는, 꿈도 꾸지 못할 일을 저지를 수가! 하긴, 그때 이상하다고 느끼기는 했어요.」

포와로가 의자를 당겨 앉았다.

「그래서요, 우리를 좀 도와 주시겠죠? 또 도움을 받게 됐군요!」

「그랬군요! 아, 그게 모두 그랬었군요!」

「말해 보시죠. 니스 냄새를 맡았나요?」

「예, 맡았어요. 그게 무슨 냄새인지는 잘 몰랐어요. 뭐 페인트나 마룻바닥에 바르는 도료 같다고만 생각했죠.」

「언제였습니까?」

「가만 있자, 언제였지?」

「집 안이 손님으로 가득 찬 부활절 주말이 아니었나요?」

「맞아요. 그때였어요. 그 날이 언제였는지 생각해볼게요. 가만 있자, 일요일은 아니었어. 화요일도 아니었고……. 그 날 밤엔 도널드슨 의사가 저녁을 먹으러 왔었지. 그리고 수요일에는 모두가 떠났으니까…… 그러니까, 월요일이에요, 그 날은 공휴일이었죠. 저는 눈을 뜬 채 누워 있었지요. 걱정을 하면서요. 공휴일이란 항상 골치 아픈 날이에요. 다음날 저녁식사에 쓸 고기가 모자랐기 때문에 애런델 양이 화를 낼 거라고 걱정을 하고 있었죠. 토요일날 고기를 주문했는데, 7파운드를 주문하라고 하시는 걸 5파운드면 충분할 거라는 생각이 들어서 5파운드만 했거든요. 애런델 양은 부족한 게 있으면 항상 화를 냈어요. 너무 후한 분이셨죠.」

로슨 양은 말을 잠깐 멈추고 숨을 깊이 들이쉰 다음 빠르게 이야기를 계속했다.

「그래서 저는 다음날 야단을 맞게 되지나 않을까 하고 걱정을 하며 잠을 못 이루다가 막 잠이 들려고 하는 순간, 뭔가가 저를 깨우는 것 같았어요. 문을 가볍게 두드리는 소리 같은 것이. 그래서 침대에서 일어나 그 냄새를 맡게 된 거예요. 저는 항상 불이 날까 봐 무서워했어요. 가끔 밤중에 몇 번씩이나 불냄새를 맡는 듯한 착각을 했죠.(만일 제가 불길에 싸여 있다면 얼마나 무섭겠어요?) 하여튼 냄새를 맡아보니 지독하기는 한데, 연기 냄새는 아니었어요. 페인트나 마룻바닥에 칠하는 염료 냄새 같은데, 한밤중에 그런 냄새가 날 리는 없다고 혼자 중얼거렸죠. 너무 지독해서 코를 쥐고 서 있다가 거울에 비친 여자의 모습을 봤어요.」

「여자를 봐요? 누구 말입니까?」

「제 거울은 참 편리해요. 저는 애런델 양이 저를 찾거나, 또는 층계를 오르내리시는 것을 볼 수 있도록 항상 문을 조금 열어놨어요. 복도에는 등이 하나 켜 있었죠. 여기까지가 제가 계단 위에서 무릎을 꿇고 있는 테레사를 보게 된 경위예요. 테레사는 세 번째 계단 위에서 무릎을 꿇고 고개를 숙이고 있었어요. 그래서 저는 생각했죠. '이상하군. 어디를 다쳤나?' 하고요. 그런데 그녀가 일어서서 똑바로 걸어가기에 아마 미끄러진 모양이라고 생각했어요. 아니면 떨어뜨린 물건을 주우려고 허리를 굽히고 있었던 모양이라고요. 그런 일인 줄은 꿈에도 몰랐어요.」

「그러니까 당신을 깨워 놓은, 즉 문을 두드리는 듯한 소리는 바로 못을 박던 망치 소리였군요?」

포와로가 생각에 잠겨 조용히 물었다.

「예, 그랬던 것 같아요, 포와로 씨. 정말 끔찍합니다. 저는 테레사의 성격이 조금 거칠다고 느끼기는 했지만, 그런 짓을 하리라고는…….」

「테레사가 분명합니까?」

「물론이에요.」

「타니오스 부인이거나 하녀일 수도 있을 텐데요?」

「아니에요, 테레사였어요.」

로슨 양은 고개를 흔들면서 혼자 중얼거렸다.

「아, 이런! 이런!」

포와로는 내가 좀처럼 이해할 수 없는 표정으로 그녀를 뚫어지게 바라보았다. 그러더니 불쑥 말을 꺼냈다.

「나한테 실험해 볼 수 있는 기회를 주시죠? 2층으로 올라가서 그 장면을 한번 재현해 봅시다.」

「재현이라고요? 재현이 뭘 말씀하시는 건지…….」

「내가 가르쳐 드리죠.」

포와로의 명령조의 태도가 로슨 양의 의혹을 가로막아 버렸다.

허둥거리면서 로슨 양이 우리를 2층으로 안내했다.

「방이 깨끗해야 하는데……, 이것저것 해야 할 일이 많아서…….」

그녀는 앞뒤가 맞지 않는 말의 끝을 우물쭈물 흐려 버렸다.

방은 여러 가지 잡동사니들로 어지러웠다. 로슨 양이 붙박이장의 물건들을 모두 꺼내어 놓은 결과임이 분명했다. 평상시와 다름없는 부산한 태도로 로슨 양은 자신이 서 있던 위치만을 겨우 찾아냈다.

포와로는 스스로 벽거울에 계단의 일부가 비친다는 사실을 입증해야 했다.

「그러면 이제는 밖으로 나가서 당신이 본 행동을 그대로 한번 해봅시다.」

로슨 양은 여전히, 「아, 이런!」 소리를 중얼거리면서 허둥거렸다.

포와로가 로슨 양의 역할을 했다.

재현을 끝내자 포와로는 복도로 걸어나와 그 날 켜 있던 전등이 어느 것이냐고 물었다.

「이쪽인데요. 여기, 애런델 양의 침실 밖에 있는…….」

포와로는 다가가서 전구를 떼어내 자세히 살폈다.

「40촉이군요. 아주 밝은 편은 아닌데요.」

「그래도 복도가 그렇게 어두웠던 것은 아니었어요.」

포와로는 다시 층계 쪽으로 걸어나왔다.

「죄송합니다만, 저 정도 밝기의 전등으로는 그림자가 지기 때문에, 사람이 명확하게 보이지 않을 텐데요. 그래도 그 사람이 테레사지, 다른 여자는 아니라고 주장하실 수 있습니까?」

로슨 양은 화를 냈다.

「그래요! 포와로 씨! 분명해요. 저는 테레사의 모습을 잘 압니다. 분명히 그 여자였어요. 진한 색깔의 잠옷에 가슴에는 자기의 이름자가 새겨진 브로치를 달고 있었어요. 분명히 봤어요.」

「그렇다면 의심할 여지가 없군요. 새겨진 글자를 보셨습니까?」

「예. 'T. A.'였어요. 그 브로치를 잘 압니다. 테레사는 가끔 그것을 달고 다녀요. 예, 테레사라고 맹세할 수 있어요. 필요하시다면 맹세라도 하겠어요!」

마지막 두 마디는 평소의 그녀답지 않게 아주 단호했다.

포와로는 로슨을 바라보았다. 전과 같은 묘한 시선으로.

초연하게 최종적인 결과를 점검하고 있는 듯한 모습이었다.

「맹세하시겠소?」

포와로가 물었다.

「만일, 만일 필요하시다면요. 하지만 그게 꼭 필요한가요?」

포와로는 시선을 다시 로슨 쪽으로 돌렸다.

「시체를 파헤쳐 본 결과에 달려 있겠죠.」

그가 말했다.

「시체를 파헤치다니요?」

포와로가 손을 들어 로슨을 가로막았다. 놀라는 바람에 하마터면 층계 아래로 굴러 떨어질 뻔한 것이다.

「시체를 파헤치는 일이 불가피할 수도 있습니다.」

「하지만 어떻게 그런 일을! 가족들이 강경하게 반대할 텐데요.」

「그렇겠죠.」

「그런 얘기라면 아마 듣지도 않으려고 할 거예요!」

「내무성에서 내린 지시라면요?」

「이유가 뭐죠? 그게 아닐 텐데요.」

「무엇이 아니라는 겁니까?」

「조금도 잘못된 일이 아니라는 얘기예요.」

「그렇게 생각합니까?」

「물론이죠. 의사와 간호사가 모든 것이…….」

「너무 당황해하지 마세요.」

포와로가 달래듯이 조용히 말했다.

「그럴 수는 없어요! 가엾은 애런델 양! 그분이 돌아가실 때 테레사는 이곳에 없었습니다.」

「없었겠죠. 애런델 양이 병이 나기 전 월요일에 떠났으니까. 그렇지 않습니까?」

「아침 일찍 갔어요. 그랬기 때문에 그런 따위 일과는 관계가 없습니다!」

「그렇기를 바랍니다.」

포와로가 말했다.

「아, 이런!」

로슨 양은 양손을 꼭 움켜쥐었다.

「이런 끔찍한 일은 처음이에요! 제가 지금 제대로 서 있는지나 모르겠군요.」

포와로가 시계를 쳐다보았다.

「가야겠군. 런던으로 돌아가야겠어. 로슨 양은 이곳에 며칠 더 머무르실 겁니까?」

「아니에요. 머물러 있을 생각 없어요. 오늘 돌아갈 겁니다. 하루만 있으려고 했어요. 물건들을 좀 정리하려고요.」

「알겠습니다. 안녕히 계십시오. 마음을 어지럽게 해드렸다면 죄송합니다.」

「마음을 어지럽게 해요? 병이 날 지경이에요. 이런 사악한 세상이라니! 세상에 이런 끔찍한 일이…….」

포와로가 그녀의 손을 꼭 잡아 주자 탄식 소리는 멎었다.

「그래요. 지금도 공휴일 밤에 계단에서 무릎을 꿇고 있던 사람이 테레사라고 맹세하시겠소?」

「예, 맹세할 수 있어요.」

「교령(交靈)을 할 당시, 애런델 양의 머리를 둘러싸고 있던 후광을 봤다는 사실도 맹세할 수 있겠소?」

놀란 로슨 양의 입이 반쯤 벌어졌다.

「포와로 씨, 제발 그 일에 대해서는 농담하지 마세요.」

「농담하는 게 아닙니다. 진지하게 얘기하는 거요.」

로슨 양은 엄숙한 목소리로 말했다.

「정확하게 얘기하자면 후광이 아니에요. 영(靈)이 물질화 하는 시작이죠. 사람의 얼굴로 형태를 갖기 시작하는 거예요.」
「아주 재미있군요. 자, 또 봅시다. 이 일은 비밀로 해야 합니다.」
「물론이에요. 발설을 하다니요.」
우리가 마지막으로 본 것은 현관에 서서 멀어져 가는 우리를 멍하니 바라보고 있는 로슨 양의 양같이 순한 얼굴이었다.

제23장 타니오스 의사가 찾아오다

포와로는 리틀 그린 하우스를 나오기가 무섭게 돌변했다.

그의 표정이 딱딱하게 굳어진 것이다.

「서둘러야겠네, 헤이스팅스. 빨리 런던으로 돌아가야겠어.」

「그러죠.」

나는 포와로와 보조를 맞추느라고 걸음을 빨리 했다.

「용의자가 누굽니까? 얘기 좀 해봐요, 포와로. 계단 위에 있던 여자가 테레사라고 생각하세요?」

포와로는 내 질문에 대꾸하는 대신 질문을 던졌다.

「로슨 양의 얘기 중에서—대답하기 전에 잘 생각해 보게. 잘못된 거라고 생각되는 점은 없었나?」

「무슨 말입니까? 잘못된 거라뇨?」

「내가 안다면 자네에게 물었겠어?」

「하긴 그렇군요. 그런데 어떤 의미에서 잘못된 거란 얘기죠?」

「바로 그 점일세. 딱 집어 얘기할 수는 없지만, 그 여자 얘기 중에 뭔가가 실제로 일어난 일 같지 않다는 느낌이 들더란 말이야. 뭐랄까, 아주 조그만 일이 사실과 어긋나 있는 듯한—그래서 그건 일어날 수 없는 일이란 생각이 들었지.」

「로슨은 그게 테레사였다고 단언하지 않았습니까?」

「그랬지.」

「하긴, 불빛이 희미했을 텐데 그게 테레사였다고 그 여자가 단언하는 이유를 나도 모르겠더군요.」

「그 얘기가 아닐세, 헤이스팅스. 아주 사소한 문제라니까. 그래, 침실과 관련된 거야.」

「침실과?」

나는 방안의 광경을 자세하게 생각해 내려고 애를 썼다.

「모르겠는데요.」

그러나 결국은 이렇게 말하는 수밖에 없었다.

「당신에게 별 도움이 안 되겠습니다.」

포와로는 초조한 듯 머리를 젓고 있었다.

「왜 또 그 심령술에 관한 얘기를 끄집어냈죠?」

내가 물었다.

「중요하니까.」

「어떤 점이 중요한데요? 로슨 양이 얘기하던 반짝이던 리본의 물질화?」

「자네, 트립 자매가 교령에 대해 얘기하던 것 생각나나?」

「애런델 양 머리를 둘러싸던 후광을 봤다는 얘기는 알고 있죠.」

나는 갑자기 웃음이 터져 나왔다.

「그런 얘기를 했다고 해서, 그 여자들을 성자처럼 생각할 수는 없잖습니까? 로슨 양은 그 여자들을 두려워하는 것 같더군요. 게다가 누워서 눈을 뜬 채로 모자라게 주문한 고기 때문에 걱정스러워 죽을 뻔했다는 얘기를 할 때는, 가엾어지기조차 하던데요.」

「그래, 그 대목도 재미있는 부분이야.」

「런던에 도착해서는 뭘 할 겁니까?」

여관에 도착하자마자 포와로가 계산서를 청하기에 내가 물었다.

「테레사를 직접 만나야겠네.」

「진실을 밝혀 보려고요? 모든 사실을 부인할 텐데요?」

「이봐, 층계에서 무릎을 꿇고 있는 게 죄가 될 수는 없어! 행운을 가져다 주는 핀 따위를 줍고 있었을 수도 있잖아!」

「그렇다면, 니스 냄새는?」

그때 웨이터가 계산서를 가져왔기 때문에 얘기는 더 이상 지속되지 않았다.

런던으로 돌아오는 도중에도 우리는 거의 대화를 나누지 않았다. 나는 얘기하면서 운전하는 것을 싫어했고, 포와로는 바람과 먼지의 횡포로부터 콧수염을 보호하느라 대화 따위는 안중에도 없었다.

오후 8시 20분경, 우리는 아파트에 도착했다.

깔끔하고 지극히 영국적인 포와로의 하인 조지가 문을 열었다.

「타니오스 의사란 분이 기다리고 계십니다. 30분전에 오셨어요.」

「타니오스 의사? 어디 있지?」

「거실에 계세요. 숙녀분도 한 분 찾아 오셨댔어요. 집에 안 계시다는 얘기를 듣고는 아주 낙심하시는 것 같더군요. 주인님의 전화 연락을 받기 전이어서, 런던에 도착하실 시간을 전해 드릴 수가 없었습니다.」

「어떻게 생겼던가?」

「키는 5피트 7인치(170cm) 정도고, 검은 머리에 푸른 눈의 여자분이었어요. 회색 코트와 스커트를 입었고, 모자를 오른쪽 눈이 살짝 가려지게 쓰는 대신 머리 뒤로 젖혀서 쓰고 있던데요.」

「타니오스 부인이군요.」

낮은 소리로 내가 속삭였다.

「굉장히 흥분한 것처럼 보였습니다. 중요한 일로 급히 뵈어야겠다고 하더군요.」

「그게 몇 시경이었지?」

「10시 반쯤이었어요.」

거실 쪽으로 걸음을 옮기며 포와로가 머리를 가로저었다.

「타니오스 부인이 하려는 얘기를 놓쳐 버린 것이 두 번째로군. 헤이스팅스, 무슨 운명의 장난 같지 않나?」

「세 번째에는 행운이 있겠죠.」

포와로가 고개를 흔들었다.

「세 번째 기회가 올까? 글쎄. 자, 남편의 얘기나 들어 보세.」

타니오스 의사는 안락의자에 앉아서 포와로가 쓴 심리학을 읽고 있었다. 그는 우리를 보더니 일어서서 반색을 했다.

「이렇게 무례하게 침입한 걸 용서하십시오. 언짢게 생각지 않으시길 바랍니다.」

「아, 괜찮습니다. 앉으세요. 세리 주 한 잔 어떻습니까?」

「감사합니다. 사실은 걱정거리가 있습니다, 포와로 씨. 저는 지금 아내가 걱정되어서 견딜 수가 없어요.」

「부인 말입니까? 안됐군요. 왜 그러시죠?」

「오늘 제 아내를 만나 보시지 않았습니까?」

질문은 지극히 자연스러웠으나, 그의 표정은 심상치 않아 보였다. 포와로가 사무적인 태도로 대답했다.

「아니오. 어제 호텔에서 당신과 함께 만난 이후로 못 봤는데요.」

「당신에게 전화도 없었습니까?」

포와로는 잔 셋에 세리 주를 따르느라 분주했다. 술잔에 정신을 빼앗긴 채 포와로가 지나는 말처럼 물었다.

「나에게 전화할 만한 이유가 있습니까?」

「아니, 아닙니다.」

타니오스 의사가 세리 주를 받았다.

「감사합니다. 꼭 그래야 할 이유는 없지만, 솔직히 말씀드리자면 제 아내의 건강 상태가 몹시 걱정이 됩니다.」

「부인은 건강한 체질이 아닌가요?」

「신체적으로는 건강해 뵙니다만, 정신적으로도 그와 같았으면 합니다.」

「예?」

「포와로 씨, 아내는 지금 신경쇠약에 걸려 있어요.」

「저런, 정말 유감스럽군요.」

「요즘, 상태가 무척 나빠졌습니다. 지난 두 달 동안은 저를 대하는 태도도 완전히 변했습니다. 신경과민인 데다가 쉽게 놀라고, 이상한 환상에 사로잡혀 있습니다. 환상보다 더한 증세이지요, 망상이라고나 할까요?」

「그래요?」

「그렇습니다. 세간에 피학대증이라고 알려져 있는 병을 앓고 있어요. 잘 알려져 있는 증상이지요.」

포와로가 동정한다는 듯 혀를 끌끌 찼다.

「저의 불안을 이해하시겠죠?」

「물론입니다. 그런데 이해할 수 없는 것은 당신이 나를 찾아오신 이유입니다. 무슨 일로 오셨나요?」

타니오스 의사는 약간 당황해했다.

「제 아내가 혹시나 어이없는 이야깃거리를 가지고 선생님을 찾아뵙지나 않았을까 하는 생각이 들어서요. 저에게 위험을 느끼고 있다는 따위의 얘기를 할지도 모릅니다.」

「그런데 나를 찾아와야 할 이유가 어디 있습니까?」

타니오스 의사는 미소를 지었다.

상냥하고 부드러우면서도 생각에 잠긴 얼굴이었다.

「포와로 씨, 당신은 유명한 탐정입니다. 저는 당신을 첫눈에 알아봤고, 제 아내도 어제 당신을 만나 보고 깊은 인상을 받았다는 것을 알았습니다. 현재의 상태로는 탐정을 만났다는 단순한 사실이 그녀에게는 아주 강한 자극이 될 겁니다. 그래서 마음속의 비밀을 털어놓기 위해서 당신을 찾아왔을 것이라는 생각이 든 거지요. 그런 일은 신경쇠약 환자들에게 자주 있는 일입니다! 그런 환자들은 가장 가까이 있는 사랑하는 사람들을 싫어하는 경향이 있지요.」

「걱정이 되시겠군요.」

「그렇습니다. 저는 아내를 좋아합니다.」

그는 부드러운 음성으로 말했다.

「저와 결혼하기 위해서 그녀는 대단한 용기가 필요했을 것이라고 항상 느끼고 있습니다. 친구라든가 주변의 모든 것으로부터 떠나서, 외국 남자와 타국에서 산다는 게……. 지난 며칠 동안은 정말 미칠 것 같았습니다. 한 가지밖에 생각할 수가 없었어요.」

「무슨 뜻이죠?」

「완전한 휴식을 위해 조용하고 적절한 곳에서 치료를 받는 것 말입니다. 일류 의사가 운영하는 곳이 한 군데 있습니다. 노퍽(미국 동해안의 도시.)에 있는데, 아내를 그곳으로 데려가고 싶습니다. 더할 나위 없는 휴식을 취할 수 있고, 바깥 세상과도 고립되어 있는 곳입니다. 아내에게 꼭 필요한 곳이지요. 한 두어 달 정도 그곳에서 치료를 받으면 꼭 나을 것이라고 생각하고 있습니다.」

「알겠습니다.」

포와로는 감정을 드러내지 않은 채 사무적인 태도로 말했다.

타니오스가 그를 쳐다보았다.

「그러니 제 아내가 찾아오면 즉시 알려주셨으면 고맙겠습니다.」

「그렇게 하지요. 전화를 해드리겠습니다. 아직 더햄 호텔에 계신가요?」

「예, 곧 그곳으로 돌아가 있겠습니다.」

「그러면 부인은 지금 거기에 안 계신 모양이죠?」

「아침식사 뒤 바로 나갔습니다.」

「어딜 가겠다는 얘기도 없이 말입니까?」

「아무 얘기도 없었어요. 아내답지 않은 행동입니다.」

「아이들은?」

「데리고 나갔습니다.」

「예.」

타니오스가 일어섰다.

「감사합니다, 포와로 씨. 다시 말씀드릴 필요는 없겠지만, 혹시 제 아내가 엉뚱하게 학대받은 얘기를 하더라도 귀기울이지 마십시오. 병의 증상일 뿐이니까요.」

「안됐습니다.」

「그것이 정신질환의 한 양상이라고 의학적으로는 알고 있다 해도, 막상 가장 가까이 있는 사람이 등을 돌리고, 애정이 미움으로 변해 가는 것을 지켜본다는 것은 정말 못 견딜 일입니다.」

「뭐라고 위로의 말씀을 드려야 할지…….」

포와로가 악수를 나누며 말했다.

「그런데…….」

포와로가 문 쪽으로 걸어가는 타니오스를 불러 세웠다.

「예?」

「부인께 클로랄을 조제해 주신 적이 있나요?」

이 말에 타니오스는 깜짝 놀라는 듯했다.

「있습니다만, 요 근래에는 그런 적은 없는데요. 다른 수면제 종류는 먹기를 꺼려해서요.」

「부인이 당신을 못 믿는 것 아닙니까?」

「포와로 씨!」

「그것도 그 병의 한 증상이겠죠?」

포와로가 부드럽게 말했다.

「아, 예, 물론입니다.」

「아마 부인은 먹으라고 주는 것은 무엇이나 몹시 의심을 했던 것 같습니다. 독살시킬지도 모른다고 생각한 것 아닙니까?」

「맞습니다. 그런 경우에 대해서 좀 알고 계시는군요?」

「간혹 그런 문제로 찾아오는 사람들이 있지요. 어서 가보시죠. 부인이 당신을 기다리고 있을지도 모르니까요.」

「그렇군요. 그랬으면 좋겠습니다. 정말 걱정스럽습니다.」

그는 서둘러 방에서 나갔다.

전화번호를 뒤적거리더니 교환에게 번호를 일러 주었다.

「더햄 호텔인가요? 타니오스 부인 있습니까? 예? 타―니―오―스. 맞아요. 예? 아, 알겠습니다.」

그는 수화기를 놓았다.

「타니오스 부인이 오늘 아침 일찍 호텔을 나갔다가 11시쯤 들어

와서는 짐을 꾸려 가지고 나간 모양이네.」

「타니오스도 그녀가 나간 것을 알고 있을까요?」

「아직은 모를 테지.」

「어디로 갔을까요?」

「난들 아나.」

「당신은 그녀가 다시 여기에 올 것이라고 생각합니까?」

「올는지도 모르지.」

「편지를 쓸는지도 모르겠군요.」

「글쎄.」

「우리는 어떻게 해야 하죠?」

포와로는 고개를 가로저었다. 곤혹스런 표정이었다.

「지금으로서는 아무것도 할 수가 없네. 점심이나 빨리 먹고 테레사나 보러 가지.」

「포와로, 당신은 계단 위에 있었던 사람이 정말 테레사라고 생각합니까?」

「모르겠네. 한 가지 분명한 것은 로슨 양은 그 사람의 얼굴을 보지 못했다는 거야. 짙은 색의 잠옷을 입은 키가 큰 여자를 본 것뿐이지. 그게 전부일세.」

「그리고 브로치하고.」

「이 친구, 브로치는 신체의 일부분이 아니야! 그것은 떼어버릴 수도 있어. 잃어버리거나 빌려 주거나 도난당할 수도 있고.」

「한 마디로 그 여자가 테레사라고 확고하게 믿질 않고 있군요?」

「그 일에 대해 테레사가 뭐라고 말할는지 듣고 싶네.」

「만일 타니오스 부인이 찾아오면 어떡하죠?」

「그 일은 미리 조처를 취해 놔야지.」

조지가 오믈렛을 들고 들어왔다.

「나 좀 보게, 조지.」

포와로가 그를 불렀다.

「만일 그 부인이 다시 찾아오면 기다리시라고 해. 부인이 여기 있을 때 타니오스 의사가 다시 찾아오면 절대 안으로 들여보내서는 안 돼. 아내가 여기 있느냐고 물으면 없다고 얘기해야 돼, 알겠지?」

「예.」

포와로가 오믈렛을 급하게 먹기 시작했다.

「이번 사건은 일이 아주 복잡하게 얽혀 있어. 신중하게 해나가야겠네. 그렇게 하지 않으면 살인이 또 일어날지 모르는 일이야.」

「또 살인이 일어난다면, 이번에는 범인을 잡을 수 있겠군요?」

「그렇겠지. 하지만 내겐 범인을 확증하는 쪽보다는 결백한 사람의 생명이 더 소중하네. 자, 조심해서 일을 진행시키자고.」

제24장 테레사의 부인(否認)

우리가 도착했을 때 테레사는 막 외출할 준비를 하고 있었다.

눈에 띄게 아름다운 모습으로 한쪽 눈을 살짝 가린 조그마한 모자를 멋지게 쓰고 있었다. 나는 순간적으로 테레사의 모습을 본뜬 벨라 타니오스의 모자를 보고 조지가 한 말—한쪽 눈을 살짝 가리는 대신 머리 뒤쪽으로 젖혀 쓰고 있더라는 말이 생각나서—웃음이 터져 나왔다. 부스스한 머리를 뒤로 젖혀서 푹 눌러쓴 모습이 눈에 선했다.

포와로가 정중하게 물었다.

「아가씨, 잠깐 시간 좀 낼 수 있을까요? 약속 시간에 늦을까 봐 곤란한가요?」

테레사가 웃었다.

「아, 괜찮아요. 저는 언제나 30~40분가량은 늦는데요 뭘. 오늘은 한 시간 정도 늦겠군요.」

그녀는 우리를 거실로 안내했다. 창가에 있는 의자에서 도널드슨 의사가 일어나기에 우리는 놀랐다.

「렉스, 포와로 씨는 이미 만나 보셨죠?」

「마켓 베이싱에서 만난 적이 있지.」

도널드슨이 딱딱하게 굳은 표정으로 말했다.

「제 술고래 할아버지의 전기를 쓰시겠다고 했다죠?」

테레사가 말했다.

「렉스, 자리 좀 비켜 주시겠어요?」

「테레사, 고마운 얘기지만 내가 여기 그대로 남아 있는 것이 더 나을 것 같군 그래.」

두 사람의 눈초리가 팽팽히 맞섰다.

테레사의 눈빛은 명령을 하고 있었으나, 도널드슨은 꿈쩍도 하지 않았다. 순간 그녀가 불같이 화를 냈다.

「좋아요, 그대로 있어요!」

도널드슨은 조금도 동요하는 것 같지 않았다. 그는 의자 팔걸이 위에 책을 놓으면서 창가 의자에 도로 앉았다. 책은 뇌하수체에 관한 것이었다. 테레사도 자기가 애용하는 낮은 의자 위에 앉아 초조한 얼굴로 포와로를 쳐다보았다.

「퍼비스 씨 만나셨어요? 어떻게 됐어요?」

포와로는 차분한 목소리로 대답했다.

「가능성이 있습니다, 아가씨.」

그녀는 생각에 잠긴 표정으로 그를 바라보았다. 그러더니 시선을 천천히 의사가 앉은 쪽으로 돌렸다. 그 모습은 마치 포와로에게 경고를 하는 것처럼 보였다.

「잘 될 겁니다.」

포와로가 말을 계속했다.

「일이 좀더 진전된 다음에 얘기하는 게 낫겠습니다.」

엷은 미소가 테레사의 얼굴을 잠깐 스치고 지나갔다.

포와로는 계속했다.

「오늘 마켓 베이싱에서 로슨 양을 만나 보고 오는 길입니다. 아가씨, 4월 13일 밤—그 공휴일 밤에—모두가 잠든 뒤 계단 위에서 무릎을 꿇고 있었던 적이 있나요?」

「에르큘 포와로 씨, 이상한 질문이시군요? 왜 그래야 되지요?」

「아가씨, 내 질문은 아가씨가 해야 할 일이 아니라, 한 적이 있느냐는 겁니다.」

「잘 모르겠어요. 그랬던 것 같지 않은데요.」

「이해하시겠지만, 로슨 양이 아가씨가 그러고 있는 것을 봤다고 하던데요.」

테레사가 매력적인 양어깨를 으쓱거렸다.

「그게 중요한 일인가요?」

「매우 중요합니다.」

그녀가 포와로를 빤히 쳐다보았다.

포와로도 상냥한 얼굴로 그녀를 마주 쳐다보았다.

「교활해요!」

테레사가 소리쳤다.

「무슨 말입니까?」

「교활하다고 했어요! 그렇게 생각지 않아요, 렉스?」

도널드슨 의사가 잔기침을 몇 번 했다.

「실례입니다만, 질문의 요지가 뭐죠?」

「아주 간단합니다! 누군가가 층계 걸레받이 위에 못을 박아 놨어요. 그리고 그 못에다 걸레받이 판자의 색깔과 똑같이 보이게 하려고 니스까지 칠해 놨죠.」

「그건 새로운 마술인가요?」

테레사가 물었다.

「아니죠, 아가씨. 그보다 훨씬 평범하고도 단순한 방법이죠. 다음 날 저녁, 즉 화요일 저녁에 누군가가 그 못에서 난간 기둥까지 실을 매놨습니다. 그래서 방에서 나오던 고모님은 그 실에 발이 걸려 계단에서 굴러 떨어지시게 된 겁니다.」

테레사가 날카롭게 소리쳤다.

「그건 밥의 공이었어요!」

「미안합니다만, 그렇지가 않습니다.」

침묵이 흘렀다. 조용하면서도 분명한 목소리로 침묵을 깬 것은 도널드슨이었다.

「실례합니다. 그 진술을 입증할 만한 증거가 있으신지요?」

포와로가 조용히 대꾸했다.

「못과 애런델 양이 쓴 편지와 그리고 마지막으로 로슨 양의 눈이 증거가 되겠지요.」

테레사가 자신의 목소리를 되찾았다.

「그 여자가 제가 그렇게 했다고 말하던가요?」

포와로는 대답 대신 머리를 조금 더 앞으로 숙였다.

「거짓말이에요! 그 일과 저는 아무런 관련이 없어요!」

「다른 이유 때문에 층계에서 무릎을 꿇은 적은 있습니까?」

「층계 위에서 무릎을 꿇은 적은 전혀 없어요!」

「침착하세요, 아가씨.」

「저는 그곳에 나간 적도 없어요. 그곳에 있는 동안, 잠자리에 든 뒤 한 번도 제 방을 나간 적이 없다고요.」

「로슨 양은 당신이었다고 하던데.」

「그녀가 본 게 벨라 타니오스나, 아니면 하녀였을지도 모르죠.」

「바로 아가씨였다고 했습니다.」

「거짓말이에요!」

「당신의 잠옷과 브로치를 봤다고 했습니다.」

「브로치? 무슨 브로치요?」

「당신의 이름 첫 자가 새겨져 있는 브로치라고 하던데요.」

「아, 알아요! 어쩜 그렇게 허무맹랑한 거짓말을 할 수가 있담!」

「아직도 계단 위에 있던 여자가 당신이 아니라고 부인하겠소?」

「만일 제 말이 그 여자의 말과 같지 않다면…….」

「아가씨는 그 여자보다 더한 거짓말쟁이가 되겠죠.」

테레사가 조용하게 말했다.

「그렇겠군요. 하지만, 진실대로 얘기하겠어요. 저는 그런 바보 같은 함정을 준비하거나, 기도를 하기 위해, 또는 금이나 은을 줍기 위해 계단 위에서 무슨 짓을 한 적은 없습니다.」

「그 브로치를 가지고 있습니까?」

「아마 있을 거예요, 보시겠어요?」

「괜찮으시다면.」

테레사가 일어서서 방을 나갔다. 어색한 침묵이 흘렀다.

도널드슨은 마치 해부중인 표본을 관찰하는 듯한 시선으로 포와로를 쳐다보고 있었다.

테레사가 돌아왔다.

「여기 있어요.」

그녀는 내던지듯 그것을 포와로에게 주었다. 크롬인지 스테인레스인지 하는 둥근 금속의 원 안에 'T. A.'라고 새겨진 것으로, 번쩍번쩍 빛나는 커다란 브로치였다. 로슨 양의 거울에 쉽게 비칠 만큼 크고 번쩍거리는 것이었다.

「지금은 달지 않아요, 싫증이 났어요.」

테레사가 말했다.

「런던엔 그런 종류들이 흔해요. 티셔츠에도 달고 다니는데요.」

「그래도 비싸게 주고 샀겠지요?」

「아, 예. 제가 살 때는 아주 드문 것이었으니까요.」

「언제 샀나요?」

「작년 크리스마스 때인 것 같아요.」

「누구에게 빌려 준 적은 없습니까?」

「없어요.」

「리틀 그린 하우스에 갔을 때는 달고 있었나요?」

「그랬을 거예요. 예, 그래요. 기억나요.」

「주위에다 놔둔 적은 없었나요? 그곳에 있는 동안 달지 않고 놔둔 적이 있었느냔 말입니다.」

「아니, 없었어요. 초록색 점퍼에 달고서 입고 다녔어요. 매일 그 옷만 입고 있었는데요.」

「밤에는?」

「점퍼에다 그대로 달아 놨었어요.」

「그러면 점퍼는?」

「이런 세상에! 점퍼는 의자에 걸쳐놨었어요.」

「누군가가 그 브로치를 가져갔다가 다음날 도로 가져다 놓은 적은 분명 없었다는 얘기지요?」

「법정에서 그렇게 얘기하라고 하신다면―그런 거짓말이 꼭 필요하다면―그대로 얘기하겠어요! 그건 누군가가 저처럼 꾸미기 위해서였겠죠. 하지만 그런 일은 없었어요.」

포와로의 얼굴에 깊은 주름이 졌다. 그는 자신의 코트 깃에 브로치를 단 뒤 일어서서, 방 맞은편 테이블 위에 걸려 있는 거울 쪽으로 다가갔다. 거울 앞에 서서 브로치가 거울에 비치는 모양을 살펴보면서 이리저리 천천히 몸을 움직였다.

그러더니 갑자기 불평을 한 마디 터뜨렸다.

「내가 이렇게 어리석다니, 허 참!」

자리로 돌아온 포와로는 정중하게 브로치를 테레사에게 주었다.

「아가씨 말이 맞군요. 브로치를 항상 지니고 있었던 게 분명합니다! 내가 너무 아둔했습니다.」

「저도 절도 있는 쪽이 좋아요.」

이렇게 말하며 테레사는 되는 대로 브로치를 달았다. 그리고는 포와로를 쳐다보았다.

「더 이상은 없나요? 외출해야 되겠는데요.」

「더 상의할 건 없습니다.」

테레사가 문 쪽으로 걸어가자 포와로가 조용한 목소리로 말했다. 「참, 시체 발굴 문제가 있습니다. 사실은…….」

소스라치게 놀라며 테레사가 걸음을 멈췄다.

브로치가 바닥에 굴러 떨어졌다.

「무슨 말씀이세요?」

분명한 목소리로 포와로가 대답했다.

「고모님의 시신을 파헤쳐야 할지도 모르겠습니다.」

테레사는 두 손을 꽉 움켜쥔 채 잠시 조용히 서 있었다.

화난 목소리로 나지막이 그녀가 물었다.

「선생님이 하실 건가요? 우리 가족의 허락 없이는 안 돼요!」

「틀렸어요, 아가씨. 내무성의 지시에 따라 해야 될 겁니다.」

「하느님 맙소사!」

그녀는 돌아서서 빠른 걸음으로 방안을 왔다갔다했다.

도널드슨이 조용히 말했다.

「테레사, 그렇게 흥분할 필요 없어요. 물론 제3자인 나로서도 불쾌한 얘기긴 하지만…….」

그녀가 그의 말을 가로막았다.

「바보 같은 소리 집어치워요, 렉스!」

포와로가 물었다.

「기분이 상하셨나요, 아가씨?」

「물론이에요! 점잖은 행동은 아니군요. 아, 불쌍한 에밀리 고모. 도대체 무슨 이유로 시체를 꺼내야 하죠?」

「내 생각엔…….」

도널드슨이 말했다.

「사망 원인에 대해 무슨 의심나는 점이 있는 것 같은데?」

그는 궁금하다는 듯 포와로를 바라보면서 말을 계속했다.

「저도 솔직히 놀랐습니다. 애런델 양은 오랫동안 앓던 병으로 돌아가신 것이라는 데 대해 조금도 의혹을 품지 않았는데요.」

「당신이 언젠가 토끼와 간장의 문제에 대해 말한 적이 있죠?」

테레사가 말했다.

「지금은 잊어버려서 잘 모르겠지만, 간괴사가 있는 사람의 피를 토끼에게 주사했다가 다시 그 토끼의 피를 다른 토끼에게 주사하고, 또 그 두 번째 토끼의 피를 사람에게 투여하면 그 사람은 간을 앓게 된다는 얘기였던 것 같은데요.」

「그건 단지 혈청 치료법에 대한 예증일 뿐이오.」

도널드슨이 참을성 있게 천천히 말했다.

「그 얘기 가운데 나오는 토끼들이 가엾군요!」

테레사가 허탈하게 웃으며 말했다.

「우리, 토끼는 기르지 말아요.」

그녀는 포와로 쪽으로 시선을 돌리고 달라진 목소리로 물었다.

「포와로 씨, 그게 사실인가요?」

「물론 사실입니다. 하지만 그런 곤란을 피할 수 있는 방법은 있지요.」

「그러면 그것을 피할 수 있게 해주세요!」

테레사의 목소리는 속삭이듯 가라앉아 있었다. 절박하면서도 명령적이었다.

「무슨 일이 있더라도 그 일만은 피해야 합니다!」

포와로가 자리에서 일어섰다.

「지시를 하는 겁니까?」

그의 목소리는 딱딱했다.

「제 지시예요.」

「하지만 테레사…….」

도널드슨이 가로막았다.

그녀는 몸을 돌려 약혼자를 바라보았다.

「가만히 계세요. 그분은 제 고모예요. 왜 제 고모의 시신을 파헤쳐야 되죠? 신문지상에서 떠들고 소문거리나 되는, 그런 불쾌한 일들을 겪을 생각이세요?」

그녀는 다시 포와로 쪽으로 몸을 돌렸다.

「막아야 해요! 선생님에게 전권을 위임하겠어요. 무슨 일이건 좋으실 대로 해도 되지만, 그것만은 막아야 해요!」

포와로가 정중하게 허리를 굽혔다.

「할 수 있는 한 노력해 보지요. 또 만나요, 아가씨. 또 만납시다, 의사 선생.」

「나가요!」

테레사가 소리쳤다.

「세인트 레너즈도 데리고 나가세요. 당신들 두 사람 다시는 만나고 싶지 않아요.」

우리는 방을 나왔다. 포와로는 문틈에다 귀를 갖다대는 행동을 이번에는 하지 않았으나, 한참을 꾸물거렸다. 분명 꾸물거리고 있었다. 그러나 헛된 일은 아니었다. 도전하는 듯한 테레사의 목소리가 똑똑히 들려 왔기 때문이다.

「그런 눈으로 저를 보지 말아요, 렉스.」

그리고 갑자기 그녀의 목소리가 끊겼다.

「내 사랑.」

그녀에게 대꾸하는 도널드슨 의사의 엄정한 목소리가 들려 왔다.

「저 사람은 지금 장난하고 있는 거야.」

포와로가 갑자기 싱긋 웃었다. 현관 쪽으로 나를 끌어당겼다.

「가자고, 세인트 레너즈, 이 불한당 같은 친구야.」

내게는 그 농담이 특히나 아둔한 것으로 느껴졌다.

제*25*장 명 상

나는 포와로를 따라 허겁지겁 걸어나오면서 이젠 의심할 여지가 없다고 생각했다. 애런델 양은 살해당한 것이며, 테레사는 그것을 알고 있다. 그런데 그녀가 바로 범인일까? 아니면 다른 사람이 개입된 것일까?

그녀는 두려워하고 있다. 그렇다. 그런데 스스로를 두려워하는 것일까? 아니면, 다른 사람을? 침착하고 조용한 그 고지식한 젊은 의사가 바로 그 사람이 아닐까? 애런델 양은 계획적으로 유도된 병으로 인해 죽었단 말인가? 한 점에서 모든 것이 맞아떨어진다. 도널드슨의 야심. 고모가 죽으면 테레사가 재산을 물려받게 되리라는 도널드슨의 확신. 사고가 나던 날 밤 그곳에서 저녁을 함께 들었다는 사실까지. 창문을 열어두었다가, 모두가 잠든 조용한 밤에 그곳을 통해 들어와 충계 위에다 살인용 실을 매어두기는 식은 죽 먹기다. 그런데 못은 어떻게 박았을까?

테레사가 한 게 틀림없다. 그의 약혼녀이며 공범인 테레사가 그들 둘이 한통속이 되어서 일을 꾸민 게 명백하지 않은가. 아마 테레사가 직접 그 못에다 실을 맸는지도 모른다. 실패한 첫 번째 살인 계획은 그녀의 작품이었을 것이다. 두 번째 계획—훨씬 과학적으로 설계된 도널드슨의 걸작은 성공했다.

그래. 꼭 맞아떨어진다.

헌데, 세심치 못한 점이 있었다. 테레사는 왜 앞뒤 생각도 없이 사람에게 간장병을 유발시킬 수도 있다는 사실을 누설해 버린 걸까? 그건 진실을 전혀 모르고 있다는 태도인데……. 이 문제에 부딪치자 나는 당혹감을 느꼈다. 그래서 하던 추리를 중단했다.

「어디로 가고 있는 겁니까, 포와로?」

「내 아파트로 돌아가고 있는 중일세. 타니오스 부인을 만나게 될지도 모르니까.」

내 생각은 다른 궤도 위로 급회전했다.

타니오스 부인! 또 하나의 불가사의 아닌가! 만일 도널드슨과 테레사가 범인이라면, 타니오스 부인과 항상 미소짓는 그녀의 남편은 어떻게 되는 건가? 그 여자가 포와로에게 하려고 하는 얘기는 무엇이며, 그렇게 하려는 그녀를 막으려는 타니오스의 고민은 또 무엇이란 말인가?

「포와로, 나는 점점 더 뭐가 뭔지 모르겠습니다. 모두가 한통속일 리는 없는데 말예요, 안 그래요?」

「범죄 집단에 의한 살인이라? 가족 범죄 집단? 아니, 그렇지는 않네. 이 일은 한 사람의 머리에서 나온 것이라는 표시가 확실히 있어. 심리학이 가장 명쾌하게 답해 줄 테지.」

「테레사나 도널드슨이 했다는 얘깁니까? 두 사람이 함께 한 짓이 아니고? 그렇다면 그 자가 테레사에게 뭐 그럴 듯한 구실을 붙여서 못을 박도록 시켰단 말이죠?」

「나는 로슨 양의 얘기를 듣는 순간 세 가지 가능성이 있다고 생각했네. 첫째는 로슨 양의 말이 모두 사실 그대로일 수 있다는 것. 둘째, 로슨 양이 나름대로의 이유 때문에 이야기를 꾸며냈을 것이라는 것. 셋째로는, 로슨 양은 자신의 이야기가 사실 그대로라고 믿을 수 있다는 거야. 특히, 브로치에 근거해서 확인된 사실을 말일세. 하지만 내가 자네에게 지적했듯이 브로치는 소유자로부터 쉽게 떼어낼 수 있는 물건이지.」

「그래요. 하지만 테레사는 브로치를 떼어둔 적이 없다고 하지 않습니까?」

「그녀의 얘기는 사실이네. 나는 작지만 아주 중요한 사실을 하나 놓치고 있었어.」

「당신답지 않군요, 포와로.」

내가 엄숙한 목소리로 말했다.

「누구나 실수할 때가 있지 않은가?」

「원숭이도 나무에서 떨어질 때가 있죠. 시간이 해결하겠지만!」

「시간과는 아무런 상관이 없네.」

포와로가 냉랭하게 대꾸했다.

「그 중요한 사실이라는 게 뭡니까?」

맨션의 정문을 들어서면서 내가 물었다.

「자네한테 보여 주지.」

벨을 누르자 조지가 문을 열어 주었다.

다급하게 묻는 포와로의 물음에 그는 고개를 흔들었다.

「아뇨, 주인님. 타니오스 부인은 오시지 않았어요. 전화도 하시지 않았는데요.」

거실에서 포와로는 잠시 동안 서성거렸다.

전화기를 집어들더니 더햄 호텔을 부탁했다.

「예, 부탁합니다. 아, 타니오스 씨? 에르큘 포와롭니다. 부인이 돌아오셨나요? 아직 안 오셨다고요. 이런…… 짐을 가지고 나가셨다고요, 아이들도……. 어디로 갔는지 전혀 모르겠다고요……. 예, 물론입니다. 내가 도움이 되겠습니까? 이런 일에는 좀 경험이 있습니다. 아주 신중하게 처리할 수 있어요. 물론 사실입니다. 이 일에 대한 당신의 요구는 존중해 드리겠습니다.」

포와로는 침착하게 수화기를 놓았다.

「그 사람도 부인이 어디에 있는지 모르는 모양이네.」

생각에 잠긴 음성으로 포와로가 말했다.

「거짓말인 것 같진 않아. 근심에 잠긴 목소리로 봐서 틀림없어. 경찰에 부탁하고 싶지는 않은가 봐. 이해할 만하지. 그래, 이해하고 말고. 내 도움도 필요치 않다는군. 무슨 이유 때문인지는 몰라도. 부인을 찾길 원하면서도 내가 찾아 주는 건 원치 않다니……, 혼자서 처리할 수 있다고 생각하는 모양이야. 자기 아내가 돈을 별로 갖고 있지 않기 때문에, 오랫동안 숨어 있지는 못할 거라고 생각하고 있더군. 또, 아이들까지 데리고 있으니. 곧 찾게 되겠지. 헌데 헤이스팅스, 그 친구보다 우리가 좀더 서둘러야겠네.」

「그 여자 머리가 돈 게 사실이라고 생각합니까, 포와로?」

「지나치게 신경이 예민해진 탓이겠지.」

「정신병원에 가야 할 정도는 아니겠죠?」

「분명히 그건 아닐세.」

「포와로, 난 뭐가 뭔지 모르겠어요.」

「자네는 이해할 수 없을 거야, 헤이스팅스!」

「지엽적인 문제들이 너무나도 많은 것 같아요.」

「지엽적인 문제들은 항상 있는 거야. 추리할 때 가장 먼저 해야 할 일은, 중심 가지를 곁가지들 속에서 가려내는 일이지.」

「포와로, 용의자가 일곱 명이 아니라 여덟 명이라고 한 것에 대해서 설명 좀 해주시죠.」

포와로는 간단하게 대답했다.

「테레사가 도널드슨을 마지막으로 만난 것이 4월 14일 리틀 그린에서 저녁을 먹던 날이었다고 말했을 때 한 사람을 더 추가시킨 것이지.」

「잘 모르겠는데요.」

「무엇을 모르겠다는 건가?」

「저, 만일 도널드슨이 과학적인 방법을 동원해서 애런델 양을 죽일 생각이었다면, 왜 계단에 실을 묶는 따위의 유치한 방법을 썼을까요?」

「그래, 헤이스팅스. 나도 자네처럼 침착하지 못한 때가 있었지! 한 가지 방법은 아주 전문적인 지식을 요구하는, 고도로 과학적인 방법이네. 그렇지 않던가?」

「맞아요.」

「또 하나는 광고에도 있듯이 '어머니들이 흔히 하는 따위의' 집 안에서 쉽게 할 수 있는 단순한 방법이고. 그렇게 생각하나?」

「맞아요, 바로 그겁니다.」

「그렇다면 천천히 생각을 해보게, 헤이스팅스. 의자에 편하게 기대어 두 눈을 감고 머리를 천천히 회전시켜 봐.」

나는 시키는 대로 했다. 등을 의자 깊숙이 들이민 채 두 눈을 감고 포와로의 지시대로 세 번째 단계인 추리를 해보고자 애를 썼다. 하지만 별로 뾰족한 생각은 떠오르지 않았다.

눈을 떠보니 포와로가 어린애를 돌보는 간호사처럼 다정한 눈길로 나를 바라보고 있었다.

「어때?」

나는 포와로의 태도에 지지 않으려고 필사적인 노력을 했다.

「저 말입니다, 처음에 어설픈 함정을 만든 사람과 두 번째 과학적으로 계획을 세운 사람은 동일한 인물이 아닌 것 같군요.」

「맞았어.」

「과학적인 사고로 훈련받은 사람이 그런 어린애 같은 방법을 생각해 낼 리는 만무하니까요. 그 두 사건은 완전히 별개의 겁니다.」

「아주 명쾌한 추린데.」

격려를 받자 용기를 얻은 나는 이야기를 계속했다.

「그러니까 논리에 맞는 결론은 이겁니다. 즉, 두 번의 살인 계획은 각기 다른 두 사람에 의해서 만들어진 것이다. 따라서 완전히 다른 두 사람에 의해서 저질러진 살인사건으로 처리되어야 한다.」

「그런데 우연치고는 너무 지나친 것 같지 않은가?」

「우연은 어느 살인사건에서나 항상 있을 수 있는 것이라고 당신이 애기했잖습니까?」

「그건 사실이지.」

「그런 종류죠 뭐.」

「그러면 그 악한들이 누군지 밝힐 수 있겠나?」

「도널드슨과 테레사 애런델입니다. 마지막 것을 성공적으로 해치운 사람은 두말할 것도 없이 의사죠. 한편, 우리가 알다시피 첫 번째 계획과 관련된 것은 테레사고. 두 사람이 서로 전혀 모르는 채 일을 저질렀을 가능성도 있어요.」

「'우리가 알다시피'라는 말을 쓰기를 즐기는군, 헤이스팅스. 내가 보기엔 자네가 알고 있다고 하는 건 별 중요성이 없어 보여. 게다가 테레사가 연루되어 있는지 나는 아직 잘 모르겠네.」

「로슨 양의 얘기를 들었잖습니까?」

「로슨 양이 한 얘기는 로슨 양의 얘기일 뿐이야.」

「그래도 그 여자 얘기로는…….」

「그 여자가 말하기를, 그 여자 얘기로는 자넨 항상 사람들이 한 얘기를 입증이라도 된 것인 양 받아들이려고 하는군. 들어 봐. 내가 자네에게 좀 전에 한 말은 로슨 양의 얘기 가운데서—내 생각에는—뭔가 잘못된 부분이 있다는 것 아니었나?」

「그래요, 당신이 그렇게 말했죠. 그게 뭔지 잡아낼 수가 없다고 말했어요.」

「이젠 알아냈어. 잠시 동안 자네에게 보여 줄 게 있네. 즉시 알아낼 수 있었던 것인데, 내가 얼마나 어리석었던 지를 잘 좀 보게.」

그는 책상 앞으로 다가가 서랍을 열더니 마분지 한 장을 꺼냈다. 그걸 가위로 오리면서 나한테는 자신이 지금 하고 있는 것을 보지 말라는 시늉을 했다.

「잠깐만 기다려, 헤이스팅스. 곧 실험을 시작할 거니까.」

나는 얌전하게 시선을 돌렸다.

잠시 뒤 포와로가 만족스런 탄성을 질렀다. 가위를 치우고 잘려 나간 종이 조각들을 쓰레기통에 넣으면서 내게 달려왔다.

「아직 보면 안 돼. 내가 자네의 코트 깃에다 뭔가를 핀으로 꽂아 놓을 때까지 눈을 돌리고 있게.」

나는 그가 시키는 대로 했다. 그 절차가 만족스럽게 끝나자, 포와로는 옆에 딸려 있는 침실로 나를 데리고 갔다.

「자, 헤이스팅스. 거울 속에 비친 자네 모습을 봐. 자넨 지금 자네의 이름 첫 자로 장식한 최근 유행하는 브로치를 달고 있네. 단지 크롬이나 스테인레스로 만든 브로치가 아니라 초라한 마분지로 만든 것뿐이네만!」

내 모습을 바라보자 웃음이 터져 나왔다. 포와로는 손재주가 비범했다. 나는 테레사의 브로치와 아주 흡사한─둥글게 자른 종이 안에 나의 이름 첫 자 'A. H.'가 새겨진 브로치를 달고 있었다.

「아주 보기 좋군.」

포와로가 말했다.

「어때, 만족스러운가? 자네 이름이 새겨진 멋진 브로치를 다는 건 아마 처음이겠지?」

「아주 멋있는데요.」

나도 응수했다.

「빛에 반짝거리거나 반사하지는 않지만, 어느 정도 거리가 떨어져도 분명하게 보이기는 하겠지?」

「그건 틀림없겠는데요.」

「좋아. 의심하는 건 자네의 장점이 아니지. 단순하게 믿는 게 자네의 특징이야. 자, 헤이스팅스, 자네의 코트를 벗었으면 좋겠군.」

나는 조금 의아해하면서 그렇게 했다. 포와로도 자신의 코트를 벗더니, 늘상 그렇게 하듯 약간 외면을 하고 서서는 내 코트를 재빨리 입었다.

「이젠 브로치가 어떻게 되어 있는지 보게. 자네 이름의 첫 자가 오려져 있는 브로치가 내게 어울리나?」

그는 한 바퀴 돌았다. 나는 잠시 동안 어리둥절한 채 그를 바라보고 서 있었다. 그러고 있는 동안 한 가지 생각이 머리를 스치고 지나갔다.

「이렇게 아둔한 머리 좀 봐! 그래요, 브로치 안의 글자는 'A. H.'

가 아니라 'H. A.'로군요!」

　포와로는 희색이 만면해서 내게 코트를 건네주었다.

　「옳거니! 이젠 로슨 양의 얘기 가운데서 잘못되어 있는 게 뭔지 알겠지? 로슨 양은 그 여자가 달고 있는 브로치에서 분명히 테레사의 이름 첫 자를 봤다고 말했지. 이름 첫 자를 본 것이 분명하다면 그 글자들이 반대쪽으로 비치는 걸 봤어야 하지.」

　「하지만…….」

　내가 반박했다.

　「그렇게 나타나 있는 걸 봤을 테지만, 반대로 비치는 거라고 생각했을 수도 있잖습니까?」

　「이봐, 지금 자네가 한 짓 생각 안 나? 자네 이렇게 소리질렀나? '하! 포와로, 당신이 잘못 썼는데요. 'H. A.'가 아니라 'A. H.'라야 하잖아요.' 아니, 자넨 그렇게 말하지 않았어. 자넨 로슨 양보다 훨씬 총명하니까. 갑자기 잠에서 깨어나 아직도 반쯤은 조는 듯, 머리가 부스스한 여자가 'H. A.'를 'A. H.'로 알았을 것이라는 따위의 얘긴 집어치우게. 그건, 로슨 양의 사고 경향으로 미루어 보면 가능성 없는 얘기니까.」

　「로슨 양은 층계에서 본 여자가 테레사였다고 결정한 겁니다.」

　내가 천천히 말했다.

　「그래, 조금씩 접근하고 있군. 내가 로슨 양에게 층계에 서 있는 사람의 얼굴을 분명하게 볼 수 없었을 것이라고 하자, 그 여자가 금방 뭐라고 했는지 기억나지?」

　「테레사의 브로치와 그 안에 새겨진 글자 얘기였죠. 거울 속에 비치는 여자를 봤다는 로슨의 얘기가 거짓말이라는 사실은 잊었어도, 글자 얘기는 잊지 않았습니다.」

　갑자기 전화벨이 날카롭게 울렸다.

　포와로가 수화기를 집어들었다.

　「예? 예…… 좋습니다. 오후가 어떻습니까? 예, 2시에 봅시다.」

포와로는 간단히 몇 마디 하더니 수화기를 놓고 나를 보며 빙그
레 웃었다.
「도널드슨 의사가 나와 얘기하고 싶다는군. 내일 오후 2시에 이
곳으로 오겠대. 일이 꽤 진전될 것 같군.」

제26장 타니오스 부인, 진술을 거부하다

다음날 아침 조반을 끝내고 들어와 보니, 포와로는 책상 앞에서 무엇인가 분주하게 쓰고 있었다. 나를 보자 한 손을 흔들어 인사를 한 뒤 곧 하던 일을 계속했다. 한참 뒤, 그는 종이를 한데 모아 봉투에 넣은 뒤 조심스럽게 봉했다.

「포와로, 이제 다음 일은 뭡니까?」

나는 약간 장난기 섞인 투로 물었다.

「오늘 혹시 누군가가 당신을 해칠지도 모르니까, 이 사건에 대해 기록해 두는 것이 사건을 가장 안전하게 보관하는 방법이겠죠, 안 그래요?」

「그래, 헤이스팅스. 자네도 꽤 생각 있는 친구로군.」

그의 태도는 진지했다.

「우리의 살인자가 위기에 처해 있다는 게 사실입니까?」

「살인자는 항상 위기에 처하게 마련이네.」

포와로가 침착하게 대꾸했다.

「그런 사실이 흔히 무시되다니 정말 놀라운 일이군요. 특별한 전 갈은 없었나요?」

「타니오스 의사가 전화를 했었네.」

「아직도 부인이 간 곳을 찾지 못했대요?」

「그렇다는군.」

「잘 됐군요.」

「무슨 소린가?」

「부딪쳐 보는 겁니다, 포와로. 그 여자가 이미 죽었을 거라고 생각하지 않나요?」

포와로는 의심스럽다는 듯 고개를 가로저었다.

「사실은…….」

포와로가 낮은 목소리로 속삭였다.

「이젠 그 여자가 있는 곳을 좀 알아봐야겠어.」

「그래요? 곧 나타나게 될지도 모르는데요?」

내가 말했다.

「자네의 유쾌한 낙관주의가 날 실망시키지 않길 바라네, 헤이스팅스.」

「아니 포와로, 그 여자가 팔다리가 잘린 채 트렁크 속에 든 시체로 나타날 것이라고 생각 안 돼요?」

포와로가 천천히 대답했다.

「나도 타니오스 의사가 무척 불안해한다는 건 알고 있어. 하지만 그 이상은 아니네. 우선 해야 할 일은 로슨 양을 만나 보는걸세.」

「브로치에 대해 저지른 조그만 실수를 지적해 주려고요?」

「아닐세. 그 사실은 적절한 시기가 올 때까지 내 소맷자락 속에 감춰둘 생각이네.」

「그렇다면 무슨 얘기를 하려고요?」

「곧 듣게 될 거야.」

「또 거짓말하려는 것은 아니죠?」

「헤이스팅스, 자네 말이 비위에 거슬리는데 그래. 누가 들으면 꽤나 거짓말하기를 즐기는 사람인 줄 알겠군.」

「틀림없이 그런 것 같은데요?」

「내가 가끔 나 자신의 총명함에 대해 자랑하는 것은 사실이지.」

그는 순진하게 고백했다.

나는 웃음이 터져 나왔다. 포와로가 나무라듯 나를 흘끗 쳐다보았다. 우리는 곧 클랜로이든 맨션을 향해 출발했다.

전과 마찬가지로 이런저런 물건들이 들어찬 어지러운 거실로 들어서자, 로슨 양이 부산을 떨며 뒤따라 들어왔다. 그녀의 태도는 다른 때보다 더 침착성이 없어 보였다.

「어머나, 포와로 씨, 별일 없으세요? 이렇게 어수선해서 어쩌나. 벨라가 온 뒤로는……」

「뭐라고요? 벨라?」

「예, 벨라 타니오스 말예요. 한 30분전에 아이들을 데리고 이곳에 왔어요. 아주 지쳐 가지고. 불쌍하기도 하지! 뭘 어떻게 해줘야 할지 모르겠어요. 남편을 떠나온 거래요.」

「남편을 떠나요?」

「그렇게 얘기하던데요. 뭐, 당연한 일이죠.」

「당신에게 털어놓던가요?」

「꼭 그런 것은 아니에요. 실은, 전혀 아무런 얘기도 하질 않으려고 해요. 단지 남편을 떠나왔으며, 다시는 돌아가지 않겠다는 말만 되풀이하고 있어요!」

「사태가 심상치 않아 보이던가요?」

「물론이에요. 그 사람이 영국인이라면 충고도 몇 마디 해보겠지만, 영국인도 아니고……. 게다가 벨라의 태도가 좀 이상해요. 몹시 겁을 내고 있는 것 같아요. 그 사람이 도대체 무슨 짓을 한걸까요? 터키 인들은 가끔 굉장히 잔인하다고들 하던데.」

「타니오스 의사는 그리스 인이오.」

「알아요. 그 사람들이 주로 터키 인들에게 학살을 당한다는 것은 또 다른 얘기지요. 아니, 그게 미국인들이라던가? 어쨌거나 마찬가지예요. 저도 그녀가 남편에게 돌아가서는 안 된다고 생각해요. 포와로 씨, 선생님 생각은 어떠세요? 아무튼 돌아가지 않겠다고 얘길 하니까……. 자신이 여기 있다는 걸 남편에게 알리려고도 하지 않던데요.」

「그 정도인가요?」

「예. 그건 어린애들 때문이에요. 그 사람이 아이들을 스미르나로 데려갈까 봐 무서워하는 거예요. 불쌍하게도 몹시 괴로운가 봐요.

돈도 한 푼 없이. 어디로 가야 할지, 또 뭘 해야 할지 모르겠나 봐요. 직접 생계를 꾸려 나가려고 하는 모양인데, 그게 어디 말처럼 쉬운 일인가요? 제가 잘 압니다. 특별한 재주나 기술이 있다고 해도 힘들 텐데.」

「남편한테서는 언제 떠났답니까?」

「어제요. 간밤엔 패딩턴 역 근처에 있는 작은 호텔에서 묵었대요. 아마 갈 곳이 없으니까 저한테 온 것 같아요.」

「그녀를 도와 줄 작정이시오? 하긴 도와 줄 수도 있을 텐데요?」

「그렇게 하는 것이 제 의무라고 생각하고 있습니다. 하지만 쉬운 일은 아니죠. 보시다시피 여긴 아주 작은 맨션인 데다 방도 없고…….」

「리틀 그린으로 보낼 수도 있지 않습니까?」

「그렇게 해도 되지만, 남편이 그곳으로 찾아갈지도 모르잖아요. 방금 웰링턴 호텔에 방을 두 개 빌렸어요. 거기서 피터스 부인이라는 이름으로 머물러 있게 하려고요.」

「그래요? 타니오스 부인을 좀 만나 보고 싶군요. 어제 내가 외출했을 때 아파트로 전화를 했다던데.」

「그랬대요? 저한테는 아무 얘기도 없었는데요. 전해 드릴게요.」

「그렇게 해준다면 고맙겠습니다.」

로슨 양은 방을 황급히 나갔다.

복도에서 그녀의 목소리가 들려 왔다.

「벨라, 벨라, 포와로 씨를 만나 보지 않겠어요?」

타니오스 부인의 대답은 들리지 않았으나, 1~2분 정도 지나자 그녀가 방안으로 들어왔다.

타니오스 부인의 얼굴을 본 나는 깜짝 놀라지 않을 수 없었다. 눈 주위가 검게 그을려 있었고, 뺨은 핏기가 완전히 가서 창백했는데, 무엇보다 나를 놀라게 한 것은 공포에 질린 듯한 그녀의 태도였다. 그녀는 우리가 하는 얘기를 죽 듣고 있었던 모양이다.

포와로가 부드럽게 그녀를 맞았다. 점잖게 다가가 악수를 하고는, 의자를 끌어당겨 그녀를 앉도록 권했다. 창백하고 겁에 질려 있는 여인이 마치 여왕이기라도 한 듯 공손하게 대했다.

「자, 부인, 마음놓고 이야기하세요. 어제 나를 만나러 오셨지요?」

그녀는 고개를 끄덕였다.

「내가 집을 비웠던 게 유감입니다.」

「예, 그곳에 계시기를 바랐었습니다.」

「나에게 할 말이 있어서 오셨었나요?」

「예, 저……..」

「말씀하세요, 언제든지 도움이 돼 드리겠습니다.」

타니오스 부인은 대꾸도 없이 손에 낀 반지만 이리저리 돌리며 가만히 앉아 있었다.

「자, 부인?」

천천히, 내키지 않는다는 듯 그녀가 고개를 흔들었다.

「아니, 못 하겠어요.」

「못 하다뇨, 부인?」

「만일 그이가 안다면—그이가 무슨 일을 저지르고야 말 거예요!」

「자, 부인, 진정하세요. 그렇지 않을 겁니다.」

「아니에요, 터무니없는 얘기가 아니에요. 선생님은 그이를 몰라요. 잘 몰라요.」

「그이라면, 남편 말인가요?」

「예, 그래요.」

포와로는 한동안 가만히 있더니 입을 열었다.

「남편께서 어제 나를 만나러 왔었습니다.」

이 말에 그녀는 소스라쳐 놀랐다.

「오! 그이에게 얘기하진 않으셨겠죠! 아니, 얘기할 수 없었겠군요. 제가 여기 있는 줄 모르셨을 테니까. 그이가, 그이가 저를 미쳤다고 하지 않던가요?」

포와로는 조심스럽게 대답했다.

「부인께서 지나치게 신경과민이 된 상태라고 하던데요.」

못 믿겠다는 듯 그녀는 고개를 흔들었다.

「천만에요, 제가 미쳤다고 했거나, 아니면 미칠 거라고 얘기했을 거예요! 그이는 제 입을 막아서 어느 누구한테도 얘기하지 못하도록 하려는 거예요.」

「누구에게 무엇을 말한다는 겁니까?」

그녀는 고개를 가로 내저었다. 손가락을 신경질적으로 비틀며 중얼거렸다.

「저는 겁이 나요.」

「부인, 언젠가 내게 말씀하신 적이 있죠. 안전하다고요! 비밀은 이미 밝혀진 겁니다! 그 말이 부인을 보호해 줄 거예요.」

그녀는 대답하지 않았다. 반지만 계속 돌리고 있었다.

「자신을 스스로 아셔야 합니다.」

포와로의 목소리에 그녀는 깜짝 놀라 숨이 막힌 것처럼 보였다.

「제가 어떻게 알 수가 있겠어요. 무서워요. 그이가 그럴 수 있다니! 게다가 그이는 의사예요! 사람들은 그이의 말을 믿지, 제 말은 믿지 않을 거예요. 아무도 제 말을 믿지 않을 거라고요.」

「나에게는 기회조차 안 주시겠습니까?」

그녀는 고통스럽다는 듯 포와로를 쳐다보았다.

「제가 어떻게 알 수가 있겠어요? 선생님도 그 사람 편인지도 몰라요.」

「나는 어느 편도 아닙니다, 부인. 나는 항상 진실의 편입니다.」

「모르겠어요.」

타니오스 부인은 절망적으로 말했다.

「아, 모르겠어요.」

목소리에 힘을 주며 그녀는 말을 계속했다.

「끔찍한 일이었어요. 여러 해 동안이나. 이런저런 일들이 일어나는 걸 지켜봤죠. 하지만 아무것도 얘기할 수가 없었어요, 아무것도. 아이들이 있습니다. 긴 악몽 같았어요. 그리고 지금 이렇게 하지만, 그이에게 돌아가진 않겠어요. 애들을 맡기지도 않을 거고요! 그 사람이 나를 찾을 수 없는 곳으로 가겠어요. 미니 로슨이 도와줄 거예요. 그녀는 말할 수 없이 친절해요, 더 이상 친절할 수 없을 정도로요.」

그녀는 말을 멈추고 포와로를 쳐다보면서 물었다.

「그이가 저에 대해서 뭐라고 하던가요? 제가 망상에 사로잡혀 있다고 하던가요?」

「남편은, 부인, 자신을 대하는 부인의 태도가 변했다고 얘기하더군요.」

그녀가 고개를 끄덕였다.

「그런 다음 제가 망상에 사로잡혀 있다고 말했겠군요. 그렇죠?」

「솔직하게 말씀드린다면 그렇습니다, 부인.」

「그랬군요. 그랬을 줄 알았어요. 저는 증거를 가지고 있지 않거든요. 전혀 아무런 증거도.」

포와로는 등을 의자에 기대며 몸을 뒤로 젖혔다. 몸을 뒤로 젖히고 편안한 자세를 취한 다음, 포와로가 다시 말문을 열었을 때 그의 태도는 완전히 바뀌어 있었다. 그는 마치 사업상의 일로 토론을 벌이는 사람처럼 사무적으로 무뚝뚝하게 물었다.

「부인은 이모님을 죽인 사람이 남편이라고 의심하십니까?」

갑자기 번갯불이 번쩍이듯 재빨리 그녀가 대답했다.

「의심하는 정도가 아니라 알고 있습니다.」

「그렇다면, 부인, 말씀을 해주시는 게 부인의 의무입니다.」

「하지만 그렇게, 그렇게 간단하지가 않아요.」

「이모님을 어떻게 죽였습니까?」

「정확하게는 몰라요. 하지만 그이가 죽인 것만은 확실해요.」

「어떤 방법을 사용했는지 모른다고요?」

「몰라요. 마지막 주 일요일 날 일을 저지른 것 같아요.」

「마지막 주 일요일에 남편은 이모님을 만나러 갔었나요?」

「예.」

「무슨 일 때문이었는지 모르십니까?」

「몰라요.」

「그렇다면 용서하세요, 부인, 어떻게 그랬다고 확신할 수가 있습니까?」

「왜냐하면 그이가……」

그녀는 잠깐 멈추었다가 천천히 다시 말했다.

「저는 확신하고 있어요!」

「죄송합니다만, 아직 숨기고 있는 것이 있죠? 아직 내게 말하지 않은 것 말입니다.」

「예.」

「자, 털어놔 보세요.」

벨라 타니오스는 갑자기 일어섰다.

「안 돼요. 그럴 수 없어요. 아이들이 있어요. 애들 아버지예요. 그럴 수 없습니다.」

「하지만 부인……」

「말씀드릴 수 없다고 얘기했잖아요.」

그녀의 음성은 마치 고함치듯 했다.

그때 문이 열리면서 로슨 양이 들어왔다. 즐거운 듯 상기된 얼굴로 고개를 꼿꼿이 치켜들고 있었다.

「들어가도 괜찮겠어요? 두 분이 서로 말씀 나누셨나요? 벨라, 차나 수프 같은 것 좀 들지 않겠어요? 아니, 브랜디를 조금 마셔 보는 것이 어때요?」

타니오스 부인은 고개를 가로저었다.

「괜찮아요.」

그녀는 희미하게 미소를 띠었다.

「애들 있는 데로 가봐야겠어요. 짐을 풀어놓으라고 일렀거든요.」

「귀여운 것들.」

로슨 양이 말했다.

「나도 애들이 무척 좋아요.」

타니오스 부인이 갑자기 로슨 쪽으로 돌아섰다.

「당신이 아니었다면 어떻게 됐을지 모르겠어요. 당신은 정말 친절한 사람이에요.」

「저런, 저런. 울지 말아요. 모든 게 잘 될 거예요. 내 변호사나 좀 만나 보는 게 어때요? 아주 좋은 사람이에요. 인정도 많고……. 이혼할 수 있는 방법을 일러 줄 거예요. 요즘엔 이혼이 아주 간단하다고들 하던데. 어머나, 초인종 소리가 나네. 누가 온 모양이지?」

그녀는 서둘러 방을 나갔다. 홀에서 두런거리는 소리가 들려 왔다. 로슨 양의 얼굴이 다시 나타났다. 발끝으로 가만히 걸어 들어와서는 살며시 방문을 닫았다. 그녀는 흥분해서 목소리는 내지 않고 입술로만 말을 했다.

「벨라, 당신 남편이 왔어요. 어떻게 해야 할까?」

타니오스 부인은 방 맞은편에 있는 문을 가리켰다.

로슨 양이 고개를 크게 끄덕였다.

「좋아요, 그곳으로 가요. 그러면 내가 그 사람을 이 방으로 데려오는 동안 빠져나갈 수 있을 거예요.」

타니오스 부인이 소곤거렸다.

「내가 여기 있었다고 얘기하면 안 돼요. 나를 봤다는 얘기도 해서는 안 되고요.」

「아, 알겠어요. 안 하고말고.」

타니오스 부인은 문을 열고 살며시 나갔다. 포와로와 나도 급히 따라나갔다. 그곳은 작은 식당이었다.

포와로는 홀 쪽으로 나 있는 문으로 다가가 문을 살짝 열고는,

그 틈에다 귀를 갔다댔다. 그러더니 나에게 오라고 손짓했다.

「모든 게 분명하군. 로슨 양은 그를 다른 방으로 데리고 갔어.」

우리는 소리가 안 나도록 홀을 가로질러 현관 쪽으로 걸어갔다. 포와로는 할 수 있는 한 가만히 현관문을 잡아당겨 열었다.

타니오스 부인이 층계를 급히 뛰어 내려오다가 비틀거리면서 난간을 잡았다. 포와로가 그녀의 팔을 잡고 부축해 주었다.

「자, 이젠 괜찮습니다.」

우리는 홀로 들어섰다.

「저와 함께 가주세요.」

타니오스 부인이 애처롭게 말했다. 그녀는 곧 기절이라도 할 것 같이 얼굴이 창백했다.

「그렇게 하시죠.」

포와로가 대답했다.

길을 건너 골목을 돌아서자 퀸스 로(路)가 나왔다. 웰링턴은 눈에 잘 띄지 않는 작은 호텔이었다.

방안으로 들어서기가 무섭게 타니오스 부인은 플러시 천을 입힌 소파 위에 털썩 주저앉았다.

한 손을 뛰는 가슴에다 대고 심호흡을 했다.

안심시키듯 포와로가 그녀의 어깨를 가볍게 토닥거려 주었다.

「위기일발이었습니다, 부인. 자, 내 말을 잘 들으세요.」

「포와로 씨, 더 이상은 아무 말씀도 드릴 수가 없어요. 옳지 않은 짓입니다. 제가 생각하는 것—또, 제가 믿는 것에 대해 아마 아실 거예요. 그 정도에서 만족해 주세요.」

「나는 들어 달라고 부탁드리고 있습니다, 부인. 이건 가정입니다만—오직 가정일 뿐입니다. 내가 이미 그 사건에 대해 알고 있다고 가정하는 것과 부인이 나에게 해주실 얘기를 이미 알고 있다고 가정하는 것과는 차이가 있겠죠?」

그녀는 어리둥절한 표정으로 포와로를 쳐다보았다. 불안한 눈빛이었다.

「아, 나를 믿으세요, 부인. 부인이 하고 싶어하지 않는 얘기를 하도록 함정을 파놓는 것은 아니니까요. 그것은 분명히 차이가 있겠죠? 어떻습니까?」

「아마, 아마 차이가 있을 거예요.」

「좋습니다. 그러면 말씀드리죠. 나, 에르큘 포와로는 진실을 알고 있습니다. 나는 거기에 대해 부인이 내 말을 인정해 주기를 원하고 있습니다. 이것을 받으세요.」

그는 오늘 아침에 써서 봉한 두툼한 봉투를 그녀에게 내밀었다.

「모든 사실은 다 이 안에 있습니다. 이것을 읽어보신 다음 만족스러우시거든 나에게 전화를 해주시죠. 전화번호도 그 안에 적혀 있습니다.」

그녀는 주저하며 봉투를 받아들었다. 포와로는 경쾌한 목소리로 말을 계속했다.

「자, 또 한 가지 부탁드릴 것은 지금 즉시 이 호텔을 떠나시라는 겁니다.」

「왜요?」

「부인은 곧 유스턴 역 근처에 있는 코니스턴 호텔로 가십시오. 그곳으로 갈 것이라는 사실을 아무에게도 알려서는 안 됩니다.」

「하지만 여기도……, 로슨 양은 남편에게 제가 있는 곳을 얘기하지 않을 텐데요.」

「얘기하지 않을 거라고 생각하세요?」

「물론이죠. 그녀는 제 편인데요.」

「그래요. 그러나 당신 남편은, 부인, 무척 똑똑한 사람입니다. 중년 여자의 마음속을 들여다보는 것쯤은 그 사람에게는 별로 어려운 일이 아닐 겁니다. 아시다시피 부인이 있는 곳을 남편이 알아서는 절대로 안 됩니다.」

그녀는 말없이 고개를 끄덕였다.

포와로가 종이 한 장을 꺼냈다.

「여기 주소가 있어요. 가능한 한 빨리 짐을 싸서 아이들과 그곳으로 떠나세요. 아셨습니까?」

그녀는 고개를 끄덕였다.

「알겠어요.」

「걱정해야 할 것은 부인 자신이 아니라 아이들입니다.」

그녀는 종이를 집어들었다. 그 순간 그녀의 얼굴에 생기가 돌았다. 그녀는 고개를 뒤로 젖혔다. 이젠 공포에 질린 얼굴이 아니라 오만하고 당당한 얼굴이었다.

「자, 이젠 준비가 다 끝났군요.」

포와로가 말했다.

우리는 악수를 나누고 출발을 서둘렀다. 그러나 멀리 가지는 않았다. 가까운 곳에 있는 아늑한 카페에 앉아 커피를 들면서 우리는 호텔 정문을 바라보고 있었다. 한 5분가량 지났을 때 거리를 지나가고 있는 타니오스의 모습이 보였다. 그는 이제 웰링턴 호텔 따위는 안중에도 없는 것 같았다. 생각에 잠겨 고개를 숙인 채 그곳을 지나쳐서 지하철 역 쪽으로 들어가고 있었다.

약 10분 뒤에는 택시에 실려 짐과 함께 떠나는 타니오스 부인과 아이들의 모습이 보였다.

「자, 우리가 할 수 있는 일은 다했네. 이제는 인력으로는 할 수 없는 일이야.」

계산서를 집어들며 포와로가 말했다.

제27장 도널드슨 의사의 방문

도널드슨은 2시 정각에 도착했다.

평소와 같이 침착하고 빈틈없는 모습이었다.

나는 그의 성격에 흥미를 느끼고 있었다. 꼭 집어 말할 수는 없지만, 그의 내면에는 테레사처럼 강렬하며 충동적인 면모는 없는 듯싶었다. 그러나 나는 그가 결코 무시해도 좋을 그런 인물은 아니라고 생각하고 있었다. 학자의 면모를 갖춘 그 이면에서 강렬한 힘이 솟구치고 있는 젊은이였다.

의례적인 인사가 끝나자 도널드슨이 입을 열었다.

「제가 찾아온 이유는, 이 일과 관련해서 당신의 위치가 정확히 어떤 것인지 알기 위해서입니다, 포와로 씨.」

포와로가 조심스럽게 대꾸했다.

「내 직업은 알고 있겠죠?」

「그렇습니다. 이런 사적인 질문을 드리게 되어서 죄송합니다.」

「신중한 분이로군요, 의사 선생.」

도널드슨이 조용히 말했다.

「저는 분명한 것을 좋아합니다.」

「합리적인 생각입니다!」

「당신에 대한 기록들도 마찬가지던데요. 당신 직업에 관한 한, 당신도 아주 현명한 분이더군요. 또, 성실하고 정직한 분이라는 평판을 얻고 있고요..」

「과찬입니다.」

포와로가 중얼거렸다.

「제가 이 일과 관련해서 당신을 이해하는 데 당황해하는 이유가 바로 그 점입니다.」

「그건 너무 단순한 생각인데요!」

「그렇지 않습니다.」

도널드슨이 말했다.

「처음에 당신은 전기를 쓰는 작가라고 자신을 소개했습니다.」

「용서받을 거짓말이요, 안 그렇습니까? 가는 곳마다 자신이 탐정이라고 공개하고 다닐 수는 없지 않습니까? 물론, 때로는 그쪽이 유리하기도 하지만.」

「그건 저도 이해할 수 있어요.」

도널드슨의 어조는 다시 냉랭해졌다.

「당신은 테레사 애런델을 방문해서 고모의 유언장을 무효화시킬 수도 있다고 하셨습니다.」

포와로는 고개를 한 번 끄덕여서 이 말에 동의를 표시했다.

「그건 좀 우스꽝스런 일이었습니다.」

도널드슨의 음성이 날카로워졌다.

「당신은 그 유언장이 법적으로 유효한 것이며, 그것에 대해 어떠한 조처도 취할 수 없다는 것을 누구보다도 잘 알고 있습니다.」

「그게 전붑니까?」

「저는 바보가 아닙니다, 포와로 씨.」

「물론이죠, 도널드슨 선생. 당신은 결코 바보가 될 수 없지요.」

「저는—많이 아는 것은 아니지만—법에 대해 알만큼은 알고 있습니다. 그 유언장은 절대로 백지화시킬 수 없을 겁니다. 그런데 왜 그렇게 할 수 있는 것인 양 가장하는 겁니까? 테레사는 잠시라도 그런 이유 때문에 달려들었던 게 아닙니다.」

「그녀의 반응에 대해서 매우 확신하고 있군요.」

젊은이의 얼굴에 희미한 미소가 스치고 지나갔다.

「저는 테레사가 자신에 대해 어렴풋이 알고 있는 것 이상으로 그녀를 잘 알고 있습니다. 그녀와 찰스가 비합법적인 일에 있어 당신

에게 도움을 받고 싶어하는 점은 의심할 여지가 없어요. 찰스는 도
덕성이라고는 전혀 없습니다. 테레사도 유전적으로 나쁜 피를 이어
받았고, 교육 또한 별로 신통치 못했습니다.」

「그게 약혼자에 대해 하는 말입니까? 마치 실험용 모르모트에 대
해 얘기하는 것 같군요?」

도널드슨은 안경 너머로 그를 뚫어지게 쳐다보았다.

「저는 진실을 회피할 생각은 조금도 없습니다. 저는 테레사 애런
델을 사랑합니다. 상상에 의해 만들어진 그녀가 아니라, 현재 있는
그대로의 그녀를 사랑합니다.」

「테레사 애런델이 당신에게 무척 헌신적이며, 돈을 구하고자 하
는 욕심도 사실은 당신의 야망을 충족시켜 주기 위함이라는 것도
알고 있나요?」

「물론 알고 있습니다. 이미 말씀드렸다시피 저는 바보가 아닙니
다. 하지만 저 때문에 석연치 않은 상황에 그녀를 휘말려들게 하고
싶지는 않습니다. 여러 면에서 테레사는 어린애 같은 데가 있어요.
저는 제 자신의 노력으로 경력을 쌓아갈 자신이 있습니다. 물론, 유
산을 받아들일 수 없다는 얘기는 아닙니다. 가장 환영할 만한 것일
수도 있겠지요. 하지만 그것은 단지 지름길을 제공해 주는 것에 불
과할 뿐입니다.」

「자신의 능력에 대해 상당한 자부심을 가지고 있군요?」

「자만하는 것처럼 들릴지 모르겠지만, 자신 있습니다.」

도널드슨은 침착한 태도로 대답했다.

「자, 계속해 보세요. 내가 책략을 써서 테레사 양의 신뢰를 얻었
다는 점은 인정합니다. 나는 그녀에게 온당치 않은 방법으로 재산
을 물려받을 수도 있다는 점을 생각하게 했어요. 그녀는 곧이곧대
로 내 말을 믿었고.」

「테레사는, 돈을 위해서라면 사람은 무슨 짓이든지 할 수 있다고
믿고 있습니다.」

젊은 의사는 자명한 진리를 얘기하고 있다는 듯 태연한 목소리로 말을 마쳤다.

「사실입니다. 그것이 그녀의 태도입니다. 그녀의 오빠 역시 마찬가지고. 찰스는 아마 돈이라면 무슨 짓이든 할걸요!」

「당신은 미래의 처남에 대해 쓸데없는 환상을 품고 있지는 않겠죠, 의사 선생?」

「그렇지는 않습니다. 그 사람은 흥미를 끄는 데가 있어요. 깊이 뿌리박힌 신경증 같은 건데―불필요한 얘기군요. 지금까지 얘기하던 초점으로 돌아가겠습니다. 저는 당신이 취한 방법에 대해, 왜 그렇게 해야만 했는지 그 이유를 물었습니다. 그리고 한 가지 대답을 알아냈습니다. 당신은 에밀리 애런델 양의 죽음에 대해 테레사나 찰스를 의심하고 있다는 것이 확실합니다. 아니, 부인하려 하지 마세요! 당신이 시체 발굴 운운한 것은 그들의 반응을 살펴보자는 술책에 불과합니다. 실제로 시체를 파헤치기 위해 내무성의 허가를 얻기 위한 어떤 절차라도 밟으신 것이 있습니까?」

「솔직하게 얘기하자면 아직 없어요.」

도널드슨이 고개를 끄덕였다.

「저도 그럴 거라고 짐작했습니다. 애런델 양의 죽음이 자연스런 원인에서 온 것으로 밝혀질 수 있다는 가능성도 생각하신 적이 있는지 궁금하군요.」

「그렇게 나타날 수도 있다고 생각해요. 그래요.」

「하지만 당신의 생각은 이미 굳어진 것이 아닙니까?」

「아주 확고하게. 말하자면 결핵 환자처럼 보이고, 결핵 환자처럼 행동하고, 혈액이 양성반응을 나타내는 사람을 만난 경우와 같은 것이지요. 그럴 경우, 결핵이라고 생각지 않습니까, 어때요?」

「이 경우를 그렇게 보십니까? 그렇다면 당신이 기다리고 있는 것은 정확히 뭡니까?」

「마지막 증거물을 기다리고 있어요.」

그때 전화벨이 울렸다. 포와로가 손짓을 하기에 내가 일어서서 수화기를 들었다. 곧 알아차릴 수 있는 음성이었다.

「헤이스팅스 대위님이세요? 타니오스 부인입니다. 포와로 씨께 그분의 생각이 완벽하게 들어맞았다고 전해 주시겠어요? 내일 아침 10시에 여기로 오신다면 그분이 원하시는 것을 드리겠다고 전해 주세요.」

「내일 10시예요?」

「예.」

「좋습니다. 전해 드리지요.」

포와로가 눈으로 묻고 있었다. 나는 고개를 끄덕거려 주었다.

그는 도널드슨 쪽으로 고개를 돌렸다. 이제 그의 태도는 완전히 변해 있었다. 경쾌하고 자신감 있는 태도였다.

「이젠 내 생각을 밝혀 보지요.」

포와로가 말했다.

「나는 이 사건을 살인사건이라고 판단했습니다. 살인사건처럼 보였고, 살인사건에서 나타나는 모든 특징들이 나타났으니 분명 살인사건이었습니다! 그런데 여기엔 상당한 의혹의 여지가 있었지요.」

「그 의혹이 무엇 때문이라고 보십니까? 왜냐하면 저도 뭔가 이상하다고는 느끼고 있었으니까요.」

「의혹은 살인자의 정체에 있었습니다. 하지만 이젠 더 이상 의심의 여지가 없어요.」

「정말입니까? 알아내셨나요?」

「내일이면 결정적인 증거를 손에 넣게 될 것 같군요.」

도널드슨 의사의 눈썹이 우스꽝스럽게 곤두섰다.

「아, 내일이라고요! 내일 언제쯤인가 이 긴 여정이 끝나겠군요, 포와로 씨.」

「그 반대요. 나는 항상 내일이란 규칙적으로 오늘을 계승하는 것뿐이라고 생각합니다.」

포와로가 대꾸했다.
도널드슨이 빙그레 미소를 지었다. 그는 일어섰다.
「시간을 많이 허비하게 해드려서 죄송합니다, 포와로 씨.」
「천만에. 서로를 이해하기 위해서는 당연한 일이지요.」
도널드슨은 가볍게 고개 숙여 인사하고는 방을 나갔다.

제28장 또 다른 희생자

「현명한 젊은이로군.」

포와로가 생각에 잠겨 말했다.

「그 사람이 말하려던 것이 무엇인지 난 잘 모르겠는데요.」

「그래, 약간 몰인정한 면도 있지. 그렇지만 지각력은 매우 뛰어나네.」

「전화는 타니오스 부인에게서 온 것이었습니다.」

「나도 그럴 거라고 생각했었지.」

나는 전화 내용을 다시 한 번 반복했고, 포와로는 알았다는 듯 고개를 끄덕거렸다.

「모든 일이 잘 되어가고 있군 그래. 스물 네 시간이야, 헤이스팅스. 그 뒤엔 우리가 서 있는 곳이 어디쯤인지 정확하게 알 수 있을 걸세.」

「난 아직도 어렴풋한데요. 우리가 혐의를 두고 있는 사람이 정확하게 누굽니까?」

「자네가 의심하는 사람을 내가 알 리가 있나! 모든 사람을 차례차례 생각해 볼 수밖에!」

「나는 가끔 당신이 나를 그 상황 속에다 몰아넣는다는 생각이 들어요!」

「천만에. 그렇게 해서까지 즐길 생각은 없네.」

「나는 당신만큼 앞질러 생각할 수가 없다고요, 포와로.」

포와로는 고개를 가로저었다. 그러나 그의 마음은 이미 다른 곳에 있는 것처럼 기계적으로 고개를 가로젓고 있을 뿐이었다.

나는 그를 자세히 살펴보았다.

「문젯거리가 있습니까?」

내가 물었다.

「나는 항상 사건이 끝나갈 때쯤이면 신경이 곤두서. 혹시 잘못되는 일이 있을까 해서…….」

「잘못될 만한 것이라도 있나요?」

「그렇지는 않지.」

말을 마치며 포와로는 눈살을 찌푸렸다.

「모든 우발 사건에 대비해서 준비는 해뒀지.」

「그렇다면 범인은 그만 잊어버리고 연극이나 보러 갈까요?」

「그거 좋은 생각이야!」

우리는 매우 유쾌한 저녁을 보냈다.

비록 추리극에 포와로를 데리고 가는 실수를 저지르긴 했지만. 나의 독자들에게 한 마디 충고하고 싶은 것이 있다. 절대로 군인과 전쟁물을, 스코틀랜드 인을 스코틀랜드 연극에 데리고 가지 말 것이며, 탐정을 추리물에, 또 배우인 경우에는 어떤 연극에도 데리고 가지 말라고 이르고 싶다! 각 장면이 소나기처럼 쏟아지는 비난 때문에 피폐해지고 마는 것이다.

포와로는 잘못 적용된 심리학에 대해 계속 불평을 늘어놓았고, 주인공 탐정의 사고(思考)의 빈곤과 방법의 오용 때문에 거의 미칠 지경이 되어 버렸다. 제1막 전반부에서 어떻게 그 사건의 전말이 밝혀질 수 있는가를 설명하는 포와로의 얘기를 들으면서 그 날 밤 그와 헤어졌다.

「하지만 포와로, 그렇게 되었다면 극이 될 수 없잖습니까.」

포와로도 그 점에 대해서는 인정할 수밖에 없었다.

다음날 아침 내가 거실로 들어갔을 때는 9시가 조금 넘은 시간이었다. 포와로는 여느 때처럼 우편물을 하나씩 읽으면서 아침식사를 하고 있었다.

그때, 전화벨이 울리기에 내가 수화기를 들었다.

다급한 여자의 음성이었다.

「포와로 씨? 아, 헤이스팅스 대위님이시군요.」

잠깐 동안 숨이 멎는 듯싶더니 흐느끼는 소리가 들려 왔다.

「로슨 양이십니까?」

「예, 끔찍한 사고가 일어났어요!」

나는 순간적으로 수화기를 꽉 움켜쥐었다.

「무슨 일이십니까?」

「그녀가 웰링턴을 떠났어요. 벨라 말예요. 어제 오후 늦게 그곳에 갔었는데, 그곳 사람들이 그녀가 떠났다고 하더군요. 저한테는 한 마디도 없이! 정말 이상해요! 결국 타니오스 의사 말이 맞는다는 생각이 들어요. 벨라에 대해서 아주 상세히 얘기하면서 무척 걱정하는 것 같았거든요. 지금 생각해 보니, 그 사람 얘기가 옳다는 생각이 들어요.」

「무슨 일이 일어났다고요, 로슨 양? 타니오스 부인이 당신한테 말 한 마디 없이 호텔을 떠났다고 그랬습니까?」

「아뇨, 그게 아니에요! 그게 전부라면 그래도 괜찮지요. 조금 이상하다는 생각이 들긴 하지만요. 타니오스 의사 말이 그녀가, 그녀가 정상이 아니고 피학대증이라나—그 사람이 그렇게 말했어요. 그래서 걱정이 된다고 그랬어요.」

「그래요?(원 쓸데없는 여자 같으니!) 무슨 일이 일어났습니까?」

「오, 끔찍한 일이에요. 그녀가 잠을 자다가 죽었어요. 수면제 과용으로요. 어린애들이 불쌍해요! 정말 슬픈 일입니다! 그 말을 듣고 어떻게 해야 좋을지 몰라 울고만 있을 뿐이에요.」

「어떻게 들으셨어요? 자초지종을 얘기해 보세요.」

곁눈으로 보니 포와로가 봉투 뜯던 일을 멈추고 있음을 알 수 있었다. 그는 내가 하는 얘기에다 귀를 기울이고 있었다. 하지만 그에게 지금의 내 자리를 내주고 싶은 생각은 없었다.

그렇게 한다면 로슨 양이 지금까지 한 모든 탄식을 처음부터 다시 되풀이하게 될 테니까.

「그 사람들이 저에게 전화를 했어요. 호텔에서요. 코니스턴이었어요. 제 이름과 주소를 그녀의 가방에서 찾아낸 모양이에요. 포와로 씨, 아니 헤이스팅스 대위님. 무서운 일이죠? 엄마 없는 불쌍한 애들만 남았답니다.」

「가만있어요. 사고가 확실합니까? 자살이라고 하지는 않던가요?」
내가 물었다.

「어머나, 그런 끔찍한 말씀을! 저는 모르겠어요. 그렇게 생각할 수도 있나요? 그것도 무서운 일이에요. 그녀가 아주 우울해 보이기는 했지만, 그렇게까지 할 필요는 없잖아요? 돈이라면 조금도 걱정할 이유가 없었는데. 그녀에게 얼마간 떼어 주려고 했어요. 정말이에요. 애런델 양도 그렇게 하기를 원하셨을 거예요. 틀림없어요! 스스로 생명을 끊을 만큼 고민하는 것처럼 보이기도 했습니다만……. 그래도, 그렇지는 않을 거예요. 호텔 사람들이 그것을 사고라고 생각하는 것처럼 보였어요.」

「그분이 먹은 것이 뭐라던가요?」

「수면제 종류래요. 베로날 같아요. 아니, 클로랄이에요. 맞아요. 틀림없어요, 클로랄. 헤이스팅스 대위님, 당신 생각엔……..」

나는 무뚝뚝하게 수화기를 '꽝' 하고 내려놓았다.

그리고는 포와로 쪽으로 고개를 돌렸다.

「타니오스 부인이…….」

그는 내 손을 들어 내 말을 가로막았다.

「알아, 알아. 자네가 하려는 얘기가 뭔지 알겠네. 그녀가 죽었다는 얘기지?」

「그래요. 수면제 과용이래요, 클로랄.」

포와로는 일어섰다.

「자, 헤이스팅스, 당장 그곳으로 가봐야겠네.」

「어젯밤 당신이 두려워하던 게 바로 이것 아닌가요? 사건이 끝나갈 때쯤이면 항상 신경이 곤두선다고 하지 않았습니까?」

「내가 두려워한 것은 다른 죽음이었어.」

포와로의 얼굴빛이 굳어졌다. 유스턴 역 쪽으로 차를 몰면서 우리는 이야기를 거의 나누지 않았다. 포와로는 두어 번 고개를 흔들었다. 내가 조심스럽게 입을 열었다.

「당신은 그것이 사고였을 거라고 생각합니까?」

「아니, 헤이스팅스, 그렇지 않아. 그건 사고가 아닐세.」

「도대체 어떻게 그 사람이 그녀가 간 곳을 알아냈을까요?」

포와로는 대꾸하지 않고 고개만 흔들었다.

코니스턴 호텔은 유스턴 역 근처에 있는 볼품 없는 건물이었다. 포와로는 명함을 내밀며 위협적인 태도로 지배인실로 들어갔다.

사건은 아주 간단했다.

자신을 피터스 부인이라고 칭한 그 여자는 두 어린애와 함께 어제 낮 12시 반경에 도착했다. 그들은 1시에 점심을 먹었다.

4시경 어떤 남자가 피터스 부인에게 전하겠다며 쪽지 한 장을 들고 왔다. 쪽지는 곧 그녀에게 전해졌다.

몇 분 뒤 그녀는 가방 하나를 들고 두 어린애와 함께 아래층으로 내려왔다. 아이들은 곧 방문객과 함께 떠났다. 피터스 부인은 사무실에 와 이제는 방이 하나만 필요하다고 했다.

그녀는 고민하는 사람처럼 보이지도 않았고, 당황해하는 모습도 아니었다. 오히려 아주 침착하고 태연해 보였다. 7시 30분경 저녁식사를 마친 뒤 그녀는 곧 방으로 들어갔다.

아침에 하녀가 방문을 열었을 때 그녀는 죽어 있었다.

곧 의사가 불려왔고, 의사는 그녀가 사망한 지 몇 시간이 지났다고 했다. 침대 옆 탁자 위에서 빈 유리컵이 발견되었다. 실수로 지나치게 많은 양의 수면제를 먹은 것임이 분명했다. 의사는 물에 타먹는 클로랄이 다소 위험한 약이라고 말했다. 자살의 증거는 전혀 없었다. 유서 한 장도 볼 수 없었다. 친지에게 알리기 위해 짐을 뒤

지다가 로슨 양의 이름과 주소를 발견하고는, 그녀에게 전화를 걸어 통화를 하게 된 것이다.

포와로는 편지나 쪽지 따위를 찾아낸 것이 없느냐, 예를 들어 아이들을 부르러 온 남자가 가져온 쪽지 따위도 발견하지 못했느냐고 물었다. 어떤 쪽지도 발견하지 못했으나, 벽난로 안에 까맣게 타버린 종이뭉치가 있었다고 지배인은 말했다.

포와로는 생각에 잠겨 고개를 끄덕거렸다.

사람들의 말에 의하면, 아이들을 부르러 온 남자말고는 피터스 부인을 찾아온 방문객은 없었으며, 그녀의 방에 들어간 사람도 없었다고 했다.

나는 심부름 왔다는 사람이 의심스러워 그의 외모에 대해 물었으나, 아주 막연한 대답뿐이었다. 그는 중키에 금발이며, 군인 같은 우람한 체격이었고, 얼굴에는 별 특징이 없었다고 했다.

수염도 전혀 기르고 있지 않았다는 단호한 대답이었다.

「그렇다면 타니오스는 아닌데요.」

나는 포와로에게 속삭였다.

「이봐, 헤이스팅스! 자넨 아이들을 제 아버지한테서 떼어놓으라고 그렇게 극성을 부리던 타니오스 부인이 그렇게 온순하게, 아무 저항도 없이 애들을 그 사람에게 넘겨주었을 성싶은가? 천만의 말씀이지!」

「그렇다면 그 남자가 누굴까요?」

「타니오스 부인이 신임하던 사람이든가, 아니면 그런 사람이 보낸 이겠지.」

「중키의 남자라.」

나는 곰곰이 생각해 보았다.

「그 사람을 생각해내느라고 그렇게 애쓸 것 없네, 헤이스팅스. 아이들을 데리러 온 사람은 그리 중요한 인물이 아닌 게 확실해. 진짜 중요한 사람은 뒤에서 자신을 드러내지 않고 있어.」

「그러면 그 쪽지는 제3의 인물이 보낸 걸까요?」

「그렇지.」

「타니오스 부인이 신임하던 사람?」

「물론.」

「그런데 쪽지는 이미 타버렸죠?」

「그래, 그녀가 태워 버린 거지.」

「당신이 그녀에게 준 사건 전말을 기록한 종이뭉치는 어떻게 되었을까요?」

포와로의 얼굴이 굳어졌다.

「그것도 역시 타버렸어. 하지만 별로 대수로운 건 아냐.」

「그래요?」

「자네도 알다시피, 모든 건 이미 이 에르퀼 포와로의 머릿속에 있으니까.」

그는 나의 팔을 잡아당겼다.

「헤이스팅스, 그만 이곳을 떠나세. 우리의 관심은 죽은 사람에게 있지 않고 산 사람에게 있으니까. 그들과 처리해야 할 문제가 남아 있어.」

제29장 리틀 그린 하우스에서의 배심(陪審)

다음날 아침 11시.

리틀 그린 하우스에 일곱 사람이 모였다.

에르퀼 포와로는 벽난로 곁에 서 있었고, 테레사는 소파에, 한 손을 테레사의 어깨에 얹은 찰스는 소파 팔걸이 위에 걸터앉아 있었다. 커다란 구식 의자에 앉은 타니오스 의사는 두 눈이 붉게 충혈되어 있었고, 한쪽 팔에는 검은 띠를 두르고 있었다.

둥근 탁자 옆에 놓인 직립형 의자에는 집 주인인 로슨 양이 앉았다. 그녀 역시 두 눈이 충혈 되어 있었고, 머리는 평소보다 더 부스스했다. 도널드슨 의사는 무표정한 얼굴로 포와로를 바라보며 앉아 있었다. 한 사람 한 사람 얼굴을 차례로 훑어보자 갑자기 호기심이 일어났다. 포와로와 가까이 지내면서 나는 여러 번 이런 광경을 목격했다. 한 떼의 사람들.

겉으로는 모두가 품위 있는 얼굴을 하고 있다. 포와로가 그중 한 가면을 벗겨서 그 얼굴이 살인자의 얼굴임을 밝히는 것을 나는 여러 번 보아 왔다. 추호도 의심할 여지가 없다. 이들 가운데 한 사람은 살인자일 것이다! 그런데 어느 얼굴일까? 나는 아직 확실히 알수가 없었다.

포와로는 이제는 아주 습관이 되어 버린 헛기침을 한 번 하고 난 뒤 말을 하기 시작했다.

「신사 숙녀 여러분, 우리는 지난 5월 1일에 사망한 에밀리 애런델 양의 죽음을 조사해 볼 목적으로 이 자리에 모였습니다. 이 죽음은 네 가지의 가능성으로—즉, 자연법칙에 따라, 사고의 후유증으로 인해, 스스로 목숨을 끊었을 가능성, 그리고 마지막으로 아는 사람에 의해서건 모르는 사람에 의해서건 제3자의 손에 사망했을 가능성으로 생각해 볼 수 있습니다. 그분이 돌아가셨을 당시에는 아무도 심문을 받지 않았습니다. 왜냐하면 그분의 죽음은 자연스럽게 찾아온 것이라고 생각했고, 그레인저 의사의 사망진단서에도 그렇게 나타나 있었기 때문입니다.

　시체를 매장한 다음 의혹이 생길 경우, 문제가 생긴 사람의 시체를 파내 해부를 하는 것이 상례로 되어 있습니다. 그런데 내가 그것을 지지하지 않는 데는 이유가 있습니다. 가장 중요한 이유는 나의 손님이 그것을 좋게 여기지 않을 것이라는 점입니다.」

　도널드슨 의사가 포와로의 말을 중단시켰다.

「손님이라뇨?」

　포와로가 그쪽으로 시선을 돌렸다.

「내 손님은 다름 아닌 에밀리 애런델 양입니다. 나는 그분을 위해서 일하고 있습니다. 그분의 가장 큰 소망은 어떤 잡음도 일어나지 않도록 해달라는 것이었습니다.」

　다음 진행인 10분간에 대해서는 건너뛰도록 하겠다. 그동안은 주로 불필요한 얘기가 반복된 것에 불과했기 때문이다.

　포와로는 자신이 받은 편지에 대해 얘기했고, 그것을 큰 소리로 읽기까지 했다. 마켓 베이싱에 오기까지의 과정과 사고 원인을 발견하게 되기까지의 경위에 대해서도 설명했다. 그는 잠시 멈췄다가 헛기침을 한 번 다시 하더니 이야기를 계속했다.

「나는 지금 여러분에게 내가 진실을 알아내기까지 여행한 경로를 말씀드리고자 합니다. 내가 이 사건의 올바른 축조라고 믿고 있는 바를 보여 드리겠습니다. 무엇보다 먼저 애런델 양이 무슨 생각을 갖고 있었는지를 정확하게 묘사하는 것이 필요하겠군요. 그건 아주 쉽습니다. 그분은 낙상을 했고, 모두들 그 낙상이 개의 공 때문에 일어난 사고라고 생각했지만, 그분 자신은 누구보다도 그 사건을 잘 파악하고 있었습니다. 병상에 누워 있는 동안 자신의 빈틈없는 두뇌로 낙상하게 된 상황을 하나하나 세심하게 검토해 본 결과 매우 확실한 결론을 얻게 된 것입니다. 누군가가 자신에게 부상을 입히려고, 어쩌면 죽이려고 용의주도하게 계획했다는 것이죠.

이런 결론을 얻게 되자 그분은 그 사람이 누구일까를 곰곰이 생각했습니다. 집 안에는 일곱 사람이 있었죠. 네 사람의 친척, 컴패니언 한 사람, 그리고 하인이 두 사람. 이 일곱 사람 중 혐의가 없는 사람은 꼭 한 사람뿐입니다. 왜냐하면 그 사람은 유산 상속시 별로 혜택을 받지 못할 사람이었으니까요. 또한, 그분은 하인들 두 사람에 대해서도 별로 의심하지 않았습니다. 두 사람 모두 여러 해를 같이 지내온 데다가, 자신에게 매우 헌신적이라는 것을 알고 있었으니까요. 그렇다면 네 명의 친척들, 세 명은 핏줄을 나눈 한 집안 사람들이고 한 명은 결혼에 의해 맺어진 친지가 남았습니다. 그들 네 사람은 자신이 죽은 뒤에 세 사람은 직접적으로, 나머지 한 사람은 간접적으로 유산을 받게 될 사람들입니다.

그분은 가족의 유대관계를 중시하는 분이었기 때문에 매우 어려운 상황에 부딪치게 되었습니다. 원래 가족들의 치부가 공공연하게 드러나는 것을 무엇보다도 꺼리는 분이었습니다만, 반면에 계획적인 살인에 순순히 복종할 그런 분도 아니었습니다!

그분은 결심이 서자 내게 편지를 쓴 것이지요. 그러면서 또 다른 조처를 취하고 있었습니다. 그 다른 조처란 두 가지 동기에서 비롯된 것 같습니다. 첫째는 가족 전체에 대한 악의에서 비롯된 감정이었다고 볼 수 있습니다. 그분은 가족 모두를 똑같이 의심했고, 무슨 일이 있더라도 복수하고 말겠다고 결심한 것입니다! 둘째로, 더 설득력 있는 동기는 스스로를 보호하고 싶다는 소망과, 그것을 성취시킬 수 있는 방법의 실현입니다. 아시다시피 그분은 자신의 고문 변호사 퍼비스 씨에게 편지를 써서 집 안에서 단 한 사람, 그 사건과 무관하다고 자신이 믿고 있는 단 한 사람에게 유리하도록 유언장을 고쳐 쓰도록 지시했습니다.

　나는 지금 그분이 써보낸 편지에서, 그리고 그분이 취한 후속 조치에서 애런델 양이 네 명의 가족들에게 막연히 의심을 품었다가 점차 넷 중 한 사람에게 확실한 혐의를 두게 되었다고 확실히 말씀드릴 수 있습니다. 편지에는 처음부터 끝까지 그 일에 가문의 명예가 관련되어 있으니 극비로 해줄 것을 강력하게 요청하고 있었기 때문입니다. 빅토리아 인의 관점에서 본다면, 그 얘기는 혐의자가 그분과 같은 성씨의 남자일 가능성이 있다는 점을 시사합니다.

　만일 그분이 타니오스 부인을 의심했다면 가족의 명예에 관심을 기울이기보다는 자신의 안전을 위해 더욱 애썼을 겁니다. 테레사 애런델을 의심했다 해도, 찰스에게 기울였던 것만큼 그렇게 열심히 가문의 명예에 관심을 쏟지는 않으셨을 겁니다.

　찰스는 애런델 가문입니다. 이 가문의 이름을 지니고 태어났습니다! 그분이 찰스를 의심하게 된 이유는 분명합니다. 그분은 찰스에게 터무니없는 환상을 갖고 있지는 않았습니다. 전에 한번 가문을 망신시킬 뻔한 적이 있었거든요. 말하자면, 찰스는 혐의의 가능성이 있을 뿐만 아니라 실제로도 범법자였다는 사실을 기억하고 있었던 거죠! 게다가 그는 그분의 이름을 수표에 위조까지 했습니다. 위조한 뒤, 한 걸음 더 나아가 살인까지!

　또한, 사고가 있기 이틀 전 찰스와 이런 사건이 일어날지도 모른다는 사실을 암시하는 대화를 나눴습니다. 그는 돈을 요구하다 거절당하자―너무 경솔하게 그분 스스로 목숨을 부지하지 못할 태도를 취한다는 얘기를 그분께 하게 된 겁니다. 여기에 대해 애런델 양은 자신은 충분히 스스로를 돌볼 수 있노라고 대꾸했습니다. 조카는, ‘너무 자신하지 마세요.’라고 했죠. 그런 일이 있고 이틀 뒤 그렇게 무서운 사고가 발생하게 된 겁니다.

　그 말이 사실이 아니었음에 대해서는 의심할 여지가 없었지만, 그 뜻밖의 사건에 대해 곰곰이 생각해 본 애런델 양은, 그것은 틀림없이 찰스의 짓이라는 단호한 결론을 내렸습니다. 일이 진행된 순서를 살펴보면 이 점은 더욱 분명합니다. 찰스와의 대화, 사고, 고민에 싸여 내게 쓴 편지, 변호사에게 쓴 편지, 다음주 화요일, 즉 21일 퍼비스 씨가 유언장을 가지고 오자 그분은 즉시 서명을 했으니까요. 다음주 말, 찰스와 테레사 애런델이 이곳으로 내려오자 애런델 양은 자신을 보호하기 위한 즉각적인 조처를 취했습니다. 찰스에게 유언장에 대한 얘기를 한 겁니다. 말뿐만이 아니라 유언장을 직접 보여주기까지 했습니다!

그건 그분의 최종적인 결정이었을 겁니다. 살인 미수자에게 더 이상 아무 짓도 할 수 없도록 하려는 것이었죠!

그분은 찰스가 누이동생에게 이 이야기를 할 것이라고 생각했을 겁니다. 그렇지만 그는 그렇게 하지 않았습니다. 왜 그랬을까요? 그럴 수밖에 없는 이유가 있었던 것이죠. 죄책감을 느낀 겁니다! 유언장이 그렇게 되어 버린 것이 자기 때문이라고. 그런데 그가 왜 죄책감을 느꼈을까요? 그가 실제로 살인을 계획했기 때문에? 아니면, 단순히 소액의 현금을 훔쳤다는 이유 때문에? 무거운 죄든 가벼운 죄든 찰스가 꺼림칙하게 여긴 이유를 설명하는 데는 둘 다 타당성이 있습니다. 자신이 입을 다물고 있음으로써 고모님이 자신을 용서하고 마음을 바꾸게 되기를 바랐던 것이죠.

애런델 양의 심리 상태에 대해서 상당히 정확하게 재구성했다고 나는 생각합니다. 그분이 의심을 품고 있었던 점에 타당성이 있다면, 나도 빨리 결심을 해야만 했습니다.

나는 그분이 한 것과 똑같이 용의자들을 좁은 원 안에 제한시켰습니다. 정확히 일곱 사람에게. 찰스와 테레사, 타니오스 부부, 두 하인과 로슨 양에게. 그런데 여기서 함께 고려했어야 할 인물이 있었으니, 그 날 밤 이곳에서 저녁을 함께 한 도널드슨 의사입니다. 그러나 그 사실은 나중에야 들었습니다.

이 일곱 사람은 다시 두 부류로 나눠집니다. 그 중 여섯 사람은 애런델 양의 사망과 동시에 크든 작든 유산을 받게 될 입장에 있는 사람들입니다. 그러므로 이 여섯 사람 중 한 사람이 살인을 저질렀을 경우, 그 이유는 명백한 것이 됩니다. 두 번째 부류는 로슨 양 단 한 사람뿐입니다. 애런델 양의 죽음으로 이득을 얻게 되는 입장에 있었던 것은 아니었으나, 사고가 난 뒤 애런델 양이 죽음으로써 엄청난 재산을 얻게 된 경우입니다! 그것은 로슨 양이 그 사고를 계획했을 수도 있다는 점을 의미합니다.」

「저는 절대로 그런 짓을 하지 않았어요!」

로슨 양이 말을 가로막았다.

「수치스러운 일이에요! 거기 서서 그런 말씀을 하시다니!」

「잠깐만 참으세요. 이야기를 중단시키지 말기 바랍니다.」

포와로가 말했다.

화가 난 로슨 양은 머리를 마구 흔들어댔다.

「항의하겠습니다! 그건 정말 치욕스런 언사예요! 치욕적입니다!」

이를 무시한 채 포와로는 말을 계속했다.

「로슨 양이 사고를 계획했다면 그건 전혀 다른 이유 때문이라고 얘기했습니다. 즉, 사고를 당한 애런델 양은 자연히 가족들을 의심하게 될 것이고, 따라서 가족들과의 사이가 벌어질 수밖에 없다는 것을 계산한 것이죠. 그건 충분히 있을 수 있는 일입니다! 나는 어떤 증거를 찾을 수 있지 않을까 하고 조사해 봤습니다.

그 결과 매우 결정적인 사실 하나를 찾아냈습니다. 애런델 양이 자신의 가족들을 의심하게 되기를 진정으로 로슨 양이 바랐다면, 그녀는 그 날 밤 밥이 집에 있진 않았다는 사실을 강조했을 겁니다. 그렇게 되면, 공에 의해 일어난 사건이 조작된 사건이라는 것을 금방 알게 될 테니까요. 그러나 반대로 로슨 양은 그 날 밤 밥이 밖에 나가 있었다는 사실을 애런델 양이 알게 될까 봐 전전긍긍했습니다. 따라서 로슨 양에게는 틀림없이 혐의가 없습니다!」

로슨 양이 날카롭게 소리쳤다.

「그렇게 될 줄 알았어요!」

「다음에 문제가 되는 것이 애런델 양의 죽음입니다. 사람을 죽이려는 계획을 세울 경우, 범인은 두 번째 방책까지 세워 놓는 게 보통입니다. 그런데 여기서는 첫 번째 방법을 기도한 뒤 2주일이 못 돼서 애런델 양이 돌아가셨다는 사실이 중요한 의미를 지니고 있습니다. 나는 여러 가지 질문을 해봤습니다.

그레인저 의사는 애런델 양의 죽음을 별로 대수롭지 않게 여겼고, 이에 대해 나는 약간 낙담했습니다. 하지만 그분이 병을 얻기 전날 저녁에 있었던 상황에 대해 들으면서 나는 한 가지 중요한 사실을 포착하게 되었습니다. 이사벨 트립이 에밀리 양의 머리 주위에서 반짝이는 후광을 봤다는 사실입니다. 그녀의 여동생도 이 사실을 시인했습니다. 물론 그들이 만들어낸 애기일 수도 있겠지만, 내게는 즉석에서 생각나는 대로 꾸며낸 애기로는 보이지 않았습니다. 왜냐하면 로슨 양에게 물어 봤을 때도 그와 비슷한 애기를 들었기 때문입니다. 애런델 양의 입에서 반짝이는 리본이 흘러나왔고, 머리 둘레에도 빛나는 안개 같은 것이 서려 있었다고 말한 겁니다.

두 목격자의 진술이, 묘사에 있어서는 다소 차이가 있지만 실제로 일어난 사실이라는 점에서는 분명히 일치하고 있지요. 심령술적인 의미를 배제하고 생각해 본다면, '그 날 밤 애런델 양은 호흡으로 인광을 내뿜고 있었다는 것입니다!'」

도널드슨 의사가 자리를 고쳐 앉았다.

포와로는 그를 바라보면서 고개를 끄덕였다.

「예, 생각해 보세요. 인광을 내는 물질은 그리 많지 않습니다. 나는 그것에 대해 몇 가지를 조사해 봤어요. 다음은 인의 독성에 대한 논문에서 내가 발췌한 부분입니다. '병에 걸리기 바로 전에 사람의 호흡은 인광을 발할 수 있다.' 이것이 로슨 양과 트립 자매가 어둠 속에서 본 애런델 양의 인광성 호흡, 즉 '빛나는 안개'였던 것입니다. 자, 계속해서 읽겠습니다. '황달 증세가 있을 경우, 이것을 인의 독성 때문이라고 생각할 수도 있고, 혈액 속에 스며 있는 담즙의 영향 때문이라고 볼 수도 있다. 이 때, 인의 독성과 간괴사와 같은 간질환 사이에는 뚜렷한 차이가 없다.' 자, 이젠 그 영악함을 알아차렸겠죠? 애런델 양은 여러 해 동안 간이 나빠서 고생해 왔습니다. 따라서 인의 독성에서 온 증상이 간질환의 발병에서 비롯된 것처럼 보인 겁니다. 별다르게 느낄 만한 것이 전혀 없었으니까요.

이 얼마나 치밀한 계획입니까! 인을 손에 넣기란 어려운 일이 아니며, 그것도 극히 소량으로 죽일 수 있습니다. 100분의 1에서 30분의 1그레인이(0.0648g)면 충분하니까요.

보세요. 얼마나 놀라운 일입니까! 의사는 아무런 의심도 품지 않고 속았던 겁니다. 틀림없는 인중독 증상에 나타나는 마늘 냄새마저도 후각에 이상이 생긴 의사 선생님은 알아차리지 못했던 겁니다. 의심할 이유가 어디 있었겠습니까? 의심할 만한 상황이라곤 전혀 없었으니까! 의사에게 주어진 힌트라고는 단 하나, 그것도 전혀 들어 본 적이 없는—아니, 들어 봤다 해도 엉터리 같은 말이라고 일소에 붙여 버렸을 심령이 어쩌고 하는 소리뿐이었던 겁니다. 나는 그때 (미니 로슨과 트립 자매의 진술에서) 이것은 살인사건이라고 확신했습니다. 문제는 '누가 했느냐?'였지요.

나는 우선 하인들은 제외시켰습니다. 그들의 지능은 이런 범죄를 꾀할 만큼 뛰어나지 못하다고 생각한 겁니다. 다음에는 로슨 양을 제외했습니다. 왜냐하면 만일 그녀가 범죄와 관련되어 있다면 '반짝거리는 심령체' 운운하면서 쓸데없이 얘기하지는 않았을 것이기 때문이죠. 나는 찰스 애런델도 제외시켰습니다. 그는 새로 만든 유언장을 보았기 때문에, 아주머니가 돌아가신다 해도 아무것도 득이될 것이 없다는 사실을 이미 알고 있었기 때문입니다. 이제 테레사와 타니오스 부부, 사고가 있었던 날 저녁 이곳에서 저녁을 함께한 도널드슨 의사가 남았습니다.

이 지점에 이르자 거의 희망이 없는 듯이 보였습니다. 그래서 나는 범인의 심리학으로 돌아가서 다시 살인자의 심리를 추적해야만 했습니다. 두 사건은 비슷한 윤곽을 그리고 있었습니다. 둘 다 아주 효과적인 방법을 사용했다는 것이죠. 교묘하면서도 아주 효과적인 방법이었습니다. 또한, 약간의 지식만으로도 충분했습니다.

즉, 인의 독성에 대한 내용은 누구나 쉽게 들을 수 있는 사실이며, 인 자체도 비교적 구하기 쉬운 물질입니다. 특히, 해외에서라면 더욱 쉽지요.

나는 두 남자를 우선 생각해 봤습니다. 두 사람 다 의사이며, 매우 영리한 사람들입니다. 이런 특별한 경우에는 인을 사용할 수 있다는 것, 특히 그것을 사용했을 경우 얼마나 효과적일는지 충분히 알 만한 사람들입니다. 그렇지만 개의 공으로 위장한 돌발적인 사고 따위는 남자들에게 어울리지 않는다는 생각이 들었습니다. 그런 일은 여자들이 곧잘 떠올릴 만한 생각이지요.

나는 먼저 테레사 애런델에 대해 곰곰이 생각해 봤습니다. 그녀는 가능성이 있었습니다. 대담하고 매몰차긴 하지만, 용의주도하게 생각하는 편은 아닙니다. 이기적이고 사치스런 생활을 해왔습니다. 항상 자신이 원하는 것은 무엇이든 다 가지려고 했으며, 자신과 자신의 사랑하는 남자를 위해서 돈이 절실히 필요한 입장에 있었습니다. 그녀의 태도 또한 고모는 살해당한 것이 틀림없다고 믿고 있는 듯한 태도였습니다.

그녀와 그녀의 오빠 사이에 흥미 있는 대화가 오고간 적도 있습니다. 서로 은밀하게 상대방을 범인이라고 생각하는 듯했습니다. 찰스는 테레사에게 새 유언장을 만들었다는 사실을 그녀가 미리 알고 있었다고 증언하게 하려고 무척 애를 썼습니다. 왜 그랬을까요? 테레사가 그 사실을 미리 알고 있었다면 살인 혐의에서 벗어날 수 있기 때문입니다. 그러나 그녀는 고모가 유언장을 보여 주었다는 찰스의 진술을 믿지 않았습니다! 자신의 혐의를 벗어버리기 위한 찰스의 서투른 술책이라고 생각했던 것이죠.

중요한 문제가 또 하나 있습니다. 찰스는 비소라는 어휘를 사용하기를 무척 꺼렸습니다. 나중에 나는 제초제의 효과에 대해서 그가 정원사에게 상세히 물었다는 사실을 알아냈습니다. 찰스가 마음 속으로 무엇을 생각하고 있었는지가 분명해진 것입니다.」

찰스가 자리를 조금 고쳐 앉았다.

「생각해 보긴 했지만 감히 그렇게 할 용기는 없었어요.」

찰스는 포와로를 바라보면서 고개를 끄덕였다.

「바로 그것이 당신의 심리 상태지요. 당신의 범죄는 항상 연약한 상태에서 끝나고 맙니다. 훔친다든가, 위조한다든가, 죽이는 짓은 절대로 못 할 겁니다. 사람을 죽이는 것은 한 가지 생각으로 강박 관념에 싸여 있는 사람의 정신에서나 가능한 일이지요.」

그는 다시 먼저의 강연하는 자세로 되돌아갔다.

「테레사 애런델에게는 그런 계획을 수행할 만한 충분한 정신력은 있습니다만, 몇 가지 고려해야 할 사실이 또한 있다는 점을 나는 알았습니다. 그녀는 방해받은 적이 없이 자신의 욕망대로 맘껏 살아왔습니다. 그런 형의 인간은 화가 몹시 났을 경우가 아니고는 사람을 죽이지 못합니다. 하지만 깡통에서 제초제를 꺼내온 사람이 테레사 양이라는 것은 확실합니다.」

테레사가 갑자기 입을 열었다.

「진실을 말하겠어요. 저도 그렇게 하겠다는 생각은 했어요. 정원에 나가 깡통에 든 제초제를 조금 꺼내오기까지 했습니다. 하지만 할 수가 없었어요! 저는 삶을, 살아 있다는 사실을, 너무나 좋아해요. 어느 누구에게서도 그들의 생명을 빼앗아 버리는 그런 짓은 할 수가 없었어요. 사망하고 이기적인 인간이 제가 할 수 없는 일이어요! 살아 있는 것, 살아 숨쉬는 인간을 죽일 수는 없었어요!」

포와로는 고개를 끄덕였다.

「그럴 순 없었겠죠, 아가씨. 그건 사실입니다. 아가씨, 당신은 자신이 그려 놓은 얼굴만큼 그렇게 나쁜 사람이 아닙니다. 또, 그렇게 무모한 사람도 아니고.」

그는 말을 계속했다.

「이젠 타니오스 부인이 남았군요. 나는 그녀를 만나 보자마자 그녀가 매우 두려워하고 있다는 사실을 알았습니다. 그녀는 내가 그 사실을 눈치채고 있음을 재빨리 알아차리고는 임시방편으로 남편을 두려워하는 여자의 초상을 그럴 듯하게 꾸며냈습니다. 그러더니, 조금 뒤에는 자신의 전술을 바꿨습니다. 아주 빈틈없는 행동이었습니다만, 그녀의 변모를 나는 눈치챘지요. 여자들은 남편을 위해서 두려워할 수도 있고, 남편을 두려워할 수도 있습니다만, 두 가지를 동시에 할 수는 없습니다. 타니오스 부인은 후자의 역할을 하기로 결심하고 호텔의 홀까지 나를 따라나왔습니다. 마치 나에게 할 얘기가 있는 것처럼 꾸민 것입니다. 남편이 쫓아 나오자 남편 앞에서는 얘기할 수 없다는 듯한 태도를 가장했습니다.

나는 즉시 그녀가 남편을 두려워하는 것이 아니고 싫어하는 것이라는 사실을 알아차렸습니다. 그리고 몇 가지 사실을 검토해 본 뒤 내가 찾고 있는 성격이 바로 여기에 있다고 확신했습니다. 벨라 타니오스는 방종한 여자가 아니라 좌절당한 여자였습니다. 자신이 관심을 끌고 싶었던 남자들에게 아무런 매력도 줄 수 없었던 평범한 아가씨는 결국 노처녀로 늙기보다는 좋아하지 않는 남자 쪽을 택했던 겁니다. 그 사람과 생활하면서 쌓이는 불만, 또한 자신이 좋아하던 환경과 괴리된 채 살았던 스미르나에서의 생활 등에서 나는 그것을 충분히 추측해 낼 수가 있었습니다. 아이들이 태어나자 그녀는 자식들에게 온 정성을 다 기울였습니다.

남편은 그녀에게 헌신적이었지만, 그녀는 점점 더 남편이 싫어졌습니다. 남편은 그녀의 돈으로 투자를 했는데 그만 몽땅 날려 버렸습니다. 그를 싫어할 만한 이유가 또 한 가지 늘게 된 것이죠. 그녀의 단조로운 생활에 활기를 주던 유일한 빛은 에밀리 이모의 죽음이었습니다. 그렇게 되면 독립할 수도 있고, 아이들을 교육시킬 수도 있는 재산을 물려받게 될 것이기 때문입니다. 교육은 그녀에게 대단히 많은 것을 의미했습니다. 과거에 그녀는 교수의 따님이었으니까요! 그녀가 영국으로 오기 전에 이미 살인할 계획을 세웠을 수도 있고, 또는 마음속으로 구상만 하고 있었을 수도 있습니다. 실험실에서 아버지를 도왔던 그녀는 화학에 대한 지식이 약간 있었습니다. 이모의 만성병에 대해 알고 있었기에 인이 자신의 목적을 위해서는 가장 이상적이라고 생각했던 것이지요.

리틀 그린으로 왔을 때는 더 간단한 방법이 떠올랐습니다. 공에 걸리듯, 층계 위에다 실이나 끈을 매둔다는 것이죠. 여자들이 생각해 낼 수 있는 간단하면서도 영악한 방법입니다.

시도를 해본 결과 실패했습니다. 그때, 그녀는 이모가 그 사고의 전모를 대강 파악하고 있다고는 생각지 않았을 것입니다. 애런델 양은 전적으로 찰스를 의심하고 있었으니까요. 벨라를 대하는 태도에도 어떤 변화가 있었는지에 대해서는 잘 모르겠습니다. 하여튼 그렇게 되자, 이 독립심 강한 불행하고 야심적인 여인은 결연하고 조심스럽게 자신이 세웠던 원래의 계획을 실행하기에 이른 겁니다.

그녀는 애런델 양이 식사 후 습관적으로 복용하는 약의 캡슐이 독을 담아두기에는 안성맞춤이라는 것을 알았습니다. 그래서, 캡슐을 열어 안에다 인을 담고 다시 닫아두는 어린애 장난 같은 방법을 사용했습니다. 캡슐은 자연스럽게 다른 약들과 섞였습니다. 조만간 이모가 그것을 삼킬 것입니다. 독성 때문이라고는 전혀 생각지 못할 것이며, 불행하게도 독성이 원인이라고 밝혀진다 해도 그때쯤이면 그녀는 마켓 베이싱 어느 곳에도 없을 것입니다. 하지만 그녀는 한 가지 예방조치를 취했습니다. 처방전에다 남편의 이름을 위조해서 한도량 두 배의 클로랄을 구입한 것입니다. 만에 하나 일이 잘못될 경우 자신이 먹으려고 한 것임은 두말할 여지가 없지요.

말씀드린 것처럼 타니오스 부인을 처음 본 순간, 이 여자가 바로 내가 찾고 있던 사람이라는 사실은 확신했지만 증거를 찾을 수가 없었습니다. 나는 아주 신중하게 일을 진행시켜 나갔습니다. 내가 그녀를 의심하고 있다는 사실을 알아차린다면 제2의 살인이 일어날 것이 두려웠던 것이지요. 게다가 나는 그녀가 이미 제2의 살인을 저지르겠다는 결심을 하고 있다고 믿었습니다. 현재의 삶에서 그녀의 한 가지 소원이 있다면 그것은 남편으로부터 해방되는 것이었으니까요. 첫 번째 살인은 쓰디쓴 실망만을 안겨 주었습니다. 그녀가 원하는 모든 것을 가져다 줄 돈은 모두 로슨 양에게 가버렸습니다! 커다란 타격이었지만, 그녀는 현명하게 처신하기로 했습니다. 편하지 않은 로슨 양의 양심을 자극하기 시작한 것입니다.」

갑자기 흐느끼는 소리가 들려 왔다. 로슨 양이 손수건으로 얼굴을 가린 채 울고 있었다.

「끔찍한 일이에요!」

그녀는 흐느껴 울었다.

「제가 나빴어요! 저는 새로 만든 유언장을—왜 애런델 양이 유언장을—새로 만들었는지 궁금해서 어느 날 그분이 안 계신 틈에 책상 서랍을 열어봤습니다. 거기에는 전재산을 모두 다 제게 물려주겠다는 내용이 써 있었어요! 물론 그렇게 되리라고는 꿈에도 생각지 못했죠. 그저 몇천 정도 될 것이라고 생각했습니다. 그러나 갑자기 그것을 못 받을 이유도 없다는 생각이 들더군요. 친척들은 그분을 진심으로 사랑했던 것이 아니었으니까요! 그런데 병이 깊어지자 그분은 유언장을 가져오라고 하셨습니다. 저는 그것을 고치시려 한다고 생각했죠. 그때, 제가 나빴어요. 유언장을 퍼비스 씨에게 보냈다고 거짓말을 한 거예요. 그분은 건망증이 심하셨거든요. 자신이 한 일을 제대로 기억하시지 못했어요. 그분은 저를 믿으셨습니다. 저에게 그것을 고쳐 써야 한다고 말씀하셨고, 저도 그렇게 하겠다고 대답했어요.

아, 그런데—그런데 병은 점점 심해 갔고, 그분은 제대로 생각조차 할 수 없는 상태가 됐습니다. 그러다가 돌아가신 거예요. 유언장이 낭독되는 순간 저는 두려웠습니다. 남겨진 재산이 무려 37만 5

천 파운드나 됐어요. 그렇게 많은 금액인 줄은 몰랐고, 또한 정말로
저에게 남겨질 것이라고는 생각지도 않았으니까요. 마치 그 돈을
횡령한 것 같다는 생각이 들었습니다. 다음날 벨라가 왔을 때 저는
그녀에게 재산의 반을 주겠다고 했어요. 그 말을 하고 나서야 저는
다시 마음이 편해질 수 있었습니다.」

「아셨습니까?」

포와로가 말했다.

「타니오스 부인은 목적을 달성했던 겁니다. 그 유언장에 이의를
제기하는 어떤 조처도 취하기를 거부했던 이유가 바로 그것입니다.
그녀는 나름대로의 꿍꿍이속이 있었기 때문에, 로슨 양에게 대항하
는 행동은 절대로 하려고 하지 않았던 겁니다. 당장은 남편의 의견
에 찬성하는 체했습니다만, 자신이 원하는 방향으로 태도를 분명히
해나갔던 것이지요. 그녀는 그때 두 가지 목적이 있었습니다.

아이들을 타니오스 의사로부터 떼어놓는 것과 자기 몫의 돈을 차
지하는 것이었죠. 그런 다음, 자신이 원하는 대로 아이들과 영국에
서 안락한 삶을 살고자 한 것입니다. 시간이 갈수록 남편이 싫어지
는 것을 감출 수가 없었습니다. 아니, 이젠 감추려고도 하지 않았
죠. 불쌍한 남편은 매우 당황해서 고민에 빠졌습니다. 그녀의 행동
이 남편에게는 이해할 수 없는 일이었지요. 상황은 앞뒤가 잘 들어
맞았습니다. 그녀는 공포에 사로잡힌 아내의 역할을 계속 해나가기
로 했죠.

내가 그녀를 의심하고 있다면―그녀는 그것이 거의 틀림없다고
생각했습니다. 남편이 살인을 저지른 것으로 내가 믿고 있기를 바
랐습니다. 그러므로 그녀가 계획하고 있다고 내가 믿고 있었던 두
번째 살인은 어느 순간에고 일어날 수 있는 것이었습니다. 그녀가
치사량의 클로랄을 손에 넣었다는 사실을 알고 있었으니까요. 나는
그녀가 자살을 가장하고 모든 책임을 남편에게 떠맡기게 될까 봐
걱정스러웠습니다.

제29장 리틀 그린 하우스에서의 배심(陪審)　325

여전히 증거를 찾아낼 수가 없었습니다! 그래서 절망에 빠져 있던 중에 드디어 하나를 얻게 되었지요! 로슨 양으로부터 테레사 애런델이 부활절날 밤에 무릎을 꿇고 계단 위에서 무엇을 하고 있었다는 얘기를 들은 것입니다. 나는 곧 로슨 양이 계단 위에 있었던 여자를—테레사라고 알아차릴 만큼 명확하게 볼 수는 없었을 것이라고 생각했습니다. 하지만 로슨 양은 똑똑히 보았노라고 단언했습니다. 테레사의 이름 첫 자인 'T. A.'가 새겨진 브로치를 달고 있었다고 주장하면서.

그 일에 대해서 테레사 양에게 질문을 하자, 그녀는 문제의 브로치를 내게 보여 주었습니다. 동시에, 진술된 시간에 계단 위에 있었던 일은 전혀 없었다고 부인했습니다. 처음에 나는 누군가가 테레사의 브로치를 가져간 것이라고 생각했습니다만, 브로치를 달고 거울을 본 순간 분명한 사실을 알아차렸습니다. 잠자리에서 일어난 로슨 양은 불빛에 반짝이는 'T. A.'란 글자를 단 사람의 희미한 모습만을 보았습니다. 따라서 로슨 양은 그 여자가 테레사라고 결론을 내렸던 겁니다. 하지만 로슨 양이 거울에 비친 브로치의 글씨를 정확히 보았다면, 또 그 여자가 테레사임이 확실하다면, 실제로 보인 것은 'A. T.'였을 것입니다. 거울에 사물이 비칠 때 좌우의 순서는 바뀌기 때문이죠.

타니오스 부인의 어머니 이름은 애러벨라 애런델입니다. 벨라라는 이름은 그것을 축소시킨 것이죠. 'A. T.'는 애러벨라 타니오스를 나타냅니다. 타니오스 부인이 그와 비슷한 브로치를 지니고 있었다는 것은 이상한 일이 아닙니다. 작년 크리스마스 무렵에는 매우 귀했지만, 이듬해 봄이 되자 마구 쏟아져 나왔으니까요. 게다가 나는 이미 타니오스 부인이 사촌동생인 테레사의 모자나 옷들을 적은 비용으로 흉내내고자 애쓰고 있다는 사실을 관찰했습니다.

내 마음속에서는 모든 사실이 하나씩 증명되기 시작했습니다.

자, 이제 내가 할 일이 무엇이겠습니까? 시체를 파내기 위해 내무성으로부터 허가를 받는 일? 그것도 가능할 것입니다. 또한, 약간 의심스럽기는 하지만 두 달 전에 묻힌 애런델 양의 시체에서 인중독으로 사망했다는 사실을 증명할 수도 있을 것입니다. 몇 차례의 사건을 통해, 인중독의 경우 시체의 모습은 부패해서 알아보기 어렵지만, 중독된 부분은 손상되지 않는다는 사실을 알고 있으니까요. 이번 경우도 마찬가지일 것이라고 생각했습니다. 그런데 그랬을 경우 인의 구입이나 소유 문제와 타니오스 부인을 관련시킬 수 있을 것인지는 매우 막연했습니다. 인을 해외에서 구입했을 가능성이 크기 때문이죠.

이 때 타니오스 부인이 결정적인 행동을 취했습니다. 남편을 떠나서 로슨 양의 동정심에 자신을 맡겨 버린 것입니다. 그녀는 아주 단호하게 이모의 죽음은 남편에게 혐의가 있다고 내게 말했습니다.

내가 곧 조처를 취하지 않았다면 남편이 아마 그녀의 두 번째 희생자가 되었을 겁니다. 나는 그녀를 안전하게 해준다는 구실로 격리시키는 조치를 취했습니다. 왜냐하면 내가 정말로 염려했던 것은 그녀의 남편의 안전이었기 때문이지요. 그녀는 내 제의에 별로 반대하지 않았습니다. 그런 다음…….」

포와로는 말을 멈추고 한참 동안을 가만히 있었다.

얼굴이 창백하게 변해 갔다.

「그러나 그것은 단지 임시방편에 불과했습니다. 나는 살인자가 더 이상은 살인하지 않을 것이라는 확신을 가져야만 했습니다. 무고한 사람들의 안전을 보장해야 했으니까요. 그래서 나는 이 사건에 대해 내가 축조해 낸 내용을 모두 글로 써서 타니오스 부인에게 주었지요.」

긴 침묵이 흘렀다.

타니오스 의사가 외쳤다.

「오, 하나님. 그래서 스스로 목숨을 끊어 버린 것이로군요!」

포와로가 부드러운 음성으로 말했다.

「그것이 최선책이 아니겠습니까? 그녀는 그렇게 생각한 것입니다. 아시다시피 어린애들 생각도 해야 되니까요.」

타니오스 의사는 두 손으로 얼굴을 감쌌다.

포와로가 다가와 그의 어깨에 조용히 손을 얹었다.

「그럴 수밖에 없었습니다. 불가피한 상황이었다는 점을 이해해 주시죠. 더 많은 살인이 일어났을지도 모릅니다. 처음에는 당신, 그리고 아마 상황에 따라서는 로슨 양마저도……. 사건은 이렇게 됐던 것입니다.」

그는 말을 마쳤다.

슬픔에 잠긴 목소리로 타니오스 의사가 말했다.

「어느 날 밤 아내는 저에게 수면제를 먹으라고 했습니다. 얼굴빛이 좀 이상했어요. 저는 그것을 집어던졌습니다. 아내의 정신상태가 정상이 아니라고 생각하기 시작한 것은 그때부터입니다.」

「그렇게 생각했군요. 그것도 어느 정도는 사실입니다. 하긴, 말에다가 법적인 제재를 가할 수는 없는 노릇이죠. 그녀는 그때 이미 자신이 하려는 행동의 의미를 알고 있었습니다.」

타니오스 의사가 생각에 잠긴 채 조용히 말했다.

「제게는 언제나 너무나 좋은 여자였습니다.」

묘하게도 이 말은 살인을 자백한 한 살인자의 묘비명이 되고 말았다!

제30장 후 기

이제 이야기할 것은 별로 남아 있지 않다.

그 일 이후 얼마 안 있어 테레사는 도널드슨 의사와 결혼했다. 나는 이제 그들과 매우 친숙하게 되었으며, 도널드슨 의사가 상당한 사람이라는 것도 알았다. 특히, 그의 명쾌한 안목과 잠재력, 인간에 대한 사랑 등에 있어서 말이다.

그의 태도는 전과 다름없이 무뚝뚝하고 꼼꼼했다. 테레사는 가끔 그의 표정을 흉내냈다. 그녀는 아주 행복해 보이며, 남편의 이력 속에 완전히 묻혀서 살고 있었다.

지금 도널드슨은 혼자 힘으로 커다란 명성을 얻었으며, 내분비선 분야에 있어서는 상당한 권위자가 되어 있었다.

양심의 갈등을 겪은 로슨 양은 한 푼 한 푼을 쓸 때마다 아주 철저했다. 퍼비스가 모든 이들에게 유익한 해결안을 제시해 주어서 애런델 양의 재산은 로슨 양과 애런델 남매, 그리고 타니오스의 두 아이들에게 각각 분배되었다. 찰스는 1여 년 만에 자기 몫을 다 탕진해 버리고, 지금은 영국령 콜롬비아에 가 있다.

우연히 일어난 일 두 가지만 얘기하겠다.

「당신, 허투루 볼 사람이 아니로군 그래?」

어느 날, 리틀 그린의 대문을 나서는 우리를 막아서며 피바디 양이 말을 걸었다.

「모두의 입을 다물게 했으니 말예요. 시체도 파헤치지 않고 일을 제대로 처리했군요.」

「애런델 양은 간괴사로 돌아가신 게 확실한 것 같습니다.」

포와로가 점잖게 말했다.

「아주 다행이군요. 벨라 타니오스가 수면제를 과용했다고요?」
피바디 양이 물었다.
「예, 안됐습니다.」
「불쌍한 여자야. 항상 가질 수 없는 것만 원하더니만. 사람들은
가끔 그런 이상한 행동을 해요. 전에 하녀 하나도 그와 똑같은 짓
을 했지. 평범한 여자였어요. 난 그렇게 했다는 걸 알았지요. 그래
서 익명으로 편지를 쓰기 시작했어요. 사람들이 가끔 쓰는 해괴망
측한 방법이긴 합니다만, 그래도 그게 가장 좋은 방법인 것 같습니
다. 암 그렇고말고.」
「누구라도 그렇게 되기를 원했을 겁니다. 틀림없어요.」
「그래요.」
가던 길을 걸어가려다 말고 피바디 양이 다시 입을 열었다.
「댁한테 할 얘기가 있어요. 일을 아주 근사하게 처리했더군요. 아
주 그만이에요.」
그녀는 다시 걸음을 재촉했다.
등뒤에서 끙끙거리는 애처로운 소리가 들려 왔다.
나는 돌아서서 대문을 열었다.
「아, 이 녀석!」
밥이 뛰어나왔다. 입에다 공을 물고 있었다.
「산책할 때는 가지고 가면 안 돼.」
밥은 한숨을 내쉬며 고개를 돌려 대문 안에다 공을 내려놓았다.
불안하게 그것을 바라보더니, 저만큼 앞질러서 뛰어갔다.
그러더니 그곳에서 가만히 나를 올려다보고 있었다.
「이젠 됐느냐고 묻는 거지? 좋아, 밥.」
나는 길게 숨을 들이마셨다.
「포와로, 다시 개를 갖게 돼서 기쁘겠어요.」
「전리품이지.」
포와로가 대답했다.

「하지만 자네 생각이 날 거야. 로슨 양이 자네가 아니라 나에게 밥을 선물했다는 사실 때문에 말일세.」

「그럴 테죠. 그런데 견공한테는 당신이 별로 좋지 않을 텐데요? 당신은 개의 심리를 모르잖아요? 밥하고 나는 서로를 완전히 이해한다고요, 그렇잖아, 밥?」

‘우후!’

밥은 내 말에 전적으로 동의한다고 대답했다.

<끝>

　<벙어리 목격자((英)Dumb Witness, (美)Poirot Loses a Client, (1937))>는 애거서 크리스티(Agatha Christie, 1896~1976)의 30번째 소설이자 21번째 장편이다. 주인공인 포와로는 크리스티 여사의 장편 중 32편에, 단편집에서는 <포와로 수사집(Poirot Investigates, 1923)> 외의 몇몇 단편집 중에 몇 편씩 들어 있다.

　이 작품은 포와로가 등장하는 장편 중에서는 14번째 소설이다.

　크리스티 여사는 16번째 장편<3막의 비극(Three-Act Tragedy, 1935)>에서부터 24번째 장편인<크리스마스 살인(Hercule poirot's Christmas, 1938)>까지 9편을 계속해서 포와로가 등장하는 소설만을 발표했다. 즉, 이때가 포와로로선 전성기라 할 만한 시절인 것이다.

　특징이라 할 수 있는 것으로는 '살인자의 심리학'에 초점을 맞추었다는 점을 들 수 있다. 즉, 기발한 트릭에 의한 살인보다는 사건 해결 과정에서 살인자의 '살인자로서의 심리 상태'를 부각시켜 작품을 끌고 나갔다는 사실이다.

　이것은 특히 포와로가 늘 좌우명처럼 주장하는 '심리학'과도 일맥 상통하는 면이 있다. 이것과는 좀 다르지만, 날카로운 심리학으로 범인을 쫓는 작품으로는 <커튼(Curtain, 1975)>을 들 수 있다.

　<커튼>은 포와로의 최후의 작품으로, 그가 늘 주장하던 '심리학만에 의한 추리'를 완성시킨 소설이다. 범인에 대한 증거는 전혀 없을 뿐더러, 설사 범인이 범행을 자백했다 해도 처벌이 불가능할 정도로 철저히 '심리학에 의한 살인'이 저질러진다. 이 범행이 어찌나 교묘한지 포와로마저 '정상적인 방법으로는 해결이 불가능'하다고 밝힌다. 따라서 그 범행이 더 이상 벌어지는 것을 막고, 또한 범인을 잡기 위해서는 포와로의 목숨이 그 대가로 필요하게 된다.

추리 문학의 여왕
"애거서 크리스티"

한 번 읽기 시작하면 도저히 눈을 뗄 수 없는 추리소설!!

애거서 크리스티는 추리문학에 대한 공로로
영국 엘리자베스 여왕으로부터 <데임>
작위를 수여 받았습니다. 최고의 추리문학으로
평가되고 있는 그녀의 작품은 **전세계 인구 3분의 1**에
해당하는 사람들이 읽었으며, 지금도 변함 없이
온 세계인의 사랑을 받고 있습니다.

※추리문학에 20여년을 공들인 **해문출판사**에서는 크리스티의
전작품을 80권으로 완간, 인기리에 판매하고 있습니다.